螺丝松掉的人

阿　轴/著

作家出版社

图书在版编目（CIP）数据

螺丝松掉的人 / 阿轴著. -- 北京：作家出版社，2025. 6. --
ISBN 978-7-5212-3312-4

Ⅰ. I247.5

中国国家版本馆CIP数据核字第2025H5P776号

螺丝松掉的人

作　　者： 阿　轴
策　　划： 胡一平
责任编辑： 杨兵兵
封面创意： 孙　玲
出版发行： 作家出版社有限公司
社　　址： 北京农展馆南里10号　　**邮　　编：** 100125
电话传真： 86-10-65067186（发行中心及邮购部）
86-10-65004079（总编室）
E-mail:zuojia@zuojia.net.cn
http://www.zuojiachubanshe.com
印　　刷： 河北京平诚乾印刷有限公司
成品尺寸： 152×230
字　　数： 313千
印　　张： 24.25
版　　次： 2025年6月第1版
印　　次： 2025年6月第1次印刷
ISBN　978-7-5212-3312-4
定　　价： 58.00元

只是因为有了那些不抱希望的人，希望才赐予我们。

——瓦尔特·本雅明

目 录

一　逃离北上广

马佳欣常常觉得自己裹在一个气泡里，有一层膜隔开自己跟这个世界，开心不是真的开心，难过不是真的难过，愤怒也不是真的愤怒，轻飘飘的，对什么都提不起劲。

马佳欣知道她这个样子，别人觉得不对。合租室友吴兰芳关于积极、努力、奋斗和成功的那些话，她知道有道理，就是跟自己没什么关系。没能力去做些什么，但至少有能力不做什么，她觉得，自己可以不害人。

这大半年在易浪网原创部，马佳欣一反常态，铆足了劲地求进步、拼业绩，越张牙舞爪那个气泡越小，逼仄得喘不上气，整个人都焦躁了。

姜众后来说，刚见面时，马佳欣咄咄逼人的样子，像断气前的无意识挣扎。她想了想，觉得他说得对。马佳欣后来没跟姜众说，那会儿的他，是扎在气泡上没拔下的那根针，刺入的那点新鲜空气，能续命。

两人第一次见，是在三亚的凤凰机场。那是半夜，马佳欣过来采访“十分钟逃离北上广”的营销活动，航班因大雨延误。出航站楼时，雨已经停了，地面有明显的积水，她又累又困，给接机的司机发了个短信。

“我到了，2号口。”

五分钟后，还没有收到回复，马佳欣觉得司机等睡着了，直接拨了手机。接通后，那个声音果然像刚睡醒。她有些抱歉，让司机等这么久。十分钟后，一辆印有“十分钟逃离北上广”标记的中巴车停在了她面前。她拉开车门，拎着行李上了车。

马佳欣能看见司机的侧脸。这是个年轻人，理着寸头，鼻梁很挺，眉毛很浓。上身短袖，下身大裤衩。这哥们居然拿着最新款的三星Galaxy S3，全神贯注地盯着屏幕，好像没人上车，好像他在家玩游戏一样。马佳欣的歉意一扫而光。

“师傅。”

这哥们没任何反应。马佳欣很不爽，不由得提高了声音。

“我说师傅，你不应该道个歉?”

“哦，等等。”

这家伙在手机上继续操作了两分钟，转过头，望着马佳欣，不咸不淡地说了句：“不好意思啊，你发的消息我没看到。”

这不是道歉，这是在陈述一个事实。马佳欣看着这张青涩的脸，觉得他还在云游，沉浸在游戏中，不由得板起了脸。

“麻烦尊重你的职业，别让客户想投诉。”

司机终于清醒了，居然笑了笑，带着嘲讽的那种。他什么都没说，放下手机，踩了油门。马佳欣闭上眼睛，懒得再说什么。出了机场，车沿着三亚湾路前行，马佳欣疲惫不堪，却无法入睡。风从车窗吹进，海浪拍打沙滩的声音传了过来。她睁开眼，大海是漆黑的，城里只剩下零星的灯光。行至椰梦长廊，司机突然说话了。

“听点歌啊。”

马佳欣反应过来时，音乐已经响起。她的嘴张开一半，又闭上了。是何勇的《钟鼓楼》，这首歌没那么糟。

我的家就在二环路的里边

这里的人们有着那么多的时间
他们正在说着谁家的三长两短
……

当音乐进入高潮，何勇并不高昂的嗓音在寂静中特别刺耳。一直小声哼唱的司机居然跟着一起吼。

是谁出的题这么的难
到处全都是正确答案
……

马佳欣被吓了一跳，不客气地开口道："麻烦把音乐关了，你知道现在是半夜吗?"

"我知道，我征求过你的意见。"

司机理直气壮。马佳欣深呼吸一口，克制着怒意。

"师傅，您干的是服务业，麻烦有点换位思考的服务意识。"

司机从后视镜中看了看马佳欣，关了音乐，没有说话。为了抵抗困意，他狠狠地揪了揪大腿。

进入市区，路过鹿回头，亚龙湾酒店群越来越近，灯光在夜色中勾勒出另一个世界。行驶到酒店，车刚停稳，那司机跳了下来，拉开车门，用手挡住车顶，像电影中的旧式礼仪那样，候着客人下车。马佳欣有些诧异，她看着司机脸上似笑非笑的神情，知道他是故意的，懒得说话，直接下了车。

在前台办完入住手续，马佳欣正想拿自己的行李，发现那司机已经拎上了，等在一边。

"为了给您提供更好的服务，我为您送到房间。"

司机阴阳怪气地说完，拎着行李箱就走。马佳欣忙扫视四周，觉得应该安全，跟在了他身后。进了电梯，司机主动摁了按钮，用手挡着电梯门，候着马佳欣进来，服务十分周到。到了房间门口，司机把行李箱放下，马佳欣松了一口气，不带任何感情地开了口。

“谢谢。”

“不客气，很高兴为您服务。”

看着司机转身，马佳欣拿着房卡正要开门，突然听见了门开的声音，她扭头一看，发现那司机开了隔壁房间的门，不禁有些诧异，忍不住问：“你怎么住这儿？”

“大记者，您是说服务人员没资格住您隔壁？”

看着司机挑衅的眼神，马佳欣有些尴尬。

“话不是这么说的。”

“我知道您就是这个意思……我不是司机，我是参加‘十分钟逃离北上广’活动的幸运用户，麻烦您明天为我们这些用户，好好提供采访服务。”

司机似笑非笑，说完就要进房间。马佳欣惊讶之余，来不及细想，箭步过去。

“你叫什么？为什么会去接我？”

“记者同志，我替班司机的任务已经完成了。我现在没有义务回答您的问题，麻烦您换位思考一下，现在是半夜，我开了半天的车，还拎了很重的行李，现在很困，不方便接受采访。”

司机说完进了房间，插上房卡开了灯，正要关门，马佳欣一急，推门，司机猝不及防，被门撞了一下，刚掏出的手机直接掉地上，屏幕碎了。马佳欣顿时傻了眼。

“对不……”

道歉的话没说完，房门砰地关上了。司机那嫌弃和鄙夷的眼神，让马佳欣觉得，自己是个垃圾。

马佳欣后来想过，如果不是那个眼神，如果不是他接下来的故意挑衅，如果不是自己刚好断气般地瞎挣扎、非要调查这个“司机”参加活动的资格，她跟姜众的故事，就不会发生了。

“十分钟逃离北上广”是一个App公司主办的营销活动，要成为这个活动的幸运用户，抽到免费机票，需要在那个App上实名注册，到开放的时间点去抢。由于抢到的概率过低，网上有声音质疑活动的公平性，认定大部分免费机票被内部瓜分了。能帮主办方去机场接人的幸运用户，是内部人的嫌疑太大了。马佳欣趴床上琢磨，没洗漱，睡着了。

第二天，马佳欣被敲门声吵醒。她迷迷糊糊地去开门，不想被一拳头直接捶到了肩，吓得她瞬间清醒。蓬头垢面的司机慌得收回手，看着揉肩的马佳欣，尴尬地解释。

“你手机打不通，老吕让我喊你一下。”

司机没道歉，一副公事公办的样子，很欠揍。马佳欣忍住了不爽，问：“老吕是谁？”

司机愣了愣，反问：“负责这个活动的。职业记者连这个都不知道？”

马佳欣没搭理他的挑衅，问：“所以，你是帮老吕去机场接我的？”

“对啊，有问题吗？”

马佳欣笑了笑，问：“你真的是抢到免费机票的幸运用户？”

“我看上去不够幸运？”

司机的脸上写明了不屑。马佳欣调侃道：“够！你看上去很幸运。”

司机有些无语，转身走了。马佳欣回到房间，发现手机已没电关机，忙充上电。酒店的花园里，几个游泳池相互连接着，延伸到了海边。海浪一声接一声，咸味的风穿过椰林飘了过来，有着慵懒的惬意。马佳欣站在阳台上，觉得这景象是一幅画，跟自己没有关系。

出房间，马佳欣看到司机正朝电梯走去。她加快脚步，赶在他摁楼层的前三秒，摁了去一层的按钮。司机诧异地看了过来，马佳欣礼貌地笑了笑。电梯门开了，马佳欣没动。司机意识到她等他先，不客气地进去了。看着马佳欣进来后又主动摁了楼层，他哼地冷笑了声。马佳欣假装没听到，想着要拉近跟他的关系。

“昨天不好意思啊，把你的手机弄坏了，多少钱？我赔给你。”

司机沉默了几秒，冷冷地回复：“不用了。”

马佳欣很意外，申明道：“要的，我弄坏的我该赔。”

“我说不用了。”

司机语气不善，甚至带着嫌弃。马佳欣有些困惑，问：“为什么？”

“因为我有钱。”

电梯刚好到了一楼，司机说完，直接出去了。马佳欣愣了愣，一股火腾地上升，来三亚前在北京受的那些委屈，似乎都挤了过来。她出了电梯，紧走几步，赶上了司机。

“你有钱是你的事，我摔坏了东西，赔偿是我的义务。你不要我赔，不代表我应该感谢你，更不代表你有资格高高在上。”

司机放慢了脚步，最终停了下来。他转身，笑嘻嘻地说：“行，那二百五？”

“市场价格是多少，我就赔多少。”马佳欣克制着不爽，“你的手机型号？让我拍张照片。”

司机拿出一个手机，挑衅般地递到马佳欣眼前，说：“昨天摔坏的我已经扔了，新买了一个。要不，你去问问这个新手机多少钱？”

马佳欣没料到这种情况，看着完好无损的手机屏幕，尬在了现场。司机扬长而去，气焰嚣张。马佳欣望着他的背影，决心把这个有钱人揪出来：有钱还占免费机票的便宜，是真无耻。

酒店大堂里张贴着“十分钟逃离北上广”的海报，餐厅里也摆放着活动的易拉宝。马佳欣挑了个靠窗的位置，边吃东西边望着去沙滩的司机。他停在了一个中年大叔旁边，两人说着什么，似乎很熟。片刻，中年大叔转身，朝餐厅走来，进门后停在了马佳欣面前。这是一张平淡的脸，没什么记忆点。

“易浪网的马记者吧，我是负责这次活动的老吕。”

马佳欣略感意外，站了起来，说：“吕老师好，我是马佳欣。”

老吕做了个请坐的手势：“听说飞机延误挺长时间，你昨天半夜才到，辛苦了啊。活动的安排都清楚了吗？”

“清楚的，材料上介绍得很详细。”马佳欣坐了下来，“吕老师，昨天接我的司机说他是幸运用户，他为什么会帮着您去机场接人呢？”

老吕愣了愣，笑了，问：“你是不是怀疑他的活动资格？我这个活动有问题？”

“没有事实依据，不能随便得出结论的。”马佳欣盯着老吕，“昨天我跟他有点误会，您方便安排我采访他吗？”

“方便啊。”老吕笑意仍在，“我看到姜众也挺意外，你帮我问问，他是怎么抽到幸运用户的？”

“好的。”马佳欣接着问，“您让他帮忙接机，是活动预算有限，人手不够吗？”

“实话实说，活动人手很够。我是不想他在我面前晃悠，打发他去机场的。”老吕饶有趣味地看着马佳欣，站了起来，伸出了手，“你这样直接的记者不多见了，有什么问题，可以随时问我。”

“好的，谢谢。”马佳欣握了握老吕的手，望着他离开的背影，很困惑。

“十分钟逃离北上广”营销活动的任务很简单，马佳欣只需要采访几个幸运用户，写一篇他们对逃离北上广的看法就够了。活动请的媒体比常规的少，整个透着一股潦草应付的气息。

活动方安排的采访现场，在酒店花园的泳池旁。一块“十分钟逃离北上广”的易拉宝海报，是最显眼的设施。下午3点，马佳欣正测试录音笔，一个做作的声音突然传了过来。

“原来是个美女！早知道，就邀请美女去我的游艇上聊，开瓶拉菲，喝个小酒。”

马佳欣诧异地抬头，只见一个微胖男外八字行走，特横地过来了。他一屁股坐在椅子上，还冲她眨了眨眼睛，自以为很帅的那种。马佳欣有点反胃，强忍着。

“您怎么称呼？”

“高响，你可以喊我高少爷。”

马佳欣面无表情，冷冷地嘲讽道：“高少爷，您怎么有空来参加这个免费的活动？”

高响看了眼马佳欣，换了个慵懒的姿势。“因为啊，本少爷有话要说。逃离北上广啊，就是个笑话，说得那些屌丝有的选一样。逃离？我呸！他们就应该被赶回去，回到生他们的小地方。每个人出生不一样，这是命。屌丝想逆天改命，那是做梦啊！”

马佳欣强忍着厌恶，讥讽道：“高少爷命很好哦。”

“还行吧。长在皇城根，祖宗传下来几套四合院，望京有栋楼，美国、欧洲有几套别墅。顿顿粗粮，鱼翅鲍鱼什么的，说实话，我都吃腻了。”

马佳欣没见过这样摆谱的，硬生生挤出了笑。“高少爷真会投胎。您美国的别墅是不是在尔湾啊？听说那里中国有钱人特多。”

“尔湾的别墅算什么，我在好莱坞的别墅都懒得住。”

“尔湾离好莱坞太远了，路上要一天吧？”

“两天！你是没去过，美国地广人稀。”

“高少爷，尔湾跟好莱坞在美国的两头，两天怎么够啊？”

高响愣了愣，补充道：“谁开车啊，我说的是直升机，直升机飞两天。”

马佳欣真笑了，盯着高响说：“尔湾跟好莱坞都在洛杉矶，直线距离不超过100公里，开车不超过一个半小时。高少爷没去过美国，也没见过直升机吧。”

高响显然尴尬了，缓缓坐直了身体，眼神不由自主地瞟到了不远处。马佳欣顺着他的视线，看到了拿着手机偷拍的姜众。她很意外，走了过去。姜众没有挪开手机，故意对准了马佳欣的脸：那张脸在镜头里越来越严肃。

马佳欣站定，推开还对着她的手机，盯着姜众那张没什么表情的脸：“请问，您跟高少爷什么关系？”

姜众没说话，转头望着走过来的高响，看上去十分无奈。马佳欣看了眼高响，嘲讽道：“你们不会是住在好莱坞别墅的邻居吧？”

“少爷，都怪你！”

高响看着姜众，脸上的委屈十分真实。当他转头，讨好地望过来，马佳欣有些混乱。

“记者同志，我跟你坦白，我不是富二代，我是他这个富二代的跟班，是他让我假扮富二代戏弄你的，只要你信了，他就给我5000块钱。”高响转头，看着姜众，言辞恳切：“少爷，你先别怪我，那5000块我不要了。我是真有话要跟记者同志说。”

马佳欣留意着姜众的反应，觉得他的诧异大过恼怒。当高响靠近，她下意识地后退了几步。

“记者同志，你能不能号召一下，让在北京奋斗的外地人都回去，为自己家乡的发展奉献青春啊，北京老爷们儿不欢迎他们。他们有脸嚷嚷挤在北京累，还逃离北上广，不就是把钱挣了，回家买楼娶媳妇了？我在二环的家拆成了大马路，被赶到了六环……房价被你们炒高了，你们买不起拍屁股走人可以回老家，我们老北京买不起没退路，故乡早没了。”

高响说得特有感情，马佳欣看不出任何破绽。她看了眼姜众，发现他一脸的嫌弃。

“你把你家六环的房卖了，随便挑个二三线城市，直接住别墅。矫情啥呢？没有全国各地的北漂，在你的家乡奉献青春，你们家六环的房子能这么值钱？北京不只是北京人的家乡，还是全国人民的首都，你这是得了便宜还叫屈。”

“我巴不得北京只是北京人的家乡，不是全国人民的首都！”

“自己没本事，有本事在你故乡买套房。”

姜众语气不善。高响愣了愣，脸上的表情过于丰富，从不满、委屈到憋屈。马佳欣不爽，忍不住插话道：“按照您的逻辑，靠工资买不起房的老北京都没本事啰？几个人买不起是要怪自己，大部分人买不起还要怪自己？”

“那么多买得起的，又是要感谢谁呢？”

马佳欣愣住了，一时不知怎么回复。姜众看了眼“十分钟逃离北上广”的海报，说：“你们这活动就挺傻的。首先，‘逃离北上广’这五个字是用来卖的，真想逃离北上广的，没空没心思来参加这个傻得要死的营销活动；其次，在大城市混不下去就换个地方活，一直都这样，根本就不是事；再说了，你们这些媒体看热闹不嫌事大，制造和贩卖焦虑，统统倒闭了才好。你要采访我，我说完了。”

马佳欣意外于姜众的观点，愣了几秒，讥讽道：“活动傻得要死，您为什么要来当傻子呢？”

“这活动傻的重要原因之一，就是被我这样的聪明人占便宜啊。”

姜众得意扬扬。马佳欣突然觉得是老天把姜众送到她面前，让她的记者生涯结束得不那么憋屈。她看着姜众，像看着一个讨厌的礼物。

“您大概不了解穷人，我给您说说吧，逃离北上广之所以成为一个焦点话题，跟之前的情形不大一样。我们的社会高速发展了三十多年，城乡差距越来越大，一线城市的机会很多，但是房价高，消费也贵。80后作为一个群体，在三十而立的关口，集体面临着之前没有过的现实：继续留在一线城市漂着找机会，还是回老家的小城市过日子？回去房子便宜，没什么工作机会，没隐私的熟人社会，也得忍着。到底怎么选？在哪里安家立业？他们的集体焦虑，集体逃离，跟您说的在大城市混不下去就换个地方活，真不一样。”

姜众听马佳欣说完，悠悠道：“长安居大不易，没听说过？骆驼祥子宁肯赖在北京拉车，也不肯回乡下，不知道？”

这人脑子居然不是空的，马佳欣直奔主题。

“你是幸运用户，为什么会去机场接我？”

姜众皱了皱眉头，很认真地看着马佳欣：“我是雷锋，行不行？”

“你跟老吕认识多久了？是什么关系？”马佳欣继续问。姜众想了想，说：“他帮我策划活动，时间长了，处成哥们儿了，不行？”

“你不缺钱，为什么要参加这个活动，抢免费的机票？”

姜众饶有趣味地看着马佳欣，大言不惭道：“告诉你一个秘密，有钱人其实挺抠门的，免费的机票干吗不抢？另外，你问这些问题是什么意思？跟这个活动有关系？”

马佳欣笑了笑，说：“我怀疑你的免费机票是你的朋友老吕送的，想确认一下。”

这记者如此坦诚，姜众乐了：“那我正式回答你，免费机票是我凭本事抢的。还有事，先走了。”

“等等。”

马佳欣挡住了去路，姜众不爽：“我都说了啊，我的态度、我的观点，‘十分钟逃离北上广’这活动就挺傻的。”

马佳欣没说话，从包里拿出六张百元人民币，放在了桌上：“我查了，手机屏幕碎了，要是外屏的话，200块左右，内屏也坏了，一般不会超过600块。”

姜众没想到马佳欣突然说这个，很无语：“我说了不要就不要。”

“行，那我以您的名义捐出去。”

“那捐给我吧，我特别需要。”高响真伸手去拿。姜众一把抓住他的手腕，直接拖走了。

马佳欣有些困惑，不明白姜众为什么不要她的钱，他不是抠门且爱占便宜？她找出幸运用户名单，发现姜众的名字下面，果然是高响。幸运用户名单是按照抢到免费机票的顺序排的，认识的两个人抢到连号，概率为零。

马佳欣当时觉得，她必须把姜众这个无耻之徒揪出来，因为公平。后来，她才意识到，那是她作为一个不被认可的记者，象征性地最后挣扎。

二　莫名的记者生涯

马佳欣没想过当记者。年初意外入职易浪网原创部，她硬着头皮像吴兰芳那样努力。努力的结果是：出差前一天，她在办公室被顶头上司吴建打了。出完差，回到北京，应该就会被开除了。马佳欣觉得，这大半年的积极进取，像个不好笑的笑话。她对自己无所谓失望，像很多个过去那样，她习惯了不成功，习惯了被否定；跟很多个过去不同，这次她觉得无辜和困惑。

入职当天，马佳欣就知道吴建对自己不友善。他那双眼睛盯过来时，她觉得自己没穿衣服一样。这种感觉无法抗议，甚至无法言说。吴建刚好要出差，没说几句话，走人了。接下来的几天，马佳欣觉得自己是团空气，原创部没人搭理她。她宽慰自己，这很正常，成年人的职场，没人应该是活雷锋。她默默观察着同事们，不声不响。得知吴建是业内资深的调查记者，曾孤身潜入黑煤矿，报道了错综复杂的利益纠葛和冤死在矿井里的打工者，被黑社会悬赏10万元要他一条腿，马佳欣怀疑入职那天自己紧张过度，出现了错觉。等吴建出差回来，马佳欣困惑地发现，吴建看她也像看空气。领导压榨新人是常态，被晾在一边，就是让她自生自灭了。

马佳欣想好了要像吴兰芳那样努力，但又干不出买早点讨好领导的勾当，她开始注意吴建的一言一行，主动找工作上的事做。几天后的2月14日，情人节，临近下班，吴建安排了一个采访给她。马佳欣以为努力奏效，一心要做好这个采访。怕堵车，她坐了段地铁，过了主城区再打车，赶去了那个远在密云的采访地点。结果，那是个在转让的铺面，门上挂着锁。马佳欣忙跟吴建确认，只得到一句回复，地址错了。盯着那把锁，马佳欣觉得自己被耍了。

2012年的春天格外冷，极端低温袭击了整个欧洲和亚洲北部部分地区，来势凶猛，让人措手不及。天黑透了，街灯亮着，马佳欣裹着羽绒服，愣了五分钟，太冷，两腿不受控制地抖动。捧着玫瑰花束的年轻女孩走了过去，笑得像春天一样和煦温暖。马佳欣转身，买了两包密云板栗，打车回了城区。

第二天到办公室，马佳欣递了一包给吴建，说是正宗的密云板栗，好歹有点收获。吴建不作声。马佳欣主动八卦路上的见闻，没有抱怨一句。吴建等她说完，严肃地批评她采访之前，不跟采访对象联系确认时间跟地点，没有职业素养。马佳欣哑口无言，压住怒火，听着。

中午饭点，隔壁办公桌的孙毅蕾主动喊她一起吃饭，说马佳欣这个岗位，吴建答应了纸媒的前同事。马佳欣恍然大悟。孙毅蕾问她是不是认识易浪网的高层，马佳欣摇头，说能得到这份工作，自己也很意外。马佳欣说的是实话，她投简历广撒网，投易浪网原创部时，没指望有面试机会。孙毅蕾还说，原创部的绝大部分人，在纸媒就相互认识。吴建很专业，就是脾气臭点，人不坏。马佳欣笑笑，说她知道。

马佳欣能忍，还因为她发现了自己跟吴建以及同事们的差距。他们聊奈保尔、库切、门罗这些作家，她都没看过这些作家的书；突发的社会事件，她想不到那么深刻，写不出他们那样简洁有力的文字。一次，吴建看完她写的报道，问："你一个学会计的，干财务不好？"马佳欣无言以对。吴建后来懒得就内容提意见，对格式要求特别苛刻。当字体排版的字号、间隔和行距都规范漂亮，报销发票贴得无可挑剔时，马佳欣觉得，吴建放弃了逼她离职的念头。

到了6月，美国热得高速公路严重变形，铁路轨道扭曲，百年难遇。北京天空出现了“核爆云”等罕见气象。马佳欣一直被吴建晾着，不被批评，也不被表扬，自己想做什么选题就做什么，不被反对，也不被支持。马佳欣怀疑人事看错了简历，自己误打误撞得到了这份工作。每次想放弃，她会想起吴兰芳的愤怒，想起吴兰芳骂自己矫情的那些话。坚持变得越来越辛苦，马佳欣觉得，自己的脾气都暴躁了。

转折来得很意外。马佳欣一篇任性吐槽热门剧集的文章，被放到了易浪网首页，取得了原创部半年来最高的点击率。她逐渐找到了自己的生存策略：不拼深度，拼有趣、拼对用户需求的了解。吴建的点击率，向来部门垫底。当马佳欣的点击率一次又一次地创新高，吴建对她的态度又苛刻了。

“7·21特大暴雨”，北京死了近八十人，房屋倒塌了上万间。暴雨刚停，吴建不顾安危，冲在第一线采访。马佳欣当时觉得，吴建对自己所有的瞧不上，都理所当然。她主动要求帮忙，吴建不怎么搭理。一个遇难者家属不愿接受采访，吴建耗不起时间，安排马佳欣去家门口蹲守。那个家属抗拒媒体，马佳欣觉得不能强求，应该放弃。吴建不得已，再次出马。他在采访对象下班的路上，截住了她，逼着提问，问得她崩溃大哭。马佳欣看不下去，拦了辆出租车，挡着吴建，让人走了。吴建勃然大怒，说极端情况要用极端手段，那人哭完就会问什么答什么，马佳欣的愚蠢破坏了他的采访计划。那一刻，马佳欣觉得吴建的正气凛然，像个笑话。

“你嘴巴干净点。你只要你的报道，她是个刚失去亲人的人，不是你的业绩！”

这是马佳欣的第一次反抗。吴建很意外，罕见地没有发飙。他沉默片刻，说被误解和被羞辱是记者生涯的一部分，只有报道真相，才能消除误会，帮受难者渡过难关。

“真相？我觉得有名利的真相对您才重要。”她扔下这句话，直接走人了。

当马佳欣发现吴建为了抢独家新闻资源，对同行谎报信息，最后的那点敬意也没了。吴建有意无意的调侃和攻击，她只要抓住把柄，都会反击回去，搞得吴建很没面子。

伦敦奥运会7月28日开幕，那天，北京再次有强降雨。早上4点，马佳欣准时守在电视机前。社交网络上，开幕式的细节早已漫天飞舞，文字、图片、视频都有。开幕式导演博伊尔无计可施，被逼得在推特上发布了四个字“留住惊喜”。开幕式开始了，引领全球工业化的英国，形象展示并反思了现代化进程：节选自莎翁《暴风雨》的“Be not afeard”朗诵后，田园牧歌的时代结束了；产业工人们砍了树、卷起了草地，竖起了大烟囱，抡起了铁锤，升起了钢的五环；万维网发明人蒂姆·伯纳斯·李坐在一台NeXT电脑前，在推特上发布了一条实时消息：“This is for everyone.”掌声响了起来，人们感谢这位坚守开放、平等、共享、连接初衷，放弃专利，彻底改变人类生活和工作方式的发明者。

评论说伦敦奥运会是第一届推特奥运会，一个属于社交网络的“微时代”开始了。四年前北京奥运会时，脸书的使用者只有1亿，现在有9亿；推特用户600万，现在超过了6亿。

“你也许恨它，也许爱它，但你躲不开它。”习惯了单向输出的传统媒体人对推特和微博的情绪复杂。

2012年上半年，美国谷歌公司创下了109亿美元网络广告收入，超过全美报纸杂志的总和；中国纸媒的广告收入下降了7.5%。易浪网的竞争对手，已经由纸媒变成了社交媒体。原创部成立之初，是为了迎战纸媒，拼的是深度和广度。面对社交网络恐怖的流量压力，原创部的KPI考核改革急迫了起来。刚入职，马佳欣就知道部门要进行KPI改革，一直是雷声大雨点小，没什么实际进展。

现在要动真格了，部门里人心惶惶。马佳欣作为流量担当，是最不慌的那个。她甚至能感到吴建的焦虑，他批评她没有态度，一味讨好读者。她反唇相讥，说吴建孤芳自赏，自娱自乐，没有流量。吴建苦笑，没有反驳。马佳欣心里不是滋味，吴建看她的眼神，都是不屑。

伦敦奥运会结束，已是8月中旬。槐树上蝉鸣不止，北京城的街道干干净净，仿佛那场暴雨没有下过。社交网络更活跃了。“帝西大型家电三年内零毛利，所有大家电保证比家和跟甬越连锁店便宜10%以上，将派员进驻家和跟甬越店面。”帝西CEO在微博上发的这条消息，引来了对手的叫板。大小电商纷纷在微博上放出低价促销的消息，一场混战即将开始，引来了众多的围观。吴建不屑，说是商人们联手做戏，社交网络放大了羊群效应，媒体已经异化，新闻已死。马佳欣觉得，这些激烈的抨击背后，藏着吴建不甘心的落寞。

马佳欣内心有一角还是敬重吴建的。她甚至想过，咬着牙坚持下去，某一天，吴建说不定能对她改观。2012年8月17日，当吴建扔过来的文件袋砸到她肩膀，马佳欣才醒悟，自己在吴建眼里，只可能是小丑。

那天，北京摩托罗拉移动的员工在公司附近拉起横幅，抗议强制裁员。马佳欣去了现场。天是阴的，横幅是白的，字是黑的。

“兄弟！冷漠，你就是下一个！”

“用我专利，杀我兄弟。”

“反对暴力裁员，要求对等协商。”

抗议的人群喊着口号，群情激愤。保安在不远处盯着。2011年8月，谷歌收购摩托罗拉移动，花了125亿美元。员工们当时很开心，觉得能享受谷歌的高福利了。不到一年，迎来的是大裁员。公司裁员比例高达20%，约4000人，要关闭全球94个办事处中的三分之一。北京是“重灾区”，裁员比例超过了40%，达700人，包括软、硬件研发部门，IT运维部门，产品供应链部门和云服务部门等。

“解约协议公司不允许员工拿走，除了签字只能听之任之。在此之前，公司和员工之间没有任何沟通，裁员的衡量标准及依据是什么，员工一无所知。”

从接到被裁通知到必须签字，这个时间仅有一天。马佳欣能理解不被尊重的愤怒。她做好采访，回到办公室，遇到了孙毅蕾，问谷歌花那么多钱收购摩托罗拉移动，为什么会大裁员。

“竞争太激烈，业绩不达预期。”孙毅蕾说，“智能手机是大趋势，各行各业都想抢这个流量入口。阿里巴巴、百度、乐视、盛大这些就不用说了，挖煤的、造房子的、做家电的，都一窝蜂地跑进来做手机了。”

“这都不懂，你就不是干新闻的料。你到底怎么进来的?”吴建皱着眉头走了过来，看上去很不高兴。马佳欣愣了愣，没有说话。吴建明显占理的话，她不会反驳。吴建一屁股坐下，疲惫不堪。

“老苏又否了！KPI考核方案要把我搞死了……原创部的优势是独家、深度，当初喊我来，说好了不用考虑点击率，口碑第一。现在好了，流量第一！改个屁的革，直接解散拉倒!”

孙毅蕾递了几个葡萄给马佳欣，看着吴建说：“原创部成立的时候，是为了对抗纸媒。现在对手变了，跟着变一变也应该。”

“纸媒也好，智能手机也好，都是个载体，内容的价值会跟着这些载体变?”吴建心情糟糕，“有了智能手机，唐诗贬值了？笑话!”

“唐诗多了去了，被记住的都是流传广、点击率高的那些。”马佳欣找到机会，不客气地反击，“您不是不要点击率，您是搞不定点击率吧。”

吴建突然涨红了脸，像被说中了心思，恼羞成怒道：“你流量高，你有理，呵呵。我一直想问你，你跟皮特陈到底什么关系？”

马佳欣知道皮特陈是公司的高管，她不认识这个人。

“你什么意思？”

“就字面意思。”

吴建笑得暧昧。莫名的羞辱袭来，马佳欣克制着愤怒，冷冷地回复：“我知道皮特陈是高管，我跟他能有什么关系？”

“哈哈哈哈哈……”

吴建突然就笑了，充满了讥讽。马佳欣愤怒、更困惑，干脆盯着吴建，直接问：“您说我跟皮特陈什么关系？”

“难道不是男女关系？！”

孙毅蕾不安地站起，众人都望了过来。马佳欣愣在原地，片刻，她松了口气，整个人都放松了，甚至笑了笑。吴建没想到她这反应，声音猛地高了八度。

“你以为你点击量高是你的本事？皮特陈给你安排首页的好位置，就是一坨屎，点击量也会高。”

“那你写一坨屎，我找皮特陈给你放首页，看哪坨屎点击量高。”马佳欣挑衅地盯着吴建，“你敢不敢？”

吴建突然失控，随手拿起桌上的文件袋，朝马佳欣扔了过去。马佳欣没想到他会动手，躲闪不及，被打中了肩膀，A4纸撒了一地。吴建呆住了，被自己的举动吓到。办公室死寂，都望着她和他。

马佳欣转身走了。

开放式的办公区都是工位，每个工位上是一个埋头敲键盘的年轻人。一排又一排的，一眼望过去，密密麻麻。马佳欣突然觉得，这里跟老家的工厂没什么区别。这些奋斗到一线大城市的面孔，井然有序地忙碌着，照样过着流水线的生活，照样沦为机器上的螺丝钉。

原创部的主编苏文，气质儒雅，一头花白的头发，梳得一丝不荀。他脸上常年挂着微笑，对任何人都客气，是那种不要靠近、保持恰当距离的客气。马佳欣敲门进去，一眼看到了那熟悉的微笑。

"主任，我应聘原创部的流程，有没有问题？"

苏文放下了手里的KPI改革方案，迟疑了片刻，才回复："没问题。怎么了？"

"真的没人托关系关照吗？"

"没有。"

马佳欣如释重负，缓缓道："我投诉吴建诋毁我，要求他公开向我道歉。"

原创部里，苏文跟吴建关系最铁，是多年的老友。此刻，苏文脸上的笑意仍在，说得淡然："吴建是个急脾气，这里面应该有什么误会……对了，有个'十分钟逃离北上广'的活动需要采访，在三亚，机票已经帮你订好了，你辛苦一趟？"

马佳欣欲言又止，最终什么也没说。她觉得，苏文的笑，比吴建的怒更有杀伤力，那是强者对弱者的怜悯和蔑视。她转身离开，去了洗手间。

人生避难处=厕所。这个等式，马佳欣以为不会再亲历了。白色的门，一扇接一扇。她朝里疾走，生怕有一扇门突然开了，出来一个认识的人。这段距离如此漫长，混合着消毒水气息的臊臭味，侵入了每个毛孔，马佳欣觉得自己糟透了。终于到了最靠里的那个隔间，还没推门，一声压抑的哽咽传来，让她瞬间止步。

想躲在厕所最里间哭一哭的人，不止她一个。工作中，觉得委屈的人，不止她一个。马佳欣苦笑着转身，快速找了一个没人的位置，进去后锁上门，拿出纸巾擦拭马桶盖，铺上纸巾坐下的那一刻，眼泪唰地流了下来，无声无息。泪水滑过脸颊的感觉如此陌生，马佳欣突然觉得轻松，已经像吴兰芳那样铆足力气进取过了，不用再逼自己拧紧螺丝了。

晚高峰，地铁上人挤人。窗外出现了利用视觉延时制作的广告牌，黑暗中那些光鲜的形象，像另一个时空。车厢里，只有几个老年人在看报纸，大部分人在玩手机。智能手机不是报刊的竞品，是替代品。时代的权利属于大众，吴建掌控话语权的黄金时代一去不复返了。马佳欣这么想着，觉得这些跟她不再有关系。

八十年代的宿舍楼，红色的外墙在路灯中有些沉重。马佳欣租的一室一厅，是典型的老公房格局，客厅很小，卧室还算大。床上堆着出差需要的衣物。床边的柜子上，放着马佳欣跟吴兰芳的合影，两人笑得灿烂。马佳欣看了看合影，看了看机票，想起吴兰芳说只要努力，就算没有达到目标，没有成就感也会有价值感，不禁苦笑。这大半年的积极进取，她累极了。

去三亚的飞机上，看着“十分钟逃离北上广”的活动资料，马佳欣认真想了想将来，没任何期待。

游客的嬉戏声传来。马佳欣望了望不远处的大海，给主办活动的公司打了电话，要求对方调查并提供姜众跟高响参加活动、抢到免费机票的合规性证明，否则，她将在网络上公布疑点。马佳欣知道这不是最佳的调查方案，她懒得花更多的精力了。

采访的间隙，孙毅蕾来电。

“你还好吧？”

马佳欣不知如何作答，沉默不语。孙毅蕾接着说：“吴建跟我说，他是被KPI逼疯了……嗯，你不要放心上。”

马佳欣有点想笑，问：“蕾蕾姐，我是不是要被开除了？”

“开除你？不会啊，怎么可能？”

“我觉得我已经被开除了。”马佳欣语调轻松。

“你放心好了，原创部最不可能被开除的就是你……我实话实说了啊，你试用期结束、要转正的时候，吴建打了不及格，是上面保你，坚持让你转正。怎么说呢，就算开除吴建，也不会开除你，就这么一个感觉。”

马佳欣呆立片刻，艰难问道：“上面指的是皮特陈?”

“是的。”

马佳欣觉得讽刺极了，问：“这事部门的人都知道?”

“嗯，差不多吧。”

原来，自己真是个走后门的关系户，本该被吴建看不起。那些委屈，就是笑话，自己一直是个小丑。话筒那边传来孙毅蕾的紧张，马佳欣控制着语气，调侃道：“原来吴建老师没说错，错的是我。”

“不是谁对谁错，没证据的事，不能瞎说的……对了，你怎么认识皮特陈的?”

马佳欣苦笑，说不认识皮特陈。孙毅蕾沉默片刻，倒也直接：“皮特陈这个人呢，名声不大好……万一他骚扰你，你跟我说，我告诉你怎么对付。”

挂了手机，马佳欣望着大海的方向，眼神却失去了焦点。自己怎么进的原创部，皮特陈为什么要帮自己，她没兴趣知道。

三　火星上的生意

酒店的走廊，阳光灿烂、椰树婆娑。姜众走得很快，心事重重。高响跟在后面，很是愉悦。他刚才跟记者说的，都是心里话。小时候，一个胡同的孩子们到处乱窜，穷的没特别穷，富的也没特别富，街坊邻居也吵，大体还算和气。后来，奶奶家变成了刘老根大舞台，外公家变成了友谊医院的住院部，街坊们散落在这座城市的各个角落。那些老地方盖的新房子，贵到让他觉得人生无望。想起快乐的童年时光，他不由得长叹了一声。姜众听到，停了下来，不满地质问：

“你是不是有病？”

高响知道姜众不高兴，有意转移话题：“600块，非要赔！这样的姑娘会是媚上欺下、见有钱人眼开的主？我怎么觉得不像啊！”

姜众无从解释。马佳欣知道自己不是司机后，那示好的态度，让他厌恶。

“你可真能扯，你还跟班！你怎么不说我是混血的阿拉伯王子？”

“嘿嘿，你鼻梁再高点我就这么说了。”高响伸出手，“反正我赢了，那1000块，你得给我。”

“你，演砸了！”姜众很不爽，一掌拍向高响的手心。老吕让他跟马佳欣搞好关系，他嫌烦，让自诩影帝的高响去搞定，答应成功后给1000块。高响躲得极快，辩解道：“富二代是演砸了。我反应快啊，及时调整戏路，这富二代的跟班，我演得特别到位。我自己都信了，这记者也信了。你说话向来算数，给我钱。”

高响说着，再次把手伸了过来。姜众哭笑不得：“我让你装有钱人，跟她套近乎，搞好关系。你现在是激化了矛盾!”

“是你跟她的矛盾激化了，我跟她是套上近乎了啊，关系蛮好的，给我钱。”

“我又不是真的富二代，没钱。”姜众极其无语，转身就走。高响忙跟上，十分不甘：“我就没赢过你，跟你赌从来就是输。这1000块可不只是1000块，这是我赢了你的纪念，我要裱起来，挂墙上……”

姜众见高响说得认真，突然停下来，高响差点撞他身上。

“行，我给你2000个五角硬币，你贴一面墙，金光闪闪。”

“啊……那得先买房，贴别人家亏了。”

姜众气得笑了起来：“那你买好房，我再把那2000个五角硬币给你。2000个，一个都不会少。”

“行啊!”高响话一出口，觉得不对了，“不行啊，我这辈子买不起房，你是不是就不给了?”

“给，必须给，送你套房都行。金光闪闪的硬币墙，必须有。”

高响狐疑地看着姜众，不知道该不该信送房的承诺。姜众懒得扯了，马佳欣这记者虽然有点傻，也不能完全不防备。要是因为自己的机票，给老吕的活动惹麻烦，那就糟了。他盯着高响，认真嘱咐道：“对了，那个姓马的记者要是再找你，你嘴巴严实点，不要是个女的你就掏心掏肺。”

“要钱没钱，要颜值没颜值。”高响自嘲地笑了笑，“除了掏心掏肺，我还能怎么套近乎?”

姜众愣了愣，厉声道：“不需要套近乎，你躲着她，记住了!”

“哦。”

高响有点意外。姜众这样认真且严肃，并不多见。

姜众参加"十分钟逃离北上广"，是为了他的创业项目火星众筹App。他有一个自娱自乐的非营利网站，介绍太空、航天飞船、火星探索等太空前沿资讯，几年下来，聚集了一帮网友，在论坛中自发形成了一个创意众筹的板块。三个月前，有网友推荐硅谷的众筹网站Kickstarter，说在国外很火，建议他在论坛的基础上，快速复制一个。姜众向来闲云野鹤，没想过创业，这次非常动心，觉得这个事情特别有意义。老吕在筹建一个TMT风投基金，需要项目。他做好火星众筹App的demo，就给了老吕，希望他投资。老吕不说不投，也不说投，一直都在研究。姜众来三亚，就想要个准信。

老吕住的是套房，客厅成了他的办公场所。马佳欣的采访，姜众刚开了个头，老吕就打断了他："你不用帮我盯马佳欣了，目的什么的，你都不用管，应付她一下就好了。"

姜众很意外，问："为什么？"

"我打算亲自盯。"

老吕的神情不像开玩笑。姜众更不懂了，直接问："这破活动有什么见不得人的，值得你亲自对付？"

"资本上的事，复杂得很。"老吕明显不愿意多说，一副送客的样子，"反正你不用管了，没必要主动接近了。"

姜众犹豫了片刻，硬起头皮说："那个……火星众筹你要是完全没兴趣，也可以直接跟我说的。"

"我忙成这样，哪有空琢磨你的项目？"老吕有些不耐烦。姜众不爽，耐着性子说："你看一眼花不了多少时间。大佬们疯了一样地做智能手机，急着抢移动互联网的流量入口。这波风口没跟上，就成了柯达那样的百年老店，几年就死翘翘。颠覆性的变革，早一步跟晚一步，差距太大了。"

老吕抬起头，好玩地看着姜众：“所以你就搞了一个好奇号登陆火星、龙飞船、天宫一号、月球计划、外星人、宇宙飞船这些不着调的，迎接这个风口？”

“着调的，硅谷有成功的模板，那个Kickstarter你研究完没有？”

“还在研究。我英语比你差多了，看得我头疼，别催啊。”

姜众不说话了。老吕知道他失望，想了想，说：“我就问你，你为什么要做这个事？”

“有意义啊。”

老吕叹了口气，说得严肃：“生意就是生意。拿理想主义谈生意是书生，拿生意谈理想主义是爸爸们。有意义，很好，但不是生意。创业就是做生意，你得在移动互联网里找到市场容量大的项目，越大越好。要挣钱，就挣尽可能多的钱。”

“你先认真看了，再当爸爸讲大道理，行吗？”姜众很无语。

“行，我忙完了就认真看。”

老吕说得诚恳。姜众心里打鼓，不好再催，转身离开。老吕等房门关上，开了电脑，调出一封邮件，附件居然是马佳欣的资料。

老吕盯着马佳欣的照片，像看到了猎物，笑得贪婪。

姜众拿着插好吸管的椰子，和颜悦色地进了房间，高响一看就知道没好事。果然，姜众把椰子放在他面前，就提要求。

“老吕还在研究，估计看着首页就没点进去。改一个让他感兴趣的首页，说不定就点进去了。你说是不是？”

高响极其无语，同情地看着姜众，说：“研究就是没戏的意思，一直研究就是拿你当个明白人，希望你迷途知返。你怎么还不懂呢？”

“老吕不是这样的人。”姜众不屑，“这活动没几天，你赶紧改，回北京再找他就麻烦多了。”

高响拿起椰子，喝了起来，懒得说话。姜众等了等，缓和语气道："老吕在忙着成立风投基金，他缺项目。"

高响转身，一本正经地坐直了，盯着姜众问："钱够花就不接活的主，散仙一个，来真的啊，你脑门子被创业夹了？"

姜众哭笑不得，强调道："我一直说我是认真的。"

"我一直都不信。"

姜众被噎得倒退了几步，痛心疾首得很夸张："你在羞辱我！我就不能洗心革面，做一个早睡早起、努力走上人生巅峰的上进青年？"

"你好，上进青年！"高响笑得贱兮兮。姜众极其无语，说："你想想，我跟你两个人的小破工作室，拒接App项目花的时间，比做App的时间都多，这说明了什么？说明移动互联网的大风口要来了，一头猪都有机会飞起来……"

"是，猪是有机会飞起来。风再大，也吹不动火星啊。"高响认真起来，"你自己说说，谷歌和XPRIZE在网上发起的那个民间登月行动计划，全中国有几个人关注？太空探索……是能吃还是能喝？跟老百姓有关系？再说了，原创的高科技的东西，国内就是不行，技术的源头都在老外那里，那是文化上、根上的东西，咱们搞搞应用就行了。"

"火星众筹是应用啊，硅谷还有对标的爆红应用。"

"关于原创的应用……老吕绝对不是嫌页面丑，他是对你这个项目没兴趣。"

姜众沉默了。高响一副过来人的样子，劝道："创业公司我待得比你多多了，九死一生，太难了。"

"行了啊，首页你自己看着办吧。"姜众说完直接出门了。高响尴尬地喝了口椰汁，点开了火星众筹。启动页上一半人形一半机械的图标在闪烁，他盯着，叹了口气。

高响觉得，他喊姜众少爷也不能算错，毕竟，他靠姜众吃饭。高职毕业的他，常年厮混在创业型小公司，为数不多的几次被辞退他还挺高兴，说明公司没倒闭。往往是公司没钱了，老板跟他一起失业。他跟姜众同事过，被他的技术折服，一直都主动保持联系。后来，姜众拉上他成立了一个工作室，接一些外包的活，钱还可以，更重要的是，自在。高响很明白，这个工作室没姜众就没活；没他，照样转。

高响非常希望姜众这股创业的热情，就像夏天的雷阵雨，来得快、去得也快。

蓝天白云，椰林摇曳，水清沙白。姜众玩到傍晚回房间，发现高响坐在电脑前，老老实实地改页面。他心里过意不去，问："你一直在改啊，怎么不去海边发呆?"

高响幽怨地盯了一眼姜众，说："你是我老板啊！老板发了话，我敢不听吗?"

姜众无语，斥道："你过分了啊，好好说话!"

"我坚决不看好你创业，但也不想耽误你吃一吃创业的苦。"高响说得咬牙切齿。姜众哭笑不得，一把拉起他，说："你现在就给我滚去沙滩看夕阳，不听就不跟你合伙了!"

高响一溜烟地奔出了房间，生怕姜众后悔一样。姜众摇了摇头，坐到电脑前，认真查看修改的页面。

马佳欣的采访很顺利，那些"逃离北上广"的幸运用户好像积攒了一肚子的话，根本不需要她引导和挖掘，他们说的，足够她完成一篇报道。回到房间，放好设备，她出门到了沙滩，一时情绪低落。一脚踩进海水，细腻的白沙钻进了脚趾缝，袭来的凉意，无法让纷乱的思绪安静下来，原来部门所有人都知道皮特陈在力挺她，原来那些点击率成绩，真不是因为自己写得好。马佳欣望着海面上的一朵孤云，长叹了一口气。

海浪拍来，马佳欣追着白色的浪尖，突然看见高响在不远处，一副要引吭高歌的舞台范。他的嘴大张着，一动也不动。她犹豫片刻，快步走了过去，喊道："高响。"

高响应声回头，发现是马佳欣，很意外，问："什么事？"

"你这是要唱歌？"

高响忙调整了姿势，有点不好意思，解释："北方人第一次看到这样的大海，太美了，太激动了。"

高响居然有点羞涩。马佳欣想了想，问："你跟你们家少爷来的时候，是同一个航班，位置也挨着吗？"

"是啊，有什么问题吗？"高响有些茫然。

"你的票是自己抢的吗？"

"是，是啊！"

"这个活动公开抢票，认识的人抢到同一个地方的机票、座位还挨着的概率为零。你的票到底哪儿来的？"马佳欣突然咄咄逼人。高响有点困惑，不由自主地左右张望，看到姜众正快步走来，想了想，说："我说实话，是我家少爷给的。"

匆匆赶到的姜众刚好听到，气得想揍人，忙呵斥高响："你一个字都不准说了。"

"哦。"高响有些莫名其妙，但乖乖地没反驳。马佳欣看着姜众嚣张跋扈的样子，懒得掩饰自己的鄙视，直接问："富二代抢这种免费的活动机票太掉价了，你还有脸抢两张。说实话吧，你的机票哪里来的？"

姜众无奈地看着马佳欣，说："我是个特别抠门的富二代。凭本事抢的机票，不想告诉你诀窍。"

"两张机票是不是老吕给你的？"马佳欣毫不退让。

“不是，我已经说过，是我自己凭本事抢的。”姜众很不耐烦，反问，“我说你到底是采访活动还是拿钱找黑料来了？就你这水平，记者？假的吧。”

马佳欣顿觉挫败感袭来，自嘲地笑了笑。姜众看出她的异样，突然有了兴趣，说：“问你呢，你是来查老吕的，还是来查这个活动的？”马佳欣缓过神来，很认真地看着姜众，说：“我只是看不惯不公平，更看不惯爱占穷人便宜的有钱人，那都算不上是人。”

姜众很意外，饶有兴趣地抗议：“你怎么骂人呢？”

“不好意思，我是个俗人，我仇富，情绪没控制住。你们的票要是违规，会付出代价的。”

马佳欣说完，转身走了。姜众望着她的背影，没有动。高响松开抿紧的嘴唇，刚出了口气，发现姜众的脸上浮现出一种奇特的笑意。高响故意不说话，看着姜众被定住般、一动也不动地站着。五分钟过去了，高响受不了，贱兮兮地问：“看这么久，看上这姑娘了？”

姜众的笑匆忙消失了，他转头恶狠狠地盯着高响，骂：“滚！什么跟什么啊……我让你躲着她，你怎么不听？”

“是你让我来沙滩看夕阳的。”高响笑嘻嘻，“我又没惹她，是她主动过来跟我说话，我不会游泳，不敢跳进海里，我总不……”

“行了，行了！”姜众截住了高响的话头，“以后你不要跟她说话了，在她面前，你就是个哑巴，懂了吗？”

“哦……不懂。但我照做。”

高响知道姜众担心这个记者找老吕的麻烦，影响老吕投资火星众筹。高响很确定，老吕不会投。他不由得拍了拍姜众的肩，带着同情。

“地球上的烦恼，在火星上都不是事啊！”

四　拯救姑娘

夜色已深，海浪拍岸的声音，清清楚楚。马佳欣反复看着白天的采访素材，突然发现了问题，说得最好的三个人，说得太流利了。

第一个是戴着鸭舌帽的男人，他看着镜头的样子，说不出的惆怅。“初中的时候，我对自己说，长大了，千万不能成为身边的那些大人。他们家长里短、做什么都讲关系，平庸乏味，人生一眼可以看到头。我要去大城市，那里自由、有趣、努力就有回报，未来有好多可能性。今年我三十二了，没车没房没女朋友，俗称三无产品，呵呵。我不后悔来上海，就是有点累了。大概能力配不上野心，也辜负了曾经的努力。我注定只是这个城市的过客……”

马佳欣盯着这男人脸上的青春痘，有点不信他有三十二岁。第二个是长发女生，脸上没有一条皱纹。她说：“刚到广州，钱少住得破，很累，但有激情，对未来充满希望。现在条件好多了，喝得起星巴克，办得起健身卡。三十岁生日后，小伙伴越来越少，在这个熟悉的城市竟然待出了陌生的感觉，对未来的生活开始莫名恐惧，也没有勇气放弃。感觉依赖感变强了，出现问题，会想找个人依靠，活得越来越憋屈。我妈比我还焦虑，天天让我离开广州回老家相亲结婚，说再晚孩子都生不出来了。”

女生苦笑，看上去真的焦虑。第三个是一位发际线后移的大叔，看上去很颓。“深圳是一个注定要离开的城市。刚来的时候，公交站到处都贴着‘来了就是深圳人’的标语，我真的信。努力工作，拼命存钱，可卡上的数字距离首付越来越远。房价去年跌了，我高兴坏了，没想到今年又暴涨。月入过万，活得像条狗是什么样的，我算知道了……连张走的机票都买不起，你说我来做什么呢？”

马佳欣确定这三人的稿子不仅是背的，还对着镜头排练过。白天采访的时候，她被他们说的吸引，没想太多。此刻，海浪一声接一声，马佳欣苦笑，觉得冥冥之中，有种力量逼着她继续调查，像一个真正的记者那样。

第二天采访的间隙，马佳欣去了前台，找大堂经理打听酒店的活动报价。她不知道，姜众远远地看着她。等她离开，姜众走了过去，问大堂经理：“刚才那个记者问你什么了？”

“她要报价呢，说要办一个跟‘十分钟逃离北上广’类似的活动。”

姜众一愣，假装漫不经心地问：“那底价你都跟她说了？”

“没啊。”大堂经理很礼貌，“这些不是我负责的，我让她去找商务部了。”

“专业。”

姜众竖起了大拇指，转身后，他笑意全失。酒店是东南亚设计风格，大堂高挑，通风性极好。姜众迎着吹来的风，想了想，决定去找老吕。

老吕简单地“哦”了一声，不紧张也不恼怒，好像马佳欣调查活动费用跟他没关系。“你不用盯她了，我跟你说过吧。”

姜众没想到老吕嫌他多管闲事，突然心生不安，笑着问：“你要亲自盯，不会是看上她了吧？”

老吕诧异地抬头，说：“怎么，你担心我吃了她？”

姜众一愣，硬着头皮调侃：“有点，你这么花，谁知道你想干吗。”

“这姑娘挺有意思的。”老吕故意压低了声音，笑得神秘兮兮。

那笑，姜众有点不适，忙换了正经语气，说：“不开玩笑啊。”

“我没开玩笑。”

老吕说得坦然，不像开玩笑。姜众傻了，问：“为什么？”

“不关你的事。”

姜众不爽，极其不安。老吕是个有文化的流氓，只谈恋爱不结婚的渣男，女朋友双手双脚全用上都数不过来。他不明白，老吕什么时候看上了马佳欣，为什么会看上马佳欣？沉默片刻，他憋出一句话：“你可别乱来。”

“放心，不乱来，这次认真的。”

老吕笑嘻嘻。姜众努力分辨他这话的真假，一股烦躁莫名冒了出来。他懒得说话了，转身出了房间。窗外是湛蓝的天空。马佳欣说“我只是看不惯不公平，更看不惯爱占穷人便宜的有钱人，那都算不上是人”时的神情，浮现在他眼前，怎么赶都赶不走。

姜众知道老吕渣，没想到他这次渣得特别速度。第二天早上在餐厅，他拿着餐盘，一眼瞥见老吕跟马佳欣坐在一张桌子旁，两人面带笑意，相谈甚欢的样子。一股火腾地冒了出来，姜众想了想，转身找了个不远不近的位置坐下，时不时望过去，心不在焉地吃着饭。当老吕殷勤地帮马佳欣拿勺子，他有点坐不住了。当老吕递了一张纸巾给马佳欣，他猛地站了起来，直接走了过去。

马佳欣明显有些意外，姜众故意不看她，嬉皮笑脸地盯着老吕说：“吕总，听说你前任跟前前任都找你现任女朋友的麻烦，你泡那么多妹子，她们不来找你这个罪魁祸首，还内部自相残杀，怎么做到的，传授一下呗？”

姜众瞟见马佳欣皱起了眉头，神情不悦，有些懊恼，心想这是故意说给你听的，你得听懂啊。老吕对着马佳欣，歉意地笑了笑，才转头看着姜众，说：“诀窍就是尊重，像尊重自己一样尊重对方。你刚才那样说，不尊重她们，也是不尊重你自己，得改。”

老吕说得那么认真，看上去那么绅士。瞧着马佳欣赞同和欣赏的神情，姜众很想扇自己一耳光。他硬着头皮接话道："懂了，就是嘴上的尊重比行为上的尊重更重要，得会说话，会哄。大记者，泡妞高手的这种理论，作为女性，你怎么看？"

姜众转头看着马佳欣，真心希望她能听懂自己的提醒。

"至少，随意评判他人是不对的。"马佳欣的脸上，直接写着嫌弃。姜众哑口无言，恨不得找个地洞钻进去，觉得自己的好心提醒蠢透了。

老吕不紧不慢地吃掉最后一口食物，站了起来，绅士地看着马佳欣，说："那中午见？"

"好的。"马佳欣答应得毫不迟疑。

老吕没看姜众，起身走了。马佳欣喝掉饮料，站了起来，没瞧一眼姜众，直接走了。姜众傻坐着，愣了半晌，轻轻地扇了自己一耳光。

姜众沮丧地回到房间，见高响已端坐在电脑前，认真修改着火星众筹的首页，他敷衍地比了个大拇指，打开了自己的电脑。片刻，姜众心神不定地站了起来，在房间里踱来踱去，随后把耳朵贴在了墙壁上。高响完成了一个细节的调整，放松地伸了个懒腰，转身见他这姿势，吓了一跳。

"你有病啊，偷听！"

姜众没动，听了一会儿才转身，问："隔壁一直没动静？"高响鄙视地看着姜众，说："我没你那么变态。"姜众没反驳，居然还笑了笑。高响突然反应过来，立马起身，耳朵贴墙，压低声音，贱兮兮地问："隔壁谁啊？大美女？"

姜众无语地看着高响，说："不是，大恐龙一只。"

"那有什么好偷听的。"高响失望地离开了墙壁。姜众懒得跟高响解释，又的确想不通，不由得问："隔壁是那个记者马佳欣，你说，她是一个什么样的人？算好看的吗？看上去很好骗吗？"

高响跟看外星人一样盯着略尴尬的姜众，那眼神太猥琐，姜众自觉失言，又没法说老吕的行径，开始胡扯："还不是怪你，胡编乱造，说我是富二代……我演技比你差远了，迟早得穿帮。你说你，嘴巴怎么这么大呢？"

高响笑得更猥琐了，一副看破不说破的样子。姜众很不舒服，斥道："你不知道自己笑得很恶心吧。卫生间有镜子，赶紧去照一下。"

高响憋住了笑，一本正经地说："你为什么要担心穿帮？因为你想跟她还有来往。你为什么还想着跟她有来往？因为你看上她了！"

姜众夸张地冷笑了几声，以示不屑："这都什么跟什么啊！我……我是不想放过一个坏人，也不想……不想冤枉一个好人。"

高响小眼睛眨了眨，用力拍了拍姜众的肩，说："我不会让她误会你的，我造成的失误我来弥补。"

"你想干什么？别乱来！"

"乱来？我不敢的。"高响说得诚恳。姜众警惕地盯着他，再次严厉警告："你不要找她说话，在她面前，你就是个哑巴。记住了？"

高响忙点头，无比认真的样子。姜众将信将疑，高响向来大大咧咧，答应了不一定靠谱。他没想到，高响这次能如此不靠谱。

姜众在卫生间，正在马桶上努力，突然听到高响大喊："马记者，马大记者！"姜众一愣，预感不好，抓紧努力。

马佳欣刚回房间，循着声音走到阳台，看到隔壁阳台的高响，热情洋溢地冲自己笑，有些莫名。

"关于我们家少爷，你可能有点误会，我想跟你解释解释。"

马佳欣很意外，充满了警惕。高响抢时间，赶紧说："就是那两张免费机票，你不是怀疑嘛。实话实说，不是举办方送的，真是我们家少爷凭本事抢的。他违规用了后台软件，不过，他都是为了我。”

马佳欣朝前走了几步，靠近了栏杆。高响加快了语速：“办活动的这家互联网公司，我入职的时候，没几个人，我不走的话，算元老。为什么走了呢，肯定是伤心了……看到他们办这个‘十分钟逃离北上广’的活动，我跟少爷念叨，说其实挺怀念刚创业那会儿，一群人没大没小的，为了同一个目标努力，钱不多，超级有动力，那时公司还许诺，以后有钱了到三亚团建。我就是说说的，没想到少爷听进去了，他抢了两张票，说是这公司欠我的团建。他真不是为了占小便宜。”

马佳欣万万没想到还有这么个故事，望着高响无比真诚的眼神，觉得有点荒诞，问：“所以，你们家少爷人还不错？”

“当然不错。”高响忙申明，“他这人刀子嘴豆腐心，其实心很善。路上遇到乞讨的，他有零钱一定给；他每年都捐款给希望工程，还会跟山里的小朋友写信……”

姜众冲出了卫生间，看着站在阳台上的高响，他想出去阻拦，又觉得不合适，气得捏了个纸团，想扔，又怕被马佳欣发现，恨恨地攥在了手里。犹豫片刻，他悄悄靠近阳台，对着高响夸张地比画着。高响瞟到了姜众的一举一动，故意装作没看见，一脸诚恳地跟马佳欣说话。

“你们家少爷可真有意思，非说自己抠门。”

“他这人向来不好意思承认自己做好事，觉得坏坏的才够帅，不成熟。”

马佳欣笑了。高响看不懂这笑的含义，有点心虚。马佳欣问：“你是北京土著吧，怎么会认识他这个有钱人呢？”

“我帮他打工啊，他技术超厉害的。”高响说得毫不迟疑。马佳欣顿了顿，问："这样啊。对了，他有没有女朋友？"

高响一愣，顿时满脸堆笑，忙说："没有！铁杆光棍单身汉一个！"

"以前也没有？"

"这个嘛，他不跟我说，应该有过吧，你可以直接去问他啊。"高响心情愉悦，"他对你印象其实不错，说不定会跟你说。他这人就是拉不下脸，嘴欠，人真挺好的，你接触多了就知道了。"

姜众听着高响的话，气得一脚踹向他，脚快要踢出房间，又硬生生地收了回来。高响小心翼翼地往外挪了挪，手背在身后，朝姜众做了个胜利的手势。

"要不，你帮我约一下你们家少爷，明天他有时间的话，我请他喝咖啡，算是误会他了，道个歉。"马佳欣这么说，高响喜出望外，忙不迭地答应："好啊好啊，我一定跟他说，他肯定有时间。"

高响一脸愉悦地看着马佳欣回了房间，转身冲着姜众笑，无比得意。不想姜众一把拽住了他的衣领，把他拖出了房间，拖到了消防通道。高响不想被马佳欣听见，功亏一篑，忍着不作声。当消防通道厚重的大门砰地关上，姜众才放开了他。高响扯了扯衣领，心情很不错。

"你贴着墙壁偷听她，就是对她有兴趣；她关心你有没有女朋友，就是对你有兴趣……"

姜众气糊涂了，压低声音怒斥："胡说八道什么啊？！不是让你躲着她，在她面前，你就是个哑巴？！"

"我就问你，她要道歉，请你喝咖啡，你去还是不去？"

姜众被将住了。他看着嚣张起来的高响，有点尴尬，气势也弱了下去："什么希望工程，给小朋友写信的……瞎编什么啊！"

"有限瞎编，那还不是为了美化你。抢票的事没瞎编，是事实。"高响振振有词。姜众极其无语。高响见姜众不作声，十分得意，继续支招："富二代这个事嘛，没法解释。我总不能说我是个骗子吧。我都是个骗子了，我说抢票是怎么回事，她还能信？所以富二代这个人设不能崩，你委屈一下，接着演啊。以后接触多了，她打心底认可你这个人了，到时候再解释啊。"

姜众哭笑不得，无奈地说："你什么都不知道……别瞎操心了。"

"说实话，我巴不得你恋爱，然后没工夫创业！恋爱比创业香太多了。"

姜众愣住了，这才懂高响不是胡来。他想解释，又不知从何讲起，干脆说："创业跟恋爱，我两手都要抓，两手都要硬，行不行？"

"行行行！只要你肯恋爱就行。"

"恋爱得我自己谈，你别瞎掺和，别找她了，行不行？"

"哟，就吃醋了。"高响凑近了姜众，"放心，她不是我的菜。万一狭路相逢说了几句话，我一定跟你报备，耽误什么都不能耽误你恋爱。"

高响笑得贱兮兮。姜众狠狠瞪了他一眼，决定再找老吕聊一聊。

老吕坐在遮阳伞下，一副怡然自得的样子。姜众快步过来，停在了他面前。老吕故意说："催命一样打电话，非要见，什么事啊？"

"别装了，你知道是什么事。"姜众在老吕对面坐下。老吕一本正经地说："你那个火星众筹的项目，我说了，现在没空琢磨。硅谷那个样本，我英语差，也还没搞清楚。"

姜众知道老吕是故意的，深吸了一口气，控制着情绪，不急不缓地问："我特别好奇，你看上那个记者哪一点了？你真的要追她？"

老吕饶有趣味地看着姜众，想了想，说："本来没想好要不要追的，你这么关心，说明这姑娘真的不错，追了，必须追。"

姜众一股火气冲到了头顶，正要发作，突然醒悟了，说："好了，别开玩笑了。你到底为什么要接近她？"

“你说呢?”

老吕看着姜众，笑嘻嘻的，不再说话。姜众很认真地想了想，拿不定主意，说：“你以前的女朋友，都那样的……”

姜众用手在胸前画圈、比画了一下，不大好意思的样子。老吕大笑，说：“丰满，这是个中性词，没什么不好意思的。”

姜众尴尬了，一时无语。老吕收起了笑，认真地看着他，问：“你在餐厅里诋毁我是玩弄女性的渣男，我知道你为了提醒马佳欣。这么怕她上当……你喜欢上她了?”

“没有、不是……算了，说不清楚……”姜众觉得自己混乱了，干脆回到主题，“所以，你是真的要追她?”

老吕看着姜众的窘迫，左手有节奏地敲着桌面，片刻，悠悠地说：“你要想追她，你就去追。我追不追她，是我的事。她选哪个、跟谁好，是她的事。”

姜众无言以对。老吕突然笑了，笑得还有点暧昧：“教你一招啊，千万不要诋毁你的竞争者，特别掉价。你早上的行为，蠢透了。”

姜众抱了抱拳，承认了自己的蠢。老吕见他这样，凑近了说：“再教你一招，你的人设已经是个富二代了，现在就戳破的话，绝对没戏。你的人设还可以完善一下：一个为了公平和正义，跟万恶的资本家庭决裂的创业者，在她那里应该很加分。”

“您真是一个无私的渣男，我谢谢您。”

老吕无所谓地笑了笑：“我中午请她单独吃饭。”

“我知道。”姜众语气不善。老吕乐了，说：“别有气嘛，你请不起她吃大餐，请吃路边摊也行的，不同的策略，都有效。”姜众嫌弃地皱了皱眉头，说：“都是套路，我真不想你得逞。”

“那你努力。”老吕做了个加油的手势。姜众无语至极，坐着没动。老吕看了看时间，不咸不淡地说：“我在等她一起吃中饭，你要陪我一起等?”

老吕这是在赶人。姜众犹豫片刻，踟踟地站了起来，转身走了。老吕望着他的背影，笑得意味深长。

高响改完火星众筹的首页，嚷着要去附近的陵水，逛逛猴岛，晚上住疍家渔排。姜众没心思，拒绝一起去。高响知道他有情况，也不勉强。他收拾着行李，发现姜众在发愣，故意用手在他眼前晃了晃。姜众好像元神归位，看上去迷迷瞪瞪。

“你说中年男人，比如啊，我说比如，像老吕那样的，会喜欢什么样的女人?”

高响瞬间石化，一脸的不可思议：“这种下三烂的招数你都在考虑，为了拉投资，你要给他物色女人?!”

姜众没想到高响这反应，哭笑不得：“你脑子里装的都是些什么啊，有点干净的吗?”

“怎么是我不干净了?”高响不解地盯着姜众，“奇了怪了，老吕喜欢什么样的女人，关你什么事?”

姜众无从解释，打着哈哈混过去了。他一直觉得，老吕追马佳欣这事透着古怪。午饭时间，他的双脚不听使唤般，走到了酒店最贵的西餐厅。

落地玻璃旁，老吕跟马佳欣相对而坐，相谈甚欢。姜众心一沉，装模作样地继续快走，不希望被他俩看到。到了能藏身的地方，他停了下来，偷偷观察。只见老吕一边说着什么，一边体贴地照顾着马佳欣用餐。马佳欣看着老吕，一脸的敬仰。姜众看得正恼火，一个声音在耳边响起。

“先生，您需要什么吗?”

看着突然出现在身边的服务员，姜众吓了一跳。他尴尬了几秒，一本正经地问：“卫生间怎么走?”

“这边，请跟我来。”服务员的手，指向了姜众来时的方向。姜众无奈，只好跟着服务员，转身往回走。他不敢往里看，认定老吕跟马佳欣正看着他，越走越急越狼狈。

回到房间，高响还没走。看着姜众阴沉的脸，他同情地问："是不是马佳欣跟你说，她不喜欢毛头小伙子，喜欢大叔？"

姜众无语，懒得解释。高响以为猜中，很是感叹："喜欢大叔也没有错。大叔，就说老吕这样的，有阅历、有财力、懂生活、有情趣，最重要的是成熟，有安全感，你说是不是？"

姜众丢了个白眼过来。高响不介意，继续说："说实话，我要是马佳欣，你跟老吕，我也选老吕。"姜众冷笑。高响乐了，凑了过来，说："你还有机会的！思路，最重要的是思路！你不能去想大叔会不会喜欢马佳欣，你得想，怎么让马佳欣喜欢上你，你的优势在哪里？我刚才很认真地想了想，你有哪些优势？"

"哪些？"姜众下意识地问。

高响压低了声音，说："没有。"

姜众很想打人，举起了手臂。高响忙后退几步，十分认真地说："除了真诚，属于年轻人的真诚、热情和勇敢！大叔嘛，好是好，那些好，都是套路，对每个小姑娘都一样。"

姜众双手抱拳，嘲讽道："托你的福，我已经是个真诚的'富二代'了。"

高响无比惋惜和同情地拍了拍姜众的肩，说："你还有热情和勇敢，加油，我相信你。"

高响说完，拎起准备好的行李，逃出了房间。姜众不由得苦笑。

整个下午，姜众没什么心情工作，效率很低。临近傍晚，他决定去采访现场找马佳欣。走到酒店花园，远远看见马佳欣在讲电话。他犹豫片刻，最终朝她走了过去。

"姜是葱姜蒜的姜，众是众多的众。姜众跟高响的名字，在幸运用户名单里是挨着的，你一看就清楚了。”

姜众听得直皱眉头，忍不住调侃道：“葱姜蒜的姜，能不能有点文化，姜子牙的姜？”

马佳欣吓了一跳，忙挂了手机，转身看见一脸不高兴的姜众，距离还那么近，尴尬的同时很恼火，讥讽道：“姜少爷还有偷听的爱好。”

“听到我的名字过来的，有些人说话跟广播一样响亮。”姜众盯着马佳欣，“机票你还没查清楚？”

马佳欣有点尴尬，硬着头皮说：“就算你的机票不是老吕送的，是你凭歪门邪道的本事抢的，一样违规，一样要被取消资格。”

马佳欣说得义正词严。姜众看着她跟刘胡兰一样的坚毅神情，有点想笑，缓和了语气，问：“万一我没有搞歪门邪道，还在上演好人好事，你是不是应该道歉？”

马佳欣诧异地看着姜众，讥讽道：“给山区的小朋友写信吗？”姜众尴尬了，不知道该怎么反应。他不想让她知道，高响的胡说八道他听得一清二楚。姜众罕见的不知所措，马佳欣有点意外，迟疑片刻，问：“老吕给我看了你的创业项目，还蛮有意思的。你为什么要在外面找投资，不用家里的钱呢？”

姜众傻了，不明白老吕为什么这样做。他思绪纷乱，无心恋战，说：“这事跟你有关系？我就想告诉你，要是事实证明你冤枉了我，你必须跟我道歉。”姜众转身就走，态度傲慢。马佳欣这次没生气，她望着他的背影，陷入了沉思。

马佳欣知道姜众在提醒她：老吕是个泡妞高手。他为什么要这么做，她不明白，也不想明白，就像她懒得想皮特陈为什么要保她一样。这个世界在她面前，除了荒诞，就是虚无。火星众筹太异想天开了，在这个世界之外，她对姜众多了点好奇。

在西餐厅，马佳欣跟老吕都看到了窗外狼狈的姜众。老吕主动说姜众找他投资创业项目，还把火星众筹App的demo给她看。App开启的H5动态页面，是好奇号在火星表面行走，马佳欣很意外，点进去看到谷歌月球×大奖的介绍，更加诧异。

“民间私人团队造登月机器人……他要给这些团队众筹，就是让大家掏自己的腰包，去圆别人的梦，还是外国人的梦，你说他脑子是不是有问题？”

马佳欣不置可否，继续点击页面。老吕看着她，不紧不慢地加了句：“这项目鼓励科技原创，他说有意义，是不是很像一个笑话？”

“他为什么不找家里投呢？”马佳欣不想否认老吕，换了话题。

“大概亏钱的项目，不能坑家里？也可能不想靠家里，想证明自己？”

老吕说完笑了。马佳欣笑不出来，突然想搞清楚那两张免费机票到底是怎么回事。

马佳欣采访完，再次联系了活动举办公司，核实姜众跟高响的机票，没想到正沟通，被找来的姜众听到了。姜众刚才那样跩，马佳欣觉得，这里面大概真的有误会。

姜众回到房间就拨通了老吕的手机，怒气冲冲地质问：“你为什么要把我的项目给她看，你问过我吗？我答应了吗？”

“哟，这事你都知道了，够效率啊！”老吕明显在调侃，“我就没见你对一个女孩子这么上心过。”

老吕的语气，就是胜利者在奚落对手。姜众想起马佳欣认定他是富二代，更加恼怒：“你用得着这样吗？我就是去看了眼，又没走过去说你坏话，你有必要把我钉死在富二代这个恶心的人设上吗？”

“你居然偷窥我跟她吃饭？你这个变态！”老吕笑出了声。姜众诧异了，忍不住问：“你们没看到我？”

“没有啊。”

老吕说得诚恳。姜众用左手轻轻扇了自己一耳光，尴尬地解释："不是偷窥，就是看一看。我老觉得她不是你的菜，你追她……就很奇怪。"

"你这次的好奇心也很奇怪。"老吕止住了笑，反问，"早上你当着她的面编派我，还要不要我的投资了？"

"我又没编，实情嘛，都是你自己跟我八卦的。"姜众硬着头皮辩解，"这跟投资是两回事。就算你不投，也不能随便给人看。"

"我知道项目是保密的，不能随便给人看，不过我给她看，是在帮你。你现在就是一个为了梦想和正义，跟资本家庭决裂的创业者形象，非常加分。"老吕说得诚恳，"你放心，就算马佳欣将来发现你的真实身份，那也不会是我说的。对情场敌手，我可比你厚道。"

姜众有些混乱，不大明白老吕的意图。老吕笑了，问："还有啊，你浑身上下哪里有富二代的样子，怎么还没演砸？"

姜众很无语，回道："气质，内在气质富贵，行不行？"

"行行行，我要忙了，你好好琢磨怎么赢我啊。"

听着手机挂断的声音，姜众愣了愣，举起了左手，再次轻轻扇了自己一耳光。坐了片刻，他在电脑上操作，调出满屏的代码，拍了张照片，出了房间，去找马佳欣。

晚霞漫天，风里是大海的气息。泳池和沙滩上的游客，都惬意和松弛。姜众望着受访者热情拥抱了一下马佳欣，她整个人紧绷着，十分不自在，不由得笑了，走了过去。

马佳欣整理着采访用品，耳边突然响起一个故作懒散的声音："'北上广容不下肉身，三四线放不下灵魂'，伤感而无奈的逃离鸡汤，友好而亲切的采访现场。"

姜众一张嘴，马佳欣的心情就恶劣了。就算你是个有志气的富二代，这么说话也欠揍。她强忍不爽，深呼吸几次后，抬头假笑。

“谢谢总结。”

“不无聊吗？”姜众望着马佳欣，问得认真，“一线城市的机会和压力，小城市的安逸和封闭，都是差不多的话。”

马佳欣继续收拾东西，懒得回应。姜众有点尴尬，补充道：“我说得难听，但就是残忍的真相。”

马佳欣停了下来，抬头直视姜众，说：“姜少爷，生活的真相是很残忍，但不妨碍每一个弱者有自己独特的感悟。”

“对，每一个弱者都是被生活辜负的天使，行了吧。”姜众居然求和一样地笑了。马佳欣莫名其妙，谨慎地问了句：“你有什么事？”

“我怕我好人好事做得太高明，没法被发现，那样你就不会跟我道歉。所以呢，我打算发一张图片给你，你发给活动公司那边，他们应该能明白。”姜众说得认真，不像开玩笑。马佳欣很意外，犹豫片刻，说：“你发吧。要是我真冤枉了你，我会道歉的。”

“好，我等着你跟我道歉。”

姜众说完，调出在房间里拍好的图，发了过去。马佳欣打开一看，都是不认识的代码。她困惑地看了又看，问：“高响说你违规抢票是为了他，真的吗？”

姜众没想到马佳欣问这个，有点别扭，说：“部分吧，也不全是。高响侃大山侃习惯了，他的话，你不能全信。”

马佳欣笑了，看着姜众，问：“你说的，我能信？”

姜众有些尴尬，憋出一句“我等着你给我道歉”后，转身走了。马佳欣看着他的背影，有种怪怪的感觉。她把那张图发给了活动公司，大致说了情况，没想到，一个小时后，对方回复说姜众是拦截恶意攻击的恩人，除了那两张免费机票，还应该给别的酬劳，他们甚至想认识姜众。马佳欣拿着手机，哭笑不得，望着大海的方向，有种荒诞感。

姜众提前去了约定的咖啡馆。天已黑，他找了个看得见入口的座位，时不时张望，留意着进来的人。马佳欣从夜色中走来，白色的T恤配灰色的长裤，没一件饰品，一头长发绑在后脑勺，扎成简单的马尾，晚风扬起她耳侧的发丝，姜众突然有种异样的感觉。

“对不起啊，我跟你道歉。”

姜众梦中惊醒般，匆忙起身，对着马佳欣笑了笑。这笑不同往常，有点羞涩。马佳欣愣住了。姜众很尴尬，马上装出满不在乎的样子。

“其实，也不用道歉，算一场误会。我呢，也见不得有钱人占穷人的便宜。”

马佳欣自在了些，坐下后，招手喊来了服务员，把菜单递给姜众，说：“随便点，我请客。”姜众看也不看菜单，直接说：“冰美式，谢谢。”

服务员拿着菜单走了。马佳欣好奇地看着姜众，说：“还真挺抠的，点最便宜的。”

“不想占穷人的便宜嘛。”姜众故意这么说。

马佳欣笑了。姜众跟着也笑了。片刻的沉默，马佳欣说：“有个问题，我一直想问。”

“你说。”

“你找老吕投资，为什么要当着他的面……”马佳欣顿了顿，还是问了出来，“嗯，就是那样说他呢？是因为其实不愁投资吗？”

“我……”姜众哭笑不得，不知道马佳欣是装傻还是真傻，也不知道该怎么解释，一时语塞。马佳欣等不来回复，干脆接着问：“你跟老吕应该很熟，你方便跟我说说他这个人吗？”

姜众心里一股火陡然升起，他忍了又忍，没忍住讥讽：“你约我，想问的就是这个？”

“不可以吗？”马佳欣一副不解的理所当然。姜众懒得委婉了，开门见山道：“老吕就是个情场高手，有文化的流氓，只谈恋爱不结婚的渣男。”

姜众说得又急又认真。马佳欣目瞪口呆，不可思议地看着明显不爽的姜众，片刻，才缓过来，好笑地说：“那是他的私生活，跟我没有关系啊。”

姜众瞬间石化，无比尴尬和困惑，问：“他不是在追你？”

空气似乎静止了，马佳欣觉得，姜众的脸被夕阳抹上了一抹红晕，还挺好看。她夸张地笑了起来，好像这样，可以不尴尬一样。

“哈哈哈，你可真有意思，这都哪跟哪啊，没有的事。”

姜众莫名有点开心，困惑地问：“那你为什么要了解他？”

“他让我去他那里上班。”

姜众目瞪口呆，半晌，皱起了眉头，说：“我觉得，这是他……他追求你的手段。”

马佳欣愣了愣，心情一下子跌到谷底，自嘲地说：“反正，肯定不是因为我的工作能力。”马佳欣情绪的巨大改变，姜众看在眼里，有些莫名，忙找补：“我不是那个意思，真的……你工作能力很强啊，特别是观察力超强，一点蛛丝马迹，就逮住了我这个‘作弊’的家伙。”

“为什么你觉得他在追求我呢？”马佳欣苦笑。

姜众不确定自己是否被老吕戏弄了，苍白地解释：“我对老吕的刻板印象太深了吧。”

马佳欣不说话，情绪明显低落。姜众不安，没头没脑地说：“嗯，我不是坏人……我不想被你当成坏人。”

姜众说得坦诚，马佳欣愣了。姜众突然觉得好像哪里不对，气氛一下子有点暧昧。马佳欣不自在，找了个话题：“你那个又是火星又是月亮的创业项目，鼓励科技原创，很不错啊。”

"还行吧。"

"你家里为什么不投呢?"

"这个啊，这个问题很复杂……"姜众心里发虚，"老吕这个人……要是有选择的话，你还是找别的工作吧。我还有点事，谢谢你的咖啡。"

姜众说完，拿起没怎么动的咖啡，一口气喝完，转身就走。马佳欣望着他匆忙的背影，皱起了眉头。海浪拍岸，一声接着一声，那力量无穷无尽。马佳欣认真听着，觉得自己这些年的折腾，如水上浮萍，毫无意义。

老吕要挖马佳欣去他的公司上班，这事过于诡异，姜众回到房间，立马上网搜马佳欣的资料。姜众越搜眉头皱得越紧：马佳欣在网上的资料极其有限，跟她媒体人的身份非常不符。工作微博注册于2012年3月18日，就半年时间，除了转发的官方文章和蹭的热点时事，还有一些语录式的言论，像打了鸡血一样积极进取。

星星点灯：磨难是一种历练，坚持是一种生活方式。人间一场，坚持才能突破。

星星点灯：排斥已成的事实很蠢，上天只保佑那些肯自我激励的人。

星星点灯：只要你有勇气和困难搏斗，你就是生活的强者。

姜众越看越困惑，觉得这些言论很不马佳欣，他重新搜索，终于找到了她的私人微博。这个账号是2009年4月1日注册的，第一条她就@了一个叫大姐芳的短发干练姑娘，俩人互动频繁，晒出来的合影不多，仅有的几张，看上去亲密无间。马佳欣发的内容多是日常小事，比如爬在胳膊上的一只蚂蚁。这个账号不关心时事和热点，毫无进取之心，甚至有些丧。

一堆石头：我大概是女娲娘娘打瞌睡时造出来的，属于残次品的那种；或者轮回时间太赶，跌了一跤，摔坏了某个重要的部件。

姜众看到了两个迥异的马佳欣，还跟他认识的那个马佳欣都不同。他点开了大姐芳的微博，她发的内容比马佳欣的多多了，看上去积极又乐观。奇怪的是，2011年8月后，大姐芳停更了，最后一条更是透着古怪。

大姐芳：我这个人吧，就想不劳而获，努力都是被逼的。一边不劳而获，一边矫情生活无意义的人，有多远滚多远。

姜众看笑了。他点回马佳欣的微博，发现大姐芳停更后，在马佳欣的微博中也消失了。姜众继续搜，找到了马佳欣在求职网站上的简历。这份简历，除了大学还将就，工作经历乏善可陈，横跨不同行业，没有什么规划，哪里要就去哪里一样。姜众不明白，老吕挖这样的马佳欣去他公司上班，除了想追她，还能图什么。

姜众再次点开了马佳欣的工作微博，发现老吕在马佳欣的工作微博上留了言，就在三分钟前。

吕大厨：大部分困难没必要搏斗，绕开时不破坏公共设施、不给路人添麻烦已经很强。

姜众很认真地想了想，起身去了老吕的房间。

老吕开门。姜众直接问："马佳欣说你找她，是让她去你公司上班？"

"是啊，怎么了？"老吕不以为意，转身去了卧室。姜众跟着进去，发现他居然在收拾行李，很意外："你要走？"

"临时有事，就一两天。"

姜众赶紧接着问："我看过她的简历，没什么特别的。我想不通你为什么这么看重她？"

老吕停了下来，有些不耐烦："你找我投资是打算创业，你老追着我问马佳欣的事，是什么意思？创业的人有时间恋爱？再说了，你要真喜欢就去追。我跟她什么关系，是我跟她的事。OK？"

姜众哑口无言。老吕看姜众那样，觉得自己有点过了，缓和了语气，问："我在你眼里，就那么渣？"

姜众毫不犹豫地点了点头。老吕笑了，有些感叹："年轻人就是年轻人……你好好想想自己要什么吧。项目投资重要，还是让马佳欣认清我是个渣男重要？"

姜众意外，问："项目你看完了？"

"没有，我会看完的。"

姜众不语。老吕拍了拍他的肩，带着同情。

马佳欣仔细回忆自己跟老吕打交道的过程，不觉得他对自己有男女之间的那种想法。姜众说老吕在追自己，她很莫名。老吕这两天聊的，都是原创部的人和事。老吕认识苏文跟吴建，说苏文的红烧肉是一绝、吴建的臭脾气业内闻名；说原创部的KPI考核方案迟迟无法确定，是高层内部意见相左，内容派跟流量派斗得厉害。伦敦奥运会社交媒体大放异彩，流量派占了上风，强调内容的原创部很可能要大裁员。他还说，万一马佳欣被裁了，可以去他的公司上班，他的新媒体业务非常需要人才。面对这份邀请，马佳欣有些欣慰，甚至感恩。

老吕对原创部这么了解，马佳欣很想问出心里的困惑：自己这水平，当初怎么进去的？她没问出口，知道自己在逃避，害怕有可能的答案。

写完稿，已是深夜。马佳欣起身去了阳台，一眼看到姜众站在隔壁的阳台，抬头望着夜空，呈六十度，一动不动。她莫名想起他那个网站，主动搭讪。

"你在看火星？"

姜众慢慢转过头，面无表情地问："你现在看得到星星？"

马佳欣转头望去，半颗星星的影子都没有，尴尬地转移话题：

“你那个网站挺有意思的。”

“你的简历挺有意思的。”

马佳欣吃了一惊，不可思议且恼怒地盯着姜众。姜众有点不好意思，忙解释：“我就是好奇老吕为什么让你去他那里上班，看看你有多优秀。”

马佳欣愕然，自嘲地笑了笑，问：“你现在是不是更想不通了？”

姜众迟疑片刻，干脆转过身，问：“你好像没什么职业规划，换工作换得……你说你不积累经验和资历地跳来跳去，涨不了工资，产出很低。你一个外地人，北京的生活成本不低，没压力吗？”

“我穷开心，乐意躺平。可以吗？”

“可以。”

马佳欣看着姜众那无语样，问：“你为什么做那个网站？”

“为了发财啊。”姜众笑嘻嘻的。

马佳欣觉得他毫无诚意，失望地转身，懒得说话。姜众想起自己的人设，补了句：“跟家里要100块钱，都像条狗一样，不爽。”

马佳欣瞥了眼姜众。姜众觉得，那一瞥，似有千言万语。他莫名烦躁，望着夜空，说：“这么说吧，我不想得罪老吕。他这个人呢，除了男女关系不靠谱，别的都还行。他为什么接近你，你自己掂量清楚。你跟他的事，以后我不想掺和。那两张机票的事，你现在也清楚了。就这样啊。”

姜众不等马佳欣的回应，转身回了房间。姜众觉得，老吕提醒得对，自己应该把心思放在火星众筹上。这几天走火入魔一般，病得不轻。

五　西西弗斯的石头

半夜突然起了大风，雨声密集得像子弹齐发，没关严的窗户啪啪作响。马佳欣惊醒，再也睡不着。隔壁突然传来了口哨声，悠扬而伤感，比《梁祝》坚毅、比《二泉映月》豁达、比莫扎特的《G大调弦乐小夜曲》痛苦，比柴可夫斯基的《C大调弦乐小夜曲》浪漫。口哨声激昂起来时，马佳欣突然想哭，她觉得，自己懂姜众此刻的心情。

第二天醒来，风停了，雨还在下。马佳欣拉开窗帘，一股热浪袭来，空气里都是水，人被裹在里面，说不出的烦闷。雨中的泳池溅起了一朵又一朵水花，马佳欣想起昨夜的口哨，默默回忆着旋律。洗漱完毕，出门经过姜众的房间，她下意识地停住了。姜众出电梯，一眼看到马佳欣站在自己的房门前，轻手轻脚地走了过去。

“嗨。”姜众似笑非笑。

马佳欣有点慌，不知道怎么解释自己的行为。沉默片刻，她哼出了口哨的旋律。姜众愣住了，好像是他在偷听马佳欣的房门，被抓了现场一样。马佳欣绕开他，朝电梯走去，心里莫名轻松。姜众看着马佳欣进了电梯，什么也说不出来。

近中午，高响活着回来了。昨夜风雨大，疍家渔排上惊心动魄，他吓得半死。高响把行李一放，凑近姜众，很认真地盯着他，说：“昨天晚上的电闪雷鸣中，我发现了一个大大的真相！马佳欣、老吕和你，肯定有一个有问题。否则这么短的时间，不可能……”

“老吕想让马佳欣去他公司上班，我以为老吕要追她，提醒她不要上当，不是想追她。”姜众打断了高响，“就这么回事，你别瞎琢磨了。”

高响的眼睛瞪圆了，企图在姜众没有表情的脸上找出破绽。两人僵持着，片刻，高响受不了，困惑地问：“你不喜欢她?!”

“不喜欢。”姜众看着高响，“火星众筹你不能就改一个封面，点进去后风格得统一，干活吧。”

“我刚死里逃生，你还是个人吗?”高响不满。

“两天时间搞定。”姜众的语气冷冰冰。高响识趣地闭了嘴。

整个下午，高响干着活，发现姜众状况不对，明显闷闷不乐。去餐厅吃晚饭时，高响一眼看到马佳欣，故意坐到了隔壁桌，姜众犹豫了下，坐了过去。高响找话题，想激活姜众：“太他妈不要脸了，一帮大佬联手演戏，‘8·15’电商大战、降价让利喊破了天，涨价的比降价的多得多!”姜众看了眼过于愤怒的高响，不咸不淡地说：“没人逼你买。”“这不是买不买的事，这就是个大骗局，太他妈可笑了，把顾客当韭菜割，还羞辱韭菜们没脑子……”

马佳欣听得清清楚楚。大佬们挑起的电商大战，她知道。高响时不时转头瞟自己一眼，她也知道。

“‘带头大哥’上线了综合搜索，跟竞争对手正面刚，才三天，就抢下了10%的搜索份额，看呆了众多小弟……这些大佬打起来才好看，最好光着膀子肉搏，谁赢了，不，谁被打掉了牙齿、吞进了肚子里，我就用谁家的平台。”

“这个时候，还抢电脑端的入口?”姜众闷闷地问。

“一分钱他们也抢!天天喊着降价让利，背地里暗搓搓涨价，什么事干不出来?”高响不想认真讨论，只想让姜众活泛起来，接着问，“一个非常艰难的决定……两个大佬打架，逼着老百姓二选一，你还记得不?”

“没人敢挑战，巨头们懒得讨好用户，你更惨。”姜众言简意赅，吃了一口饭。

“我已经很惨了。”高响义愤填膺，“以为买到就是赚到，等了这么多天，结果要多花86块，妈的！我都没点肉，那多花的86块钱，我得省出来。”高响说完，吃了一大口蔬菜。

“你厉害。”姜众还是半死不活。高响瞟了一眼旁边的马佳欣，转身主动搭讪：“那个让利的电商大战是假的，卖得比平时贵，你发现了吗?”

马佳欣没来得及说话，姜众站了起来，对着高响说：“有事，我先走了。”

姜众的刻意回避太明显。马佳欣想了想，主动说：“老吕那边的工作，我不会去的。”

姜众停了下来，转身看着马佳欣，问：“你不想去，还跟他聊得那么开心。所以，你是为了查这个活动?”

姜众语气严肃，过于认真。马佳欣犹豫片刻，说：“不是。”

“不管你是不是，你斗不过老吕的。”姜众说完，直接走人了。马佳欣哭笑不得，很尴尬。高响看在眼里，忙打圆场：“我们家少爷就是不大会聊天，你不要跟他一般见识。”

马佳欣看着高响，心思一动，问：“你们家少爷创业的项目你清楚吗?”

高响觉得姜众在马佳欣面前，就不像个正常人。此时此刻，他必须让姜众的形象高大起来。他从谷歌和XPRIZE发起的民间登月行动计划讲起，扯到了神舟飞船、天宫一号、好奇号火星车和姜众的那个网站。

“这些你是不是没兴趣？说实话，我也没兴趣。普通老百姓都没兴趣。”高响知道马佳欣有兴趣，故意反着说，“月亮、火星、太空，不能吃不能喝还够不着，月亮里住着嫦娥多好，非给我看一堆石头。”

“我有兴趣啊。”马佳欣果然这么说。高响挠了挠头，接着装：“好吧，就我是俗人。我知道这些，是被我们家少爷逼的。他成天琢磨这些不靠谱的，搞得自己要引领科技革命一样。”

“他是有钱人，为什么还要找老吕投资？”

“这个嘛，这个嘛……他是个特别抠门的富二代，对不对？”高响没想到马佳欣问这个，有点慌，“因为啊……他不愿意花家里的钱，说要靠自己努力，不能活在父母的影子里。还有……对了，有钱人都是人精，风险这么大的事情，能花别人的就不用自己的嘛。”

“老吕投吗？”

“脑子正常的都不会投……”高响讨好地笑着，“老吕不投，所以我们家少爷心情不大好，遇到挫折了嘛。他说话做事过分的地方，你不要跟他一般见识。”

马佳欣有些无语，高响话里话外的暧昧，让人不适。

离开餐厅，站在酒店大堂的门口，马佳欣望了望海边的姜众，犹豫片刻，朝他走了过去。夕阳跌落了海面，晚霞漫天。沙子堆成的神舟飞船、好奇号和火星模型，此刻有了层金色的光晕。马佳欣看着小心翼翼搭建的姜众，最终走了过去，在他身旁坐了下来。

姜众听到动静，转头发现是马佳欣，意外且尴尬。

“我查你的机票，是不是像个笑话？”

马佳欣这么问，姜众有点无语，说：“世界就是个笑话，多你一个也不多。”

马佳欣想笑没笑出来，问：“你那口哨是什么曲子？”姜众没想到她问这个，望着海面的晚霞，犹豫片刻，说：“瞎吹的。”

马佳欣盯着姜众堆的好奇号，知道他不想跟自己说话，尴尬地沉默着。夕阳下的沙滩，气氛别扭。

“不想像条狗一样跟家里要100块钱，你做了那个不挣钱的网站?”

马佳欣再次开口。姜众有种被研究的不适感，他转头看着她，很认真地回答：“以后会挣钱的。”

“就算能挣钱，你能挣到比你父母多的钱?”

马佳欣认定自己是个富二代，姜众无语，很想坦白：自己是个混在北京的屌丝，富二代就是个玩笑。他瞟了眼马佳欣，发现她情绪低落。沉默中，望着无边无际的大海，姜众又觉得坦白有点多余。反正，他和她，以后没什么交集。他这么想着，不由得有些惆怅。马佳欣得不到回应，硬着头皮继续问。

“就算能挣到比你父母还多的钱，他们不缺钱，你的成就感会不会打折扣?”

姜众哭笑不得，干脆戏谑：“大姐，父母的钱是父母的，我的钱是我的，这是一；二、你不了解有钱人，越有钱的人越爱钱，再多都嫌少；三……没了。”

马佳欣愣了愣，笑了，不再说话。许久，姜众主动开了口：“你下午没去采访?”

“没去。”马佳欣诧异他知道，看了他一眼，“就像你说的，一线城市的机会和压力，小城市的安逸和封闭……反正都是差不多的话。”

姜众转头，恍惚间，似乎看到了微博上那个丧丧的马佳欣——“我大概是女娲娘娘打瞌睡时造出来的，属于残次品的那种；或者轮回时间太赶，跌了一跤，摔坏了某个重要的部件。”姜众缓和了语气，反问：“你不是说，就算是差不多的话，每一个弱者也有自己独特的感悟?”

马佳欣想笑没有笑出来。姜众问：“老吕那边的工作，你为什么不去呢？”姜众语调随意，眼神的余光却紧张着她的神情。马佳欣望着太阳落下的地方，说：“我没有他说的那么能干，心虚。”姜众干脆转过头，半开玩笑半认真地说：“要真是这样，老吕就是想追你啊！”马佳欣有些无语，低头抓起一把沙，撒在了“火星”上，不想解释什么。姜众犹豫片刻，很认真地警告道：“要是老吕觉得你很好，特别好，把你夸成了一朵花，体贴地照顾你，真诚地关心你……反正就是这些哄人的，你可千万不要信……越是低谷期，越不能捡到根稻草，就当救命的，很可能有毒，明白吗？”

马佳欣等姜众说完，转头看着他，笑了笑，认真地说：“我不存在低谷期的，老吕也没有在哄我。”

这话说得淡然又疏离，姜众顿时尴尬了，后悔自己瞎操心。马佳欣见他那样，转头望着大海，像是自问，像是问姜众：“没钱的，有钱的，为什么都不开心，都那么焦虑？”

“我还好啊，没有不开心，也不焦虑。每分每秒都傻乐的那种开心，不是白痴就是写小说瞎编的。”

“没说你。”

姜众又尴尬了。马佳欣看着他问：“要是你的火星众筹找不到投资，还能开心？”姜众想了想，说：“找不到投资多正常的，接着找嘛，找不到就干别的。开心是一天，不爽是一天，开心一天赚一天。”

“你觉得你做的事有意义，所以你开心。可是真做成了，跟你爸妈证明了自己，又怎么样呢？”

姜众看着马佳欣丧丧的样子，奇怪她为什么这么问。他想了想，换了个角度回答：“从概率上来说，我们这一代人很可能出生就是巅峰，取得超过父辈的成就，大部分人做不到。那是不是都不要活了？”

“出生就是巅峰？为什么？”

“以前穷啊，从改革开放到现在，变化太大了。只要不懒，胆子大一点，翻身不难的。现在……以前是从20分努力到70分，正常人努努力，希望很大；现在是要从70分进步到90分，大部分人就70分的水平，是不是？”

马佳欣苦笑，有些惆怅地调侃道：“自己不好怪时代，废物总能找到借口。”

姜众愣住了，又看到了那个自认为是残次品的马佳欣。白色的海浪在夜色中更加醒目，长长的沉默中，姜众编好了一个故事，自顾自地讲了起来。

“有一群人，生活在一个星球上。这个星球呢，是外星人造的。这群人从来没离开过星球，把外星人造的虚拟世界当成了现实，遵守这个虚拟世界的游戏规则。他们追求权力、财富，不惜相互残杀。他们越追求游戏中的成功，外星人越高兴，因为这是他们的能量之源。这个星球上，有很少一部分人，觉得人和人相互竞争和仇恨不对，他们无视外星人制定的规则，游离在外。外星人觉得这部分人不能提供能量，是废物。外星人还怕这些废物影响了提供能量的大多数，于是发明了价值系统，让绝大多数人贬低、鄙视甚至仇恨不参与游戏的人。不参与游戏的人中，有一部分被影响了，觉得自己是废物，又没办法进入那个游戏，就很痛苦；没被影响的那部分，是这个星球上最快乐的。星球上所有人都有保质期，保质期一过，就要被外星人回收，删掉存储记忆的元器件。他们没法删那些最快乐的元器件，因为没有匹配的参数设定。这些最快乐的元器件，被流放到太空，变成了星星，在黑暗中闪闪发亮。”

姜众讲完，马佳欣沉默了很久。她抬头搜索着夜空，找不到一颗星星，问：“你会变成星星吗？”

“会啊。”姜众回答得毫不犹豫。马佳欣笑了笑，问：“成不了星星的废物，该怎么办？”

夜色中，姜众看不清马佳欣的神情，他不想她这么丧，轻轻地问：“知道西西弗斯吗？”马佳欣摇头。姜众解释：“就是一个被神惩罚的人，他得把巨石推到山顶，每次他快推到了，巨石就会滚下去。他跟着巨石下去，再推向山顶，永远不会成功。”

马佳欣不大明白，说：“他可以不干，就坐在山底。”

“神的惩罚，不能不干。”姜众转头望着漆黑的大海，“他知道徒劳无功，还不放弃，享受山中吹来的风，发现路边的风景，是不是废物，就没关系了。”

马佳欣想起了吴兰芳，想起了她有天说：“真羡慕你可以当一个废物，我也想躺平的，不指望升职，无所谓加薪，没事徒个步，吹吹风，看看风景。”自己让她一起去徒步，她又斩钉截铁地说：“不！我要升职加薪，存钱买房！”马佳欣突然憋得慌，转头看着姜众，请求着：“那个口哨很好听，吹一下呗。”

姜众望着大海的深处，吹起了那首曲子，伤感、悲怆和柔情。马佳欣听得认真，一曲终了，动也不动。姜众望着她的侧影，莫名地怜惜，突然冒出一个念头，问：“你敢去冒个险吗？”

马佳欣回到房间，打开了高响给的网址。首页上谷歌和XPRIZE发起的民间登月行动计划十分醒目，“好奇号”火星车、天宫一号、神舟八号这些都有介绍。她在论坛板块里找到高响说的众筹小组，看到里面居然有人众筹自制飞机，吃了一惊，觉得神奇。马佳欣看了许久，突然有点羡慕姜众，羡慕他知道自己喜欢什么，羡慕他在做自己喜欢的事情。片刻，她打开Word文档，敲下了“辞职信”三个大字，用十分钟写完，发给了吴建。看着发送已成功的提示，马佳欣呆呆地坐着，很想跟吴兰芳说抱歉，这次自己铆足了劲，还是失败了。她点开浏览器，打开了账号，播放了一段视频。

那是她跟吴兰芳在簋街吃完饭，溜达到了东四十条的天桥上。东二环车流如织，车尾灯闪烁，红色铺到了远方。吴兰芳红着脸，用手指着左方，说："那个小区叫海运仓，以前是接收海运过来的粮食仓库。"自己吃了一惊，问："东二环以前挨着大海？"吴兰芳侧身对着手机镜头，哈哈大笑，笑得直不起腰。自己催问："快说，到底怎么回事？"吴兰芳说："你好可爱啊……粮食从海上运到天津的直沽海口，然后经过白河、通惠河到这里。你知道吗？海运仓是明朝时建的，簋街附近的北新仓是清朝建的，这个地方曾是京城最大的粮仓。你看看这些高楼大厦，能想象吗？"

吴兰芳拿过了手机，倒转镜头，她拥着自己，共同出现在镜头里，两人一起转动，拍着保利剧院等四周的高楼大厦。"从海运仓到这里，几百米，五百多年的历史，神奇不？"吴兰芳的声音是那么兴奋，自己也被感染了，响亮地回复："神奇！"吴兰芳把手机还了回来，大喊："我要留下来，我必须留下来！"吴兰芳醉意蒙眬，语气坚定。"打死我都不回老家，赖也要赖下来……我爱北京天安门，天安门上太阳升……"

吴兰芳突然大声唱起了歌，反反复复，就这两句。镜头定格在吴兰芳那张满是希望的脸上。马佳欣盯着屏幕上的吴兰芳，片刻，拿起手机，给姜众发了一条消息："敢。"

姜众在电脑前写代码，手机响了，他看到那个"敢"字，咧嘴笑了起来。沙滩上，她说要想想，他以为，她不敢的。

湛蓝的天空卧着大朵的白云，微风，波浪温柔。一条不大的船，正驶向大海。马佳欣站在船上，紧紧地抓着船舷。姜众不自觉地靠近，她比他预估的紧张多了。一艘大船驶过，浪头袭来，小船如同上了陡坡，猛地颠簸一下。马佳欣双眼紧闭，脸色煞白。姜众下意识地伸出手，想握住她的。马佳欣睁开了眼睛，姜众尴尬地扬起手，装模作样地对着远去的大船挥了挥。马佳欣望着辽阔的海面，突然有倾诉的冲动。

“我交了辞职信，又一次当了逃兵。”马佳欣语气平淡。姜众很意外，快速看了她一眼，安慰道：“辞个职多正常的，跟逃兵没关系啊。”

“老辞职就不正常了……”马佳欣自嘲地笑了笑，“我有一个朋友，说我没真的努力过……”

姜众想起马佳欣微博上的那个姑娘，沉默片刻，小心翼翼地问：“躺平的人有份工作就苟着，你工作换得勤，是在找喜欢的？”马佳欣笑了笑，望着远去的大船，说：“事实证明，我是干一行厌一行……我那个朋友，干什么都铆足了劲，特别努力……嗯，不是工作的问题，是我自己有问题。”

姜众意外马佳欣的坦诚，不知道该怎么安慰。又一艘大船驶过，浪头还没到，马佳欣就死死抓住船舷，紧张得闭上了眼睛。姜众看着她，困惑又好奇，还有点保护的冲动，柔声道：“记住老麦教你的，不用怕……还有我嘛。”

老麦是潜水教练，有一家提供潜水设备的店。姜众昨天说的冒险，是潜水。他带着她到了老麦的店，老麦培训了她一上午。马佳欣睁眼，转头望了望船尾的老麦，把船舷抓得更紧了。海面出现了一座小岛，马佳欣瞬间踏实多了。船在距离小岛不远的海域停下，马佳欣去了船舱，换了深潜的衣服出来，老麦帮着她穿戴好氧气瓶等设备。已穿戴好的姜众看着，不放心地比画了几种手势。马佳欣说着这些手势的意思：“一切都好、上升、下潜、跟着我、我遇到困难了。”

“不错啊，全对。”姜众大声鼓励着，转身朝下潜的小平台走去。马佳欣强忍内心的恐惧，跟在了他身后。当两人站定，姜众发现马佳欣明显在抖，忙安慰道：“第一次有点慌正常，深呼吸，多做几次。”姜众有意发出了声音，认真示范着深呼吸，不想马佳欣突然跳入海中。姜众大惊失色，忙跳了下去。

姜众猛地往下扎，看着马佳欣笔直地往下落，双眼紧闭，呼吸嘴里没有气泡，顿时就慌了，忙用手揽住她的腰，想带着她往上浮。马佳欣突然睁开了眼睛，对着他比了个OK的手势，姜众不敢放手，直到马佳欣的呼吸嘴冒出了气泡，再次比了个OK的手势，他才不安地松开。

几条红绿相间的小鱼，悠游自在地在两人之间穿过。马佳欣好奇地望着，游了起来，跟着小鱼。姜众略心安，比了个跟着我的手势，向深处潜去。每次他回头，看着马佳欣都跟在身后，彻底放下心来。大片大片的光落在海底，随着海面的涟漪变幻着形状，色彩斑斓的鱼越来越多，穿梭在珊瑚礁和海草间。马佳欣跟着一条蓝色的鱼往前游去，十分愉悦。每次她回头，姜众都在视线内，望着她。

手触到平台，头探出海面的那一刻，马佳欣轻松极了。看着姜众伸过来的手，她没有犹豫，一把握住，两人一起上了船。换下潜水衣，穿好自己的衣服，裹上大浴巾，马佳欣暖和过来了。她走出船舱，四处望，不见姜众。船头的老麦似乎知道她的心思，吹起了口哨，锐利高亢。几秒后，一个口哨回应着。马佳欣循声望过去，波光粼粼的海面，有一个人影。姜众突然打了个滚，仰面朝天，舒展地挥着手臂。马佳欣想到了海豚，此刻，风是和煦的，天是蓝的。

“他经常来这里潜水？”马佳欣问老麦。老麦说：“今年还好，前年他跟我住了三个月。”马佳欣顿了顿，接着问：“他家里生意很大吗？”老麦像没听到一样，不说话。马佳欣尴尬了，不再问。大海里，姜众在一片波光中游动，长手长脚，自由自在。

老麦启动了马达。姜众听到马达声，游了回来，麻利上船。等他换好衣服出来，船已开始返程。他走到马佳欣身边，好奇地问：“那么突然地跳下去，你说你到底是胆小还是胆大啊？”

“胆小吧……海里真安静，人死了大概也这么安静？”姜众心里一惊，盯着马佳欣那张看不出情绪的脸，沉默片刻，调侃道：“活都没活明白，死什么死啊？”

马佳欣扯了扯嘴角，想笑没成功。姜众看着她，斟酌了片刻，说：“你那个朋友很努力是她的事。有的人一天睡五个小时就够了，有的人不睡够八小时就困得不行……人跟人不一样，有各自的节奏……这么说吧，一个班里只有一个第一名，不是第一名的也是人啊，也可以活得好好的。”

马佳欣无意讨论，沉默着。马达声刺耳。看到海岸时，马佳欣突然开口：“你家人希望你做什么？”姜众看了眼马佳欣，望着大海的天际线说：“我爸让我当个数学家，搞基础研究的那种……我这辈子是不可能了。不过呢，他是他，我是我。”

姜众背负的期待是这样的，马佳欣有些诧异，有些羡慕，安慰道：“你那个网站很好啊，跟数学家一样有意义。”姜众笑了笑，没说话。马佳欣突然觉得不对，问：“你爸希望你当数学家，肯定会支持你的网站……你们关系不好吗？”

“就还好吧。”

姜众明显不愿多聊，马佳欣不问了。海面辽阔，岸上喧嚣。马佳欣回味着坠入大海的恐惧与轻松，莫名难过。

蓝天白云，印着“十分钟逃离北上广”的中巴车沿着海岸线飞驰。何勇的《钟鼓楼》从车内传了出来。“你已经看了这么长的时间你怎么还不发言？是谁出的题这么的难，到处全都是正确答案！是谁出的题这么的难，到处全都是正确答案……”

马佳欣坐在副驾，望着窗外，不发一言。自己的辞职信，吴建没有回复。她想起苏文的笑，想起那种被无视的感觉，解脱跟虚空同时袭来。姜众开着车，看了看沉默的马佳欣，用话剧腔夸张地说：“师傅，您坐的是副驾，麻烦有点换位思考的服务意识，跟司机说说话，免得他睡着。”

马佳欣看了他一眼，挤出了笑：“对了，手机屏幕为什么不让我赔？”

“我会修手机，那屏幕我自己换的，没花钱。”姜众有点不好意思，“再说了，我捶了你肩膀……不是故意的。”

马佳欣摇头笑。姜众见她神色缓和，一时性起，跟着何勇吼：“我的家！我的家！我的家！”

“你的家在哪里啊？”马佳欣问。姜众愣了愣，说：“在地球上。”

“你家是有多土豪，这保密意识也太强了。”

姜众听出了讥讽，看了看她，试探着问：“要不说说你呗，你家什么情况？”

马佳欣沉默片刻，开了口：“我妈妈很能干，会帮我创造更好的条件。我这种不求上进的，压力就更大了……其实蛮羡慕你的，有自己喜欢的事情，有努力的方向。”

姜众猛然一惊，故意说：“原来你躺平毫无压力啊，继续躺呗，怎么开心怎么躺。”

马佳欣没有反驳，脸上还有自嘲的笑。老吕的种种异常，在姜众的脑海中电光石火般闪现，他为什么“追求”马佳欣，姜众知道了。

六　麦哲伦的船

姜众回房间的第一件事，是上网继续搜马佳欣的资料。顺着她的求学经历，他找到了证实自己猜想的证据：某高中同学提到了马佳欣的母亲张海燕，是当地著名的企业家，拥有一家规模很大的纺织厂。姜众苦笑，没想到自己在一个富二代面前演富二代……困惑随之而来：马佳欣家境如此，为什么会过成这样？她在求职网站上的简历是真的吗？为什么自我认同感那么低？

马佳欣此刻应在老吕的房间。车快到酒店时，老吕来电，让马佳欣去他的房间，说他刚回来，有要事商量。姜众突然烦躁。如果老吕看中了马佳欣家里的钱，这比他看中了她的人好像更麻烦、更危险。

高响小心地探过头，发现姜众的电脑屏幕上是马佳欣的简历，调侃道："你就别骗自己了，说什么不喜欢……嘿嘿，追女孩子的技术，我教你，不收钱。"

姜众心烦意乱，觉得高响的声音格外猥琐，转过头严肃地警告："都是失败经验。你千万别添乱，别多事，别搅和。"

"我给你当狗头军师！"高响兴致勃勃。姜众哭笑不得，想起警告对高响没用，特意很严肃、很大声地申明："我没有看上马佳欣，最烦她那种不求上进的。"

"好、好、好，你没看上她。"高响笑得慈祥，"不用这么大声啊，吼破了嗓子，还得吃药。"

姜众懒得理会高响，他给老吕发了消息，要求面聊。

“我没有看上马佳欣，最烦她那种不求上进的。”马佳欣在走廊里听见姜众这么说，吃了一惊，不由得停了下来。片刻，她放轻脚步，小心翼翼地进了房间，呆呆地坐在椅子上，很无语，还有点懊恼：自己跟姜众说的话，居然多到了让他误会的程度。她自嘲地笑了笑，开了电脑，去看吴建的微博账号。发现他最新发的，是《南方周末》1999年的新年致辞：“没有什么可以轻易把人打动，除了正义的号角。当你面对蒙冤无助的弱者，当你面对专横跋扈的恶人，当你面对足以影响人们一生的社会不公，你就明白正义需要多少代价，正义需要多少勇气。没有什么可以轻易把人打动，除了内心的爱。没有什么可以轻易把人打动，除了前进的脚步……”马佳欣心里堵得慌，老吕说，吴建已经辞职了。

老吕电话中说的要事，是原创部要解散。马佳欣走进房间，老吕没半句寒暄，直接宣布了这个消息。马佳欣大吃一惊，不敢相信。

“点击率是不大好……不可能……”

“遣散方案的细节都敲定了。”老吕递过来一瓶矿泉水，脸上带着差旅的疲惫，“高层那边刚出的消息，你的同事们还不知道。”

“要解散，为什么折腾KPI考核方案？”马佳欣还是不愿相信。

“因为改革很难，革自己的命最难。移动互联网和智能手机的发展趋势，就是一把悬在门户网站头上的达摩克利斯之剑。昨天晚上的高层会议，两派势力拍着桌子叫骂、差点打起来。守旧派坚持内容为本、格调不能丢；革新派坚持流量战略，要求品位下沉。特别是那个皮特陈，这种从世界五百强公司出来的高管，内容对他们来说，是纯粹的产品。”老吕很是感慨，摇了摇头，接着说：“原创部解散，你们公司移动客户端的权力斗争结束了，老夏会下课，皮特陈会上位。”

“为什么?”

“因为原创部是老夏一手创办的，苏文、吴建这些资深的纸媒人都是他找来的。易浪网匆忙推出的移动客户端，是集团最重视的板块，交给了老夏负责，市场占有率一直没达标。原创部解散，意味着老夏失势，接替他的竞争者中，皮特陈上位的概率最大。”

老吕这么分析，马佳欣觉得原创部真的要解散了。她情绪复杂，半晌不语。老吕摇头笑，说：“我不信皮特陈这种人能做好内容产业，内容是产品，又不仅仅是产品。”

又是皮特陈，马佳欣心中一动，说：“吴建说皮特陈是我的后台，是他安排我进来的……可我不认识皮特陈。”

老吕略诧异，迟疑了片刻，试探着问：“有人托了皮特陈，没告诉你?”马佳欣脸色微变，摇了摇头。老吕想了想，说：“我去打听一下?”

“啊，不用了。”马佳欣后悔刚才的冲动，尴尬地笑了笑。老吕喝了口茶，问马佳欣对微信推出公众平台的想法。马佳欣出差前听说过这事，并没有多想。

“纸媒的黄昏到了。”老吕甚是感叹。马佳欣想起了吴建，说：“吴建不这么认为，说纸媒的黄昏到了，年年有人讲。还说，都市报的广告收入在上半年创了新高。”

“这次是真不一样。智能手机不是报刊的竞品，是替代品……微信的公众平台，是个不错的机会。你来帮我的话，能做出点成绩的。”

马佳欣愣了愣，问了出来：“吕老师，我其实不大明白，我哪里让您觉得值得合作?”

“你是你们部门流量最高的。”

老吕回答得毫不迟疑。这是马佳欣最不想听到的回答，她藏起失望，笑了笑，说：“吴建说，我文章的位置，就算放一坨屎，也会有流量。刚开始我不服气，现在觉得他的话，说不定有道理。”

老吕笑了，笑得有些夸张：“吴建这张嘴，一点儿都没改。对了，这家伙已经离职了，上周四开始，就没进过办公室。”

马佳欣诧异极了，一脸的不敢信。

“我混媒体的时候，吴建的口碑很好。”老吕叹了口气，“时代的权力属于大众，吴建这样的人掌控话语权的黄金时代结束了。”

片刻的沉默，马佳欣突兀地笑了两声，说：“原来这样……我发了辞职信给他，一直没反馈……原来他比我辞职还早。”

“你已经辞职了，我就不算挖朋友的墙脚了。”老吕意外又高兴，“微信公众平台会是个巨大的流量入口，熟人社交的朋友圈里，优秀内容会有指数级的传播效率，这是建立品牌的一个绝佳风口。具体怎么做，我还没想得特别清楚，你肯定能帮到我。来我的公司好了，给你加薪。”

老吕如此直接和坦诚，拒绝的话，马佳欣一下子说不出口。老吕似乎明白她的犹豫，体贴地说：“你可以再考虑考虑，不急。”

马佳欣盯着吴建的微博页面，久久没动。她除了难受，还有自责和愧疚。如果吴建辞职是真的，自己大概率错怪了他跟苏文。她起身去了阳台。一望无际的海面看上去那样平静，海浪线一次又一次地快速迫近海岸，激起白色的浪花，提醒着海底的汹涌。马佳欣拨了孙毅蕾的手机号。手机响了很久，就在她要放弃时，接通了。

“吴建辞职了？”马佳欣直奔主题。

“是的。”孙毅蕾叹了口气，“这几天部门人仰马翻，KPI 考核方案搞得都要打起来了，走的也不止吴建一个。”

老吕说的是真的。马佳欣心底生出一种荒谬感：一个即将解散的部门还在为考核方式争吵。她很想说出实情。老吕叮嘱再三，部门解散的消息得保密。她憋得难受，问：“是裁员还是自己走的?”

“都有。”孙毅蕾的声音很疲惫。

“原创部的主管领导换了吗?”

“没有。”

“那你呢?”

“我没被裁，也没找到下家，还混着。”孙毅蕾说得直接。马佳欣想了想，说自己交了辞职信，吴建没回复。孙毅蕾很意外，说吴建的工作邮箱还没交接，他应该懒得看。“你又不会被裁，吴建也走了……”

“我不是不知道吴建走了嘛。”马佳欣这么说，是在自嘲。孙毅蕾当了真，劝她赶紧回来，免得邮箱交接，辞职信转到人事那边。人事收到肯定同意。马佳欣只好感谢她的提醒，闲聊了几句，挂了手机。

姜众进门的时候，老吕躺在沙发上，正闭目养神。姜众直接问：“你是不是看中了马佳欣家里的钱?”

老吕睁开眼睛，坐了起来，左手敲着茶几，似笑非笑地看着姜众，问：“她家里有钱?”

“你心里清楚。”

“她跟你说什么了?”

“是不是跟你的那个风投基金有关系?”姜众问得严肃，带着怒气。老吕看着姜众，眯缝着眼，片刻，他站了起来，走到姜众身边，拍了拍他的肩膀，笑道：“像我这种人，一般是钱也要，人也要。到底是因为钱，还是因为人，哪个更重要，我分不清的。”

姜众忍了又忍，懒得再说一个字，转身出了门。老吕看着被摔上的门，意味深长地笑了笑。姜众莫名烦躁，心里憋着一股火。他快步走到马佳欣的房间，敲门没人应，转身去大堂找人，最终在沙滩上看到了她。他走近，还没来得及说话，马佳欣转过身说："我第一次发现老吕的魅力，成熟幽默，大叔雅痞范。对了，他现在有女朋友吗？"

姜众觉得自己的心跳突然少了几拍，他看着她脸上的笑，嘲讽道："老吕的女朋友两只手加两只脚都数不过来，你是打算加入行列，当个脚指甲盖？"

马佳欣想了想，说："这个世界就是二八定律，少数的优秀男性会吸引众多的女性。"

姜众很想抽自己，毫不客气地说："是，渣男跟脑残，相互吸引，绝配。"

马佳欣没想到姜众反应这么大，气势虚弱地问："你什么意思？"

"没什么意思，你觉得是什么意思就是什么意思，你自己的脑袋里有脑子。"姜众说不出的恼怒跟憋屈，十分烦躁。

姜众的态度如此恶劣，马佳欣也怒了，冷冷道："你是不是觉得有钱就高人一等，有钱就可以为所欲为，有钱就能不尊重人？"姜众被"有钱"这两个字刺激了，他冷静下来，苦笑道："我跟你说过老吕是什么人……你还愿意当他女朋友，跟我有钱有什么关系？"

马佳欣哑口无言，姜众说得好像有道理，自嘲道："不好意思，我是个俗人，我仇富，情绪没控制住。"

"理解，人穷戾气重，咱们两个阶级，三观不一致，没法聊。"

姜众说完，转身走了，怒气冲冲的。马佳欣望着他的背影远去，消失在酒店的灯火通明中，有些恍惚。这一天，像一场美梦接了一场荒诞的噩梦。

姜众一晚上都没睡好。他不明白马佳欣的行为逻辑，恼怒自己非要去理这个逻辑。梦中，他还听见她说："我只是看不惯不公平，更看不惯爱占穷人便宜的有钱人，那都算不上是人。"第二天醒来，他努力回忆梦中有她的片段，精神萎靡不振。

中午，高响撞开门，十分困惑地问："马佳欣居然走了，回了北京。招呼都不打一个？"姜众猛地站了起来，愣了片刻，直接出了门。他一路小跑着穿过泳池、椰林，到了沙滩，找到了躺在太阳伞下的老吕。

老吕瞟了姜众一眼，不耐烦地挥了挥手，说："挡视线了，挪一挪。"姜众一头汗，尴尬地让了让。老吕望着大海的方向，一言不发。姜众突然觉得，关于马佳欣，他没有任何立场质问老吕，一时愣住了。老吕等了等，转头看着姜众，说："想问什么，问。"

"哦，你到底投不投？"姜众问得有气无力。老吕坐了起来，指着不远处的大海。姜众望过去，不明所以。

"给你一艘船，你能到海对面去吗？"

"那要看是什么船。"姜众想了想。

"你怎么不问为什么要到海对面去？"老吕垂下手，盯着姜众。姜众愣了愣，说："好奇。"

"你可以好奇。我因为你的好奇心给你一艘船，那是骗小朋友的童话。"老吕望着辽阔的海面，"我给你一艘船，指望你带回一船的宝物。你可能成功，可能失败。一旦你成功了，带回的宝物值得所有的失败，我会给你这艘船。"

"你投还是不投？"姜众听明白了，他不想听老吕打比方，想要个了断。

"你听我说完。"老吕没看姜众，"麦哲伦相信地球是圆的，带着船队远航，命名了太平洋。途中缺水缺粮、差点饿死；看不到希望的下属叛乱，他差点被杀死；千辛万苦到了香料群岛，结果死在了土著的标枪跟石头下，尸首无存。活着的船员完成了剩下的行程，五条船，256个船员，回到西班牙，只剩下一条船跟18个不成人形的人。”

“带回来的香料，减掉组建整个船队远航的成本，还有很多利润。”姜众接上了老吕的话，“我知道你要说创业就像在未知的大海航行，历经磨难、死在半路、一分钱没赚到、寂寂无名的是绝大多数。”

“错。”老吕摇头，“麦哲伦环球航行能成，背后有西班牙王室。西班牙王室支持他，是要跟葡萄牙竞争远洋贸易。西班牙王室还支持了哥伦布，在哥伦布之前，印第安人、维京人，都到了美洲，为什么哥伦布到美洲叫发现新大陆，之前的不算？他发现的时候，两个大陆之间商业活动规模化的条件成熟了，改变了大陆之间的生态。”

姜众看着老吕，没作声。老吕接着讲：“智能手机、移动互联网的生态快成熟了，巨头们都焦虑，害怕被颠覆。要创业，创业这个词太虚伪，应该说要做生意，要在巨头愿意用金钱换时间，跟对手厮杀的领域找机会，将来你才有可能得到巨额资源。你说你这个火星上的好奇号、马斯克的龙飞船，还有谷歌的什么民间登月行动计划、外星人什么的，巨头们关心吗？”

“没有外星人，是外太空。”姜众眉头微皱，虚弱地倔强着。老吕看在眼里，笑了笑，接着说：“互联网创业，听着励志，跟遍地黄金，进去就能捡一样。其实门槛很高，眼光、人脉、资源、管理都得有。你掂量一下自己，你这种独狼性格，行不行？”

“不试怎么知道不行？”姜众不服气，盯着老吕。老吕站了起来，拍了拍他的肩，笑眯眯地说：“就不行了？自尊心这么强，别做生意了。做生意就是求人，你能求人？”姜众愣了愣，反问：“够好的话，为什么不是别人来求我?”

“姜少爷厉害!”老吕伸出了大拇指，“我不投。”

老吕拒绝得如此直白，姜众还是失落的。老吕看了出来，缓和语气劝道：“做事情，要顺势而为。用互联网的话来说，叫找风口。起风了，风口的猪也能飞。”

“风一停，猪都摔死了。”姜众明显有情绪。老吕笑了起来，感叹道：“没人能改变这个世界，人变过吗?顶多利用技术的进步，满足人类的贪嗔痴。”

姜众不语，站了片刻，转身朝酒店走去。马佳欣为什么突然离开，他最终没问出口。老吕望着他落寞的背影，摇了摇头。

姜众躺在床上，盯着天花板，懒得掩饰自己的失落。高响端坐在电脑前，神情专注且亢奋。突然，他猛地站了起来，眼里有光。

“互联网的第一波大机会，我还在上小学，出生太晚了没赶上，怪不了我；移动互联网是第二波大机会，我正年轻，机会大大地有！我了解用户要什么，有优势，能把第一波老玩家干翻!”

姜众缓慢地转头，看了眼亢奋的高响，又缓慢地转了回去。高响得不到回应，转身才发现姜众的异常，问：“人家走了，不跟你打招呼，难过?”姜众跟没听到一样，没任何反应。高响一脸的鄙视：“有事业的男人才配有爱情……再说了，也没认识几天，要死要活的，你至于吗?”姜众仍没任何反应。高响坐了下来，十分诚恳地看着他，说：“我不想跟你聊什么感情，我想跟你好好聊一聊事业。就你那个火星众筹，国外大概行，咱们的国情，我觉得行不通。咱们吃饱饭没几年，没钱人是多数，能成的是那些让客户得实惠、占便宜的应用；给不认识的人钱，帮别人完成梦想这事不靠谱。那方案，改来改去的，老吕一直在研究。这研究呢，就是没戏的意思……”

“你说得很对，老吕不投。”

姜众的声音空洞极了。高响其实高兴，又觉得不能高兴，得难过，以表示对姜众失败的同情。他情绪变化过快，导致面部肌肉抖动，充满了喜感：“说实话，好奇号啊、火星啊、太空啊，偶尔了解一下就行了，我没兴趣天天看。我是谁？我就是老百姓，是大众。老吕不投是好事，咱们重新找个方向，做老百姓愿意天天用的App。”

姜众慢慢坐了起来，困惑地看着高响，问：“创业不九死一生？你被谁洗脑了？”高响的嘴张了又闭，闭了又张开，几个来回后，他腾地站了起来，不服气地说：“草包拿到投资了……草包是谁？草包是这个世界上为数不多的，各方面都不如我的人！他都敢创业，还能拿到投资，我还九死一生，是不是也太不男人了？”

姜众有些无语，看着亢奋的高响，问：“看到了屌丝翻身的可能，看到了成为亿万富豪的机会？”

“是的，能在二环内买房了，能回故乡了！”高响很兴奋。

“祝你成功。”

姜众说完，又躺了下来，双手枕在头下面，望着天花板。高响急了，凑近了说：“不是我，是我们，我们是一个team！我们也可以写PPT，组团队，找风投。可遇不可求的历史机遇，必须得抓住！”高响充满了激情。姜众转头看了他一眼，又盯着天花板。高响有些尴尬，有些不解。

“真喜欢上了那个马佳欣啊？”

姜众轻轻地叹了口气，什么也没说。高响同情地看着他，说：“你这种单相思，不，假性失恋，感动的只有自己。这种感觉，我太懂了！三天，我保证，不出三天，这段撕心裂肺的感情就过去了。”

高响没给姜众三天的缓冲期，他亢奋得像个即将夺冠的运动员，自我激励的途径越来越离谱。比如，他十分认真地说："你知道吗？马云是处女座的，我也是。""微软中国区的CEO吴士宏是自考生，还是个大专，我也是。"

高响除了擅长发现自己跟成功人士的相同之处，还被狠狠地励志了："我知道我不够聪明。在一个聪明人满街乱窜的年代，稀缺的恰恰不是聪明，而是一心一意，孤注一掷，一条心，一根筋。一根筋，我可以的。"

"我穷，是因为我没有极度渴望成为成功的野心！我穷，是因为我没有燕雀缺乏的鸿鹄之志！我穷，是因为我无法战胜自己内心的怯懦！我穷，是因为我缺乏变不可能为可能的勇气和巨大决心！"

"不要等明天，明天太遥远，今天就行动。"

"这世界上只要有梦想，只要不断努力，只要不断学习，不管你长得如何，不管是这样，还是那样，男人的长相往往和他的才华成反比。今天很残酷，明天更残酷，后天很美好，但绝对大部分是死在明天晚上，所以每个人不要放弃今天。"

当高响再次背完长长的一段马云语录，姜众看着他，说明天回北京。

"明天就回北京？我还没去潜水呢。"

高响脱口而出，姜众哭笑不得。高响反应过来，羞愧难当，忙补了一句："明天一早就回北京！咱们两条光棍，输了还是光棍两条。"

姜众用力拍了拍高响的肩，竖起了大拇指。当姜众转身离开，高响对自己要创业这件事，突然有点恍惚。

离开三亚之前，姜众去找了老吕，问做一个跟"十分钟逃离北上广"差不多的活动，最少要花多少钱，说火星众筹以后要推广，想心里有个谱。老吕明显有些警惕，含糊了过去。姜众不爽，直接问活动是不是真的有问题。老吕盯着姜众，严肃起来。

“运营总监要回扣，我能接受；公司的CEO要回扣，这种活我不接的。”

“为什么？”

“运营总监是打工的，利用职权求偏财这种事，没法杜绝。一个公司的CEO贪这点蝇头小利，这公司活不了。一次合作就是一次人脉关系的建立，跟一个会把公司搞死的人合作，就浪费了跟一个会把公司搞大的人的合作机遇，这叫机会成本。”

姜众点了点头，沉默片刻，说：“你女朋友那么多，也是有道理的。”老吕哭笑不得，同情又羡慕地看着这个难过的年轻人，调侃道：“喜欢就去追，追上了少奋斗二十年。”姜众眼里的鄙视藏不住，老吕看得一清二楚，笑着问：“假富二代碰上了真富二代，尿了啊？”

姜众耸了耸肩。

回北京那天，姜众早起站在阳台上，想着马佳欣。轻风拂面时毛孔的微张、海浪侵入沙粒的声音、远处食物的香味、海底五彩鱼儿的游弋、愤怒时脉搏有节奏的跳跃，这些记忆里，都是马佳欣。太阳探出了头，淡蓝、粉红和天青色在空中随意铺开，是一幅水彩画。

机舱外，云层连绵起伏，像白色的山峦。高响说，孙悟空一个筋斗云，十万八千里，小时候觉得神奇。现在的自己，跟孙悟空一样厉害。“这么想，火星上的事，好像也不是那么不靠谱。”高响拍了拍姜众的手，以示安慰。

出首都机场时，天空灰蒙蒙的，城市像罩上了一层纱。高响雄心万丈地吼了声：“不要等明天，明天太遥远，今天就行动！

打回南二环的故乡，Fighting!”姜众很配合地跟他击了掌，心里惦记着马佳欣。他不明白，她明明拿了一手好牌，为什么看上去打得稀烂？

七　纸媒的黄昏

易浪网所在的写字楼，在四周建筑的衬托下，特别醒目。全玻璃的外立面，在8月炙热的阳光下，闪烁着刺眼的光。从空中望下去，大门处的人群进进出出，如同地穴中的蚂蚁。

马佳欣准点到了公司，原创部还没人，跟她预料的一样。同事们都是纸媒过来的，习惯了晚睡晚起的作息，互联网企业要求的早起打卡太难做到，9点半这个时间点逐渐形同虚设。人事对原创部的考勤，不得不网开一面。自己的工位上已落下一层灰。吴建的工位空无一物，也一层灰。马佳欣擦完自己的，犹豫片刻，把吴建的工位也擦干净了。

从三亚匆忙回北京，马佳欣为的是遣散费。老吕说，原创部解散是铁板钉钉的事，她没必要主动辞职，跟钱过不去。马佳欣觉得老吕说得对。发给吴建的辞职信，邮箱刚显示已读，要是吴建交了上去，走完流程成为既定事实，有点太不划算。她当晚收拾了行李，想回京拦下辞职信。

整理完“十分钟逃离北上广”的稿件，11点都过了，原创部还没有人来，马佳欣觉得不正常，发消息问孙毅蕾怎么回事。“开会，讨论KPI考核方案，没完没了。”看着这条回复，马佳欣心里不是滋味。部门都要解散了，还讨论KPI，纯折腾人。她一边整理稿件，一边想着怎么拿回辞职信。按照流程，辞职信大概率在苏文那边。她留意着办公室入口，快12点，苏文出现了，依旧一脸的笑，看不出喜悦的那种。马佳欣起身，跟着他到了办公室门口，还没来得及进去，苏文就接了一个电话，她只好等在办公室门口。苏文看到她，轻轻点了点头，带着笑。半个小时过去了，苏文的电话还没有挂，他看了眼一直等在门外的马佳欣，边接电话边打出了吴建转发的辞职信，等电话结束，他在辞职信上签好字，递给了敲门进来的马佳欣。

“你的辞职信。”

马佳欣接过辞职信，看着笔墨未干的签名，如同挨了一闷棍。她看着一脸微笑的苏文，尴尬地开口道：“苏老师，我觉得我冲动了。这封辞职信，我能收回吗？”

苏文略意外，不好意思地解释：“你一直在外面等，我以为你急着要。”

马佳欣哭笑不得，看着辞职信上“同意”两个字，心里不是滋味，干脆问：“苏老师，我知道我的资质和能力，不符合原创部的要求。当初为什么会招我进来？”

苏文迟疑片刻，说：“你能进来，就说明符合要求。”

“我知道这个助理名额，吴建有想要的人。”马佳欣豁了出去，“吴建说我抱皮特陈的大腿，不会无缘无故。皮特陈跟您打过招呼？”

“你自己清楚，你跟皮特陈没交情。”苏文终于不笑了，“你很努力，进步也很大。”

苏文知道她没走后门，没抱皮特陈的大腿。马佳欣情绪复杂，很想问你既然知道，为什么不跟你的好兄弟吴建讲？为什么由着他诋毁我？她没问出口，拿着签好字的辞职信，转身离开。

原创部在吐槽。大牙说：“咱们原创部已经不要脸，直奔点击率去了。这个月的数据不仅没增长，还下降了5%，是不是有点搞笑啊？”野猪解释：“走了那么多人。”

“没走，说不定降得更多。”俞瑶接话。几个人自嘲地笑了起来。

孙毅蕾抬头看到马佳欣，诧异又欣喜：“你回来了啊？回来得好，该回来。”

“写稿子的素材够了，就回来了。”马佳欣心里不好受，不想多说。孙毅蕾犹豫了下，主动八卦吴建在面试一家做生鲜的电商。马佳欣大吃一惊，她万万没想到吴建想转行，绝对没想到他会去卖吃的。

部门明显人心浮动，公开聊着那些离开同事的出路：去甲方当公关的最多，最奇葩的是，有人去寺庙当了居士。马佳欣盯着屏幕，无心做事，同事们的议论都入了耳。野猪感叹部门组建之初，公司重金挖人，明说了原创部负责品位，不用管流量。

“没有流量，公司没广告收益，股价会下跌，股民不答应，资本不答应。”

“当初流量也不高啊，是竞争对手变了。”

“再小的个体，也有自己的品牌……微信要搞的这个公众平台，有会上说的那么厉害？”

“是移动互联网厉害。”

讨论突然停止了，好像移动互联网终结了所有的不甘和质疑。许久，叨叨悠悠地说：“记得2008年奥运会的时候，门户网站抢了纸媒的风头，都说时代属于门户；刚结束的伦敦奥运会，我们说‘门户已死，时代属于微博’。将来的里约奥运会，大概要说微博已死。看到了趋势，也想追，就追不上。我这种做内容的手艺人，以后不会没饭吃吧？”

“面包会有的，牛奶也会有的。”

马佳欣听着这些话语，想到这个部门即将被解散，心里堵得慌。她摸鱼到快下班，把辞职信装进包里，正要走人，孙毅蕾喊住她，带她去了没人的露台，困惑地问：“你都赶回来了，为什么还要辞职?”马佳欣无比错愕，盯着孙毅蕾问:“谁跟你说的?你什么时候知道的?”

“今天下午。部门的人都知道，苏文都签字了。”

马佳欣第一次明白了笑面虎的含义，血一下子涌向了头顶。苏文想让她走，中午不还辞职信就行了，这么搞，就是在故意恶心人。马佳欣转身疾步走向苏文的办公室。里面没有灯，她不甘心地推了推，门锁了。

“苏老师准点下班。”孙毅蕾的声音里有同情。马佳欣转身望着她，什么话也说不出来。

马佳欣的房子租在东四十条的老公房，说是一室一厅，那个厅小得只能储物，阳台围栏用砖砌得很高，挡住了不少光线，整个空间更加逼仄了。好在这里是东二环，出门往左是三里屯，往右是南锣鼓巷、什刹海。有兴致的话，可以顺着北海公园溜达到景山公园和故宫。住了一段时间，马佳欣才发现，这个地名念东四/十条，而不是东/四十条。傍晚，马佳欣喜欢站在阳台上，望着鸽群回巢。一路之隔的胡同区，有人养鸽子，提供了这样的景致。

马佳欣走在胡同里，觉得空气浓稠得像一张网，裹在里面，说不出的难受。部门的人都知道自己写了辞职信，苏文还签了字，现在只有离职走人，才能维护可怜的尊严。总不能说部门要解散，因为想要遣散费，她得没脸没皮地耗着。更何况，老吕再三强调，解散这事不要对同事说。

到家开了空调，温度降了下来，马佳欣还是觉得闷得慌，浑身无力。她躺在床上，瞪着白色的天花板，眼前出现了透明的蠕形光斑，像虫子一样游来游去。闭上眼睛，那些光虫消失了，无边无际的黑暗罩了下来。她想起在首都机场，天空灰蒙蒙的一片，有点发红，一股浑浊的有颗粒度的气体，团在了喉管处。初中时看《飘》

《雾都孤儿》等名著，以为大城市就是高大的烟囱，还冒着浓烟。现如今，五大湖区的铁锈地带成了落后和衰退的象征……易浪网创立十年已经老了，原创部成立三年就要解散了。伦敦奥运会的口号“Inspire a generation”，翻译成中文就是“激励一代人”……吴建说“技术每进一步，节奏就快一大截，美好的东西就扔一些”，马佳欣觉得他这话还有一种理解，就是原地踏步，也是一种美德……平安大道上夜行的车，碾压路面的声音急促且嘶哑。马佳欣思绪万千，最终沉沉睡去。

第二天去公司，马佳欣仔细打量工作了大半年的写字楼，发现了很多不曾留意的细节，像没来过一样陌生。她时常有这样的感觉，每天经过的地方，突然不认识了，好像从没来过。比如街角多了几个雕塑，她不知这些雕塑一直都在，她没留意，还是最近才立在这里的。这种对日常生活的新奇感，马佳欣认定自己太大条或者智商不够，别人一眼就能看完整的东西，她需要好多次才能拼凑完整，还不一定准确。

办公区没有人，苏文的办公室也没人，这些人又在会议室讨论KPI改革。马佳欣打开带来的袋子，把自己的私人物品装了进去。收拾完，她拿着辞职信去人事部签字。经过会议室，她停了下来。

“有人跟我说，进互联网大厂的感觉，就是野猪闯进了养猪场……”好几个人忍不住笑了。等安静下来，苏文的声音又响起：“还有人跟我说以前在报社，编辑加记者也就十几号人，大伙知根知底，有什么说什么，爽快惯了，每个人都是个人。这进了大厂，每个人都是个螺丝钉，螺丝钉之间还互掐，当面几句话能说清楚的事，邮件里来来回回，就为了将来扯皮的时候，有证据把自己给择出去，没劲。这些都有理，我也有同感。问题是已经进了养猪场，要怎么办？十几头猪可以放养，几千头猪必须有现代化的管理机制，公司的一些规章制度，不习惯也得遵守。”

马佳欣听着苏文毫无重点的闲扯，觉得这人心机深得可怕。她懒得再听，朝人事部走去。

会议室里，大牙翻着面前的KPI考核方案，不爽地打断了苏文：“阿文啊，这KPI的权重比例看得我头昏。我就问一个，选题为什么要看数据部门的意见？”

“参考一下，也没什么坏处的。”苏文脸上挂着日常的微笑，望着大牙，“KPI改革的目标，你知道的。数据部门的意见，能帮我们达到目标。”

会议室炸锅了，众人议论纷纷。

“数据部门要是说不行，选题就不能做了？”

“那我是不是可以跑娱乐新闻，专门报道明星的八卦，点击率肯定高。”

孙毅蕾的话，引来了笑声，藏着对新制度的嘲讽。

“不是不可以考虑，可以搞一个娱乐相关的专题。”苏文也笑，“《甄嬛传》里面红的演员，还有最近很火的《中国好声音》，都可以考虑，韩国的鸟叔，他的《江南style》都火到美国了，这选题不错，有没有人愿意做？”

会议室突然安静下来，没人笑了。大牙很不爽。

“我们来原创部，不是来跪舔明星跟流行文化的。”

苏文看着大牙，耐心解释：“不需要每个人都去报道明星。管理层的意思呢，你们在报选题的时候，考虑到流量、点击率这些东西。”

“主任，我有个问题啊。”孙毅蕾问得认真，“比如有两个选题，一个是报道留守儿童的，一个是报道演员的，留守儿童这篇报道可能花了半个月，文章口碑也非常好；演员的那个，可能就采访了一下午，两天就完成了，内容也就那样，但点击率是留守儿童的100倍，所以报道演员的绩效比报道留守儿童的高？高多少呢？”

众人都盯着苏文。苏文缓缓开口道：“报道演员的绩效高。”众人哗然。苏文提高响音量，继续解释：“微信将推出公众平台，他们的口号是再小的个体，也有自己的品牌。你们知道这个口号意味着什么……微博的威胁还在，微信又来了，管理层也有压力，大家换位想一想。”

“换不了，我就是个记者。”大牙冷笑，“死盯流量，不问有没有灵魂。原创部也沦落成这样了。”

“我不反对流量和KPI考核。”孙毅蕾看着大牙，“我们做的内容需要传播出去，被更多的人看到，才能实现价值，没人看就是自娱自乐。”

“诺贝尔文学奖获奖作品，看的人比看通俗小说的少多了。”大牙不屑地盯着孙毅蕾，“哪个更有价值？”

“别给自己贴金了。”孙毅蕾不甘示弱，“咱们写的，连通俗小说都算不上。”

大牙气得站了起来，片刻，怏怏地坐下了。

马佳欣没想到，人事部门的小姑娘当着她的面，就在离职信上盖了章，面无表情地说手续最晚明天就能办好，还给了她一份清单，是她需要上交的工牌、饭卡什么的清单。离职办得如此快捷，马佳欣觉得，自己像一颗被换下的螺丝，毫无价值。

回去经过会议室，马佳欣听见大牙愤愤的声音：“原创部的宗旨是关注现实，宁要深度，不要流量。进来的每一个同事，最少把自己当个知识分子，对现实有自己的态度，自己的表达。要是报道明星八卦更重要，这个部门趁早解散。”

“部门真解散了，大家去哪儿？去写公众号？还是去开淘宝店？”孙毅蕾的声音很克制，“报社那边都在裁员，新媒体里边，易浪网是顶尖的。大家应该现实一点，保住原创部。”

马佳欣突然有点难过。

“就晚生了几年，错过了纸媒的黄金时代。”叨叨有些伤感，“我们会不会亲眼看着纸媒完蛋？”

“不会。”孙毅蕾明显在打圆场，“电视机诞生的时候，也说报纸要消亡，不活得好好的？我们现实一点，KPI方案……”

马佳欣听不下去了，推门进了会议室，盯着苏文。

“苏主任，您用对付我的手腕，对付管理层的话，部门就用不着解散了。现在还开这样的会议，浪费大家的感情，不厚道。”

苏文脸上的笑凝固了，众人不解地望着她。马佳欣不等有人问，赶紧说：“各位老师，我的离职信人事已经签字了。这半年来，谢谢大家的照顾。”

马佳欣鞠了个躬，转身离开了会议室。

“什么手腕？”

“部门用不着解散，什么意思？”

会议室的声音越来越远。马佳欣越走越快，只想逃离。

站在大街上，阳光毒辣。马佳欣一时有些恍惚，觉得疲惫至极。这大半年积极进取，原来毫无意义，自己终究成不了吴兰芳那样的人。她避开笔直的主干道，去了不远处的一条小街。六层的老式居民楼，街上的人或悠闲或脚步匆忙，若不是老北京侃大山的音量过高，会误以为走在某个县城里，一种过日子的朴实。那几家洗衣店、房屋中介、理发店、便利店和药店，似乎一直在那里，一直长那样。马佳欣喜欢这条街，喜欢它被日新月异遗忘的感觉。

《江南style》《High歌》在这些小店间此起彼伏，像在打时间的标签。小街不长，马佳欣来来回回走了好几趟。孙毅蕾打来电话，她没有接，发了微信过去，说很快会有答案。又走了一个来回，马佳欣突然意识到，自己在用离别的眼光打量着这条街。她站立良久，对着平平无奇的街道，拍了一张照片，发了朋友圈。

“我曾以为，有些人这辈子都会是个记者。”

八　大龄小镇女青年的逃离

若城是位于长江边的小县城。低矮的老城区，以弃用的渡口为顶点，形成了一个扇形的商业区。渡口沿江朝南五公里处，是规模不大的水泥厂、化肥厂、磷肥厂等，形成了一个带状的工业区。在商业区和工业区之间，分布着一些自然村落。自建的房屋高低错落，有平房，也有五层高楼，它们朝向不一，形成迷宫一般的村中小巷，成为县城的一部分。

盛夏的午后，一栋两层楼的破败民宅，一头黄毛的项宇推门走了出来。他站在门口，掏出别在腰上的弹簧刀，对着太阳，模仿古惑仔的样子，吹了吹刀刃。他想单手潇洒收刀，试了几次不成功，老老实实地用双手合上，骑上一辆二八大杠自行车，在小巷里穿梭飞驰。出了村，沿着老县城还算干净的水泥路主干道，经过正在拆迁的村庄，上了一条尘土飞扬的土路，经过一片荒芜的田地，前面出现了一条崭新的柏油马路，项宇停了下来，擦了擦额头上的汗，望着那片被命名为开发区的地方：高高的楼从农田中拔地而起，巨型的建筑设备耸立在空中，像一个不真实的异世界。项宇摸了摸裤兜里的弹簧刀，重新骑上车。

若城开发区以柴泊湖为中心，四周高楼林立，有些还在建设。部分楼盘的墙壁上，或挂或写着打折促销的巨幅广告。

“漂泊在外辛苦打拼，回家买房享幸福人生。”

“零首付，一次性付款七折。”

2012年的楼市，政策层面再次“大放水”，在降息、降准、放松信贷标准的刺激下，一线城市的房价开始飙升，四五线城市购买力不足，仍在大幅度打折促销。项宇满头大汗，骑过巨幅的促销广告，停在了圆梦城门口。这个小区，拥有三十三层高的住宅，是县城最高的建筑，也是县城单价最贵的楼盘。项宇擦了擦汗，理了理头发，走了进去。小区绿化面积很大，树木成荫，四栋三十三层的板房旁，是小桥流水环绕的别墅区。两层高的别墅造型时尚，外立面洋气。项宇停在了一栋板楼前，核对了楼号，大踏步地走了进去。

电梯的四周，仍贴着装修期的保护性木板。项宇坐到了28楼，出电梯找到2802室，摸了摸刀柄，拢了拢头发，猛地捶门。

“找哪个?!”

一个女人的声音，听上去凶且不好惹。项宇愣了愣，又猛捶了几下，才清了清喉咙，希望自己听上去厉害一点。

“找你，吴兰芳，还钱！开门!”

门突然就开了，一个短发高挑瘦削的姑娘背着双手，站在门口，一脸的冷峻。项宇不由得后退了几步，他原以为，这门他要敲很久。

“你记住了，我是我，我爸是我爸，我不会替他还一分钱。”吴兰芳说得坚决。项宇突然结巴了，气势一下子就弱了：“父债子偿……父债女偿，天、天、天经地义!”

吴兰芳不屑地冷笑，说：“掏家伙吧。”

“啥?”项宇搞不清楚吴兰芳的意图。吴兰芳不耐烦地说：“水果刀、弹簧刀、锯条、棍子什么的，你带了啥?”

项宇下意识地去摸裤兜里的弹簧刀，吴兰芳催促道：“右边裤兜里的弹簧刀……拿出来啊……你搞快点!”

项宇正犹豫，被这一嗓子吼得很尴尬，不得不把弹簧刀亮了出来。他握着刀柄的手有点抖，故意压低嗓音威胁道：“我不跟女人动刀子，你识相点，赶、赶紧把钱、钱、钱还了。”

吴兰芳不发一言，背在身后的双手突然挥出，一个结实的擀面杖猛地朝项宇砸去。项宇大惊失色，闪到一边，举起手里的刀，壮起胆子喊：“别过来，我真要动刀子了！”

吴兰芳直接走向项宇，举起擀面杖挥了过去。项宇被迫拿着刀招架，手忙脚乱地抵挡了几下，瞟到消防通道后，他忙调整位置，找到时机，转身逃了进去，本想关门，不想门太紧，他没拉动，还差点摔倒。吴兰芳看着他那㞞样，冷冷地，懒得动。项宇站稳后，发现吴兰芳没追过来，自觉丢脸，虚张声势地喊了句：“好男不跟女斗……我、我让着你……”

吴兰芳往前走了走，手里的擀面杖都没动，项宇吓得立马转身，一口气下了三层楼，才惊魂未定地停了下来。项宇喘着粗气，突然意识到什么，他忙拿出手机，打开相册，在一堆自拍中往前翻，没翻多久，找到了一张他在天安门广场上自拍的照片，背景里有一个闯入镜头的姑娘，脸上挂着泪珠，拍得还算清楚。项宇看了又看，忍不住惊叹。

“一模一样……吴兰芳?!”

项宇狠狠眨了眨眼睛，放大了照片，恨不得拿出眼珠子，好鉴别是不是同一个人。

吴兰芳望着黄毛鼠窜一般的背影，为自己、为父亲、为家乡感到深深的悲哀。她转身回屋，关上门，放下擀面杖，疲惫感袭来，不由得靠在门上，闭上了双眼。几分钟后，吴兰芳缓了过来，进了书房。

书房风格简约，大大的工作台上，放着大屏幕的显示器。书柜里书不多，醒目的是两个相机和一个变焦长镜头。吴兰芳坐了下来，继续琢磨公众号的内容，还没写几个字，捶门声又突然传来，她无奈地叹了口气，起身到门口，随手拎起放在门边的擀面杖。猫眼里，居然还是那个黄毛，吴兰芳有点意外，开了门。不想项宇举起手机，把一个放大的姑娘头像对着自己，问："这是不是你？"

吴兰芳看着那姑娘脸上的泪痕，皱起了眉头，半晌，她摇了摇头，冷冷地说："不认识。"

项宇看了看手机，盯着吴兰芳，困惑地说："跟你长得一模一样。"吴兰芳瞪了他一眼，不耐烦地说："关我什么事？"项宇不甘心，解释道："我在北京天安门拍的，不小心拍到的，你刚从北京回来，有没有……"

"不是我。"

吴兰芳打断了项宇，转身，进了屋。项宇盯着房门片刻，困惑地转身，摁了下楼的电梯按钮。

拍这张照片的情形，项宇记得清楚。那是不久前，在天安门广场，全国各地的游客三三两两，脸上都是喜悦。项宇兴奋地打量着四周，开始了自拍。每个标志性建筑的每一个角度，他都要合影。游人太多，他不得不抢空隙或快速调整方向，好拍到满意的照片。等自拍完，他回看照片，发现跟人民英雄纪念碑合影时，无意中拍到了一个哭泣的姑娘，拍得还挺清楚。他忙四顾，那姑娘早没影了。

出了电梯，站在阳光下，项宇忍不住再次调出那张照片，照片上的姑娘跟吴兰芳长得太像了！可真要是同一个人，也太巧了！项宇琢磨片刻，离开了。

酷暑消散，黄昏的街道热闹起来。爷爷或奶奶背着书包，紧跟在一蹦一跳的孩子身后。菜市场外的马路沿街，一些无证的摊贩叫卖着。吴宝鸿拎着菜往前走，低着头，明显不想遇见熟人。这是一个高个男人，松垮的眼泡没了精神，紧抿的嘴唇有股狠劲。项宇东张西望地找到吴宝鸿，疾步追上去，挡在了他面前。吴宝鸿抬头见是项宇，狠狠瞪了他一眼。项宇后退了几步，问："我老大问你，你们父女两个是不是串通好了，想赖账？"

吴宝鸿脸色一沉，绕开了项宇，继续往前走。项宇听到路人的嘘声，很没面子，硬着头皮跟着吴宝鸿，边走边说："你女儿说她是她，你是你，你的事她一分钱都不管。她有钱买房子，有的钱帮你还债……"

"她本来就不认我这个爹！"

吴宝鸿突然停住，转身盯着项宇。项宇愣住了，嗫嚅着："哦……你等一哈。"项宇掏出手机，忙翻出天安门那张照片，放大那个流泪的姑娘，举到吴宝鸿面前，问："这是不是你女儿？"吴宝鸿很意外，接过手机盯着看。项羽看着吴宝鸿皱起的眉头，小心解释："我在天安门不小心拍到的。你女儿不是刚从北京回来？"

"你去天安门做什么？"

吴宝鸿随口问道。项宇有点紧张地说："玩、玩啊。"吴宝鸿瞧了眼项宇，明显不信，讥讽道："你还有钱去北京玩？"

"到底是不是你女儿？"项宇把话题扯了回来。吴宝鸿又看了两眼，把手机还给项宇，不咸不淡地说："不是。"

"不可能，一模一样。你再看一下。"项宇又把手机递了过来。吴宝鸿不耐烦地推开，抱怨道："不怕你笑话，我不晓得是不是。她好几年冇回来过年。买房我跟她妈都不晓得。她那个新屋，你都去看过了，我跟她妈冇去过。她回来了，我还是听你们说的。"吴宝鸿苦笑了下，抬腿往前走。

项宇看着那个有点驼的背影，喊："利息好狠的，早点还，你划算。"吴宝鸿没回头，举起拎着的菜袋子，晃了晃，表示知道。

28楼的视野极好，远处的长江宛如一条白练，绕着若城低矮的老城区。夕阳西下，吴兰芳会站在阳台上，望着被染成了红色的白练，望着落日没入地平线，望着天空由红褪成粉、变成青，最终黯淡成蓝的黑。这些变化，迅速又平静，博大又单调。在这样的时刻，吴兰芳觉得自己的渺小，不足为道。老城区的灯亮了起来，星星点点，吴兰芳叹了口气，等会儿要去父母家吃饭，摊牌回若城买房定居的事，她想到有可能发生的情形，就觉得呼吸不畅。

吴兰芳转身回了客厅。客厅很大，雅致的风格，用简洁掩盖了简陋。这套三室两厅的大房子，她全款买下的，花的钱还不够北京一个小房子的首付。房子的户型她很满意，南北通透，采光极好，大大的阳台和大大的飘窗，是她在北京从未奢望过的。吴兰芳拿起一块干净的抹布，依次擦拭着卧室、客厅、次卧、厨房和卫生间的灰尘。周边在建的楼盘多，灰大。房子里的每一个物件，都是她精心挑选的。她喜欢这样的擦拭，觉得放松，有一种发自内心的愉悦。

吴兰芳父母住的是职工宿舍楼。三栋五层，每栋一梯两户，共三十套房，是那个被抓的厂长唯一让职工们念叨的业绩。1994年厂子背靠武钢，活得滋润时，盖了这些房子。三栋连在一起，除了把头的两边，剩下的暗得大白天也得开灯。吴宝鸿得意自己抓阄抽中了把头的三楼，楼层最好，采光最好。

四周都有门的正方形客厅，白色的瓷砖地板，好几块都裂开了，明显有了年头。进门第一眼，是大幅的毛主席画像；画像的下面，是旧式又高又窄的条案；条案的前面，是一张圆形的大木桌子，围着桌子放几张高背椅，客厅一半的空间没了。吴宝鸿坐在高背椅上，看着桌上的几个菜，听着厨房里王和珍的抱怨，眉头紧锁。

“养了个女，买房子这么大的事，不跟我说一声。住都住进去了，不说，也不喊我过去看一眼。要外头的人跟我说，我才晓得。我算个么事？没得脸出门，没得脸见人了。”

王和珍端着一盘菜出来了。系着围裙的她，个子不高，依稀看得出年轻时的美貌。此刻，她两眼红肿，川字纹和法令纹过深，整个人都带着怨气。吴宝鸿心不在焉地应了句：“不都是你惯的？”

“我惯的！你管过冇？你说你管过冇？”王和珍重重地把菜放桌上，声量一下子就上去了。

“我冇管？”吴宝鸿心虚地回应，“我早就让你喊她回来，你听冇？现在一大把年纪跑回来，嫁都嫁不出去，让人看笑话。”

“喊？喊就算管了啊！”王和珍带着恨意地控诉，“她为么事不回来，还不是有你这样的混账老子！”

吴宝鸿腾地站了起来，忍了又忍，朝门口走去。王和珍的火更大了，吼道：“伢都要回来了，你还要去哪里？”话音未落，大门已经被摔上了。王和珍的眼眶顿时红了，还没哭出声，厨房里传来炖锅溢汤的滋滋声，她忙进了厨房。

若城老城区的小巷，路灯昏暗。沿街的住宅里，《中国好声音》《甄嬛传》跟《新闻联播》的声音交替着。吴兰芳骑着自行车，踩得很慢。父母家门前的那条街，没铺水泥，她庆幸还是没有路灯，可以在黑暗中抵达那个家。

临街的五层宿舍楼，阳台外墙统一贴着蓝白相间的马赛克，有些脱落了，被屋内灯光照亮的地方，看得清灰尘填满了缝隙。记忆中，这栋房子似乎更破旧些。吴兰芳抬头望着三楼的那个阳台，里面的灯光，依旧比邻居家的昏暗。

宿舍楼的入口开在了临街的背面，里面围着一个小院子。院子门的旁边，开了一个小卖部。小卖部的旁边，常年有牌局。很多时候，看牌的比打牌的多，无所事事的工友们，就这样打发悠长的时光。小时候，这个院门口，是吴兰芳快乐的源泉：跟小伙伴游戏打闹，吃小卖部的糖果和方便面，听大人们讲外面的世界。此刻，院门口有一群人乘凉，像无数个过去的夏天一样。吴兰芳一眼认出了那些熟悉的人，他们都老了，聊天有一句没一句的，停顿的时间原来这么长。

吴兰芳硬着头皮，假装谁也不认识，低头快速穿了过去。她知道他们都盯着自己。

“哪个哦?”

“老吴的女，听说在开发区买了屋，北京混不下去了。”

“不小了吧?”

“三十好几了，还冇成家。”

吴兰芳听得清楚，甚至能想象他们脸上交织着的同情、鄙视和幸灾乐祸。这些议论她早已料到，并不介意。只是她特意戴了口罩，遮住了大半张脸，这么多年过去，大晚上的还是被他们一眼认了出来，有些难过。她停好自行车，一口气摸黑到二楼，狠狠蹬地几脚，楼道的灯慢腾腾地亮了。昏暗的灯光中，扶手上的灰，墙壁上经年累月的污渍，还是一样。吴兰芳一步一步地上楼，停在了那个熟悉的木门前，朱红色的油漆已变成了暗红色，裂开了细细的缝隙，填满了灰垢。

吴兰芳最终敲了门，看着开门的王和珍，喊了声“妈”。王和珍红肿着眼、冷着脸，“嗯”了一声，转身进了厨房，没说一句话。这样的生疏、尴尬和冷漠，跟预想的一样。客厅里，落地电扇摇着头，搅动着狭小房间里沉闷的空气。厨房里，刀落在菜板上，啪啪作响，母亲的声音带着哭腔。“我的命好苦啊，你爸不把我当人，你也不把我当人……”吴兰芳不想听，进了朝北的小房间，那曾是她的卧室。

一张床、一张写字桌和一个衣柜，把小房间塞得满满的。书桌上放着脏兮兮的杂物，吴兰芳打开抽屉，看到了高中语文课本，书皮已发黄，她随手拿了出来，翻开封面，看见“我的未来是星辰大海”这一行字，愣住了。房门猛地被推开，王和珍一脸怒容，怨恨地盯着吴兰芳说：“你是我身上掉下来的一块肉，我是死是活，跟你冇的关系是吧？”吴兰芳望着墙壁，克制着情绪，声音空空地回复：“妈，大半年没见，一般的妈会高兴。”

王和珍气得扶住了门框，嗓音尖厉起来：“一般的女儿买了房子，会跟屋里说。你冇把我当一家人，我连个外人都不如。我为了你，忍了你爸这么多年，你……”

“你要离婚，我支持。”

吴兰芳打断了母亲，平静地看着她。王和珍顿时失语，双眼立马塞满了泪水。一股煳味传了过来，她获救般地转身离去。吴兰芳轻轻地关上房门，重新拿起高中语文课本，从“我的未来是星辰大海”开始，一页又一页地看着，面无表情。

吴宝鸿拎着两瓶啤酒，走在土路上，脸色阴沉。工友老江迎面走来，他忙低头假装看不见，不想老江直接拍了他肩膀，兴奋地说：“老吴啊，听说你闺女回来了，还冇结婚，我有个侄儿，你晓得吧？”吴宝鸿挤出的笑立马冻住了，不高兴地说：“你那个混账侄儿读个技校被开除了，乱搞离婚了，还带个伢，他哪里配得上？你瞎了吧？”老江忍住不高兴，讪笑着说：“你家芳芳要是小个五岁，我侄儿肯定配不上。不管么样说，我侄儿在移动上班，铁饭碗。跟你家芳芳年龄差不多的男的，肯定都结婚了，没结婚的那种老光棍她也看不上。你好好想想，我侄儿条件还不错。”吴宝鸿气得脸上的肌肉抖动，吼道：“你给我滚！我女儿就算当老姑娘，也不会嫁给你那个混账侄儿！滚！”老江摇着头，鄙夷地离开了。吴宝鸿的头低得更厉害了。进院子时，邻居们跟他说女儿回来了，他都没理。

吴宝鸿一肚子气，推门就喊："饭好了冇？"王和珍心里憋着火，直接掉了回去："百么事不做，就晓得赌，回来就晓得吃。"吴宝鸿在老江那里受的气，一下子爆发了，吼道："你做么事了？你不做饭做么事！你上过几天班，你挣了几个钱？这几十年不是我养你是哪个养你？"

吴兰芳听着父亲的怒吼，忙放下书，手拉住门把手的那一刻，听见母亲吼："你还有冇的良心？"父亲吼得更凶："我冇的良心？我冇的良心，你还活得好好的？"几秒的沉默，母亲带着哭腔控诉："我过生，你买过东西给我吃冇？我的哥过来，你就买5块钱的烟。你的亲戚过来，20块钱的烟……"吴兰芳笑了，这么多年，吵架还是转移话题，还是那些陈谷子烂芝麻的琐事，她算不上难过，推开了房门。

吴宝鸿跟王和珍住了嘴，怨恨地对视着。吴兰芳突然有种感觉，他和她是故意吵给她听的，一起发泄着对她这个女儿的不满。可是桌上的菜，都是她爱吃的，吴兰芳突然就难过了。吴宝鸿重重地把啤酒放在饭桌上，坐了下来。吴兰芳看着父亲，说得平静："妈做这么多年的饭，要是按照保姆的价格付工资，不比你挣的少。"

王和珍愣了愣，她没这样算过账。吴宝鸿阴沉着脸，咬开啤酒盖，喝了一大口，闷闷地说："你有空跟你妈学一下做饭……饭都不会做，哪个要。"吴兰芳笑了笑，说："我结婚又不是要去当保姆。"吴宝鸿又喝了一口酒，抬眼看着女儿，半晌才说："你当保姆都不一定有人要，还是回北京吧。"他的声音那么低沉，像在艰难陈述一个自己也不能接受的事实。吴兰芳跟王和珍诧异了，气氛沉默且尴尬。"以前喊你回来你不回来，你现在回来算么回事？"吴宝鸿真的难过了，"你那些同学的伢都上小学了，你要是不想找个二婚的，帮别个养伢，回北京找个男的还容易些。"

吴兰芳哭笑不得，难得父亲为她考虑，声音都柔软了：“我不打算回北京了，也不一定结婚。”

“混账话，不结婚生伢，你变个人做么事？”吴宝鸿顿时就怒了，凶巴巴地瞪了过来。吴兰芳失望至极，笑了笑，问：“我妈结婚生伢了，她就开心吗？”

王和珍有些慌了，她抓住女儿的手，想拉她去厨房，没拉动。吴宝鸿瞪了眼王和珍，盯着吴兰芳问：“你是不是觉得你买了房，就算有本事了？买了房就可以不结婚不生伢？”

“有自己的房，我想么样过就么样过。”吴兰芳毫不示弱。“混账！”吴宝鸿一拍桌子站了起来，愤怒得嗓音都尖了，“读个大学，书都读到牛屁股眼里面去了，一点儿用都没有，找个男人都找不到。你不成家，我在亲戚面前都抬不起头，没脸出门。”

“逼我结婚生伢，就是为了给你自个儿长脸，呵呵。”吴兰芳盯着父亲，鄙视写在了脸上，“有钱就出去赌，喝多了就打老婆，你配当一个丈夫，配当一个父亲吗？打记事起，你老婆经常抱着我哭，你晓不晓得？我读书，努力考出去，就为了不活成我妈那样，就为了不嫁给你这样的人，就为了有能力把自己养好，不一定非要结婚靠男人……”

吴兰芳眼前一黑，脸火辣辣的，她慢慢转过头，不敢相信是母亲打了自己一耳光。王和珍嘴唇哆嗦着，泪水在眼眶里打转。吴兰芳愣了半晌，笑了笑，望着生养自己的母亲说：“我买的房，你们想去看的话，明天可以去。过了明天，就不要来了。”她顿了顿，盯着父亲：“你外面的赌债，我一分钱都不会还。”说完，她走到母亲身边，在她口袋里塞了一沓钱，说：“他不给舅舅们买好烟，你自个儿买不就好了。”王和珍像没听到一样，直愣愣地盯着吴宝鸿，眼泪直线往下掉，像泪腺开了闸，嘴唇哆嗦着：“你又欠赌债，还去找伢要钱……”

这场景太熟悉，接下来的剧情走向，吴兰芳完全知晓。她懒得再看，懒得说话，直接出了门。楼道黑黑的，她懒得狠狠蹬地，摸黑往下走。王和珍的哭声，终于传了过来：“我的命怎么这么苦，瞎了眼嫁给你……”吴兰芳加快了脚步，只想逃离。

废弃的渡口，杂草丛生。江水拍岸，黝黑有了节奏。江面上，有夜行的货船，汽笛声呜咽。恍惚间，吴兰芳回到了过去，回到了无比渴望逃离的青少年时光。那时这声音代表着远方，半夜睡不着，她能就着船鸣编好多故事。故事里，她都是仗剑走天涯的侠客。父母吵架了，她会来这个渡口，想象着自己乘船离开的情形，把烦恼抛在脑后。

江风有了寒意。梅子发来消息，说马佳欣看了自己的朋友圈，知道她离开北京、回了老家，来问为什么，她跟她说了实情。有船驶过，微弱的灯光下，江面汹涌。吴兰芳望着那束光，等到一声船鸣，回了一个“好”字。

“你为什么要拉黑她，你们到底怎么了？”

看着梅子发来的这条消息，吴兰芳自嘲地笑了笑，没有回复。若城最高的住宅楼，在江边也望得见。吴兰芳远眺28楼的那个窗，那个属于自己的房子里，没有光。

九　Girls help girls

吴兰芳是在网上认识马佳欣的。她在豆瓣上征合租室友，马佳欣应征，说不满家里安排的婚事，想离职来北京。吴兰芳积极鼓励，说比起被父母掌控的人生，北京意味着自由和无限的可能性。

2009年3月18日，马佳欣真的来了北京。北京南站，马佳欣拎着一个行李箱，背着一个双肩包，到了出站检票口，一眼就看到了鲜艳的吴兰芳：橙色的毛线帽、大红的羽绒服、深蓝色牛仔裤和橙色的马丁靴，瘦高的个子，笑得灿烂。马佳欣有些局促地招了招手，吴兰芳热情地回应。等马佳欣停在面前，吴兰芳就是笑，不说话，马佳欣有些尴尬，主动开了口。

“麻烦你了。”

“不用客气。”

吴兰芳伸手接过马佳欣的行李，好像认识了很久。马佳欣紧跟在她身后，朝地铁入口走去。排队进站时，吴兰芳突然说：“你跟我想象的不一样，没那么压抑。”

“你跟我想象的也不一样，没那么愤怒。”两人不约而同地笑了。吴兰芳拿出手机，问：“合个影，纪念一下？”马佳欣靠了过来，吴兰芳举起了手机，拍下了两个人的第一张合影。

第二天，吴兰芳才知道马佳欣辞掉的工作，是税务局的金饭碗，还在富裕的苏南地区。在北京，马佳欣没朋友、没同学、没亲戚，没找好工作。吴兰芳有了莫名的责任感，觉得自己把马佳欣

“拐来”了，得力所能及地帮她融入这个城市。

合租后的第一个周末，春光明媚，吴兰芳带着马佳欣坐特8路，说这条绕三环的环线公交车有两层，在上层第一排坐着，透过超大的玻璃看北京城，这视角独一无二。俩人在站台等车，马佳欣不由自主地去舔嘴唇。她水土不服，来北京才几天，嘴唇干得起了一层皮。

“不能舔，越舔越干。”吴兰芳发现后，忙制止。马佳欣缩回了舌头，不好意思地解释：“你说的我都做了，每天涂了保湿的唇膏，没用。”

“那后悔来北京没？”

“不后悔。”马佳欣看着明媚的吴兰芳，有些兴奋，“用你的话来说，我现在活在了时代的脉搏里。这几天你带我见的那些好玩的人，比我在老家上班两年半加起来的都多。”

马佳欣想咧嘴笑，撕裂的嘴唇表皮痛得厉害，表情瞬间有些狰狞。

“再涂点唇膏。北京就是干，我刚来的时候，嘴唇也裂了。长江边长大的人，刚来都不适应。”

马佳欣拿出唇膏，涂了起来。吴兰芳看着她那样，有些感慨：“我刚来北京的时候，觉得那些新闻里的大人物都变成了身边人。朋友认识啊，朋友的朋友认识啊，朋友的朋友的朋友认识啊，时不时听到他们有血有肉的八卦，跟你一样兴奋，好像自己也成了大人物。”

马佳欣愣了愣，意识到自己该开心，忙笑了起来。吴兰芳同情地看着她，说：“你要记住，这是幻觉。你就是个搬砖的，跟大人物没屁点关系。”

马佳欣有些意外，问：“你后悔了？”

“没啊。搬砖的小伙伴也很赞，每个人都在努力奋斗，你跟着一起拼，能接触到各种各样的新技术新想法，跟在老家完全不一样。有各种各样的可能性，像拐个公务员朋友离职什么的……”

“哈……”

马佳欣这次真想笑，刚一咧嘴，痛得忙用手捂住嘴。

“车来了!”

吴兰芳眼尖脚也快，双层特8公交车刚停，她拉着马佳欣就上去了，顺利抢到二层第一排的位置。两人面前，是一整块明亮的大玻璃。宽阔三环路的绿植带里，繁花盛开；高楼大厦气派的玻璃幕墙，反射出一簇簇耀眼的光。吴兰芳一路骄傲地介绍着，跟介绍自己家一样。马佳欣看着一路的地名：北边的安贞桥，西边的紫竹桥、莲花桥，南边的刘家窑桥，到东边的双井桥、亮马桥，笑着说这个没什么河的北方城市，取了这么多有桥的名字。阳光透过玻璃直射在俩人身上，暖洋洋的。

吴兰芳很快发现，马佳欣没什么职业规划，找工作广撒网，除了有经验积累的财务岗，什么都乐意尝试，工作换得勤，没什么有价值的积累，起薪还越来越低。每次吴兰芳问，她辞职的理由都很主观：不喜欢工作内容，不喜欢领导，不喜欢同事等。吴兰芳哭笑不得，劝她务实一点儿。

“工作是卖身，价钱最重要；什么都要喜欢的，那不是工作，那是做梦。”

“主要是干着干着就没劲，有意义的工作就那么难找吗?”

“我看啊，主要是你不知道自己对什么感兴趣……其实大部分人一辈子就是活着，没什么特别的兴趣爱好。”

吴兰芳不知道马佳欣是听进去了，还是第四份工作让她觉得有意义，居然干了半年还没辞职，也没被辞退。但她从不主动加班，没任何奋斗的迹象。吴兰芳困惑她来北京的意义，想躺平划水，留在苏南当公务员多好。她问了，马佳欣说她也想积极努力上进，就是使不上劲。吴兰芳有时候为她着急，说她这样下去，这辈子都不可能在北京买房定居，真的留下来。

“为什么一定要买房呢?”马佳欣笑，“租房也很好啊。”

空闲的时候，马佳欣喜欢徒步。近五环的香山、西山、八大处，六环外的凤凰岭、虎峪峡、十渡、八达岭、水长城等，足迹从门头沟、房山、昌平、怀柔、延庆等远郊区，到了河北的涞水和张家口，分布在燕山和太行山的角角落落。吴兰芳跟着马佳欣走了一趟“香八拉”，是从香山到八大处的一条入门级徒步路线，全程有13公里，吴兰芳累得要死，瘫了好几天，再也不跟她去了。同行的驴友中，有男生对马佳欣有好感，展开了追求，马佳欣没给任何机会，一丝暧昧都不留，拒得干净利落。吴兰芳带着马佳欣跟自己的朋友们聚餐，也有男生看中了她，同样被拒得决绝。吴兰芳笑她要出家当尼姑，马佳欣说她看着吴兰芳轰轰烈烈地爱、撕心裂肺地分手累得慌。吴兰芳认定她在荒废大好青春，要介绍一个大帅哥，马佳欣急了，说自己完全不想恋爱，真介绍就不合租了，吴兰芳只好作罢。

马佳欣算得上一个好室友，不计较，爱干净，除了做饭的手艺差点，没什么好挑的。吴兰芳什么都愿意跟她讲，感情的苦恼，工作的失意，父母的窒息，马佳欣安静地听着，安慰总是恰到好处。吴兰芳觉得，自己不是“拐”了一个室友，是“拐”了一个亲人。马佳欣从不谈家人，宁愿在北京漂得辛苦，也不回父母身边，这样决绝的逃离，吴兰芳懂，对马佳欣更照顾了。

马佳欣虽然工作平平，挣得不多，但她花得更少，除了房租和不多的户外徒步开销，每个月还能存一点钱。吴兰芳偶尔羡慕她的状态，无欲无求，清净自在。直到她无意中发现，马佳欣家境优渥，有个经营工厂的厉害妈妈，俩人的关系有了微妙的变化。吴兰芳觉得自己像个笑话，为这么一个不愁房子、不用养家的人，费了那么多唾沫，操了那么多闲心，讲什么奋斗。

决裂的起因简单得可笑。马佳欣喜欢吃生冷的沙拉，北京11月上旬还未供暖，吴兰芳工作中受了气，回家看到那盘生冷的食物，向来喜欢热辣火锅的她，嘲笑马佳欣吃惯了西餐，是有钱人的胃。马佳欣没有解释，直接倒掉了沙拉，这一举动激怒了吴兰芳，说她大手大脚浪费惯了。全程都是吴兰芳在发火，马佳欣沉默得可怕。当晚，吴兰芳拉黑了马佳欣的微信。马佳欣找好房子搬走后，俩人再没见过面。

“你为什么要拉黑她，你们到底怎么了？”梅子的问题，吴兰芳无法回答。江上看不到一艘船，她决定回家。以渡口为中心的扇形商业区已经废弃，将被改建成深水港码头。老旧的路灯，发出黯淡的光，门面上红色的“拆”字，有了几分恐怖。这里曾是若城最繁华的主街道，每逢节假日，人山人海。吴兰芳听着自己的脚步声，看着一个又一个的“拆”字，觉得年少时的豪情壮志，被时间一年又一年地拆光了。

照片上的吴兰芳，站在一条铺面写满“拆”字的老街中间，笑得灿烂。“吴兰芳回老家了？这绝对不可能啊！”马佳欣逼自己再次一个字一个字地读照片所在的公众号文章：一个大龄未婚女青年逃离北京，如何拥有了不敢奢望的“豪宅”、如何应对街坊看似关心的奚落、如何吓退上门要求父债女偿的混混等，鸡飞狗跳的日常和五线小县城的变化，满篇的自嘲，写得很戏谑，心酸被藏得若有若无，“逃离”硬生生有了“胜利”的意味。

“吴兰芳离开了北京，回到了她一直要逃离的老家若城。”马佳欣终于接纳了这个信息。难过海啸般袭来，她突然只听得到自己的心跳声，空洞、单调且乏味。过了许久，一股牛油裹着辣椒和花椒的香味，刺入了鼻腔。马佳欣想起吴兰芳第一次带自己吃麻辣小龙虾的那个晚上，簋街也是这个味道。

夜色中的街道，挂满了大红的灯笼，配上簋街这个名字，生出几分戏剧感。每隔几个店铺，就有麻辣味的牛油香溢出，刺激着神经，提醒这是热闹的人间。拥挤的人群中，吴兰芳熟练穿行着，马佳欣跟在她身后，新奇又喜悦，对未知的将来生出些希望。俩人等了很久，才等到一张户外的桌子，来往的食客就在身边穿梭。马佳欣向来吃得清淡，此刻被辣得满脸通红，拿着纸巾擦鼻涕，完全顾不了形象。吴兰芳给狼狈的她倒啤酒，笑嘻嘻的。

“跟着我，吃辣的本事，一定给你练出来。”

“辣死了，好辣!”马佳欣接过啤酒就喝了一口，又拿起一只小龙虾，赞道，“好好吃。”

……

“打死都不回老家，我赖也要赖下来。”

“你吃这么辣，肯定行。”

“绝对行!”

吴兰芳说“打死都不回老家，我赖也要赖下来”的前因后果，马佳欣想不起来了；她说“绝对行”时，那自信张扬的神采，她一直记得清楚。

有吴兰芳照片的公众号文章，马佳欣是在梅子的朋友圈看到的。梅子是吴兰芳在报社的前同事，是她跟吴兰芳共同的朋友，准确点说，是吴兰芳介绍给她的朋友。事实上，她在北京的绝大部分朋友，都是吴兰芳介绍的。绝交后，马佳欣识趣地不再主动跟这些朋友联系。梅子的朋友圈，她很久没点开过。刚才点开，是梅子点赞了她发的朋友圈，那条“我曾以为，有些人这辈子都会是个记者”。

马佳欣知道，写文章的小镇二姐就是吴兰芳。她打开微博，发现吴兰芳停更大半年的账号，最近更新了一条：“小时候，每天经过这里去学校，觉得这条路好大好宽好长，明天是灿烂的，将来很遥远；今天路过这里，原来几分钟就走完了。”配图是一条小县城的街道。呆立片刻，马佳欣突然打了个冷战。她拨通了梅子的手机号，希望面聊。梅子答应得爽快，似乎早知道有这一天。

俩人约在了曾经常聚的怀旧酒吧。马佳欣坐在里面，听着鲍勃·迪伦和披头士的歌，心神不宁。当一头波浪长发、一袭长裙的梅子风风火火地走进来，她忙站了起来，招手示意。梅子是报社里情史最丰富的女记者，打算恋爱一辈子。她平时自嘲，婚后肯定会出轨，就不祸害期待美满婚姻生活的男同胞了。梅子坐下，马佳欣发现她一脸的疲惫。

“吴兰芳回老家了？”马佳欣不想寒暄，直奔主题。梅子靠在沙发上，欲言又止。片刻，她坐直了，看着马佳欣。

“她为什么拉黑你，你们到底怎么了？”

马佳欣沉默片刻，说：“她愿意跟你说的时候，你就知道了。”

梅子疲惫地笑了笑，说：“她查出了癌症。”

马佳欣猛地抬头，盯着梅子，半天没任何动静，像个雕塑。过了半天，她突兀地笑了笑，说：“别开玩笑了，不可能！她身体那么好，我都把她当男的使。”

“乳腺癌。”梅子顿了顿，“还好是早期，治愈率很高。”

巨大的难过袭来，这比猜测的糟太多了。来的路上，马佳欣想过很多原因，觉得吴兰芳父母中的一个生了重病，她不得不回去照顾的概率最大。

“她一直都精力旺盛，身体很好。”马佳欣还是不敢相信，“她比谁都拼。”

“她没法不拼，只有靠自己的人……她就是太拼了。”

马佳欣鼻子发酸，不想让梅子看见她哭，拼命地忍。梅子转过头，识趣地不看她，悠悠说道：“房价又开始疯涨，贵到很多人都买不起。在工作的这个城市有房有车，很多人得奋斗一辈子。有些人拼了命，也留不下来。”

泪水最终滑过脸颊，马佳欣忘了擦拭。沉默中，梅子喝了几口酒，望着天花板，说报社的日子不好过，记者和编辑都有卖报纸的指标，她都厚着脸皮到处打电话推销了。

“我还以为，这辈子我都会是个记者。”

梅子笑着说这句话，马佳欣无心回应，沉默着。梅子又喝了口酒，问：“对了，那个原创部，你怎么进去的？”

“我已经辞职了。”马佳欣不得不开口。梅子吃了一惊，最终把困惑咽了下去，说吴兰芳发现癌症后，春节回老家全款买了房，然后做手术，康复期遥控了装修，半个月前，正式离开了北京。

“她回老家能做什么呢？怎么生活？”

“有两个新媒体运营的活，没房租没房贷，日常开支勉强够吧。”梅子苦笑，“多转发她的公众号文章，她现在最想要的帮助就这个。”

夜色中，街边的橱窗那么明亮。几个年轻人嬉戏而过，看上去阳光又快乐。马佳欣失魂落魄，突然想去坐特8路公交车。站台上，等车的人不多。马佳欣顺利坐在了二层第一排的位置，那个吴兰芳带她来坐的位置。昏暗的光线里，后排男子的呼噜声衬得车厢格外安静。玻璃窗变成了镜子，看不透外面的街道，放大了男男女女脸上的疲惫。

“有很长很长一段时间，我都希望自己是个孤儿。你还记得吗？”

马佳欣突然想起吴兰芳说过的这句话，心脏猛地被人用手捏了一下，不能呼吸，片刻，才生疼。玻璃中的两个自己叠在了一起，有立体画般的诡异。马佳欣盯着，久久没动。

盛夏的夜里没有风，真是闷得慌。下了公交车，马佳欣走到东四十条桥，一身的汗。她想起吴兰芳说这周边曾是粮仓；想起自己当时望着二环路上的车流如红河般流淌，那种五百多年的历史仿佛打通的感觉；想起吴兰芳大喊“我要留下来，我必须留下来”；想起吴兰芳高声唱“我爱北京天安门，天安门上太阳升……”；想起自己看着发神经的吴兰芳，觉得她就属于这座城市。

有个小伙子迎面过来，哭得伤心。马佳欣突然想起那些在地铁上、在路边偶遇的哭泣的人，如同放电影一般鲜活，这些偶遇的场景，她以为自己早忘了。她一直知道，这个城市容下的伤心，跟承载的梦想一样多。

马佳欣没见过吴兰芳哭。此刻，再次意识到这一点，她觉得自己的委屈矫情极了。

马佳欣决定去若城找吴兰芳。

这是马佳欣第一次到长江中部。出了天河机场，路边的行道树郁郁葱葱，树后是大片的农田。坐在车里，能闻到泥土和青草的气息。她好奇地望着窗外，有种穿越的感觉：眼前的一切跟记忆中的儿时家乡一模一样。家乡现在到处是工厂，找块泥地都不容易。

驶近若城，能看到高高的塔吊，水泥灰的高楼，新建小区一片接一片，这就是吴兰芳说过的若城开发区了。吴兰芳曾吐槽，说屁大点县城也搞开发区造新城，盖那么多房子不知道卖给谁。还说北京的首付可以买若城开发区的一套大平层，要是能把若城的房子搬到北京来，人生就完美了。

到了塔吊下面，马佳欣发现开发区面积不小，大部分是方正的板楼，看上去户型不错。建好的小区里，绿树成荫。一辆大车迎面驶过，空气中尘土飘荡，马佳欣被呛得咳嗽了几声，忙摇上车窗，转头望见了横跨马路的标语：“金山银山，不如绿水青山。”

进入老城，街道窄了很多，两边的建筑大多两三层。有年头的临街店面，经营着餐饮、服装、五金等各种日常生意。间或其中的夜总会和KTV，包装土豪，显得十分突兀。有红绿灯的地方，车慢了下来。好几个人站在马路中间聊天，红绿灯如同虚设。出租车不停地按喇叭，催促挡路的人让开。不耐烦的司机骂两句，行人回骂两句，都没真急。五层住宅楼侧边的整面墙，刷上了红底白字的大幅广告：“零首付，认筹可享2万抵10万，全款八五折钜惠!”马佳欣望着，想起去年房价下降，售楼处被砸时，自己跟吴兰芳的争执。

那天吃的是火锅，马佳欣正在厨房里洗茼蒿，客厅里电视机声音被调大了。新闻里说年初国家出台“新国八条”限购政策，房价开始下跌。到了10月，北京、上海等地一些楼盘开始大幅降价促销。北京大兴顺驰领海房价从每平方米1.8万元调到1.4万元。马佳欣拿着洗好的茼蒿，从厨房出来，刚好看到电视屏幕中，愤怒的人们正在砸沙盘。

“降价就打砸抢，涨价也没见这些人分钱给开发商。”马佳欣不屑，“这些人一点儿契约精神都没有，还接受记者采访，怎么好意思?”

“我能理解这些人。”吴兰芳盘腿坐在地上，边看电视边调芝麻酱，“还没住进去，首付款就跌没了。这几十万元，很可能是一家人省吃俭用好多年才存下的。”

“愿赌服输。合同上没说房价只涨不跌，地球上也没有任何东西只让涨不让跌的。”马佳欣辩解着。

吴兰芳笑了笑，没有说话，等着锅里的水开。鸳鸯锅旁，放着茼蒿、大白菜、豆腐和羊肉片等食材。吴兰芳的沉默，让气氛有些尴尬，马佳欣故意找话。

“你房子看得怎么样了?”

“买不起。”吴兰芳夹起几片羊肉，放进锅里，“再跌一跌，我就够得上了。”

“你首付还差多少?”马佳欣夹起一片烫好的羊肉。

“2008年买就好了。”吴兰芳没回答马佳欣的问题，叹了口气，“跌到砸楼盘，还是比当年贵多了。”

司机狂按喇叭，打断了马佳欣的回忆。两条主马路的交会处，人们照样不管红绿灯、停在马路中间聊着天。马佳欣看到了醒目的横幅：“漂泊在外辛苦打拼，回家买房享幸福人生。”她的心突然被一颗子弹穿透，不痛，空空的、透风。

下了车，马佳欣拉着行李箱，看到一家店门口写着“公用电话”四个难看的大字，走了进去。六张桌子，石灰刷白的墙壁上贴着价目表：热干面、汤粉、豆皮、面窝和蛋酒等，都是吴兰芳念叨过的家乡美食。马佳欣点了热干面和蛋酒。粗粗的面条上裹着芝麻酱，她尝了一口，有点吃不习惯，慢慢咀嚼后，最后竟觉出一种香来。吃完坐了片刻，马佳欣拿起收银台上的电话，拨了吴兰芳的号码。她没想到，手机秒接通。

“我他妈的就算有100万，也不会替他还1分钱。你们再敢来敲门，我就报警。”

听着吴兰芳恶狠狠的声音，马佳欣诧异又难过：“是我。我在若城，来看你。”话筒那边沉默了。马佳欣像在等待一个惩罚，一秒像一年那样长。

“圆梦城67号楼2802，我下午都在。”话音刚落，电话就被挂断了。马佳欣握着话筒的手，松开时，都是汗。

圆梦城在开发区，临着柴泊湖。四栋三十三层的高楼，看上去时尚又气派。马佳欣走进去，看到别墅区的小桥流水和亭榭景观，心情复杂。电梯四壁贴着木板，贴满了装修公司的广告。马佳欣盯着快速变化的楼层数字，失重般忐忑。28楼太快就到了，她出电梯门，一眼看到了站在门口等的吴兰芳，看上去比照片上还要瘦。

“进来吧。”

吴兰芳神色如常，好像她和她没有吵翻、没有拉黑一样。马佳欣挤出匆忙又尴尬的笑，还没笑完，吴兰芳转身进屋了。客厅方正又大气，装修简洁；主卧朝南有飘窗，放着一张一米八的大床；次卧是空的；厨房里红色的橱柜明亮艳丽，碗碟都精致；卫生间铺了橙色花纹的地砖，干净温暖；书房有大大的写字台，放着电脑、相机等各种电子设备。吴兰芳带着马佳欣依次匆匆走过，一句赶一句地介绍着，好像生怕没了声音，陷入沉默会尴尬。

“客厅有30平米，本来想把墙刷成淡蓝色，买油漆的时候改成了鹅黄色；这个飘窗我最喜欢，可以坐在上面发呆，垫子和抱枕已经定制了，到了会更舒服，买了张大床，可以横着睡；这个房间我懒得买床，免得我家里人要过来住；这些盘子好看吧，我一个一个挑的，还有这些碗，有几个我收藏了好久，下单的时候很开心；地砖和墙面我挑了好久，最满意的是这个腰封。年轻的时候，觉得黑白灰酷，这次装修，我才知道自己喜欢暖色调。我一直想要有一个书房，有大大的工作台，就现在这样的……这房是我买的，全款。”说完这句，吴兰芳好像把该说的都说完了。

俩人站在阳台上，尴尬地沉默着。放眼远眺，长江宛如一条带子，围着老城区蜿蜒而去。有风吹过，马佳欣开了口。

“视野真好，这房子的户型、采光……”

“原位癌，算0期，左边，已经切除了。”吴兰芳打断了马佳欣，语调平静，“没胸也是有好处的，切了没切都一样。”

马佳欣没想到吴兰芳这么直白，不知如何回应她的自嘲，在难过和局促中，不自觉地伸出手，想握住她。吴兰芳躲开了。

“我连放疗和化疗都不需要做，吃药就行。”吴兰芳转身看着马佳欣，神情冷淡，“人你看到了，情况也知道了，死不了。你走吧，我们没必要联系了。”

马佳欣盯着吴兰芳，眼眶突然就红了，慌得她忙转身。

“你哭什么？你有什么好哭的？”吴兰芳声音低沉，说不清是讥讽还是自嘲，“哭我活该，哭我可怜，还是施舍你的善良？”

落地玻璃门反射的太阳光，刺眼、灼人。马佳欣的泪珠终于落下，在瓷砖上溅成碎片，很快蒸发了。吴兰芳转身回了客厅，看着动也不动的马佳欣，缓和了语气。

“我生了病，我爸的债主跟我讨债，这些都是我的事情，跟你没关系，我不需要你的同情。我有自己的房子，比我梦想中还要好的房子，我对现在的生活很满意。你走吧。”

马佳欣没动。吴兰芳看着她汗湿的后背，不耐烦地催促道：“你能来看我……够了，就这样，你走吧。”

马佳欣转身，恳求着吴兰芳：“把我从黑名单里放出来吧。”

“没必要，以后没交集了。一别两宽，江湖不见，比尴聊好多了。”吴兰芳穿过客厅，开了门，一副送客的样子。马佳欣没有动。俩人僵持着，气氛尴尬。

“知道你家里开厂，你妈开宾利，还有司机，想到劝你工作要有规划，考虑成长性，不能凭兴趣……我就觉得自己是个笑话。你就算上街讨饭，那叫体验生活，还可以叫行为艺术，跟不得不上街讨饭的穷人不一样。”吴兰芳盯着马佳欣，神情冷漠，“像你这种不用为了生存上班的人，我心眼小，做朋友会心理不平衡，心情不会好，不利于我的康复。你不希望我早死的话，就走吧。”

“有些事情我是没说……我没想骗你的……”马佳欣说得艰难。眼前的这个人看上去如此朴素和平凡，吴兰芳忍不住问：“你明明拿了一手好牌，你的人生可以很好……非要打得稀烂，为什么？”

马佳欣避开了吴兰芳的眼神，说：“这大半年我像你一样上紧了发条，铆足了劲地拼业绩，求上进……同事们觉得自己在做有意义的事，我觉得好累，大概是我坏了吧，让所有人不满意。”

“哼！”吴兰芳非常失望，冷笑了一声，“想受这份累的人很多，就是没机会。易浪网的原创部，没关系你进得去？得了便宜还卖乖，你有必要吗？”

马佳欣的眼神顿时失去了焦点，她转过身，直愣愣地朝门口走去。吴兰芳静静地站着，看着马佳欣出门，听着大门关上的声音，半天没动。

太阳西沉，阳光不再灼人，马佳欣游荡在若城的街道上。汽车的喇叭声、小店的叫卖声、《江南style》的强劲节奏、灰太狼叫嚣着还会回来、出纸牌的声音、搓麻将的声音，跟孩子们肆意的哭闹声混杂在一起，有着小城自成一体的悠然节奏。

空中有鸽群在盘旋，没有悠扬的鸽哨声。马佳欣想起了吴兰芳对鸽哨的讲解。那是2009年的夏天，她拿着手机，刚拍完一张被遗弃在胡同的椅子，鸽哨声突然传来，她跟吴兰芳一起抬头，望着鸽群时远时近。

“我对老北京的印象，就是鸽群和鸽哨。”马佳欣微笑着，“电影里的开头，总有一群鸽子在天上飞，最开始，我还不知道那声音是鸽哨。”

“那你知道鸽哨绑哪儿吗？”

“脚上啊。”

吴兰芳看着马佳欣，有些得意：“我就知道你会这么说，我以前也这么想……不是绑在脚上，是绑在尾巴上。”

“尾巴上？”马佳欣很诧异。

“对啊。”吴兰芳望着天上的鸽群，悠悠地说，“有了鸽哨，好像就没那么急了，可以慢下来。”

马佳欣才意识到吴兰芳语气中的疲惫，当时的她并未觉察。建立信任是个漫长的过程，一次交往一块砖，一块又一块的砖，砌出一个私密的信任空间，彼此可以放松、舒适地待着，共同抵御疏离、冷漠的庞大都市。想到自己跟吴兰芳的这个私密空间，最下面的那块砖，因为自己出了问题，让整个空间坍塌，马佳欣自责之余，是说不清道不明的无力感。

不远处飘来青椒炒肉的家常香味，黄昏的巷子闲适自在、不慌不忙。马佳欣喜欢这样的感觉，她突然没那么难过了，吴兰芳有慢下来的生活，没什么不好。

十　两个人的创业

姜众忘不了马佳欣，高响一直都知道。

8月23日的中午，姜众跟高响从首都机场坐地铁回家。安贞门站旁的元大都城垣遗址公园，隆起的小山包上，绿树成荫。俩人刚出站，高响一把拉住姜众，把自己的手机递给他，神情兴奋又困惑。姜众看到一条消息：阿里巴巴4000万美元战略投资陌陌，陌陌此次B轮融资，估值2亿美元。

“4000万美元，就是2.5亿啊！”高响很兴奋，深深地吸了一口气，剧烈地咳嗽起来。

“激动成这样。”姜众把手机还给高响，“值这么多钱，你这个活跃用户贡献很大。”

“不是激动，是呛的！这空气质量跟三亚对比太强烈了。”高响止住咳，眼里泛着泪花，自我勉励道，“没关系，要创业，要加班加点，咱们没时间到外面吸雾霾。”

姜众有些无语，盯着红绿灯，准备过马路。高响擦着眼泪，感叹道：“我这眼泪是咳出来的，不过呢，我要把它当成找到梦想的激动之泪、梦想之泪。”

“想发财就说想发财，别扯梦想。”绿灯亮了，姜众朝前走。高响跟上，问：“有区别?”姜众看了他一眼，懒得回答。

姜众跟高响租在了北三环的安贞板块，两室一厅，在一栋商住两用塔楼的十二层。回字形的内部结构，两部电梯位于建筑的中央。高响热出了一身汗，出了电梯，进了门，他丢下行李就开空调。客厅有大大的写字台，上面摆着三台台式电脑显示器，是姜众跟高响的办公区。姜众拎着行李进了主卧，房间朝南，不大，一个大书架占了整面墙。书架满满当当，一些机器人、太空飞船等航天器模型很惹眼。书架上计算机的书最多，其次是哲学、历史、社会学等严肃书籍，科幻小说也不少。姜众放下行李，拿起天宫一号的模型，想起老吕确定不投火星众筹，不由得叹了口气。

"老姜，你快出来！快！快！快！"高响的声音很兴奋。姜众放下模型，走了出去。高响坐在电脑前，把显示器的音量调到最大。姜众走近，听到了QQ消息密集的提示音。

"都是要做App的。"高响转头看着姜众，"上个活咱们保质保量，有口碑了。"

姜众看了眼屏幕消息，有些困惑："上个App跟上上个App有质量区别?"

"没区别，一样好。"高响得意，"这口碑积累从量变到了质变，我们是不是可以提价了?"

"不是要创业，还要接活?"

姜众不像开玩笑。高响傻了，笑意僵在了脸上。他是想创业，但没想过不接App开发的活。高响算了算自己可怜的存款，顿时慌了，小心翼翼地说："你挣几个花几个，存款不可能比我多。我俩的钱加起来，能付多长时间的房租? 还有水电费跟吃饭，都要钱。"姜众若有所思，高响诚恳建议："我觉得，业必须创，活也得接。两手都要抓，两手都要硬。"

"你上过班的创业公司都死了，没死的也快死了。"姜众盯着高响，"只抓一手的都死了，你还两手抓，是想死得最快?"

高响哑口无言，不安甚至焦虑。姜众看他那样，想了想，说："这样吧，你先回复那些人，问他们要做什么App，预算是多少，时间要求，都记下来。”高响松了口气，觉得有了撤退的余地。整个下午，他一一回复那些发消息和申请加好友的人，把他们的需求记录在一个文档里。

室内的光线越来越暗。高响起身，想去开灯，发现姜众高举手机，斜上方四十五度角的位置，盯着屏幕。姜众在自拍！这太罕见了，高响忙拿起自己的手机，拍下这历史性的一刻。

“哈哈，你也有臭美的时候!”

姜众不屑地看了眼高响，站起来，把手机举到他眼前。高响定睛一看，屏幕上是一个大大的蓝色地球，一个小人站在地平线上：这是微信的启动页面截图。

“1972年12月，阿波罗登月计划的最后一次航行，也是人类最后一次登月。乘坐阿波罗17号的宇航员，用哈苏照相机拍下这张照片，照片的名字是蓝色弹珠。这张照片，是人类在太空清晰拍到地球完整发亮面的第一张。”

高响盯着姜众，不解地问：“这些你说过，我知道啊。咋啦?”

“再小的个体，也有自己的品牌。”

“啥?”高响莫名其妙。

“微信今天推出了公众平台，slogan是这个。”姜众坐了下来，“我刚看到一篇分析文章，说微信在抢媒体的生意。我就是觉得，这个slogan跟望着蓝色弹珠的小人很配。”

“你想那个记者就直接说嘛，扯什么slogan。”高响眨巴着眼睛，猥琐地笑了，“今天可是七夕，快发消息表示一下。”

“以后别在我面前提这个人!”姜众罕见地严肃。高响无语，同情他死要面子活受罪。

天完全黑了。高响整理完App需求，把文档发给姜众，伸了个懒腰，说：“这些App真是五花八门，什么都有，你快看一眼。”

姜众点开了文档，快速看完了。这些涉及日常生活方方面面的App，绝大部分在电脑端有成熟的应用。姜众有点想不明白，问：“电脑端的切过来，导一下用户，直接踩死这些从零开始的，这些人选方向都不带脑子的吗？”

“那也比火星月亮什么的靠谱，最少都是普通老百姓用得上的。”高响说着，肚子突然发出咕咕的叫声，他用手摸了摸，十分感叹地说，“都废寝忘食了，有点创业……”话未说完，他猛地站了起来，一把抓起桌上的几张外卖单，盯着姜众，声音有些发抖。

“我饿了！”

高响激动万分，好像紧紧抓在手上的外卖单是彩票，他刚得知自己中了亿万头奖一样。姜众诧异地看着他。

“我不是真饿了！你看！”高响晃动着手里的外卖单，兴奋地解释，“要是这些单子在手机上都看得到，点一下想要的菜，就有人送过来。你会不会用？会不会？！”姜众有些意外，还没来得及发表意见，高响自问自答了：“你会用，对不对？反正我肯定用！人生三大难题：早上吃什么？中午吃什么？晚上吃什么？解决了！”

“手机上怎么点？”

“手机上有图片、有评价、3公里内好吃的都有，比对着这几张外卖单爽太多。”高响眼神发亮，“咱们就做这个！”

“电脑端的大众点评切过来很快，你拿什么竞争？”

“手机跟电脑的操作不一样。”高响挥了挥外卖单，眼里有光，“微信就打败了QQ，我们有机会。”

“谁送？跑腿送饭的成本，你出还是老板出？饭菜送过来是不是热的？”

高响被问住了，挠了挠头，皱着眉头想了半天，说：“养一个团队送饭，够快还得有车，太花钱了……要是无人机送餐，成本就能下来。你说无人机送餐还要几年？”

“2025年吧。”

“还有十多年啊！”高响顿时有些沮丧，不甘心地说，“我得好好想想，肯定有解决办法。”

第二天一大早，高响蓬头垢面地看着姜众，怏怏地说：“昨天我觉得世界就在我脚下，早上起来觉得自己屁都不是。”

姜众哈哈大笑。高响很想哭，不爽地说：“我是认真的，你给我严肃点。”姜众屏住笑，用力拍了拍高响的肩膀。高响为了振奋精神，大声背起了语录：“我穷，是因为我没有极度渴望成为成功的野心！我穷，是因为我没有燕雀缺乏的鸿鹄之志！我穷，是因为我无法战胜自己内心的怯懦！我穷，是因为我缺乏变不可能为可能的勇气和巨大决心！”

高响背完，还用力握了握拳头。姜众看着他，极其无语。

高响认真琢磨创业项目，社交、工具各个方向都想了个遍，每个方向都有机会，每个方向都有问题，想得越多，问题就越多：IOS系统、安卓系统和微软的WP系统，哪一个才是未来的主流？手机网速太慢、流量费太贵、4G普及不知道猴年马月……高响越来越不安，都有些焦躁了。找过来做App的客户都热情高涨，他们的自信像强心针，支撑着高响继续探索。

“做社交，陌陌都能值两个亿，必须做社交。只要社交做起来，有了人气……怎么样？”

“微信是熟人社交，陌陌是生人社交，你做什么？半生不熟的人社交？”姜众盯着高响问，“社交重运营，你擅长还是我擅长？”

高响眉头皱起，走了几个来回，坚定地说：“做工具，我们适合做工具。”

“做工具拼技术。我的技术跟你比是强点，跟真正的大神比起来差远了，那些硅谷回来的、斯坦福的、哈佛的、麻省理工的牛人，清华北大的……”

“这也不行，那也不行。那你说，做什么？”

“在风口上，猪都能飞起来。”姜众一点儿都不急，“你比猪聪明多了，肯定做风口上的。”

高响看着姜众，极其无语，一屁股坐了下来，说：“打上班起，我就在创业小公司，都说在风口上，都垮了。我知道创业不容易，九死一生。我心理建设好几天了……草包都行……”他突然站了起来，走到姜众面前，异常严肃地说：“你给我认真点，别就知道否定我的点子。”

姜众看着高响，有些愧疚，这几天，他的确在应付他的那些创意，重点放在了跟网友沟通火星众筹的demo上。网友们都觉得手机屏幕太小，远不如电脑端看图清楚和舒服。之前鼓动他复制Kickstarter的家伙，得知他真干了，哈哈大笑，说佩服他的勇气。姜众明白，他们跟老吕一样，觉得项目没市场前景。

姜众每天忙完了工作，会看看马佳欣的两个微博，搜搜她的微信朋友圈。马佳欣是唯一看好火星众筹的大活人，他有点想她。看到那条“我曾以为，有些人这辈子都会是个记者”时，姜众猜她已经离职了。

高响一直知道姜众在偷偷摸摸地搜马佳欣，他假装没看见，不去拆穿，免得多事。批评完姜众，他有些焦躁。姜众不认可他的点子，不提有建设性的意见，是还想做火星众筹，他心里清楚。当姜众开始写火星众筹的代码，他急了。

“众筹这种让用户花钱当雷锋，没戏！让用户占便宜、少花钱的项目才有戏！都要起风了！咱们得快、得尽快确定创业项目。”

“我问你，国内创业成功的关键词是什么？就一个字。”姜众转过身，不急不恼。高响想了想，茫然地摇了摇头。

“抄。”姜众解释，“团购网站抄Groupon，百度抄谷歌，腾讯抄ICQ，阿里巴巴抄袭eBay，微博抄推特，优酷抄YouTube，开心网抄脸书的游戏，人人网抄开心网，还弄了个假的开心网。这些说明了什么？抄！抄被硅谷验证过的最有效。”

“你这么一说还真是。”高响略踌躇，“从幼儿园开始，老师就说不要抄。”

“我们抄，老外也抄。”姜众笑了笑，“电影《社交网络》，还有《硅谷传奇》你看过没?”

高响摇头。姜众接着说：“扎克伯格多少抄了那对赛艇双胞胎的创意，乔布斯跟比尔·盖茨都抄了施乐公司研发的图形界面。乔布斯跟比尔·盖茨还都引用了毕加索的话，优秀的艺术家复制，伟大的艺术家抄袭。所以说，抄，不可耻。”

“优秀的艺术家复制，伟大的艺术家抄袭?”高响有些困惑，“复制跟抄袭区别在哪里?”

“复制是模仿样子，抄袭是模仿需求跟功能。”

姜众的解释，高响懂了一半。他突然想到另外一个问题：“值得抄的，那些大公司肯定有人天天盯着，我们抄得过他们?”

“所以得抄他们还没盯上的潜力型，才有机会在他们动手之前生根发芽。”

“哪里去找这种潜力型?”

“《时代周刊》每年会评选全球50个最佳网站，去年的分了十个类，每类选了5个网站。”姜众盯着高响，“脸书、推特、YouTube红之前，都入选过这个榜单。众筹网Kickstarter也入选了这个榜单。”

“绕了半天，还是要做众筹啊!”高响反应过来，沉默了片刻，“我还是觉得，国情不一样，我们吃饱饭没几年，没闲钱当雷锋。”

“你这么想，大厂的人这么想，这个机会我们才抓得住。”姜众顿了顿，“不管是哪国人，人心是一样的。美国有人愿意众筹，我们肯定也有愿意的人。还有，要是不用当雷锋，众筹的钱有回报呢？”

“那行啊！”高响激动了，“怎么个回报法？快跟我说说。”

“这个可以再想，总有解决办法。”

高响极其无语，顿时就蔫了。姜众见他那样，建议道：“要不这样吧，接一个钱多的单子，白天咱们一起干，晚上我接着开发我的火星众筹，你继续琢磨创啥业，怎么样？”

高响诧异地看着姜众，问：“业必须创，活也得接。两手都要抓，两手都要硬，不是不行。”

姜众伸出了一个手掌：“创业的这只手还是空的，怎么抓，怎么硬？”

“对对对！”高响笑了，有种如释重负的感觉，“等创业项目定了，再只抓一手，也来得及。”

姜众笑了，一副早知如此的神情。高响心虚了，握住姜众那只伸出的手，用力甩了甩。

马佳欣转发的朋友圈文章，姜众看得认真。“小镇二姐”把逃离北京回到老家的心酸写得很有趣。姜众知道，小镇二姐就是那个特别努力、干什么都铆足了劲的、说马佳欣没真的努力过的朋友。她微博上那条“我这个人吧，就想不劳而获，努力都是被逼的。一边不劳而获，一边矫情生活无意义的人，有多远滚多远”是什么意思，姜众早懂了。

一个半小时前，马佳欣的微博更新了一张照片：黄昏的小巷里，没有人，只有一个长长的人影。姜众看到后，心神不宁。

“对了，你加一下马佳欣的微信，项目要推广，这种记者资源得留着。”姜众说得云淡风轻。高响沉默片刻，把手机递了过去，说：“要加你自己加。”姜众接了过去，麻利地添加了好友。

“她的手机号码，你都记得……”高响摇头咧嘴笑。姜众尴尬了，强自镇定地说：“天生过目不忘，没法。”

一个小时过去，天都黑了，马佳欣还没通过高响的好友申请。姜众查看手机的频率越来越高，脸色越来越凝重。高响看在眼里，自嘲地劝道：“我魅力不够啊，你还是自己加好友吧。”

姜众看了高响一眼，懒得说话。高响想了想，直接拨了马佳欣的手机号。姜众吃了一惊，下意识地去抢手机，刚抢到，就听到了马佳欣的声音：“喂。”姜众顿时被定住了，尴尬中找了个话题，说：“就是我问老吕了，那个活动的主办方有没有问题，他说没问题。跟你说一下。”

“知道了，谢谢。”

一阵沉默。姜众说：“还有就是高响加你好友一直没通过，想看看什么情况。”

“我没事，挺好的。”

“那就好。”

窘迫中，姜众挂了手机，还给了高响。几分钟后，他看到马佳欣加自己微信好友的申请，又惊又喜又困惑，兴奋地问：“马佳欣加我微信好友，为什么啊？”

高响愣了愣，愤愤不平道：“不通过我的，加你的！我比你差一点，也没差这么多啊！”姜众愉悦地解释：“不是差不差，是你跟她本来就不熟。”

“你跟她就熟了？”

姜众被问住了，愣了几秒，苦笑道：“都怪你害得我成了富二代……我通过好友申请，朋友圈就一屌丝的日常，我都没法通过。”

高响忘了这茬，不由得挠了挠头，想了想，建议道：“要不你说清楚？反正是个玩笑，也没骗她什么……说清楚了该恋爱就恋爱，不行就拉倒。”

姜众尴尬又无语，虚张声势道：“恋什么恋，还创不创业了？”

“那你到底通不通过？”

“搞事业，不通过。”

高响十分鄙视地摇了摇头，耸了耸肩，说：“我跟你赌五千，一个月内，你们肯定会见面。见了，你给我五千；没见，我欠你五千。”

“赶紧挑一个钱多开发容易的活！”姜众转移了话题，“再好好琢磨一下，创业到底要干啥？”

“对对对！”高响立马转身，打开了登记App需求的文档。俩人花了不到半小时，挑了几个高性价比的项目。

第二天俩人分头沟通，中饭前，确定了要接的活。对方付款方式非常爽快，只求他们尽快完工。姜众给了自己时间期限，最晚9月15日完成火星众筹的开发。高响说，最晚9月16日，创业项目要定下来。他们开始了紧张的忙碌。忙碌的间隙，姜众会看看马佳欣申请加好友的记录，翻翻她的社交网络账号。

2012年9月3日，李开复在网上公开发布了“61名中国商业领袖联名信”，抗议香橼等做空者编造信息撰写报告。姜众跟高响一起，认认真真看完了这封公开信。

致相关人士：

过去几年来，不少“中概股做空者”一直在针对（主要是在美国上市的）中国公司发布负面报告。当这些报告准确属实，并确实发现了中国公司的问题时，他们帮助净化了环境。

然而，最近一些“中概股做空者”开始将矛头对准了没有问题或问题极小的合规公司。他们的报告充分利用中美两国之间的信息不对称，厚颜地说谎，因为他们知道美国读者没有办法核实真相……最后，外国投资人确实对中国缺乏认识，因此我们恳请投资者，在有关中国公司的投资建议上，寻求真正可信的专业人士，而不要依赖于那些靠欺诈起家，在专业知识上有缺陷并且有严重利益冲突的机构或个人……

高响念着签名的商业领袖名字，有些困惑，说他前几天还看到新闻，说浑水、香橼这些做空机构，逼得一些财务造假，信息披露不规范，关联交易频繁的中国公司退市，还有一些要私有化，几个不错的公司也股价大跌。

“原来那个香什么的也不是好东西，故意黑咱们。这么多有名有姓的敢签名……这是帝国主义诚心跟咱们过不去！”高响愤愤不平。姜众皱起了眉头，说：“要我说啊，那些被做空的公司也活该，自己造的假，退市都活该。”

“你是中国人还是美国人？”

“哪国人造假都不对。”姜众不想讨论了，盯着高响问，“你到底要创什么业？”

高响不响了。这几天，他白天像往常一样干活，晚上琢磨创业项目，每想到一个点子，开始时斗志昂扬，分析完市场和竞争对手，又垂头丧气。如此这般，无数个念头起，又否定无数个。看着姜众一心一意开发火星众筹，他甚至有些羡慕。

9月10日，姜众已长出了胡须，高响的头发成了鸟窝。天又黑了，街边的路灯又亮了。高响的肚子发出了悠扬的呼唤声，他愣了愣，十分感叹地拍着自己的肚皮，说：“没想到，我也有主动没日没夜的这一天……你来得及吗？”姜众伸了个懒腰，顶着黑眼圈说："15号搞定，还有几天时间，来不及也得来得及。"

吃完晚饭，高响在网上溜达，美其名曰寻找创业灵感，其实就是无头苍蝇般地闲逛。当他看到日本政府决定以20.5亿日元（约合人民币1.66亿元）的价格，从所谓"土地权所有者"手里买下钓鱼岛中的3个岛屿，将其"国有化"的新闻时，一个巴掌狠狠地拍下，震得桌上的键盘跟鼠标都跳了起来。

"小日本疯了，钓鱼岛是我们的，屁的国有化，打过去!"

姜众跟没听到一样，无动于衷。高响非常不满，斥道："我说你是不是中国人？你怎么没反应?"

姜众看了看高响涨红的脸，盯着电脑屏幕上的新闻说："北约秘书长正在日本访问、美国国防部长在韩国访问，日本选择这个时间点这么搞，恶意挑起事端，就是想让北约、美国看到中日在钓鱼岛问题上的矛盾，同时给中国抹黑，扣'中国威胁论'的大帽子——这是网上说的，我觉得有道理。"

"有道理又怎么样?! 就这么被欺负了，绝对不行!"高响更加愤怒，冲着空气猛打了几拳。

"嚷嚷有用?"姜众转头看着高响，"真爱国，真要甲午海战那样的耻辱不重演，得发展科技，从源头上去赢。"

高响愣住了，有些不可思议地盯着姜众，说："你别跟我说，你非要做这个火星众筹，是因为爱国。"

"就是啊。"姜众语气夸张。高响不信地摇了摇头，说："吹牛不打草稿……"

"干活吧，这是最具体的爱国。"姜众说完，埋头写代码。高响看着他的侧影，只好"哦"了一声，心里莫名地有点触动。

高响无心琢磨创业项目，保卫钓鱼岛成了头等大事。他每天在网上溜达，时刻关注着事件的进展。9月14日早晨，中国海监两个维权巡航编队抵达钓鱼岛周边海域，进行维权巡航执法。高响情绪高昂地念着新闻："通过维权巡航执法行动，体现中国政府对钓鱼岛及其附属岛屿的管辖，宣示了中国领土寸土不让、中国领土主权神圣不可侵犯的立场。"高响狠狠地挥了挥拳头："好样的，就是不能㞞!"

高响播的视频里，中国船员在对日本巡航船喊话。姜众握紧拳头，也狠狠挥了挥，喊："干活！今天必须干完!"

"干活！干翻小日本!"高响坐了下来，打开了工作界面，却无法集中注意力，仍时不时打开微博，看一看相关新闻。每次瞟到姜众专心致志，他强迫自己关了新闻界面，不到一刻钟，又忍不住打开，接着看。

晚上10点，姜众敲下Enter键，结束了火星众筹代码开发的工作，比预定的9月15日提前了一天。他松了口气，站了起来，举起了手掌。高响知道这是要击掌庆祝的意思，他伸出了小拇指，挠了挠姜众的手心。姜众痒得跳了起来，不爽地嚷起来。

"有病啊。"

"界面太丑了，就这个版本上架?"高响问得认真，姜众有点意外，问："快速迭代，上架之后再改啊，这个你不懂?"

高响说懂，但不要指望他来改，他没时间，可以花钱请一个UI。姜众吃了一惊，不明白高响的意思。高响拉着姜众坐下，很认真地说："创业风险很大，我特别知道。草包那货拿到投资后，我跟打了鸡血一样。这段时间，我间歇性地觉得自己肯定行，世界都在脚下；间歇性地觉得自己没那个命，是不可能成功的垃圾；这种一上一下的感觉，其实特别不好受。所以呢，我决定了，跟着你做火星众筹，创10万块的业，成不成，就这10万块，花光了没干成我也认。"

"然后呢?"

“然后上班，认命……去保卫钓鱼岛也行！”高响说得诚恳。姜众由衷地笑了，说：“保卫钓鱼岛还轮不到你……三高你可以啊，有10万块的决心！”高响极其鄙夷地白了姜众一眼。姜众凑近他，小声说：“你真出10万，我就出30万。”高响猛地站了起来，不敢相信地瞪着姜众，问：“你有30万？！”

姜众隆重地点了点头。高响咧开嘴笑了，嚷嚷：“你小子行啊，居然是个有钱人！那赶紧找个UI！”姜众突然想起一个重要的问题：“不对啊，你不是不认可这个项目？”

“我找不到自己特别想做的项目……”高响有些不好意思，“再说了，我也不能一个人创业，咱们得一起，你一定要做这个嘛……主要是我想清楚了一点，就是我能看懂的项目，肯定没机会……最后呢，火星众筹真干成了，感觉能保卫钓鱼岛。”

姜众听到最后一句，愣住了。高响干脆站得笔挺，郑重其事地举起了手掌。姜众想了想，认认真真地拍了上去。两掌相击，高响有了正式组队的感觉，甚至有了点神奇的使命感。他一激动，张开了双臂，姜众一惊，忙朝旁一躲，高响抱了个空，有点尴尬，咧嘴笑了。姜众故意嫌弃地摇了摇头。

两人愉悦地商定了出资比例和股份分配：高响25%，姜众75%。高响负责在各大App商店申请上架，国庆之前，得让用户能下载他们的火星众筹App。姜众除了负责迭代开发，还要开始跟投资人接触。高响看着姜众，豪情万丈。

“咱们光棍两条，输了还是两条光棍。Fighting！”

十一　你的父母有爱情吗

姜众没有通过自己的好友申请，马佳欣还是介意的。

8月的午夜，温度还好，有风。阳台外有蛐蛐叫，一声声的，不知疲倦。四周黑漆漆的，路灯也灭了。马佳欣很久没看过这么黑的夜了。北京的24个小时，每一秒都在运转，半夜都有车在跑，多晚都有光。马佳欣抬头，发现了满天繁星，想起姜众网站上的好奇号火星车，想起了他故事里的星星。

“不好意思，我是个俗人，我仇富，情绪没控制住。”

“理解，人穷戾气重，咱们两个阶级，三观不一致，没法聊。”

这是她跟他的最后对话，是她故意挑起的。刚才电话里简短的几句沟通，有股暖意流过心底，马佳欣觉得，自己在三亚过分了。犹豫片刻，她加了姜众的微信好友。

从若城回到北京，马佳欣不再想姜众为什么不通过自己的好友申请，不再琢磨他那些莫名其妙的关心了。自己还有36.3万元的存款，房子11月15日到期，在北京的日子所剩不多了，她想安安静静地徒步，看看书。下一站去哪里，时间到了，答案自己会出来。

买书的时候，她挑了吴建他们说过的《逃离》《米格尔街》，买了佛教、道教、基督教和伊斯兰教入门级介绍各一本，想起姜众说的那个被神惩罚、推石头上山却徒劳无功的故事，她买了《西西弗斯的神话》。

几天后，马佳欣正看云南民宿的介绍，老吕发来消息，问有没有时间面聊。马佳欣没犹豫，说有。俩人约在了一个咖啡馆，马佳欣主动八卦了自己离职的小波折，问："苏文逼我离职的时候，知道原创部要解散吗？"

"当时不一定，现在肯定知道了。"

"他应该知道……解散部门的怨气，他发在了我身上。"马佳欣笑了笑，"否则以他的为人，没必要这么过分。"

"有没有可能是误会？或者他无意的？"

老吕这么说，马佳欣有点尴尬，自嘲道："这些不重要……主要还是我太差了。"

"你要是真的差，我犯得着一而再，再而三地请你加盟？时代变了，好坏的标准会跟着变。"老吕左手习惯性地敲了敲桌子，脸上带着笑，"皮特陈的确在保你，我问了，他说没人托关系，保你是因为你的能力。"

马佳欣很意外，没想到老吕去问了皮特陈，更没想到答案是这样的。她不信这个答案，笑了笑，懒得较真。老吕看在眼里，问："你接下来有什么打算？"

马佳欣把手机递给老吕。老吕看着手机屏幕上小镇二姐的公众号，有点意外。

"小镇二姐是我的朋友，她做新媒体的能力比我强太多了。您可以看看她的公众号。"

马佳欣答应见面如此爽快，是为了推荐她的朋友，老吕有点无语。小镇二姐的文章，马佳欣转发到朋友圈时，他就看过了。

"我都看过。"老吕没接手机，"小镇二姐写得是不错，问题是她不在北京，没法合作。"

"有网络啊。"

马佳欣忙介绍吴兰芳的情况，把她夸成了一朵花。老吕意外马佳欣如此卖力推荐，问："你们是大学同学？"

"不是的……"马佳欣不想说太多，"以前合租的室友。她真的比我合适，你们合作肯定会双赢的。"

"不在北京，上班还是不现实。"老吕说得直白，"我这边的新媒体刚开始做，很多事情需要当面沟通。"

马佳欣的失望写在了脸上。老吕想了想，说他计划签一些公众号作者，这种方式应该更适合小镇二姐。具体怎么做，马佳欣可以跟他一起来规划。马佳欣不安，坦言道："吕老师，我跟您说实话，我对媒体工作没兴趣了。好坏的标准再怎么变，我知道我跟优秀媒体人的距离，不是靠努力就可以追上的。"

老吕愣了愣，说："要不，我们都考虑一下？"

马佳欣只好点了点头。

回家的路上，马佳欣十分纠结。她不信皮特陈保自己是因为自己的工作能力，更不信老吕再三的工作邀请是因为自己优秀。姜众警告她小心老吕的那些话，都冒了出来。她很想问问姜众，如果能帮吴兰芳签约，自己要不要去冒个险。

吴兰芳坐在书房里，看着粉丝数涨到了306，心情不错。这个公众号，她做得很用心，虽然收益未知，至少是个希望。公众号上的留言，关于老电影院回忆的最多。傍晚，她去了待拆迁的老城区，想拍些照片，单独写一篇回忆文章。

空巷里，一个个大大的"拆"字，在夕阳的光线中，红得刺眼。一只橘猫蹲坐在一个门口，自在地舔着爪子。吴兰芳拿着相机，对准了这只猫和门上的"拆"字，咔嚓拍了好几张。她站起来，转身看到了一脸好奇的黄毛项宇。

"我不是来要钱的。"项宇下意识地后退几步，脸上挂着讨好的笑，"你已经说得很清楚，你是你，你爸是你爸，你不会替他还一分钱。”

吴兰芳知道这几天项宇在跟踪自己，她冷冷地看着他，问：“那阴魂不散，是没被打够？”项宇赶紧又退了一步，小心翼翼地说：“我想问一下，你为什么从北京回来？”

吴兰芳有些意外，应付了句“受不了北京的雾霾”，继续拍着待拆迁的街道。项宇跟着她，保持着适当的距离：“就是嘛，我赌赢了，我就说是这个原因。他们说你混不下去才回来，你都有钱买房，想混肯定混得下去。他们还说你为了嫁人，屁嘞，你这个年龄在若城这种小地方更不好找。他们还说……”

“我跟你说，我不是你拍的那个人！”吴兰芳打断了项宇，语气严厉，“别再跟着我了！这几天，你在跟踪我，别以为我不知道。”

项宇退了几步，有些尴尬地解释：“是不是都没事……我跟着你，是想看一下你在做么事，么样挣钱。姐，你是读过书的人，要是真打算留下来，肯定想好了退路。我就想参考一下，真留在这个小地方，要么样办？”

吴兰芳懒得搭理，自顾自地拍着照片。项宇有些尴尬，自说自话地介绍自己，说他虽然是农村的，但见过世面，广州、深圳、上海他都熟，越南和泰国也去过。就是初中毕业，学历太低，混不出名堂。父母嫌他没存下钱，将来娶不上媳妇，逼他回若城跟着亲戚学厨，说将来有个吃饭的手艺。现在他每个月工资的一半，亲戚直接给他爸。他想过一走了之，怕父母气出个好歹，更怕去大城市还是存不下钱，到时没脸再回来。项宇说得坦诚，吴兰芳沉默不语。

两人走到了小广场，吴兰芳趁着夕阳的光线，拍着即将逝去的电影院。上世纪公社时代的老建筑，透着周正朴实的美。项宇看着吴兰芳取景的各种角度，拿着自己的手机跟着比画，啰唆起记忆中的周边热闹：台球室、溜冰场、小吃店，过年时人挤人的街道。夕阳的光，转瞬即逝，吴兰芳收了相机。

“你是不是搞摄影的哦？我看到你都在拍照片……我拍照片也蛮不错的，你要不要帮手？”

“不要。”吴兰芳拒得直接，“我跟你说，我给几个媒体供稿，还在做自己的公众号，这些事，你学不来。以后别跟着我了。”

“你是记者啊……公众号是什么？”项宇的脸上，顿时有了恭敬的神色。

“是初中生做不来的。”

吴兰芳说完，转身就走。项宇望着她的背影，呆立了片刻，快快地转身离去。

吴兰芳以为自己摆脱了项宇，不想这人第二天找到家里，要求加微信，说要做她的粉丝，要转发公众号。吴兰芳意外他懂这些，项宇说网上查的，自媒体什么的，他正在学。吴兰芳沉默片刻，加了好友。项宇喜出望外。

写《小县城的老电影院》时，吴兰芳把项宇写了进去。她知道他看得到，犀利的笔调下，他像个小丑。当项宇找上门，热情夸道：“写得很好啊！我都没想到，这辈子能在记者写的文章里看到我的名字！”吴兰芳没想到他是这种反应，突然觉得难过，第一次让项宇进了门。她站在阳台上，远眺着长江。

“你拍的那个人是我。”

项宇万万没想到，吴兰芳突然承认这个，自己先尴尬了：“哦……那个，北京空气不大好。”

“想到可以说受不了雾霾，才回了家。我离开那天，觉得雾霾都好看了，椒盐味的。”吴兰芳故意调侃。项宇紧张，胡乱接了话：“以前穷到饿肚子的时候，我就想港剧里的台词，有钱人再锦衣玉食，也是装着半肚子没消化的粪便，在大房子里走来走去。我就爽，舒服了一点。”

吴兰芳大笑，笑出了眼泪，问项宇有什么事。

“哦，你写到我了，我就是想，能不能再放一张我的照片上去?”项宇说这话，有些腼腆。吴兰芳哭笑不得，文中的他不是什么好形象，他居然要求上照片。

马佳欣看完《小县城的老电影院》，惊喜地发现小镇二姐的粉丝量超过了3000。她忙转发到自己的朋友圈，知道老吕看得到。

买的书到了，她挑了《西西弗斯的神话》，不想字都认识，连在一起却不是太懂，看得艰难。天气好的时候，马佳欣重走了香八拉，从好汉坡往上爬，到挂甲塔已大汗淋漓。她望着香炉峰，想问姜众看得懂《西西弗斯的神话》吗?

推着石头上山，沿路风景再美，还是累的。

公众号粉丝数大涨，吴兰芳备受鼓舞。关于小县城的记忆，她打算写个系列。这天，她正在书房里琢磨选题，敲门声响，她惯性地拎起擀面棍，一看猫眼，门外居然是母亲王和珍，旁边还有一个破旧的行李箱。吴兰芳放下擀面棍，犹豫片刻，开了门。王和珍拉着行李箱进来了，怒气冲冲的。

“我不晓得那个不要脸的外头欠那么多钱，找你要钱肯定是他教的，这个没良心的东西，我跟他过不下去了。离婚！我要跟他离婚!”

吴兰芳没动，也没说话。王和珍好像忘了打了女儿一耳光，吴兰芳知道她不会道歉，因为她是母亲，是长辈。愤怒没得到回应，王和珍尴尬地进了房间，自顾自地开始参观，从一个空间到另一个空间，悲愤和愁苦的脸上慢慢有了喜色。走到阳台，她停在了女儿身边，试探性地朝下望了望，忙扶着栏杆。

“好高哦，吓死个人。”王和珍有些讨好地看着女儿，“你买房我没帮一分钱，是我没有用。”

“不用你们帮。”吴兰芳语气很冷。王和珍忧虑地看着女儿，问：“你回来找得到么事工作？”

“现在很多工作都网上做的，在若城跟在北京一样。”

“网上？么事意思？”王和珍是真不懂。

“互联网，就是只要有电脑，有网络信号，就可以做事。”

“那有冇的合同，有冇的社保？”

吴兰芳无奈地叹了口气，说：“我跟你解释不清楚。反正你不用担心我的工作。”

“那我么样跟邻居说？”

吴兰芳不耐烦了，语气不善：“管邻居做么事，自个儿把自个儿管到就行了。”王和珍欲言又止，难过地转过头去。吴兰芳看着母亲的白发，又不忍，柔声道：“我回来是好事，你们年纪大了，以后有个三病两痛的，我能照顾。”

王和珍转过头，挤出了讨好的笑，说：“你太瘦了，要好好补一下。我来做饭，你想吃么事？”

“妈，我没打算跟你一起住。这是我的家，你的家在永平街。”吴兰芳没有犹豫，语气无比平静。王和珍愣住了，不敢相信地看着女儿。吴兰芳受不了，开了门，把母亲的行李箱拎了出去，静静地站在门边。母亲的号啕大哭和控诉声传来，时间似乎过了很久。

“白眼狼啊，我养了个白眼狼。我为了你，跟那个不要脸的打了一架。我为了你，忍了这么多年不离婚……”

还是这些熟悉的语句，吴兰芳莫名松了口气。她看了看坐在客厅地板上的母亲，转身进了书房，锁上门，戴上耳机，把音乐放到最大声，面无表情地坐着。光线没了的时候，手机闹钟响，提醒她该吃药了。吴兰芳出了书房，客厅已没了人，大门开着，行李箱不见了。拒绝母亲搬来跟自己一起住的场景，吴兰芳预演过好多个版本，这不是最差的那个。她关上大门，进了书房，无法平静。原来，把母亲的行李箱拎出门，自己并没有想象中的心安理得。成长的漫长岁月中，那些争吵和眼泪，她以为忘了，原来一直记得清楚。一幕又一幕，从480的分辨率修复到了4K高清，甚至3D立体环绕声。吴兰芳被困在了一个人的电影院，迫切地想逃出去。母亲跟父亲争吵打骂了一辈子，母亲喊了一辈子离婚。为了父亲，她打了自己一耳光。吴兰芳想着前几天的情形，除了荒诞，更多的是困惑，她甚至怀疑母亲跟父亲之间的恨是爱的另一种表达。

“你的父母有爱情吗?”

吴兰芳敲下了这个标题，强迫自己回忆父母恩爱的场景。一些记忆真的跑了出来。大概母亲跟父亲好的时刻太少，自己格外珍惜，每个片段都记得清楚，不愿忘。

马佳欣看完《你的父母有爱情吗?》，很诧异。她没想到，吴兰芳彼此埋怨和仇恨的父母，当年是因为爱情走到了一起。“我妈妈当年家境不错，扛着家族的反对，为爱嫁给了穷得叮当响的我爸。记事起，他们关系就很糟糕，我妈无数次后悔年轻时的愚蠢。他们彼此仇恨着，生活的重压和琐碎早就消磨了温情……没离婚是因为穷：两人只有一套不大的房，离婚意味着有一个没地方住，不得不凑合……”马佳欣突然明白了吴兰芳对房子的执着，心脏像被拽住了，跳一下痛一下。

马佳欣还没看完，老吕来电，她接了起来。老吕开门见山，问：“《你的父母有爱情吗?》能不能爆?”马佳欣不明白他的意图，反问：“您觉得呢?”

“要不见个面，当面聊一下?”

马佳欣答应了，她希望吴兰芳出爆款。约的是上次见的咖啡馆，马佳欣到时，老吕已点好了两杯咖啡。“《你的父母有爱情吗?》爆不了。”老吕这么说，马佳欣很失望，甚至恼怒，不知道他约见是什么意思，没有说话。老吕猜到她的反应，解释了句：“人长大了，沉迷自己的爱情，关注孩子的爱情，忘了父母的爱情。靠自然流量，爆不了。”

马佳欣听出老吕话里有话，问：“怎么样才能爆呢?”

“有运营的话，10万加问题不大。”老吕笑了笑，解释道，“我这么久才跟你聊这个事，一呢，需要多了解你的朋友，内容的品质还有更新频率什么的；二呢，也希望把这个事办得更妥当一些.”

马佳欣心里一喜，有些困惑，问：“妥当?”

“粉丝数跟流量都普通的话，有机构主动投资，你会怎么想?”

“投资?”马佳欣大喜过望，老吕能给吴兰芳一份工作，她就觉得很好了。老吕简单说了投资方案，马佳欣连连点头。

“投不投呢，还要看这次运作的结果。”老吕说他要运作《你的父母有爱情吗?》，一来让马佳欣了解他的资源和运营能力，二来检验小镇二姐的潜力，三来真爆了，将来谈合作，也合理得多。

“我的爸妈要是还有爱情，我会更难过。”老吕说出了那篇文章的最后一句，有些感叹，“小镇二姐不容易。”

回家的路上，马佳欣想，不管老吕图什么，只要能帮到吴兰芳，就走一步看一步。

长江环绕的若城，在晨曦中醒来。工地还未开工，噪音未启。高高的塔吊停着，像雕塑，有着奇特的美感。吴兰芳吃了早餐，吃完药，开了电脑，点开公众号后台，眼睛瞬间瞪圆了。《你的父母有爱情吗?》阅读量超过了3万！她愣了半天，小心翼翼地刷新页面，阅读量居然增加了几百。她一次又一次地刷新页面，看着不断上涨的阅读量和粉丝数，喜悦爬上了脸庞。中午，阅读量飙升到了5万，粉丝数增加了3000。文章下面，粉丝纷纷留言讲述自己父母的爱情故事。晚上10点，阅读量超过了8万，粉丝数涨至1万，吴兰芳觉得幸福来得太突然，有种终于被命运垂青的不安。

第二天，天还没亮，吴兰芳准时醒了过来，打开手机查看公众号，发现《你的父母有爱情吗?》阅读量显示10万加，粉丝数突破了20000。她起身坐在飘窗上，等着青蓝色的空中出现粉色的云，等着太阳从云层中探出头。短暂的日出，天空的色彩有着绚丽的神奇变幻。她出神地望着，突然觉得幸福。这些年漂在北京，没住过能看到日出的房子。

马佳欣看到小镇二姐公众号的数据，开心又欣慰，忙给老吕发消息表示感谢。老吕约她面聊，给了一个新地址：CBD核心区的写字楼。走进玻璃幕墙熠熠生辉的高楼，站在老吕公司的门口，马佳欣有些意外，这奢华气派的风格，显然是个金融公司。漂亮的前台笑容可掬，带她走了进去。公司面积不大，处处透着有钱的味道，还有新装修的气息。

老吕很热情，说约她来这里，是为了让她对公司有更直接的感受："TMT是Technology、Media、Telecom三个单词的缩写，指的是互联网科技、媒体和通信三者以及它们融合所产生的各种业务。公众号自媒体也是TMT业务，是我关注的一个方向。我喊你来负责公众号，不是随便说说的。"

老吕说得诚恳。马佳欣坦言两个月后房租到期，她就要离开北京。老吕很意外，问她是不是要回老家。马佳欣含糊其词，说这两个月她能做的事情她都可以做，不要工资，就当感谢他帮小镇二姐。老吕沉默片刻，答应了，说该付的酬劳他要付，公司新媒体的团队还没建立起来，他的确需要马佳欣帮忙。说着，老吕调出了投资公众号的合约模版，希望马佳欣在这个版本的基础上，改一个跟小镇二姐签约的版本。马佳欣无法推辞，认认真真看了起来。

《你的父母有爱情吗?》粉丝留言还在增加。吴兰芳接到一些莫名其妙的电话，有7天涨粉10万的推销、有邀请她加入广告联盟的，甚至还有找她发文申冤的，虽然没一分钱的收入，她觉得小镇二姐这个号貌似有点价值了。写这篇文章时，吴兰芳没想过爆不爆。现在10万加了，她有些担心被父母、亲戚和若城的熟人们看到，这多少有些尴尬，决定找项宇问问情况。

午后的小城在鼾睡。不大的饭馆，只剩下吴兰芳跟项宇这一桌。项宇顶着一头黄发，脸色微红，冲着吴兰芳举起了酒杯，十分高兴。

“姐，我敬你！我都没想到，你还能请我吃饭。”

“我写的东西，你每篇都转发，这顿饭早该请。”吴兰芳举起白开水，跟项宇碰了碰。

“粉丝涨得太快了，我都抢不到第一个评论位了。”项宇一饮而尽，腼腆又兴奋，“姐，你是不是已经红了，是大V了啊?”

“你还知道大V啊!”吴兰芳笑了笑，“问你啊，就父母有没有爱情这个，你身边有没有人讨论?”

“啊……这个啊。”项宇有点尴尬，喝了一口酒，“嗯……农村上一辈的，哪晓得爱不爱，都是相亲的，我爷爷跟我奶奶结婚前，都冇见过面。我爸爸跟我妈妈，就是过日子，我不晓得他们有没有爱情……对了，听说我们村以前有一个定了亲，钱都用了，女方非要退亲，后来跟隔壁村的一个男的跑了，那肯定有爱情。现在嘛，在外面打工都自个儿谈，那肯定要喜欢嘛。我在广州的时候……”

吴兰芳打断了项宇，直接说了目的：“我其实想知道，我爸有没有看到?”

项宇摇头，说：“肯定没有。若城这种小地方，用智能手机的都不多，像你我这样玩微信的更少。”

项宇这莫名其妙的优越感，吴兰芳笑了笑，放心了。手机响，吴兰芳接了起来，一个甜美的女声说："您好，我们公司注意到了您的公众号，想跟您沟通一下合作……"吴兰芳直接挂断了，觉得又是卖僵尸粉的。

"你爸看到了也没啥，你写得很好啊。"项宇不懂吴兰芳的担忧，"说实话，看了你写的，我对你爸的印象都好了些，嘿嘿。"

吴兰芳有些无语。手机又响，她一看，还是刚才的号码，010打头的北京座机，她想了想，接了起来。

"我们希望签约一年，第一年，每个月固定薪水5000元，广告的运营和收益归我们。"

吴兰芳腾地站了起来，有些紧张，不敢置信地问："不好意思，什么固定薪水？"对方说："就是合作的模式，我们公司给您固定月薪5000元，您公众号相关的商务权益归公司。当然，您要是不同意，也可以降低月薪，我们商量一个广告分成的比例。"

吴兰芳的心脏怦怦直跳，这是多年没有过的心动！她平复了片刻，问是否有合同。对方要了邮箱地址，说这两天就会发过来。手机挂断后，吴兰芳半天没动。项宇看着她的异样，不放心地站了起来。

"姐……姐，没事吧？"

吴兰芳突然咧嘴笑了，笑得很开心，笑得有点伤心。

午夜。吴兰芳再次听到了浑厚的轮船鸣笛声。想起儿时仗剑走天涯的故事，她无比平静地续编了结局：洗尽铅华，回归故里，甘于平庸。第二天中午，她收到了合约，条件远超她预期，好到怀疑人生。她把合约发给了梅子，问是不是骗局。梅子看完合约，说她某任前男友发达了，特地雪中送炭。吴兰芳苦笑，说自己没这个命，这是绝对不可能发生的事。

"你现在觉得这合约条件很好。对方拿走的广告收益，可大可小，占便宜的不一定是你。"

吴兰芳没说话，小镇二姐这个公众号的广告收入，一年能超过6万元，她不信的。

“这份合约就算有问题，拿到第一个月的5000元，你还能关了这个号，另开一个嘛。你一个光脚的，怕什么。”

吴兰芳被梅子说服了。她象征性地提了些修改意见，要求对方先签字盖章寄给她。吴兰芳觉得，对方若真寄过来，证明诚意足够。这份合约，她就签。

洗碗时，吴兰芳认认真真擦拭着精心挑选的餐具，突然觉出生活的美好。

十二　长江好

姜众偶尔想过跟马佳欣重逢的场景。他没想到，这么快就真的重逢了，只是那场景，跟想象的完全不一样，毫无浪漫可言。

火星众筹完成了开发，高响忙着注册文档、申请上架等系列琐事，姜众找老吕请教如何找投资。进了CBD闪闪发光的写字楼，看着装饰奢华的办公室，他嘲讽老吕舍得花这么多钱显摆，不符合他小气的天性。

“没法，跟钱打交道不装着点不行。我在这屋里走，每一步都肉痛。”

老吕贱兮兮地揉着胸口，透着得意。姜众开门见山，说8月23日从三亚回来，他跟高响花了20天，完成了安卓版本的开发，快的话，一周后能上架，让用户下载。老吕听完，很认真地强调：“我不投的，你不要指望我。”

“你不用强调，我知道。”姜众多少有点失落，“今天来，想请教一下怎么找投资？”

“你本来打算怎么找？”

“网络啊。”姜众心里没底，“投资公司的网站、微博账号什么的，主动找上门去。”

老吕笑了，问：“最有名的那些，经纬、红杉什么的？”

“这些能联系上最好。”

“相信我，他们不会理你的。”老吕说得坚定。姜众不爽，问：

"要是用户量上去了，他们也不理我？"

"你的用户到不了让他们动心的量。"老吕毫不客气，"这么跟你说吧，风险越大的事情，大家越喜欢强强联合，一起抵御风险，获得最可能大的收益。风投圈你听说过的公司，听说过的大佬，你都别想了。差太远了，不匹配，没戏。"

"我肯定找得到投资。"姜众不服。老吕无语，祝他明天就拿到顶级风投的投资。姜众憋着一股气，出了老吕房间，一眼看到了马佳欣。他大吃一惊，下意识地整了整衣服。马佳欣正对着电脑打字，一副办公的样子，依旧素面朝天，神色冷清。

"你在这里上班？"姜众没忍住，走了过去。

"对啊。"马佳欣转头看到姜众，心里一惊，故意说得云淡风轻。姜众有些恼火，质问："你为什么要来这里上班？"

马佳欣笑了，嘲讽道："麻烦你正常说话，没必要搞得我跟你很熟一样。"

姜众哑口无言。想到自己没通过她的微信好友申请，没任何立场指责她的选择，他拖着石头一样的双腿，转身离开。

阳光太刺眼。姜众边走边喝矿泉水，液体像落入了枯井，空旷得寂寞。两个年轻的女孩迎面而来，手牵着手，亲密无间地说着什么。姜众突然想起马佳欣朋友圈里的小镇二姐，他转身就跑，越跑越快，似乎那个有可能的真相能救命。

老吕听到了姜众跟马佳欣的对话，他故意不提，聊吴兰芳，说跟她签约的公司是新注册的，公章和银行账户还在办理，需要几天才能寄出签字盖章的合约。马佳欣主动请缨，要求跟着办理此事的丹丹一起去银行。她希望尽快签订合约，免得吴兰芳着急。

马佳欣出门不久，姜众回来了，一头的汗，直接问："马佳欣呢？"

"已经走了。"老吕同情地看着他。

“她来你这里上班，是不是跟那个小镇二姐有关？”

老吕想了想，承认马佳欣是为了帮小镇二姐，才来公司负责公众号的投资。“这世道，对朋友仗义的人不多了，我能帮就帮。”

“我不信你是个正人君子，还助人为乐。”姜众说得认真。老吕笑了，说：“我本来就是助人为乐的正人君子。”

“我就问你，你到底有没有在追她？”姜众问得急切。老吕悠悠地问：“这事跟你有什么关系？”

姜众被噎住了，一股火腾起。他忍了又忍，克制着说：“因为你说你要追，我知道你渣，我不得不去跟她说你渣，结果你正人君子，搞得我跟骗子一样。”

“姜大少，你本来就是骗子。”

姜众愣了愣，自嘲地笑了笑，有种说不出的苦涩。

吴兰芳没收到合约，心里七上八下的。特别是《你的父母有爱情吗？》后的几篇文章，阅读量和新增粉丝数呈断崖式下跌，她觉得投资方已经反悔、取消了合作，甚至开始怀疑投资的真实性，跟梅子倾诉不安。

“我跟你说啊，我加了一个群，里面都是做公众号的，好多人的粉丝数和阅读量比我多，我打听了一下，他们都没拿到投资。老天是看我太倒霉，给我一个狗屎运吗？”

“投资投的是预期，你有巨大的潜力，跟群里其他人不一样。”梅子说得肯定。吴兰芳自嘲地笑了笑，说：“不会的……好像从小到大，我想要的任何东西，都要很努力才能得到……那些最重要的，再怎么努力也得不到。我都没捡到过钱，一分也没有；也没中过奖，再来一瓶的那种都没有。”

“下次我在你面前丢一张红票子，你一定要捡起来。”

“一张不够，最少丢十张。”

"行，给你一百张。"

吴兰芳知道梅子的话只是安慰，她挂了手机，觉得焦虑。生病之后，她想通了很多事，少了很多执念，这般焦虑极少了。吴兰芳明白，自己太想抓住这个机会了。她翻了翻公众号，都是日本国有化钓鱼岛相关的文章。吴兰芳正发愁自己的角度，项宇发来了自拍照：头绑"保钓卫国"布条，手拿扩音喇叭，一副大义凛然的样子。

"小日本要霸占钓鱼岛，是中国人就不能答应，明天早上9点，在老电影院门口集合游行，不来不是中国人!"

看着项宇群发的消息和他的自拍照，吴兰芳有了五线小县城"保钓抗日"的切入口。她进卧室找了些废弃的衣服，拿出剪刀和针线，亲手缝了一面旗帜，用彩色马克笔绘出"保钓卫国"四个大字。

9月16日一大早，吴兰芳带着旗子，8点45分就到了老电影院。站在小广场中央，环顾四周，空无一人，吴兰芳觉得自己是个傻子。

五分钟后，项宇胸前别着毛主席像章、身披横幅、手拿扩音器出现了。他没看到被柱子挡住的吴兰芳，在无人的广场上，他傻傻地站了片刻，甩了甩那头黄毛，练习自以为很拉风的动作。吴兰芳拿出相机，开始抓拍他的动作。一个"潇洒"的转身，项宇发现了拿着相机的吴兰芳和她身边的旗帜，乐开了花，举起了扩音器。

"我就知道你会来，这破地方，就咱俩见过世面。保卫钓鱼岛这种大事，就靠我们出头了!"

吴兰芳极其无语。项宇招手，示意吴兰芳过来，见她不动，只好自己走了过去，硬着头皮解释："还差十分钟到9点……小地方的人，只晓得过日子，不关心国家大事。不过呢，钓鱼岛不一样，小日本敢霸占，是中国人就不会答应。一百个人，总应该有的。"

9点过去了，9点15分过去了，9点30分过去了，广场上还只有扛着旗帜和身披横幅的两个人，项宇不敢看黑着脸的吴兰芳。吴兰芳看着这个写满“拆”字的地方，看着窘迫的项宇，觉得魔幻。她举起相机，对着他晃了晃。项宇忙紧张又兴奋地摆了个僵硬的姿势，百分之一万的拙劣。吴兰芳极其无语，还是摁下了快门。项宇连着换了好几个姿势，觉得一个比一个帅。当吴兰芳放下相机，他不安地问：“你怎么不拍了？”

“拍够了。”

吴兰芳收拾好东西，转身就走。项宇不甘心地追了上去，拦住吴兰芳，有些忸怩地说：“你还没采访我呢？”

吴兰芳莫名想笑，忍住了，说：“那你说吧。”项宇清了清嗓子，又清了清嗓子，就是不开口。吴兰芳突然醒悟，项宇这是在等录像。她只好拿起手机，对准了他的脸。项宇笑了，蹩脚的普通话说得义正词严。

“钓鱼岛是中国的，每一个中国人都有责任保卫钓鱼岛。小日本国家出面，要从私人手里买钓鱼岛，是强盗跟强盗做交易，中国人绝不答应，也绝不承认……”

“可以了，可以了。”

吴兰芳听得直皱眉头，放下了手机。项宇有点尴尬，他掏出自己的手机，调到拍照模式，递给了吴兰芳。

“大记者，帮我拍几张照片。”

吴兰芳的手指碰到了屏幕，相机模式变成了照片模式，里面是项宇的自拍，一张又一张。她好奇地往后翻了翻，发现他每天自拍，都是他那张起床没多久的脸。吴兰芳非常意外，问：“你每天自拍？为什么？”

“去年在深圳，我在一个饭馆端盘子，跟我一个宿舍的兄弟，年纪比我还小，有一天在街上被车撞死了。”吴兰芳吃了一惊。项宇耸了耸肩，接着说：“警察局的人来了，发现他的身份证是假的，在报纸上登广告也没人来认领，没有人晓得他真名叫什么，从哪里来，有没有家人，有没有人在找他……我后来就每天自拍一张，自己给自己签个到。”

项宇说得轻松，吴兰芳很难过。他躲开她带着同情的目光，说：“我以前不晓得一个人消失那么容易，跟这个人没生出来过一样，死得太没意思了。我想死得像个英雄。保卫钓鱼岛，打到日本鬼子老家，死在前线最好。”

吴兰芳苦笑，看着项宇胸前的毛主席像章，劝道：“打仗苦的是老百姓，要死还是死家里。”

“小日本要抢我们的钓鱼岛，欺负到头上了，要打仗我第一个报名。”

“行，你英雄。”

吴兰芳调回拍摄模式，对准了项宇。项宇努力摆着自以为英勇的姿势，吴兰芳认真拍着，甚至开始了指导，让他看上去不那么僵硬。

项宇看着照片，非常满意，说自学过摄影，有几张照片拍得还行，一定要给吴兰芳看看。项宇翻着相册，吴兰芳突然看到一些鼻青脸肿的照片，吓了一跳，问：“你怎么被打得这么厉害？”

“就正常打架。”项宇有点慌，忙放下手机，说回头找到了那几张好照片，在微信上发给她。

整个广场，还是没有人来。

吴兰芳扛着旗帜离开，想到项宇每天给自己打卡，想到他那个早逝的无名工友，她突然觉得接下来的每一天，自己应该过得更好一些。

老吕说吴兰芳昨天收到合约还好好的，今天却联系不上了。马佳欣匆忙赶到老吕的办公楼，找到对接的丹丹，知道吴兰芳昨天主动来电，闲聊中说起了“十分钟逃离北上广”活动，还提到了马佳欣这个名字，瞬间明白了。

老吕诧异马佳欣跟吴兰芳居然没联系，他看着马佳欣的不知所措，悠悠地说了一句：“解铃还须系铃人。”马佳欣决定去若城，当面跟吴兰芳解释清楚。

出了写字楼，阳光刺眼。马佳欣的委屈被晒成了沮丧，从头淋到了脚。

第二天中午，马佳欣到了若城。在圆梦城门口的小店，用公用的座机拨通了吴兰芳的手机。

“你不来，我还有一丝幻想，这找上门的投资商就是看中了我的才华，看中了公众号的发展前景。”

“的确是看中了你的才华，看中了公众号的发展前景，真的。”

马佳欣说得那么急，那么假。吴兰芳坐在书房里，盯着合约上自己签好的名字，想哭，哭不出来；想笑，也笑不出来。前天收到合约，吴兰芳还没写完“五线小县城的保钓卫国”。她看着月薪5000元的条款，又看了看最近那篇可怜的点击率，突然觉得不真实，最终拨了丹丹的号码，不出所料地聊出了马佳欣的名字。

马佳欣走到圆梦城门口，不安地张望着。吴兰芳说她下楼，一起去江边走一走。当姜众突然出现，走了过来，马佳欣以为自己眼花了。她用力闭了闭眼睛，睁开后，姜众已走近，还笑得夸张，一副终于等到她的神情。马佳欣不安，警惕地问：“你来干什么？”

姜众看着她，似有千言万语。

姜众来若城，为了跟马佳欣有个了结，顺便帮老吕一个忙。

18日中午，高响在网上刷到暴徒打砸日系车辆和店铺的视频，十分无语。

“这些人疯了吧，这些车都中国产的啊，这不是让小日本看笑话?!”

“你可以啊，有这个觉悟。”姜众站了起来，“总有老鼠屎，想坏了一锅粥。这些人胡作非为，爱国就是个借口。”

“就是！爱国的方式很多种，叫得最响的往往不是真的。”高响做了个加油的姿势，“你赶紧找到钱，上火星灭了小日本!”

姜众回应了一个加油的动作，心里有些打鼓。老吕说得没错，那些大名鼎鼎的投资机构和投资人，他微博私信或发公司邮箱，均石沉大海，没有任何回应。

马佳欣在老吕那里上班，让他心神不宁。那句“麻烦你正常说话，没必要搞得我跟你很熟一样”搅得他无法入睡。姜众觉得，自己欠马佳欣一个真相。思来想去，他又去找了老吕，决定给自己一个了断。

姜众一到办公室，老吕就让他看微博上的一张照片，照片上的人鼻青脸肿，被打得很惨。老吕说这张照片得立马删除，因为鼻青脸肿的人是项军平，一个创业公司的CEO，公司在生死关口，不希望有任何意外影响融资。姜众翻了翻这个微博账号，发现博主是小镇二姐公众号里的黄毛，诧异又困惑。老吕解释说，黄毛叫项宇，是项军平的堂弟。项军平把一个贪污的堂兄送进了局子，被项宇和项石这两个亲戚绑起来揍了一顿。

“这项宇为了博眼球，拿这照片冒充自己，说自己见义勇为受了伤。”老吕看着姜众，“最好把照片的备份都删了，不留后患。”

姜众答应了。

“有投资人搭理你了?”老吕才想起问姜众今天来的目的。姜众沉默片刻，盯着老吕问：“你看中了马佳欣家里的钱，对不对?”

老吕哑然失笑，叹了口气，承认接近马佳欣，是为了接近她的母亲，说他募资的目标群体，就是苏南的企业家。这些企业家面临着经济转型的压力，知道移动互联网的巨大能量，有心参与又不懂，借助专业的投资机构参与，是不错的选择。他们联手投了不少风投基金。老吕说他见过马佳欣的母亲张海燕，是个精明又厉害的角色。

姜众长舒了一口气，问："她为什么要漂在北京？"

"你自己去问她。"老吕看着姜众，语重心长地劝道，"创业也好，别的什么事也好，你现在最需要学习的，是如何把握住机会。想要的，就不要脸地去追……"

姜众苦笑道："我是个骗子。"

"说清楚不就行了？"老吕突然想起来，"对了，小镇二姐不肯签合约，马佳欣去若城找她了。"

姜众沉默片刻，说远程控制只能删除联网的，要把项军平挨揍的照片删干净，得亲自去一趟，U盘和移动硬盘都要检查，差旅费老吕得报销。

"差旅费不是问题。"老吕看着姜众，"做事情不要磨叽，干脆利落点。"

姜众知道老吕是什么意思。

飞机在天河机场落地时，已近晚上10点。姜众打车到若城，整个城市已入睡。开发区的塔吊上不时有灯光闪烁，房地产商的广告被灯光照亮。

"漂泊在外辛苦打拼，回家买房享幸福人生。"

巷子里没有灯，姜众站在一栋自建楼房前，拨通了一个手机号码。屋里传出节奏强劲的《江南style》，一个恼怒的惺忪声音问：

"谁啊？"

"开门。"

"哦。"

片刻，屋里亮起了灯，项宇顶着一头黄毛开了门，看着陌生的姜众，瞬间清醒，十分困惑地问："你，你谁啊?"

姜众没回答，想进屋再说。项宇莫名其妙，下意识去抓姜众的胳膊。姜众没想到项宇动手，情急之下，侧身让过项宇，顺势抓住他的手臂往后一扭，项宇顿时动弹不得，他脸色煞白，害怕极了，小声喊道："删了，我都删了！我错了，我不敢了！不要打我！"姜众不明所以，没作声。项宇更害怕了，赶紧说明："石头骂完，我就删了！我真不是故意的，就是冒充一下，看上去更男人……没别的意思，真没别的心思。"

前两天，店里有个混混逼一个姑娘喝酒，项宇怕那姑娘上当，又担心自己惹恼了混混被揍，纠结地围着那张桌子转圈。不想混混被他转烦了，起身要揍他，项宇躲得快，那混混喝多了，脚步不稳，自己摔倒在地，磕破了头，没心思继续灌那姑娘，骂骂咧咧地走了。姑娘说了几句感谢的话，赶紧跑了。项宇望着姑娘的背影，觉得自己"英雄救美"帅呆了，迫切需要分享自己的"光辉事迹"。他发微博时，觉得自己没受一点伤不够刺激，想到项军平鼻青脸肿的照片比较震撼，就拿来冒充自己了。

项宇真像小镇二姐写的那样㞞，姜众松了口气，放开了他。项宇立马退后好几步，揉着胳膊，慌乱又惊恐地看着姜众，继续解释："没人认得出来是项军平，都当成我了……我就缺一张受伤的照片，真没别的想法……"

看着项宇那张害怕至极、生硬讨好的笑脸，姜众突然很好奇，问："那个石头，怎么跟你说的?""石头说，这张照片要是、要是被项军平的竞争对手搞到手，搞垮了团团爽，投资团团爽的那些人亏的不是一个亿，是好几百个亿。"项宇的声音越来越小，神色更加紧张和慌乱。姜众有点意外，没想到金额夸张到了这个程度。项宇见姜众不说话，那张脸也没什么表情，越来越害怕，额头上冒出了汗滴，腿一软，差点要跪下。

“你们不会要我的命吧？”

项宇的声音带着绝望的哭腔。姜众吃了一惊，很想笑，他怕憋不住，忙转了身。项宇畏惧地看着姜众的背影，战战兢兢地问：

“大哥，你是哪一边的？是项军平那边的，还是他对手那边的？”

姜众玩心大起，冷冷地问：“你要是有一个亿，被人烧了，你跟他拼命不？”

“一个亿？有人抢老子一万块，老……我就跟他拼了。”项宇说得诚恳，真心害怕。

“手机、电脑、U盘、移动硬盘，备份全都删了！”

“就手机跟电脑里有，我没有移动硬盘，U盘里没有。”项宇说着，打开了手机里的照片库，紧张地删除项军平的照片，边删边瞟姜众，充满畏惧。

“大哥，删完了。”

“把你的手机给我。电脑里的备份马上删。”

项宇把自己的手机递给姜众后，走到桌子前，开了电脑，启动很慢。项宇不安地解释：

“二手的，慢了点。”

姜众不说话。项宇额头上的汗珠越来越大，等电脑启动好，他赶紧删除了照片备份。项宇回头，发现姜众拿着手机在拍视频。

“你这个手机也是二手的？”

“一手的，手机我从来不用二手的。”

“内存太小了。”

手机显示存储空间不够，姜众删掉了刚拍摄的视频后，又对着项宇拍摄，项宇不知所措，站着不敢动。

“你随意，我拍你是为了覆盖数据，免得有人复原删掉的照片。你电脑里有没有重要的东西？有的话拷出来，你的硬盘要格式化。”

项宇忙摇头，忙让开，看姜众的眼神更加畏惧。姜众走了过去，开始复制数据，把存储项军平照片的那个盘填满，速度很慢。姜众无聊，转头盯着项宇。

“有没有北京来的人找你?”

“没有。”

“记者呢?”

“没有。”

“那个小镇二姐呢?”

“我没跟她说过，她什么都不知道，我发誓!”

项宇拼命摇头。姜众不动声色地盯着他，就那么盯着。

漆黑的夜，煞白的灯光。项宇那张惊恐的脸如同撑开的面皮，毛孔渗出了水分子，带出点油粒，粘在一起腻乎乎的，让人喘不上气。除了紧张，项宇还有点兴奋。血液加快流动着，心脏、太阳穴，甚至手腕处的动脉都跳了起来，怦怦怦，一声响过一声，一声紧过一声，这种感觉很奇妙，让他想起砸车时的兴奋。在项宇乏味的人生当中，强烈刺激神经的事情屈指可数，大脑海马区能唤起的记忆，实在是太少了。

吴兰芳远远望见马佳欣跟一个年轻男子站在一起，吃了一惊，紧走了几步。马佳欣脸上的神情，她从未见过。合租三年，吴兰芳就没见过马佳欣跟哪个男人如此亲近过，顿时好奇心大起。

“介绍一下?”

姜众跟马佳欣转头发现吴兰芳，都有点不好意思。姜众认出了吴兰芳，知道她是小镇二姐。马佳欣莫名慌乱，看着沉默不语的姜众，讥讽道：“这位是有钱的姜大少，大概来考察项目，看要不要投资。”

吴兰芳变了脸色。马佳欣意识到说错了话，懊恼地补充：“我跟他不熟。”

吴兰芳笑了笑，转身离去。居然是个有钱人，果然需要门当户对，她懒得八卦了。马佳欣顾不得姜众，忙跟上吴兰芳。

时近中午，街道上没什么人。马佳欣跟在吴兰芳身后，没说话。姜众一直不远不近地跟着，她知道。拐个弯，街宽了，车多了起来。吴兰芳突然换到了马佳欣的左边，像以前两人逛街那样。马佳欣愣了愣，找到了说话的契机。

“真不像个女的，老想保护别人。”

“没胸啊，本来就不像个女的。”

吴兰芳的自嘲，马佳欣听着难受，一时语塞。没走几分钟，再拐一个弯，马佳欣看到了长江。江面宽阔，江水浑浊，几艘货船行驶在江面。废弃的轮渡码头周边，草长得老高。

“你爸妈一打架，你就躲在这儿？”

“嗯，这里安静多了。”吴兰芳在台阶上坐下，“我爸年轻的时候很穷，我妈不顾家里反对，拼死拼活要嫁给他。我刚出生那会儿，他俩好得跟一个人似的。”

马佳欣有些意外，没想到吴兰芳说这个。

“后来厂里效益不好，两人都下了岗。我爸学会了打牌，他记得住每张牌，老是赢，后来就上瘾了。迷上赌大小后，赢的钱都还回去了，把家里的存款也输光了。一般的工作他看不上，嫌挣钱少。好几年，是我妈养这个家。”吴兰芳顿了顿，接着说，“我爸要是没有那点小聪明，就能踏踏实实挣辛苦钱，粗茶淡饭的日子，说不定过得开心。能力配不上野心，也辜负了她的努力，说的就是我爸这种人。我啊，跟我爸是同一种人。”

“不是的，不是的！”马佳欣忙否认，“你的努力不一样。”

“我爸每天钻研牌技，超级努力。”吴兰芳轻笑了下，“我跟他都想改变自己的生活，想捅破头顶的那个天花板，能力不够，就搞旁门左道。我后来干销售就是想发财，呵呵，活成了自己最讨厌的样子。”

马佳欣胸口很闷，觉得自己该说点什么，又觉得此刻解释投资合同，非常不合适。

“你说选择跟努力，哪个更重要？”

马佳欣不知道吴兰芳什么意思，转头看着她。

“做手术找不到人签字的那几天……我开始怀疑自己的努力，怀疑选择错了。”吴兰芳转头看了眼马佳欣，又盯着江水，“那些留在老家的同学，当初我看不起他们，他们当公务员、进国企的，现在过得都挺好。我最看不起那些只晓得谈恋爱的女同学，她们有的一天班也没上过，现在孩子都大了，有的也跟老公吵，吵吵就算了，日子照样过……我觉得自己很失败……当初要是不选择当北漂，不为这个选择那么努力……我不后悔，当北漂是我的选择，回若城也是我的选择，我选的，我自己负责。我过得下去……我知道你是好心……我不要。”

“不要我的钱？”马佳欣望着江水，神情苦涩，“我没你能干，比你穷，没那么多钱投资的。”

吴兰芳笑了笑，懒得说话。马佳欣望着江水，说：“这大半年，我想活成你那样，再累都忍着，像上了发条那样往前冲，有时候觉得螺丝都要崩断了，我就想想你。”

吴兰芳很意外，片刻，笑了，讥讽道：“很多人想成为螺丝钉，没机会的。无依无靠，只有自己，入不了机器的系统。”

马佳欣看了眼吴兰芳，说自己在易浪网的努力和失败，说老吕执意让她加盟他的公司，说她知道老吕肯定不是因为她的能力，说她房租到期后将离开北京。

“还是躺平了自在。”马佳欣自嘲地笑了笑，“我大概有几颗螺丝坏掉了。”

周围安静下来，听得见远处的船笛声呜咽。姜众站在不远处的民房前，望着吴兰芳跟马佳欣的背影，好奇又忧伤。

江水沉默地流淌着。手机响了，是王和珍。吴兰芳有些意外，忙接通。

“饭熟了，回家吃饭吧。”

母亲的声音里，带着小心。吴兰芳眼眶一热，差点没忍住。马佳欣假装没看见，说：“我小时候最羡慕妈妈扯着嗓子喊吃饭的小朋友。觉得那样的小朋友太幸福了，被妈妈爱着。”

吴兰芳很意外，这是马佳欣第一次主动谈到她跟家人的关系。她转头看着她，期待她再说点什么。

“你先回家吃饭吧。”

吴兰芳沉默片刻，说母亲想跟她一起住，她拒绝了；说这是她把母亲的行李拎出门后，母亲第一次主动联系她。马佳欣听着她平静的语调，难过袭来，忍不住问：“你没告诉他们？”

“你别这么看着我啊，我又不是要死了……没必要，他们知道了只会添乱。”吴兰芳想了想，问，“要不，你跟我一起去？”

“不了……我要去吃好吃的热干面。”

吴兰芳不勉强，站了起来，约定下午两点在面馆碰头。马佳欣望着她匆忙离去的背影，有一丝羡慕。

宽阔的江面，江水是棕色的，起伏的波浪不大，力道很足，一浪接着一浪往前涌。马佳欣望着，心事重重。一艘白色的五层客轮驶过，甲板上有兴奋的小年轻冲着她招手，大声打着招呼。

“嗨——”

“嗨——”

一个声音突然在身边炸响。马佳欣吓得忙站起，转身看到姜众双手合成喇叭状，放在嘴边，扯开嗓子对着江船大喊。

“嗨——嗨——你们好啊——”

船上的小年轻被这呼喊声点燃了，扯着嗓子大喊回应：“你们好——”

“嗨——嗨——长江好——”姜众接着喊。

“长江好——宇宙好——”

船远了，江中的这声“宇宙好”若有若无。姜众放下双手，转头看着马佳欣，兴奋地说：“他们也关心宇宙。”

马佳欣困惑地看着他，不说话。姜众有些尴尬，慢慢坐了下来，在一个距离恰当的位置。废弃的码头水泥柱下，几只白鹤在闲步觅食。初秋的阳光，落在江面，碎金般地闪耀在远处。马佳欣看上去那么严肃，甚至是警惕。姜众想了想，鼓起了勇气。

“老吕知道你的家境，他想找你们那边的企业家募资。”

马佳欣笑了笑，什么也不想说。姜众等不来反馈，犹豫片刻，问：“你说，我是个什么样的人？”

马佳欣没有回答。姜众有点失望，更多的是惶恐，试探着问：“如果一个人想把最不堪的一面给另一个人看……或者说一个人能接受另一个人最不堪的那一面，是不是意味着可以接受他了？”

马佳欣以为姜众在说她跟吴兰芳，要把自己的不堪给吴兰芳看吗？她转头看着他，心里一热，问了一个她不明白的问题。

“我买了《西西弗斯的神话》，你说大部分人活着的意义，是知道徒劳无功，还不放弃，推石头上山的过程，享受上山时吹来的风，发现路边的风景。”马佳欣顿了顿，“说实话，那本书我看不进去，字都认得，就是不大懂。我查了西西弗斯的故事，这个人敢泄露神的秘密，敢绑架死神、敢滞留人间，做这些，肯定比他接受惩罚推石头上山幸福多了啊，这个推石头怎么就是意义了呢？”

姜众没想到马佳欣问这个，想了想，说：“那书我也看不懂……我觉得吧，违反和创造规则的是英雄，英雄很少，大部分人就是推石头上山，没什么选择的。”

“推石头上山，没什么选择的。”马佳欣重复了这句话，想到了吴兰芳说的选择。沉默片刻，她转头问：“你为什么来若城？”

“你猜得很准，就是来考察项目的，看要不要投资。”姜众说完，捡了一块石块，狠狠地扔进江中。马佳欣没想到猜中了，非常意外，不由自主地问：“真的吗？”

“要是假的，我还有机会跟你做朋友吗？”

“没有。”马佳欣没有犹豫，“我不跟骗子打交道。”

“懂了。”姜众转头望着江水，笑了笑，惆怅无法掩饰。一艘货船驶近，浑厚、高昂的鸣笛声惊得觅食的一对白鹤展翅飞起，盘旋在江面。良久，它们停在了废弃轮渡的石礅上。马佳欣想起姜众那些若即若离的迷惑行为，一下子堵得慌，脱口而出。

“以后不要见了。”

“嗯，好，以后不见了。”

姜众的声音如此失落，马佳欣突然有点难过。

姜众犹豫片刻，问：“你为什么过成这样？”

马佳欣笑了笑，说：“我大概坏掉了。”

“你很好啊。”姜众看着马佳欣，复述她说过的话，极其认真，“我只是看不惯不公平，更看不惯爱占穷人便宜的有钱人，那都算不上是人。”

马佳欣不语，望着江水，片刻后说：“有时候想，做一个好人，大概是躺平最大的安慰。”姜众不知道说什么好。马佳欣笑了，说：“其实，我最想当一个小丑，被人笑没关系，说什么也没人生气。”话音刚落，一声“咕咕”响起，马佳欣的肚子叫了起来，响了一声又一声。姜众小心翼翼地问：“表演？”

马佳欣没忍住，笑了出来，肚子跟着又叫了一声。姜众也笑了，觉得这样的场景结束，日后想起，大概没那么难受。

“我还有事，要走了。”姜众站了起来，主动伸出了手。马佳欣跟着站了起来，犹豫片刻，握了握。初秋的正午，马佳欣的手是凉的。姜众像小丑那样扯着嘴角笑了笑，用夸张的语调说：“那祝我们不再见。”

马佳欣想笑，没笑出来：“行吧，祝我们不再见。”

姜众用力笑了笑，转了身。不能明说的诀别，原来如此难过。他怕情绪绷不住，坏了这最后的记忆，走得坚决。马佳欣望着那远去的背影，说不清是失落还是难过。

项宇在面馆吃面。他惊魂未定，大口嚼着面条，故意发出响亮的吧唧声。他做梦也没想过，自己会跟几百亿的大案扯上关系。港片里被几方势力盯上的主角，被打成筛子的血淋淋场景，在他脑子里放了一上午。他需要搞出动静，好像动静越大越安全。

马佳欣走进面馆，项宇就注意到了，这是一个陌生的面孔。马佳欣看到那头黄毛，认出他是吴兰芳写的项宇，犹豫要不要搭讪，时不时瞟他一眼。项宇警觉起来，整个上午，看到陌生人，他都怀疑是来找他的。项宇的吧唧声更响了，用眼神的余光盯着马佳欣的一举一动。

吴兰芳进来了，马佳欣还没打招呼，项宇腾地站了起来，喊了声：“芳姐！”吴兰芳诧异项宇也在，她看了看马佳欣，开始了介绍。

“介绍一下，这是北京来的大记者……”

项宇一脸愕然，手上的筷子突然掉了，账也没结，快步出店后狂奔了起来，好像后面有只老虎在追。马佳欣非常意外，一头雾水。吴兰芳望着仓皇逃走的项宇，回头看着马佳欣，无奈地说：“这就是个戏精，别管他了。”

出了面馆，吴兰芳带马佳欣去要拆迁的老电影院。狭窄的无人街道，店铺的门上写着一个大大的“拆”字，鲜红的颜色触目惊心。一路走过，废弃的东西随处可见。一些纸屑被风吹到角落，打着旋不肯落地。破败的灰色两层楼，“若城电影院”五个大字，已斑驳得看不清。关着的大门上，也有一个大大的“拆”字。流浪狗趴在影院的台阶上，吐着舌头，无精打采。

马佳欣在小镇二姐的公众号里看过这些，眼前的景象，还是触动了她。吴兰芳坐在影院的台阶上，说起中午的饭，说自己跟母亲和好了。“其实换位思考一下，我的女儿这么对我，我不一定能原谅。”

“我想跟你坦白一件事。”马佳欣看着内疚且感伤的吴兰芳，“你那个丧丧的小号我一直都看的，好几年了，去北京之前就在看。”

吴兰芳诧异极了，不可思议地盯着马佳欣。合租这几年，她有时觉得她有读心术，知道自己内心的真实感受。原来她真的知道。

“你记不记得你说过，好像不是你挑了我，是我挑了你当室友?”马佳欣不等吴兰芳回答，接着说，“‘很长一段时间，我希望自己是个孤儿。’我看到了你发的这个帖，关注了你的小号。小号里的你，比我还丧。你有次用大号安慰小号，我找到你的大号，发现了另一个你，打了鸡血一样乐观。跟你合租当室友……我想积极一点。”

吴兰芳愣愣地盯着马佳欣，片刻，从震惊中恢复，不由得苦笑：“没条件躺平，没办法的办法……生病后，那个小号我都没登录。矫情得要死，年轻就是矫情……刚去北京那会儿，天天跟熟悉、不熟悉的伙伴们吃吃喝喝，半夜在东四的胡同里吐得稀里哗啦，经常被各种事情感动到哭，觉得明天什么事情都可能发生……现在我都有社交恐惧症了，找我的人我都嫌烦……其实知道自己没那么重要，没人真的关心我。我死了，手机里几千个联系人，有几十个能念叨几句就不错了。也只有你一个……跑来看我。”

“死什么死，死神嫌弃你矫情，拒收。”马佳欣力图轻松。

“死也没什么大不了。每个人都要死，迟早的事。”吴兰芳无比平静，“北京周边的山你都爬遍了，这几年，你其实有生活的。我打算跟你学，慢下来，日子松弛一点。”

马佳欣心里不是滋味，沉默不语。吴兰芳问：“你打算去哪里?”马佳欣摇了摇头，说还没想好。

“其实，商业女强人要跟男人抢世界，不强势就完了。”吴兰芳看了看马佳欣，试探着说，“成功的人，有话语权，看起来强势一点很正常。当初她逼着你嫁给官二代，不可能只为了利益，她看得远，你说不定有什么误会。”

“所以，成功的人做什么都是对的。”马佳欣笑了笑，这笑里有鄙视，充满了寒意。吴兰芳一愣，心里突然堵得慌。

“我厌恶我爸妈，你知道的。”吴兰芳说不出的惆怅，“满足他们的需求，看他们脸上乐开了花，我最有成就感，会觉得幸福。虽然，下一秒，我还是会厌恶他们。”

马佳欣知道吴兰芳的意思，沉默片刻，悠悠地说：“不能选择出身，是最没有办法的事情；什么人都能当父母，是这世上最荒谬的事情；当了父母就伟大了，是这世上最好笑的笑话。”

这是吴兰芳在小号上说过的话。她看着马佳欣，咧了咧嘴，没笑出来，提议去看溜冰场。马佳欣知道，吴兰芳青少年的快乐时光，一半都在那里。两人穿过一条窄道，拐了几个弯，停在一个窗户前。窗户的玻璃已经破了，溜冰场一览无余。沿着墙壁的一圈扶手分不出颜色，水泥地积满了灰。里面空荡荡的，什么都没有。屋顶破了一个洞，一束光射了进来，更是寥落。

“当年我溜得飞起。”吴兰芳的脸上有了光彩，年少时的情景似在眼前，“以前老觉得自己跟别人不一样，瞧不上平庸的生活，就想着去远方，好像那个世界更大，能找到更好的那个我。现在我对画画、剪辑、摄影、话剧、摇滚这些事都没兴趣了，我就一俗人，没什么特别的普通人……再远的远方，再大的城市，费力走进了，折腾了……那些远方和城市，其实一无所有。”

马佳欣没动，盯着那束光。

“那若城呢，有什么？”

沉默良久，吴兰芳笑了笑。

“我现在就想每天给自己做饭，好好吃饭。”

出租车上，马佳欣回头望，路边的吴兰芳越来越远。她想起三年前，自己拎着行李箱在北京南站，看到的那个灿烂姑娘。两个身影逐渐合在了一起。记忆真是奇妙，大部分时间被擦掉了，剩下几个点，就串起了昨天和今天。

飞机落地北京，马佳欣开机，收到吴兰芳发来的微信消息：“合约签好，已经寄出。”吴兰芳把自己从黑名单里放出来了。

回家的路上，马佳欣放眼望去，都是北京初秋的美。

十三　风口上的猪

回北京那晚，姜众做了奇怪的梦。一辆亮着灯的地铁，每个窗都发着光，通体晶莹，在白云间穿梭飞行。自己在地上仰头望，看不见一个人。醒来后，姜众想，马佳欣在或者不在天上的地铁里，他都无法靠近。

姜众去了移动营业厅，注销了手机号，申请了新的。站在元大都城垣遗址公园的水岸边，他想着马佳欣说以后不要见了，拿着那张没用的SIM卡，用力扔进了河中央。

高响得知姜众换了手机号码，费劲地想了想，越想越觉得不对头，他走到他面前，十分正经地问："你换号躲谁呢？表白被拒……应该她躲你，怎么是你躲她？"

"不想让她知道我就一屌丝，不想丢脸。"姜众语气夸张，自嘲地笑了笑，开了电脑主机。高响同情地看着他，劝道："遇到喜欢的人不容易，就算你不是富二代，也追得上那姑娘。你真的很不错，你要相信你自己！"

姜众哭笑不得，问："三高啊，我们是在创业吧？"

"不矛盾。"高响语重心长，"你换了手机号，她找不到你，平时没半点沟通，你一丁点儿机会都没有。她跟别人好了怎么办？咱们现在是穷，你不愿表白，这种心情我特别懂。你得保持联系，时不时聊两句，让她知道你心里有她，给自己一点机会。再说了，咱们创业也快成功了，是不是……"

“创业快成功了……”姜众看着高响，说得平淡，“她家里资产上亿，是个货真价实的富二代。”

高响目瞪口呆，诧异极了：“怎么可能，完全不像啊?!”

姜众耸了耸肩，说：“App上架审核通过后，很多事情要做的，咱们来列个表。”姜众真的开始列表，很专注。高响没动，半晌，拍了拍姜众的肩，说：“创业必须成功!”

几天后，火星众筹App的上架申请被平台退了回来，理由列了好几条。姜众跟高响忙活了整个周末，修改完，重新提交后，高响累得瘫在椅子上，突然说：“每天上架的App不少，没人下载的很多。不过呢，咱们的火星众筹不一样，我们有种子用户，我还是很有信心的。”

姜众知道高响的信心只剩一半了。8月23日回到北京，今天9月23日，刚好一个月。高强度的工作节奏、巨大的工作量、琐碎的事务，在一点一滴消磨着意志。姜众感到了压力，迫切想进入下一个阶段：融资搞钱。他去找了老吕，承认大佬们都不理自己。

老吕看着略尴尬的姜众，却问：“换手机号，躲马佳欣?”

“差不多吧。她应该知道我是个骗子了。”姜众躲开了老吕的注视，“解释什么的，没必要。”

“你怎么能说你是个骗子，你多好一青年。”老吕笑，写了几个地址，说是创投圈活动的地方，让姜众去感受一下，找找机会。

老吕推荐的车库咖啡在海淀图书城。高响站在街道中间，打量着熟悉或不熟悉的店招，确认地址没错后，愤愤不平道：“还全世界都在创业的地方，就这破图书城?”姜众意外高响反应这么大，有些莫名其妙。

“我打小就来这儿买课外习题集。小时候最大的愿望，就是再也不要来这里了，再也不要做课外作业。你带我来这儿?!”

“又不是让你来买课外练习题的。”姜众看着高响哭丧的脸，嫌弃地笑了。

“关于课外作业的惨烈记忆太多了。”高响心有余悸，“没法不悲伤。”

姜众不理高响的矫情，开始找车库咖啡。高响有些茫然地问：“车库咖啡？这里没车库啊？”

“咖啡店的名字叫车库。”姜众解释，“乔布斯的苹果，比尔·盖茨的微软，杰夫·贝索斯的亚马逊，都是在车库里诞生的，还有惠普、谷歌，都是在车库起步的。昨天就跟你说了，你都不搜一下？”

“这不有你嘛。”高响心虚，跟在姜众身后，狠了狠心，用流量上网搜索车库咖啡的资料，“车库，就是低成本高科技创业，就是梦想改变世界的第一个据点……车库咖啡不是普通的咖啡馆，主要为早期创业者提供开放式的办公环境，是跟早期投资机构对接的地方。你可以把车库咖啡理解成平民版的创新工场。他们什么样的项目都要，没成形的也可能拿到投资。”高响念着，兴奋地抬起头，小跑着赶上姜众，说：“YouTube创始人陈士骏来过这里啊，这地方真能遇到投资人。”

“等会儿进去了，端着点，别跟什么都不知道一样。”

“嗯嗯，我演技还行。”高响燃起了希望，紧跟在姜众后面。

穿过鑫鼎宾馆大厅，踏上狭窄的楼梯到二楼，高响进门有点失望：一个宽敞的大空间，座椅摆放得像大食堂。老式的柜台里，放着咖啡机和简单的食品。人不多，个个都对着电脑，看上去很程序员。姜众站在招聘墙前，认真看贴在上面的众多需求，找移动互联网技术合伙人的最多。两人点了咖啡，高响坐下后环顾四周，有些困惑。

“就这，能有投资人？”

“你小声点。”

高响被姜众踢了一脚。他愣了愣，发现自己成了四周目光的焦点，开心地朝每个看他的人挥手示意。一个格子衬衣的大叔主动走了过来，跟他俩搭讪。高响很兴奋，把自己琢磨过的创业点子一股脑儿地说了出来。格子大叔一个接一个地摇头否定，高响有些急了。

“我的点子，你都说不行，凭什么啊?”

“来车库咖啡的第一关，就是拍砖。你会发现，你所有的创业点子，都有人想到过，甚至有好几个人都已经试过。”格子大叔同情地看着他们，“别不信，你们再来几天，就明白了。”

格子大叔离开，高响情绪低落。姜众有隐隐的压力，竞争的激烈程度，超预期了。旁边桌的寸头小年轻见他俩蔫了，好意安慰：“创业得疯，知道吧！创业是个无中生有的事情，有人做过不要怕。不偏执，没点疯劲，不可能成功。以后多来这里喝咖啡，这里疯子多，没人嫌弃你异想天开的梦想。”

姜众跟高响对视一眼，主动请教寸头小年轻。请教完，他俩跟咖啡馆的每一桌去聊，有的很大方地分享创业经验，有的提防他们偷点子；有的信心十足，有的拉着他们诉苦。一天的时间过去，两人新鲜、兴奋又疲惫。

天快黑时，一个小胖子走过来，看着姜众和高响，十分认真地问：“创业最难的是什么?”

姜众和高响对视一眼，看着故作老成的小胖子，没说话。

“从点子到产品，第一步最难。”小胖子坐了下来，一副提携后进、倾囊相授的样子，“我可以帮你们渡过难关，让你们零成本组建自己的创业技术团队，让点子快速转换成产品。投资人一眼就能看清项目亮点，几天后就可以去路演，争取宝贵的赛道时间。”

“我们……”高响乐了，正要说是同行，又被姜众踢了一脚，他忙住嘴。姜众看着小胖子，问：“你怎么收费呢？”

“说了是帮你们嘛，不要钱。”小胖子笑了笑，“不过你们要是不好意思，非要付钱也行。我更希望股权合作，大家成为利益共同体，有钱一起赚。”

“你想占多少呢？”姜众问。

“这要看是什么项目，我需要投入多少时间和精力。”

“不是说几天后就可以路演？”

“那是最快的情况。”小胖子想了想，“你们说说项目大概情况，我估个时间，绝对比你们自己组团队快得多，也靠谱得多。”

“最低和最高占比要求是多少呢？”

“开始最少10%，后续还需要我们提供技术，就再谈。最高不会超过50%，毕竟点子是你们的嘛。”

“这样吧，你留个联系方式，我们回去商量一下。”

“行。”

小胖子拿出手机，跟姜众互加了微信。

两人从车库咖啡出来，天已经黑了。高响很沮丧：“我想卖钱的东西他们都免费了，洗衣店的生意都要抢，按斤洗！现有的商业模式都必须颠覆，这都什么跟什么啊，竞争也太激烈了。这众筹没人做，要是有人做了，咱哥俩好直接散……”

高响惊讶得吞下了那个“伙”字，只见姜众展开了双臂，大庭广众之下，像个神经病。

“演泰坦尼克号呢？”高响紧张地看了看周边，戳了戳姜众。

“有风。”姜众说完，放下了手臂。

一丝凉意扑面而来。高响抬头望了望月亮，困惑地问：“五天后都中秋了，这点风有什么大惊小怪的？”

姜众大步向前。高响忙跟了上去，跟得有点喘。

“你走那么快干吗？”

“我想跑。”

姜众真的想奔跑，有一团火在胸中燃烧。他真切感受到了风口，看到了把火星众筹做成的希望。一些比火星众筹还稀奇古怪的点子，一些没有任何商业模式的点子，都有人在做。他做火星众筹，本来有点像玩票，做得成最好，做不成拉倒。此时此刻，他觉得，这件事，他一定要做成。

回到家，姜众说三天内，要把车库咖啡那些人挂在嘴上的BP弄出来，高响说好。不管姜众说什么，高响都说好。姜众不爽，说高响不想干了可以退出。高响尴尬了，说难度比想象的大，不等于他要放弃。

9月25日，中国第一艘航空母舰“辽宁舰”正式交付海军。高响热血澎湃，要把商业计划书PPT首页改成辽宁舰，说这么一改，火星众筹的意义立马出来了：为了提升咱们伟大祖国的科技实力，不再被卡脖子，不再被欺负。看着高响挥舞的手臂，姜众被感染了，然后坚决地摇了摇头，说先上天，再入海。高响说不过，只好作罢。

“到底要融多少钱呢？”高响问。商业计划书上要写融资额，两人心里都没底。姜众想了想，说：“要不写1000万、出让10%的份额？”

高响惊得眼珠子都瞪了出来，喊：“值一个亿？咱俩一个月赚了一个亿？”

姜众心虚了，说先空着，看情况再定。

忙了三天，火星众筹的商业计划书完成了。姜众把PDF文档传到手机，拖着高响，兴冲冲地出门了。

两层的咖啡馆，透明的落地大窗户，时尚简约，三三两两聚在一起的人，热烈地聊着什么。两个站起来的中年男人，严肃地握着手。

“风口，绝对是风口。移动互联网会改变这个世界。”

“改变世界不至于，改变几千年来的生活方式是肯定的。几个亿，几百亿，上万亿的市场等着我们。”

“干吧。”

“干。”

两个年轻男人盯着那两个中年男人的背影，其中一个压低了声音。

“听到了吧，风口来了，还是大风狂吹的那种。改变命运的机遇就这几年，智能手机这波风口百年难遇，你想想，这个手机的功能要是跟电脑一样，谁出门还带电脑？电脑上的东西都可以移植到手机上。”

邻桌坐着高响，他使了个眼色，姜众往后靠了靠。俩人认真听着他们的对话。

“手机屏幕那么小，不可能跟电脑比的。就说编辑文档，用手机那个小屏幕就很不方便。再说游戏，屏幕那么小，流量那么贵，怎么玩？别忽悠我创业了啊，我穷。”

“创业不用花自己的钱。”

“去抢啊？”

“有天使投资人，咱俩弄个PPT就行了。”

“天使投资人是什么意思？”

“就是看中你的点子，有个PPT就给钱，跟天使一样。”

“这么干，他们图什么？”

“当然是图钱，天使的背面是魔鬼。他们想用很少的钱，占更多的股份，广撒网，赌运气，只要有一个做大做强了，就赚翻了。”

“这些天使能出多少钱？要多少股份？”

"还是要看项目，最少有个几十万。多的话，能上亿。"

……

天光暗了下来，咖啡馆亮起了灯。两层高的落地玻璃墙，亮起无数盏灯，如梦似幻。高响又看到了希望，兴奋地跟姜众说："这不到半天的工夫，聊风口、聊移动互联网创业的有十拨，都是上亿的大项目，创业没那么难，还好我没放弃。"

"放弃的话，你怎么回二环的故乡？"

"决不放弃！"高响举起了手臂。

"我们会找到钱，会成功的。"姜众的眼里有光。

两人吃了点简餐，匆忙赶往一个创业分享会。

不大的场地，很多人，大部分衣着朴素。白色的墙壁成了幕布，投着PPT。拿着话筒的小伙子戴着眼镜，有些紧张。

"各位老师好，我们每个人，一生要剪无数次头发，头发剪不好，一个月的心情都会受影响，变得很糟糕。所以剪头发这件事情，是个痛点。怎么挑选美发师，能不能让喜欢的美发师到家里来提供服务？这是另一个痛点。怎么解决这些痛点呢，用智能手机链接美发师、美甲师和用户，进行破坏式的创新……"

高响碰了碰姜众，问："当着这么多人说，他不担心自己的创意被人抄了？"

姜众兴致高昂，说："捂着更不行，得对外推广，让天使知道。"

眼镜男分享完，现场响起掌声，两人跟着鼓掌。一个瘦高的小伙子接过了眼镜男的话筒。

"各位创客好，各位投资人好，我今天要路演的项目是靠谱外卖网。去哪里吃饭，哪家的菜好吃是所有人的痛点，我们团队致力于推进中国餐饮业的信息化发展，为用户提供免费便捷的在线订餐服务，也为餐厅提供一体化的营销和运营解决方案。同时，针对大城市白领和单身狗一个人吃饭难的痛点，我们还提供外卖服务……”

高响兴奋地碰了碰姜众，说：“我的点子！”姜众竖了个大拇指，示意高响认真听。创客们创业的点子五花八门。

“看病难是中国老百姓最大的痛点。医生名气大一点，挂个号都挂不到。我们团队将穿戴设备、AI技术跟互联网技术结合起来，让专家可以远程诊疗，远程会诊，自动存档，让每个人可以在家看好医生。”

“孤独是这个时代最大的痛点。有了网络，人与人之间的联系和沟通越来越方便，人却越来越孤独。很多人希望扩大社交圈……”

“我要颠覆培训行业，进行破坏式的创新，让所有的课程都上网，让山区里的孩子跟大城市里的孩子一样，有机会获得同样的知识和视野……”

整个分享结束，姜众跟高响没等来一个投资人发言。两人随着人流出门，高响感叹，创客比天使多得多，天使都在天上飞，地上撞到就是见鬼了。话音刚落，一个声音响起。

“你们要不要投资？”

姜众跟高响循着声音望过去，看到一个戴着眼镜、发际线后移、其貌不扬的大叔。姜众对这人有印象，车库咖啡的一些讨论他在，就是一句话都不说。今天分享会人太多，没发现他也在场。

“要，当然要！你有路子？”高响急不可耐地回应，“怎么称呼？”

男子自称大刘，建议找个地方好好聊一下。三人去了附近的一个烧烤店，坐在户外，夜色中微风习习，酒精和烤肉的香味四溢。大刘开门见山，说他是投资经理，听高响在车库咖啡说《时代周刊》评选全球50个最佳网站，对他俩上了心。他们这么快能参加项目推荐会，说明执行力不错，想具体了解一下项目的情况。

高响喜出望外，正要介绍，姜众突然把菜单塞他手里，让他负责点单。高响不爽，正要反驳，脚被姜众轻轻踩了下，高响回过神，问大刘想吃什么。大刘笑了笑，说吃什么无所谓，主要想聊项目。他拿出名片，递给了两人。姜众借口上卫生间，在网上搜这家公司，第一条新闻是公司CEO在某高大上投资大会上发言。姜众非常意外，有种苹果砸在脑袋上、被命运之神眷顾的恍惚。

回到座位，高响兴奋地说大刘创过业，做过中国版的推特。大刘云淡风轻地说了2007年跟同一赛道产品竞争的一些细节，不是亲身经历说不出来的那种。服务员送来烧烤，姜众主动敬酒，大刘也不客气，说知道姜众查了公司资料。高响忙搜公司名，惊得目瞪口呆，开心极了，跟着敬酒。酒过三巡，大刘说Web2.0兴起的时候，他从央企辞职创业，失败后在百度、腾讯都干过，跳槽到现在这家投资公司近一年。

“全世界都在创业！你为什么跳槽去投资公司，不接着创?”

高响问得直接。大刘一口气干了杯里的酒，说：“我不想打击你们，全世界都在创业，绝大部分会死掉，不成功是正常的，成功的是运气好的极少数。”

高响心一沉，索性问：“你是让我们不要创业?”

“当然不是。”大刘身体前倾，认真地盯着他们，“我知道你们俩进这个圈子时间不长，是不是已经有了紧迫感，觉得再不开始会被时代的机遇抛弃?”

高响捣蒜一样点头。大刘坐直，端起姜众倒满的酒杯，喝了口，感叹道：“人是有命的。从电脑端到智能手机端的这波创业大风口，这辈子就一次，你们年纪刚刚好。这波后，创业的技术门槛会越来越高，普通人进不去。你们必须抓住这千载难逢的机会，不能放弃。”

“你为什么放弃呢?”高响不解。

“我没有放弃，是换了一种更适合我的方式。”大刘又喝了一大口，“我这个年龄，上有老下有小，输不起了。再说了，现在的投资圈迷信年轻人，我不占优势。亲自做一个生死未卜的项目，不如投资看好的多个项目，分散风险，押中一个就够了。我创过业，在大厂当了多年的产品经理，了解最新的创投方向跟信息。在投资公司挑项目，做个投资者，更适合我。”

高响主动跟大刘碰了一杯，彻底敞开了心扉：“这段时间我都要被浪潮、风口、颠覆、互联网思维、刚性需求、用户痛点这些词洗脑了。好像加上这几个词，就高大上，就跟上趟了。下载软件痛、浏览新闻痛、在线听音乐痛、看视频痛、读书痛、交友痛、恋爱痛、升职痛，好像用户从上到下，从出生到老去，就没舒坦过，一直都很痛……”

“你为什么觉得我们行？”姜众打断了高响的分享，看着大刘。

“投项目就是投人，缘分也重要。”大刘笑了笑，“你们行不行，我还不知道。”

高响干脆起身，坐到大刘旁边，掏出了手机，把火星众筹的App打开，坦诚地说抄了国外爆红的众筹网站。大刘看了几眼，有些失望。

“就是为游戏项目找钱的那个？”

姜众说是，有点紧张。大刘把手机还给高响，说：“这个大厂都研究过，国情不一样，行不通。”

高响急了，忙说：“大厂看好的话，没我们什么事了。他们不看好，我们才有机会。”

“他们不看好，不买，你们卖给谁？”大刘一副过来人的推心置腹，“只要在互联网混，一辈子无法避开的三件事：生、死、BAT。这三家巨无霸，垄断了互联网，能卖给他们就是成功。”

“他们想买，我也不卖。”姜众不服气。

“你不想卖给BAT？”大刘有些意外。

“对，要干就干大的，一开始就想着卖给BAT，肯定干不成。”

大刘不说话，空气凝重起来。高响在桌子底下踩姜众的脚，希望他留余地。姜众忍着，盯着大刘，目不转睛。片刻，大刘笑了。

“我没看错人。”

大刘加了两人的微信，收了他们的商业计划书，说明天先跟公司沟通，等他的消息。看着大刘离开的背影，姜众跟高响忍不住击掌庆祝。已有寒意的夜晚，两人热血沸腾。

“有风，猪可以飞了！”高响抬起了手臂，突然大喊，“我想跑！”

姜众跑了起来。高响跟在后面气喘吁吁，兴奋异常。

十四　两个世界

公众号的运营超预期地顺利，每一篇文章的点击量都好几万，粉丝量稳步上升，老吕对合作很满意。马佳欣悉心研究公众号，结合老吕公司的技术，做了一份文档，分析小镇二姐公众号和竞争对手的各项数据。吴兰芳收到后，郑重地表达了感谢，夸老吕他们专业，说这份数据颠覆了她的很多认知，比如她一直觉得看自己文章的是三十岁以上的群体，没想到二十多岁的占比更大。

"对了，感觉做不好这个号，对不起你……你搞得我有压力了。"

马佳欣看着吴兰芳发来的这段文字，心里一动，回消息说："你以前给我介绍工作，逼我上进……知道我的感受了吧？"

"哈哈哈。"

吴兰芳发来了拥抱，马佳欣回了个嫌弃的表情。放下手机，马佳欣觉得，她和她终于回到了过去。

雨后的天空湛蓝高远。为着离别的纪念，马佳欣在胡同里信步乱走，在府学胡同遇到了文丞相祠，是文天祥被囚和就义的地方。不大的院落里有棵大树，她坐在树下，一阵风来，一只蚂蚁从树上跌落到她手臂。马佳欣看着它从手臂爬到指尖又折返，看了好久。后天就是中秋，是家人团聚的日子，这种时候，她总是不开心的。

吴兰芳来电，让她有空去东三环CBD拍几张照片，说那是她北漂后租住的第一个地方，要用在公众号上。马佳欣困惑她住得起

CBD。吴兰芳也不解释，说去了就知道，还特意叮嘱要晚上去。

CBD灯火通明，依照吴兰芳提供的地址，出租车穿过高大简约的建筑群，拐进一条小路，停在一个没有灯的路口。马佳欣不得不下车，走过一条还在修的通道，迷失了方向。她找了几个人问路，都说不知道她要去的地方。正要电话吴兰芳，老吕发来消息，说吃到了味道很好的月饼，给她留了一盒。马佳欣干脆电话老吕问路，老吕居然知道，让她务必等他一起，否则她肯定找不到那旮旯。

二十分钟后，老吕拎着月饼赶到。他扬了扬手里的袋子，说月饼回家再吃，现在去吃更好吃的。马佳欣跟着他七拐八弯，越走越荒凉。穿过一个工地，一条棚户区破烂小街突然出现，家家户户门口支着暖黄色的灯泡，里面人来人往，热闹喧嚣。马佳欣想起了《千与千寻》中的汤屋，一到夜晚就人声鼎沸。只不过，在汤屋里消费的是各路神仙鬼怪，在这条街上消费的是体力劳动者。初秋的夜晚已有凉意，一些壮年男子仍打着赤膊，大大咧咧地跟摊主们讨价还价。马佳欣抬头望了望不远处刚完工的央视大楼，觉得魔幻。

“两个世界这么近，是不是很奇妙?”老吕把她的神情看在眼里。

“是，像动画片。”马佳欣用手机拍了几张照片，发给了吴兰芳。吴兰芳秒回，语音中透着兴奋：“这么多年，没怎么变啊，真好！估计CBD太贵了，拆不起，哈哈哈。”

老吕径直朝里走，马佳欣忙跟着。坑坑洼洼的路面有商家随意泼出的积水，纸屑等生活垃圾也看得见。熙熙攘攘的人群，天南地北的方言，有着体力劳动者特有的粗鲁和豪爽，好像一天的辛劳和卑微，要在属于自己的地盘得到补偿。马佳欣堵得慌，她没想到，吴兰芳曾住得这么差。街上有卖锅碗瓢盆等日用品的，有卖水果、杭州小笼包、重庆小面等吃食，有服装店、理发店，甚至有按摩店。老吕说这个棚户区破是破了点，却是在CBD打工的保安、保洁等外地人安身的地方，真要拆了，对他们来说，不是什么好事。马佳欣听出他语气中的同情，有点意外。她找到吴兰芳说的店铺，拍下来发了过去。吴兰芳秒回的语音很感慨。

“没想到店铺还在。这地方白天没人，破破烂烂、邋里邋遢。晚上就像施了魔法，变出来很多人，热闹得很。”

马佳欣跟着老吕去了一家小吃店。铺面很小，两张颜色可疑的桌子，她都不敢碰。老吕兴致勃勃地点了鲜肉包，毫不介意地敲打着桌面，说这家店的包子是他小时候的味道。包子个头不大，随意装在一个盘子里，老吕夹起一个，一口咬下去，美得眼睛都眯了起来。马佳欣不好意思不吃，她夹起一个，咬了一口，一股独特的清香扑鼻，味道的确不错。老吕吃完，十分满足，说有些美味属于街头，五星级大酒店调制不出来。马佳欣看着这样的老吕，有了几分好感。

走回干净的时尚街道，老吕坚持陪马佳欣等出租车。两人聊起吴兰芳的公众号，老吕信心满满，看好小镇二姐的潜力。等他分析完，出租车还没到。片刻的沉默，老吕问：“中秋节，你不回家看父母？”

马佳欣简单说了声“不回”，不再说话。

老吕看了眼高楼间的圆月，有些伤感地唏嘘：“人啊，年纪越大，想起离世的父母，‘子欲养而亲不待’的感触就越深。”

马佳欣有点愧疚，老吕想融资，处心积虑做了这么多，她其实一点忙都帮不上。她知道他此刻谈亲情的意图，尴尬地沉默着。

“他们活着的时候，我这个混蛋恨他们。”老吕苦笑，似有无限悔意。

马佳欣觉得不安，甚至别扭。老吕接收到她拒绝沟通的气息，不再说话。车来后，老吕把拎了一路的月饼递给她，祝她中秋节快乐。坐在出租车上，看着那盒月饼，马佳欣沮丧极了。

吴兰芳看着照片上破破烂烂的街道，那些快遗忘的青春记忆，鲜活了起来。那个时候的自己，是个无知无畏的小强，再差的环境都充满了希望，浑身都是劲，每天熬夜，精神抖擞。吴兰芳心情很好，拿到那张乳腺癌确诊单后，她心情没这么好过。

初秋的天是淡蓝色的，又高又远，薄云浮在上面，舒展自在。飞机尾气留下几条长长的痕迹，像神笔马良随意挥笔留下的一般。吴兰芳拿着相机出门了，想记录小城的中秋和国庆。孩子们刚放学，牵着爷爷或奶奶的手，在路上叽叽喳喳，日常而温馨。嘈杂而粗鄙的街道，人们日复一日地生活着。吴兰芳发现了这里的美，属于街坊之间的熟络，属于小城生活的平淡。她时不时举起手里的相机，遇到熟人了，大大方方地打着招呼。

镜头中，项宇转过头，神色突然慌乱，脸上写满了恐惧。吴兰芳刚按下快门，那头黄毛不见了。吴兰芳望着项宇逃亡般的背影，莫名其妙。

项宇拐进小巷，松了口气。他不敢回头，又跑了几条巷子，才停了下来。项宇无比确定，自己被吴兰芳盯上了。跟几百亿扯上关系后，项宇所有的细胞都活跃了，眼鼻耳舌手等各种感觉器官，都异常敏锐。不管去哪个地方，他都能发现盯梢自己的人。这些人当中，最难缠的是吴兰芳。她经常突然出现，还拍了自己的照片。项宇觉得自己蠢透了，之前还主动让她拍。几个小孩捉迷藏，躲到了项宇藏身处，他赶不走，只好离开。小巷拐弯处，他小心翼翼地探出头，查看情况，有人轻拍他的肩，项宇不耐烦地低声喝道："别闹!"

"你找我呢?"

是吴兰芳的声音！项宇顿时动弹不得，不敢回头。吴兰芳更觉不对头，走到他面前，问："你怕我?"

项宇下意识地点了点头，忙又摇头。吴兰芳盯着那头黄毛，想了想，命令项宇跟她走。吴兰芳临时起意，让项宇当模特。那头杀马特的黄毛，消瘦的脸庞上惊恐的神情，放进“拆”字里，照片就活了。项宇被吴兰芳押着，走到了待拆迁的老城区，站在打着×的大红圈里，不敢动。吴兰芳琢磨着角度，思考有冲击力的构图。项宇盯着她走来走去，觉得那相机里肯定藏着一把手枪。他逐渐口干舌燥，在吴兰芳蹲下的那一刻，心开始狂跳。

“照片……”项宇吞了吞没有的口水，用力吼，“照片已经没了。”

吴兰芳听不清项宇说什么，她知道他很害怕。夕阳下，那头乱糟糟的黄头发，像一堆干草。吴兰芳抢光线，换角度拍了好几张。突然，项宇抬起了腿。

“不要动!”

吴兰芳忙喝道。项宇那条抬起的腿，停在了距离地面10厘米的地方，不敢向前、不甘放下，就那么支着。

“照片、那个照片……”

吴兰芳走近，终于听明白项宇在嘟哝什么，好奇地问：“照片?”

“照片已经被删了。不要再找我了，我没有了，真没了，一张都没有。”

项宇可怜巴巴地看着吴兰芳，额头上冒出了细细的汗。吴兰芳不解，想了想，说：“你的脚，可以放下了。”

项宇意识到自己在金鸡独立，忙站好，两手放在裤子缝上，像个犯人。吴兰芳觉得项宇这感觉特别好，忙后退几步，抓拍了一张。项宇终于决定垂死挣扎，拔腿就跑。吴兰芳抓拍了几张背影，收起相机，不慌不忙地拐进一条小岔路。项宇拼尽全力地跑着，没胆回头看。到了岔路口，他差点撞在突然闪现的吴兰芳身上，大吃一惊，认定自己斗不过，干脆坦白从宽。

“姐、姐，我说……我都说。”项宇气喘吁吁，结结巴巴地说了黑道大哥半夜找到他家，逼着他删了项军平挨揍照片的经过，“真没了，一张都没有。”

吴兰芳听得稀里糊涂。当项宇说那些照片跟几百个亿有关，她没憋住，扑哧一声笑了。项宇有种被冒犯的恼怒，犹豫片刻，怯生生地问："真值几百个亿！让你盯着我的记者没跟你说？"

吴兰芳恍然大悟，难怪介绍马佳欣是北京来的大记者，项宇撒腿就跑。一股不祥的预感猛然袭来，吴兰芳忙问那个黑道大哥的样子。项宇说得越多，吴兰芳越慌，问："9月18日的晚上？"

项宇忙点头，说国耻日，他不会记错。吴兰芳突然出了一身冷汗，觉得项宇说的黑道大哥，跟马佳欣介绍的姜大少爷，90%是同一个人。马佳欣的防骗能力堪忧，她急中生智，决定演戏。

"惨了惨了，我那个记者朋友让我帮忙拍你，没说为什么。几百亿啊！卷进去了都没好下场，你快跟我说清楚，到底怎么回事？"

项宇不可思议地盯着吴兰芳，认真想了想，觉得一切都解释通了，吴兰芳为什么盯得没那么紧，是因为她不知道内情。此时此刻，他觉得找到了同伴，他跟吴兰芳，是系在一根绳子上的蚂蚱。贴在裤子缝上的双手松了，项宇一屁股坐了下来，说有出息的堂兄项军平创业开公司，抓了帮他干活的堂兄项超，说反腐，就是杀鸡儆猴，拿亲戚开刀。自己跟项石怎么去北京教训项军平，拍了项军平挨揍后的照片。黑道大哥怎么半夜找到他家，逼着他删了照片，说这照片跟项军平公司融资的几百亿有关系。现在，跟几百亿相关的各方势力，都在监视他的一举一动，自己躲得如何惊险和辛苦。

项宇把自己编排成了黑帮片的男一号。吴兰芳心里翻了无数个白眼，假装惊恐地补充了黑道大哥的外貌特征。项宇连连点头，同情地看着吴兰芳。

"就是他，肯定没错。他已经盯上你了，还会有别的势力盯上你。"

吴兰芳认定姜众不是好人。想到马佳欣有可能上当受骗，她慌了，应付了项宇几句，匆匆离开。项宇看出吴兰芳的紧张，悄悄跟在了后面，觉得吴兰芳因自己陷入了险境，他有责任保护她，像港片中的男一号那样。

吴兰芳越走越慌，等不及到家，拨通了马佳欣的手机，说姜大少是黑道，来若城逼项宇删照片，因为那些照片会影响公司融资。马佳欣听得稀里糊涂，反问了一句："黑道大哥？"

吴兰芳深呼吸一口，详详细细说了自己跟项宇的奇葩遭遇，以及项宇说的奇葩经历。马佳欣听完，大笑，说项宇得了妄想症，就是个神经病，不要信他的胡说八道。

"他说的黑道大哥，跟姜大少的外貌特征一模一样。"

"都两个眼睛一个鼻子，碰巧头发差不多长吧。"

吴兰芳没想到马佳欣的反应是这样的，急了，问："你就那么相信那个姜大少？你跟他到哪一步了？"

"什么哪一步？"马佳欣大窘，忙申明，"我跟他没联系，就算他是个黑道大哥，跟我也没关系的。"

吴兰芳悬着的一颗心放了下来，想问清楚马佳欣跟姜大少交往的每一个细节。无奈马佳欣避重就轻，语焉不详。吴兰芳无奈，挂了手机，放下的心又悬了起来。

这几天，马佳欣在看《正信的佛教》。她诧异发现佛教是无神论，佛陀是觉悟的圣者而已，跟一神教完全不一样。空性才是唯一，业力造就了万事万物，一切都在缘起缘灭中。马佳欣甚至遗憾自己无法相信六道轮回，无法相信前世和来生。若这些是真的，善恶就真有报，这个世界会好很多。此刻，她拿着书，一个字都看不进去。吴兰芳说姜众是黑道，她想起他的那些若即若离，心里越来越困惑。许久，马佳欣拿起手机，拨了姜众的手机号。

"您好！您所拨打的号码是空号，请核对后再拨……"

听筒里的声音客气冰冷，马佳欣突然就笑了。她把手机放一边，拿起《正信的佛教》，一个字一个字地读了出来，一页读完，不知道自己念了什么。连着读了三页，马佳欣放下书，打开电脑，找出“十分钟逃离北上广”三亚采访资料中姜众的片段，用手机拍了一张照片，发给了吴兰芳。

“你把照片给那个黄毛确认一下，看是不是这个人呗。”

吴兰芳刚到家，收到姜众的照片，盯着看了半天，回复道：“你都没联系了，确认干吗呢？”

“就是觉得特别荒谬……想确认一下。”

吴兰芳叹了口气，直接问：“嗯，你没被骗吧？”

“顶多被骗了一点信任。”马佳欣苦笑。

“要是确认了，离他远一点啊。”

“这人换了手机号码，我想联系都联系不上。”马佳欣真心困惑，“我一直以为他是个富二代，我还蛮想当面问问他……”

吴兰芳急了，忙劝道：“跟黑道有什么好问的，不要见！离得越远越好，下辈子也不要打交道！”

“想戳破这种荒谬感，太搞笑了。”马佳欣尽力说得轻松。吴兰芳思绪纷乱，小心翼翼地问：“要是黄毛搞错了，你还找不找姜大少？”

“不找啊，那我找他干吗。”

马佳欣说得理直气壮。吴兰芳稍微松了口气，闲扯了几句，挂了电话。她立马约项宇见面，说有要事商量。不想项宇秒回，说就在她小区。吴兰芳很意外，下楼看到项宇围着一个柱子打转，走过去问他在干吗。项宇指着柱子，神经兮兮地说：“这个柱子后面能站一个人，刚好看到你家楼梯出口。”项宇凑近了些：“你现在也卷进几百亿，肯定被监视了，咱们得联起手来，相互保护。”

吴兰芳看着项宇那紧张且严肃的样子，哭笑不得，非常无语。她懒得废话，拿出手机，把姜众的照片给项宇确认。看着项宇啄米一样点头，说就是这个人，吴兰芳长长地叹了口气，皱起了眉头。

项宇误以为她担心人身安全，邀功一样地说，他在小区溜达了一圈，暂时没发现可疑的外地人。

“我会保护你的！”

项宇说得挺认真。吴兰芳愣住了，还没来得及说话，一个拳头狠狠打在了项宇肩上。项宇跟吴兰芳都吓了一跳，转头看见王和珍怒目圆睁，气得嘴唇哆嗦。

“你离我女儿远一点，离我女儿远一点，滚、滚！滚远一点……”

王和珍听到项宇说要保护吴兰芳，看着他一头黄毛、流里流气的样子，顿时火冒三丈、伤心欲绝。项宇惊慌失措地盯着吴兰芳，觉得说出真相，会把她家人也牵连进来，傻站着不知如何是好。吴兰芳知道母亲误会了，见项宇傻了一样不动，无可奈何地催了声：“跑啊！”

项宇如梦初醒，一溜烟跑了。王和珍第二下子没打着，失去平衡，差点跌倒，吴兰芳忙伸手扶住。王和珍捏紧女儿的手，眼泪一下子就出来了，哭道：“那是个小流氓啊，是流氓啊！”

吴兰芳心烦又心酸，不想多解释，问母亲有什么事。王和珍擦了擦眼泪，深深盯了她一眼，叹了口气，转身走了，什么也没说。母亲眼里的失望和忧虑那么多、那么深，吴兰芳望着那个蹒跚的背影，觉得荒谬，特别难过。

吴兰芳上楼回家，给马佳欣发了一个消息：“确认！跟你说的姜大少是同一个人。”

马佳欣看着吴兰芳的消息，去了阳台。她盯着盘旋的鸽群，想起三亚的那个雨夜，姜众吹的口哨。那旋律一次又一次响起，她轻轻哼了出来。

如果姜众是个骗子，他在若城江边说的那些话，意思完全不一样。马佳欣突然生出一种希望，希望姜众就是那个黑道大哥。

十五　天使基金的诱惑

大刘迟迟没有消息，姜众跟高响不安，商量后，决定主动问。高响盯着姜众拨通大刘的手机，听着他问公司的反馈，听着他说“这样”，看着他挂了手机。整个通话过程，没超过一分钟。高响的心，顿时凉了。

“大刘说他们签合约只能跟公司签，他看到火星众筹的开发者类型是个人，没法合作。”姜众困惑地看着高响，“火星众筹审核通过了?”

高响忙拿起手机，查看应用市场，发现火星众筹两个小时前通过了审核。两人有些懊恼，申请时，他们想过注册公司，嫌麻烦就没弄，想着先以个人的名义发布，整个项目有了眉目再注册公司，哪知道会影响融资。

“注册公司的话，应用商店是不是得重新认证?”

高响说好像是。两人忙跟对接的商务确认，得知无法更改已通过审核的注册主体，要改成公司，只能重新申请。俩人大眼瞪小眼，庆幸并不是项目被否了，正担心注册公司和重新申请耗时太多，大刘来电，说时间宝贵，赶紧把公司注册下来，还发来了几家公司的名片，说能加快注册流程。姜众跟高响瞬间燃起了希望，大刘主动帮忙，说明他看好这个项目，合作有戏。

两人一通电话打下来，发现大刘推荐的公司费用不便宜，最贵的都上万了。高响在网上搜了搜，说便宜的只要几百元。姜众决定问一问大刘。大刘听明白后，轻描淡写地说网上几百元的那种基本不靠谱，他推荐的这几家公司，圈内认可，时间还快，挑个最便宜的就行。

“风口也好、泡沫也好，你们肯定感受到了。”大刘语重心长，“像你们这种屌丝，有泡沫才有机会。时间对你们来说，很重要。”

姜众后悔打了这个电话，显得格局太小。两人干脆挑了时间最快的那家，七个工作日办好，费用6000元。

中秋连着国庆有八天长假，加上七个工作日，大半个月过去了。俩人觉得时间紧张，立马出门，去了代办公司。公司不大，看着挺正规。两人没废话，签了合同交了第一笔钱，按要求为公司取了十个名字，等着工商系统核名，哪个通过用哪个。

回家的路上，姜众说要运营火星众筹。高响不同意，理由是公司注册下来后，App在应用市场须重新申请，通过审核后，用户要重新下载，体验会不好。这大半个月，可以先召集种子用户，内部测试。姜众觉得公开试错，能及时发现问题。两人热烈讨论着，好像巨大的希望在前方召唤。路人看着他俩，像看神经病。

高响被姜众说服了，同意先运营。到家后，姜众上线了网站论坛上最有关注度的八个项目，在网站首页放了火星众筹App的下载链接，在论坛板块发帖并置顶推广，在自己所有的QQ群里发链接求下载和转发。高响更新官网、官微、百度百科的信息，在天涯社区、百度贴吧等各种有流量的地方做不花钱的推广。

2012年9月29日21点29分，火星众筹的后台显示，第一百个用户注册成功。高响情不自禁，一把抱起了姜众。姜众措手不及，被抱着转了三圈，十分无语，有些开心。

“我有种感觉，我离二环的老家越来越近了。”

高响放下姜众，眼里有光，被巨大的希望激励着。姜众拿起手机，给大刘报喜讯。大刘明显意外，说像他们这种资质的团队，第一天能有这个成绩很不错。他要求他们重做商业计划书，说正规的投资公司，对商业计划书有要求。挂了电话，大刘发来一份商业计划书。姜众和高响打开，直接看傻了：厚厚的近百页，各种图，各种表，还是中英文双语的。姜众和高响面面相觑，商量一番后电话大刘，说这种商业计划书他们做不来。大刘说这种商业计划书要专业的公司做，得花钱。他之前没说，是觉得这个项目在公司通过的概率不大，没必要浪费钱。第一天的数据这么好，远超他的预期，值得搏一把。大刘发了几个公司链接给姜众，说找报价最便宜的就行，最好在公司注册好之前搞定。

两人挑了网上口碑最好的那家公司，兴冲冲地赶了过去。公司看上去很专业，提了一堆要求，比如必须有专人负责沟通等。高响问价格，对方伸出一个巴掌。

“5000?”

“5万。”

5万就5万，舍不得孩子套不到狼。为了赶时间，两人当场签了合约，交了两万的定金。姜众跟高响还答应，确保全天候在线，配合对方的工作。回家的路上，姜众跟高响觉得世界在自己的脚下，星辰大海等着他们去征服。

10月3日的上午，火星App的注册人数持续上涨，10点33分，快速涨到999人。高响拉着姜众坐在电脑前，盯着屏幕，说要见证用户突破1000的历史性时刻。五分钟过去了，那个数字还没动静；十分钟过去了，还是999。高响怀疑电脑出了问题，连着刷新了好几次，那个数字还是999。

“有没有被整个世界抛弃的感觉?”

高响回过头，盯着姜众。姜众本来有点失落，此刻，他被高响巨大的沮丧逗乐了。

“有啊，刚才还觉得拥有了全世界。”姜众一本正经装不爽，

"从天堂到地狱，十分钟就够了！"

高响不安，怕姜众没了信心，慌乱安慰道："地狱也太夸张了，有999个用户，这个成绩很不错的。我说的被整个世界抛弃，不是真的被整个世界抛弃了，就是地球刚才太忙了，没顾得上咱们的火星……"

高响说得小心翼翼，姜众没憋住，哈哈大笑。手机响了，是做商业计划书的公司打来的，说初稿已发到邮箱，确认的话，要支付第二笔款项。两人忙下载了商业计划书，几十页的PPT，有图有表，中英文对照，看上去正规和专业，还高大上。

"这是我们的火星App?"

"是的吧，这些logo都是。"

姜众跟高响对视一眼，高兴起来，有种马上能拿到投资的感觉。

"那付款?"

"付。"

"两万……要不要给大刘先看看?"

姜众被问住了，他心里也没底。大刘是投资人，事事都去咨询，肯定不行。他站了起来，一眼看到注册人数是1001，使劲拍了一下高响的肩。高响被吓了一跳，顺着姜众的视线看到了数据，腾地站了起来，一把扯过姜众，拿起手机，跟屏幕上的数字合了个影。

"两万就两万，咱们的火星App值3000万……1000万美元。"

姜众笑了。高响不好意思了，说："3000万美元太多了，其实1000万美元也太多了，100万美元也行。"

两人愉快地决定付款。三分钟后，两万元转了出去。中午，两人特意去附近的馆子，吃了一顿超标的大餐，以示庆祝。高响喝了点酒，涨红了脸，说起胡同小伙伴们的近况，有种他将混出头的飘飘然。

"你会是第一个回到故乡的。"

姜众十分配合他的畅想。高响愣了愣，突然红了眼眶。

马佳欣做了一个奇怪的梦。梦里有漫无边际的水，蓝得发黑，深不可测。自己站在这片水域的中央，孤零零的，倒也不害怕。远处站着一个人，她知道是姜众，却怎么都看不清他的样子。醒来后，马佳欣登录了姜众的网站，看着首页上火星众筹App的下载链接，加了链接旁的QQ群。群里面讨论很热烈，一拨人在聊天宫一号跟神九飞船，一拨人在猜谷歌月球×大奖的结局。关于火星众筹的项目，只有一个人在孜孜不倦地问，另一个人在耐心地答。马佳欣点开这两个人的QQ号，看了又看，最终放弃了加好友。她注册了用户，在论坛上发了一个帖子，标题是：姜众你出来！

马佳欣知道论坛上的人都穿着马甲，知道这个网站若真是姜众的，他肯定看得到。帖子很快有人回复，说姜众在辽宁舰上擦地板，明显是胡扯。跟帖的越来越多，或纯洁，或猎奇，或脑洞大开，没一个正经的。看到迷糊外星人来找路痴外星人姜众回母星，结果路痴外星人姜众被困在西直门的立交上时，马佳欣没忍住，笑出了声。

姜众跟高响都看到了这个帖子。姜众直觉发帖的人是马佳欣，那种发自心底的愉悦，让他愣了半天。高响笑得贱兮兮，说马佳欣聪明的话，应该试着打他的手机。姜众苦笑，说马佳欣找他，是想骂他这个骗子，不会有别的意思。

三天过去了，帖子里没有姜众出现，也没有人找她注册的账号私聊。马佳欣失眠了，半夜爬起来看了论坛上推荐的《2001太空漫游》。影片的节奏很慢，她却看了进去。最后半小时，那长长的五颜六色的光的隧道、那个穿过隧道后衰老的宇航员、那个到处出现的黑色长方体、那个和地球一样大的婴儿，让她坠入一种无法言说的惆怅里。片尾响起气势磅礴的音乐，马佳欣起身去了阳台，扑面而来的各种噪音，在这一刻变得亲切了。她想起从海水中挣扎着探出头的感觉，想起了夕阳下的海面，想起自由自在像海豚一般的姜众。

第二天，马佳欣拨了高响的手机。她觉得，姜众值得一个电话的核实。

“高响吗？”

“我是。你是？”

“我是马佳欣，在三亚采访过你……”

“记得，记得！”高响的声音过于兴奋，“有什么事吗？”

马佳欣深呼吸，缓缓吐出气，漫不经心般地问：“我想问一下，你们家少爷姜众……”

“狗屁的少爷，姜众就是个大骗子！”手机那头的愤怒非常直白，“这混蛋把我骗得好苦！骗了我的钱，还骗了我的感情，我、我、我到处在找他。对了，你是记者，你能帮我找到他吗？”

马佳欣苦笑，问：“你怎么发现他是骗子的？”

“他答应让我当小弟，不用干活拿高薪，还住好的吃好的，我以为遇上贵人了，疯狂巴结这个混蛋。结果这富二代骗了我5000块，不见了，手机也打不通了。我要是找到他，必须揍他一顿，让他跪在地上喊我爷爷。这个骗子人间蒸发了一样，我现在一点线索都没有，你要是找到了，千万千万要告诉我！”

高响的愤怒有些夸张。马佳欣想了想，问：“你报警没有？”

“5000块，你觉得警察忙得过来？”高响愤愤不平，“对了，你是不是也被他骗了，他骗了你什么？够不够报警？”

“够不着，那保持联系，有消息跟我说。”

“必须！你找到了，或者有线索，也一定要跟我说。”

“好。”

马佳欣挂了手机，沉默良久，突然觉得没意思极了，删了姜众跟高响的手机号。

“我是一个被程序耽误的优秀演员。”高响紧张又兴奋，看着没什么反应的姜众，矫情地抱怨：“夸我演技不错，有这么难吗？”

“演技不错。”姜众夸张地竖起了大拇指，“你是多希望我喊你爷爷？”

姜众冷不丁这么问，高响讪笑道：“一般、一般。”

“爷爷！”

姜众真喊了。高响吓了一跳，看着走过来的姜众，忙后退，紧张地问：“你、你想干吗？”

“不干吗，满足你。”

姜众在逼近，高响退到了墙壁，用双手护住头，忙说：“要我说，她找你，就是心里有你。她一个真富二代那么朴素、清汤挂面的，肯定不是嫌贫爱富的人。当初你演富二代，那也是我搞的嘛，我可以去跟她解释，说是我逼你装富二代的。你呢，态度诚恳地道个歉，这事就过去了。火星是重要，那爱情还是月亮，也重要的。我努力点，帮你腾出时间恋爱，怎么样？”

姜众苦笑，转身回到电脑前。高响小心翼翼地放下手臂，走近姜众，发现他正盯着“姜众你出来”这个帖，酸溜溜地感叹：“要是有个妹子，不用是富二代啊，肯这么找我，我这辈子、下辈子、下下辈子都做牛做马伺候她。”

姜众不想理高响，不想待在工作室，出门去找老吕。

老吕看着姜众手机里的商业计划书，沉默不语。姜众夸张地说着跟大刘相遇、抢时间注册公司和做商业计划书等有惊无险的过程。

“现在就算你想投，也只有等下一轮了。”

姜众的亢奋不同寻常。老吕问了投资额、对商业计划书的要求。姜众模糊了金额，特意强调了英文部分的重要性，说拿的是

dollar，美元基金的钱。老吕没忍住，哈哈大笑。

“你笑什么?”姜众有些恼火。

“你遇到骗子了!”老吕的语调里有幸灾乐祸跟同情，“真想投资的，不需要你在PPT上浪费时间。”

姜众不信。老吕说骗子的常规套路，就是让想拿钱的人先花钱，最后用一句“不达标、没法投”打发掉。姜众翻出大刘所在公司的新闻，递给了老吕。

“大公司之所以是大公司，就是规范。对商业计划书有要求，是最基本的规范。”姜众心里有气，“你这种刚入门的外行，野路子搞多了，不懂也正常。”

老吕看完新闻，把手机还给了姜众。

“那我等着投下一轮。”

姜众有点不安，老吕向来坚持己见，这样轻易“屈服”太罕见。他烦躁起来，有种想打架的冲动。老吕看着姜众离开的背影，摇了摇头。

“老吕说大刘是骗子。”

姜众情绪糟糕。高响大吃一惊，坚决否认：“老吕肯定是眼红了，使坏呢，他没跟正规的大投行接触过，连他们的要求都搞不清楚。”

高响的反应跟自己的一模一样，姜众多少有点安慰。高响虚张声势下的心虚，他也清楚得很。俩人不再说话，房间里突然空落落的。高响挂在脸上的不屑慢慢僵了，碎成渣，掉了一地。

“你说，大刘有没有可能真是骗子啊?”

“不可能。”姜众无比坚定，“肯定不是。”

“就是，绝对不是。”高响夸张地笑了。两人大眼瞪小眼，更加心虚，气氛有些尴尬。

“要不，让大刘上咱们这里看看?”姜众提议。高响下意识地打量了一下简陋的四周，脱口而出：“他来看了还敢投几百万?”

“他来了后，还投，这事才靠谱。”姜众底气不足。

高响摇了摇头，皱着眉头问：“他来了后，还投，这事才不靠谱吧?”

两人最终通过扔硬币，决定邀请大刘上门实地考察。姜众联系大刘时，做好了被拒绝的准备，毕竟是假期。没想到大刘秒回，要了具体地址，说“好”。

大刘进门的时候，一身讲究的灰色西装，打着蓝色条纹的领带，拎着看上去很贵的皮包，皮鞋一尘不染，一副精英的派头。姜众跟高响惊得嘴巴都没合上。大刘笑嘻嘻地走了进来，环顾一周，把包放下，走到了姜众特意布置的手办前，拿起一个模型，问：“天宫一号?”

姜众点头，忍不住问：“你怎么穿成这样?”

“要去见一个大客户，场面活。”大刘抖了抖衣袖，露出手上镶钻的腕表，看了看时间，说，“最多给你们一个小时，说吧。”

姜众跟高响被大刘这架势镇住了，两人对视一眼，明白对方心里都在喊：“有钱人!”姜众稳了稳神，打开了火星众筹App的后台。高响抢着介绍，说注册用户已经超过1500人了。大刘很内行地看了看增加曲线，表示了惊喜和满意。姜众介绍了公司注册和商业计划书的进展，假装漫不经心地提了提费用，说不知道是贵还是便宜。

“不存在贵和便宜的概念，主要看回报率。”

大刘说得如此淡定，姜众为自己的狭隘而惭愧。大刘要看商业计划书，两人手忙脚乱地打开了文档。大刘认认真真看了十来分钟，感叹道：“理想主义很好，但它救不了任何一个用理想创新的产品……生意就是生意啊，你们还是太年轻。”

姜众跟高响面面相觑，不知道大刘是什么意思。高响朝姜众甩了个眼色，姜众清了清嗓子，问："这个商业计划书有问题?"

"也不是说有问题。"大刘转过身，欣赏地看着姜众，"太空、火星、机器人、空间站这些有的没的，年轻人就是敢做梦。"

梦是虚的！高响慌了，忙解释："我们是有理想的生意人，商业逻辑我们有的。"他拿起鼠标，想对着商业计划书说明。大刘拦住了他。

"你们的时机点很好。这个风口，只要有不错的想法，就有钱愿意进来。你们一门心思往前冲，冲到前面去了，各种资源会主动聚过来。三五年就是一个时代，好好干!"

大刘说完站了起来，看了看时间，那腕表迎着光闪闪发亮。高响被晃了一下眼睛，激动地表忠心："我们会好好干的！他为了好好干，追他的白富美都不要!"

"白富美？你怎么认识的?"

大刘停了下来，转身看着姜众。姜众极其无语，不知道该从哪里说起。高响急了，说了姜众跟马佳欣在三亚的认识过程，解释了假富二代遇上真富二代的奇葩经历。"这家伙手机号码都换了，就为了躲白富美，说不好意思当面承认自己是个骗子。白富美打我的手机找他，他还逼着我演戏，说我也被他这个骗子给骗了。"

大刘盯着沉默的姜众，问："你躲她，为了全心全意创业?"

姜众点了点头。高响一直为姜众的决定可惜，此刻，他灵机一动，看着大刘，试探性地问："创个业，又不是要当和尚，跟女朋友不矛盾的，对不对?"

"你自己怎么看?"

大刘没反对。高响来劲了，忙说："要我说，男人为什么奋斗呢，就是为了女人。恋爱中的男人动力十足，能战胜那个懦弱的自己、敢面对恐惧和困难。白富美很不错，有钱不显摆，特朴实。姜众这家伙为什么要躲，不敢见，就是喜欢嘛。喜欢是动力，没必要躲，更没必要放弃。”

大刘等高响说完，看了眼脸色难看的姜众，冷冷道：“这波互联网创业需要投入全部的时间和精力，一个项目晚一个月，可能就是生与死的差别。”

高响看着大刘那张严肃的脸，慌不迭地找补：“就是啊，所以他让我配合，骗那姑娘说我也被他骗了，我超级配合的。其实呢，一直是那个白富美缠着他……一般人发现个骗子，有多远躲多远才对。这白富美非要找，缠着不肯放……老姜一心一意做事，躲着她，不谈感情的。”

高响紧张得额头出汗。大刘笑了笑，看着姜众，问：“没骗色？”

姜众大吃一惊，脸唰地就红了，头摇得像个拨浪鼓。高响赶紧说：“我以人格担保，他绝对不是骗色的渣。他表面上不正经，骨子里比谁都正经。这事都怪白富美，是她非要缠着他，就说那次在三亚吧……”

高响越说越离谱，姜众听不下去了，打断了他，看着大刘解释：“他胡说八道，那姑娘挺好的，没缠着我。我跟她，就是有点误会，不会影响工作的。”

“感情的事可大可小……土豆的创始人，离个婚，都影响了上市。”大刘又露出腕表，看了看时间，“一辈子可以遇到很多人，一辈子的风口没几个。你们抓抓紧。”

大刘说完，转身走了。关上大门，姜众跟高响不约而同地松了口气，俩人对视着，沉默着。

“他是骗子吗？”姜众问。

“他会投吗？”高响同时问。

“不是吧。”高响答。

“会吧。”姜众同时答。

两人尴尬又心虚地转过头，房间安静得能听见主机的电流吱吱声。半晌，姜众转头盯着高响，十分严肃地说："以后不要说她缠着我，更不要说她的坏话。"

高响怕被打，连人带椅往后退，一脸讨好的笑，心里吐着槽："都不能说她不好，就是喜欢嘛。"

马佳欣决定找老吕问姜众。

老吕最近热衷泡茶，新进了一套功夫茶具。茶台上的水开了，冒着白气，发出鸣叫。老吕拿起水壶，一本正经地冲泡起普洱。他给马佳欣端了一杯，不经意般问："月饼好吃吗？"

"看着就好吃。"马佳欣没吃，不想撒谎。老吕不以为意，接着问："你父母喜欢吃什么馅料的？"

马佳欣静静地看着老吕，没任何表情，也不言语。

"你妈妈喜欢吃椒盐黑芝麻馅的。"

老吕端着公道杯，好像在说普通得不能再普通的家常话。马佳欣脸色煞白，继续沉默着。老吕看了她一眼，续上茶，说："你妈妈酒量很好，一斤白酒不在话下。她最喜欢吃水芹菜，水果喜欢吃柿子。衣服就买街边一百多块的牛仔裤，一点都不讲究，比员工还朴素。平时也不运动，一天睡四五个小时就够了，天生的女强人。"

房间里只听得见水在壶里咕噜。马佳欣抿紧了嘴唇，如同雕像，老吕自顾自地喝着茶，说："我爸妈活着的时候，我恨他们。我以前还怀疑自己不是亲生的……上初中长个子，天天吃不饱。有次提前半天放学，我回家撞见我爸在厨房里偷偷吃肉……我就是他们的一个投资品，一个工具，养儿防老的工具，要钱不给就是大逆不道。"

老吕摇了摇头，笑了笑。马佳欣想起中秋夜那轮挂在高楼间的圆月，想起老吕在路边说"年纪越大，想起离世的父母，'子欲养而亲不待’的感触就越深”，终于抬眼看着他。

“你妈妈不知道我认识你的。”

一丝若有若无的笑意在马佳欣脸上一闪而过，分不清是自嘲还是嘲讽。老吕看在眼里，接着说：“上初中要自己带米到学校蒸，菜就是一罐花生米和一罐咸菜，我要撑一个星期。冬天还好，夏天咸菜会发霉，白得跟冬天的霜一样。我会把那层白霜扒拉掉，接着吃……恨啊，那时是真恨，我后来每次扒拉发霉的咸菜，就会想起他偷偷吃肉……”老吕叹了口气，拿起公道杯，续上茶：“他过世早，不到六十岁。我经历了一些事，看到了自私、贪婪、丑陋、各种没底线……开始去理解他，去想解放前出生的他，这一生都经历了什么。”

老吕倒掉凉了的茶汤，重新续上水，斟给马佳欣，说：“喝茶。”马佳欣犹豫了下，端起了茶杯。

“他有十个兄弟姐妹，只活下来三个，都没读过书。宅基地扯皮，三兄弟老死不相往来。他说他什么都吃过，虫、树根、观音土……运动的时候打架，脊椎受了伤，干不了重体力活。他这一辈子苦得很……要是一直能吃饱饭，他不会背着我偷偷吃肉，对不对?”

老吕若有所思地笑了笑，笑里有无法形容的感伤。马佳欣懂他想说什么，她盯着他，艰难地开了口，声音嘶哑。

“你知道多少?”

“你2009年从税务局辞职，退了亲，再也没回过家。”老吕看着马佳欣，目光柔和，“你妈妈跟我说，她小时候饿怕了，现在还会梦见饿肚子，看到粮食……”

“这些我知道。”马佳欣不耐烦地打断了老吕，有些焦躁。

“在三亚你查姜众，我查你，发现你妈妈是张海燕，在苏南的企业家里面，名望很高。我筹备的风投基金，需要跟苏南的企业家募资，最开始是想通过你跟你妈妈套近乎。”老吕态度诚恳，“没想到你们母女关系这么差，我没敢在你妈妈面前提一句你。”

马佳欣笑了笑，继续沉默。

“咱们的国家变化太大了，上一代跟下一代的人生际遇完全不一样，饿过肚子跟没饿过肚子，吃咸菜长大跟不缺吃喝长大，不一样。”老吕看着马佳欣，“你妈妈白手起家，能有现在的成绩，很不容易。再过些年，你会理解你妈妈的，最少，会不恨的。”

马佳欣看着老吕一本正经的“真诚”，十分幻灭。她突然意识到一个严重的问题，忙问：“我要是不理解，你跟吴兰芳的合作还继续吗？”

“继续啊，这是两回事，互不影响。”

马佳欣松了口气，问了今天一直想问的问题：“姜众是个什么样的人？”

夕阳落在了客厅，灰粒在光线里飞舞。两人的影子，长长的。老吕的嘴一张一合，如同皮影。他一半的脸在阴影中，像一个电影场景，不真实。

出了写字楼，站在街上，马佳欣想着姜众在长江边说的话。

“如果一个人想把最不堪的一面给另一个人看……或者说一个人能接受另一个人最不堪的那一面，是不是意味着可以接受他了？”

她认真回忆他说这话时的神情，一丝笑意逐渐上了嘴角。

马佳欣觉得自己释然了。

不再见，是最好的决定。

回家的路上，马佳欣遇到了一个又一个老年旅行团。统一戴着红色帽子的他们，东张西望，大声嚷嚷，脸上洋溢着欣喜的笑容。

十六　微笑抑郁症

苏文自杀了。因为抑郁症。

寒露这天，马佳欣听着孙毅蕾哽咽的声音，惊得不知道说什么好。孙毅蕾说苏文的追思会安排在这个月的10号，吴建请她去参加。

“怎么可能?”马佳欣不信吴建想看到自己。

“原创部要解散了，大概他希望跟苏老师共事过的，都去送一送?”孙毅蕾很疲惫，“他让我喊你，我还跟他确认了一下，确定就是你。”

马佳欣挂了手机，苏文的样子在脑海中一点一点地浮现：白衬衣，裤线笔直，皮鞋锃亮。原来，假笑是因为疾病；原来，那张隐隐约约叠着无数张面具的脸，背后是不能说的痛苦。马佳欣对苏文的厌恶，突然空落落的。

叨叨写了悼念文章，回忆跟苏文最后一次聚会的情形。那是吴建辞职后组的局，在一家重庆火锅店。那天，叨叨、大牙、俞瑶、野猪和孙毅蕾先到了火锅店，坐在包厢里，边等边聊离职后做什么。他们当时不知道部门会马上解散，但清楚趋势不可逆。

大牙最沮丧，说想回纸媒，这几天问了一圈，想去的纸媒都忙着裁员；逛招聘网站，发现互联网媒体都要求三十五周岁以下。三十六岁的自己正当盛年，怎么就成了被嫌弃的老人和废物?

“不是你老了，是纸媒老了，不中用了。”野猪抽着烟，“我托朋友联系了几家公司，老出路，公关和品牌。”

“你大才子要是废物，我们就没脸活了。”俞瑶安慰大牙，“影视圈很火，我想转行去影视公司干宣传，要不要一起去？”

“你们这些要还房贷的人，都不敢闲着。”叨叨毫无压力，“部门真解散了，我要天南地北瞎溜达一圈，放一个长长的假。”

“你在微博上开个号，直播行程，说不定能把旅费赚回来。”孙毅蕾调侃。

“这个主意不错，我等会儿就弄个号……”叨叨顿了顿，“不，要弄也弄微信公众号，微信朋友圈的传播力太可怕了。我有个朋友，一个月粉丝数过5万，还都是自来粉，不是花钱买的……”

叨叨正说着，包厢门开了，苏文跟吴建走了进来。苏文一如既往地微笑着，吴建为迟到自干三杯，宣布了自己的去向：一家做生鲜的电商。众人不语，没想到吴建真的去卖吃的。火锅开了，裹着牛油香的麻辣味刺入鼻腔，大牙剧烈地咳嗽起来。

“我干不过流量，认输。”吴建一副自嘲样，“早死早托生，我先跑，干了。”

吴建头一仰，一杯又下肚。众人看着他，不说话，房间里只有大牙的咳嗽声。

“别一直喝，吃一点。”孙毅蕾给吴建烫了一片毛肚，惋惜地看着他，“你真舍得离开？”

“没什么舍不得。伺候中产阶级的胃，比伺候他们的脑子有劲多了。”吴建给自己倒满酒，“他们的胃知道好坏，他们的脑子可没他们的胃聪明，不一定分得清好坏。”

“话糙理不糙！”野猪站了起来，敬吴建，“贱吴，你不写字太可惜了。”

俩人一饮而尽。俞瑶看着他俩，情绪低落。

“中产阶级崛起，怎么就物质消费升级、精神消费降级了呢？

是不是以后经济不行了，这些人没钱花天酒地了，才有空琢磨活着的价值？”俞瑶站起来敬吴建，“我刚入行那会儿，做内容的只管内容好坏，不用管钱和广告。”

“我入行那会儿，大家都觉得自己是正义的使者。”吴建笑了笑，又干了。叨叨望着已脸红脖子粗的吴建，问：“你去的是个创业公司吧，靠不靠谱？”

“创始人说拿了很多投资，钱管够。”吴建一只手搭到了苏文的肩上，“我让他跟我一起去，多少钱随便他提……”吴建苦笑了下，举起杯：“敬坚持的人。”

吴建一饮而尽。苏文微笑着，斯斯文文地喝了。大牙端着酒杯，感慨地说：“有时候，坚持是无路可退。拖家带口的人，随心所欲太奢侈了。”

“各得其所就好。”吴建给自己倒满，跟大牙碰了碰，“做个顺大势的明白人，开开心心伺候有钱人的胃。这杯，敬我自己。”

吴建又一口干。所有人都看出来了，他想把自己灌醉。没有人拦他，似乎都期待着大醉一场。

苏文清了清嗓子，说原创部要解散了，说得云淡风轻，跟说无聊的日常一样。涮毛肚的筷子停在了半空，包厢里听得清火锅的沸腾声。片刻，苏文接着说易浪网的组织架构大调整，包括原创部在内的一些部门要撤并，移动新闻客户端将成立单独的事业部，想去的话，可以直接去。

“苏老师，你去吗？”叨叨问。

“我看公司安排。”苏文的回答官方得让人不适。

“那些改来改去，做了无数个版本的KPI考核方案，都是废纸了呗。”孙毅蕾不满。苏文抱歉地笑了笑。

“这些怪不了老苏，是上面瞎折腾。来，喝酒。”吴建干脆拿着酒瓶，跟苏文干了一杯后，走到孙毅蕾面前。

“敬这个真理还在穿鞋，谣言已经跑遍半个世界的时代。”

吴建有些大舌头了，孙毅蕾伤感，一口干了。吴建竖起大拇指，干了后倒满，走到大牙身边。

“敬没来得及长大就老了，被后浪拍得死死的原创部。”

大牙一口干了。吴建喝完，倒满，走到野猪身边。

“祝没用的情怀！”

野猪一口干了。吴建喝完，倒满，走到俞瑶身边。

“让无力者有力，让悲观者前行！”

俞瑶一口干了。吴建喝完，倒满，走到叨叨身边。

“以前是我们操控机器，以后是机器操控我们了。”

叨叨一口干了。

翻腾的火锅加了一次又一次水。吴建敬了一轮又一轮，把自己喝得脚步踉跄。他突然唱起了歌，激情昂扬。众人被他的情绪感染，站起来跟着一起唱。只有苏文坐着，带着始终如一的微笑，像个蜡像。

叨叨说吴建哭了，泪痕在脸上清晰可见。那天的聚会，大家的注意力都在吴建身上，没人看出苏文的异常：他始终微笑着，一如既往。

马佳欣看完叨叨的回忆，心里堵得慌，上网搜到了“微笑抑郁症”的说明：“微笑抑郁症”是抑郁症的一种，多发生在都市白领或者服务行业身上。由于“工作的需要”“面子的需要”“礼节的需要”“尊严和责任的需要”，他们白天大多数时间面带微笑，这种“微笑”并不是发自内心深处的真实感受，而是一种负担，久而久之成为情绪的抑郁。“习惯性微笑表情”并不能消除工作、生活等各方面带来的压力、烦恼、忧愁，只让他们把忧郁和痛苦越积越深。

马佳欣继续搜索，看到一些微笑抑郁症患者的自述，对苏文那千篇一律假笑的痛苦，有了些具体的感受。苏文微博置顶的是一碗东坡肉，评论中点赞最多的是吴建贴的《定风波》，那是苏文最爱的词。

> 莫听穿林打叶声，何妨吟啸且徐行。竹杖芒鞋轻胜马，谁怕？一蓑烟雨任平生。　　料峭春风吹酒醒，微冷，山头斜照却相迎。回首向来萧瑟处，归去，也无风雨也无晴。

马佳欣反复念着苏东坡的这首词，觉得自己该被吴建他们看不上。有评论感慨苏文最后时刻没有给这个世界留下只言片语，跟评说："不写遗书，无言的死，就是无限的活。"接着的跟评是："川端康成这种名人才有这样的待遇，普通人死了是真死了。"

马佳欣的难过具体起来。她憋得慌，去了阳台，久久站着。寒露过了是霜降，霜降后就立冬了。立冬的时候，自己已经不在这个城市了。

追思会在一家书店。穿过"中国海淀图书城"的中式牌楼，马佳欣发现不宽的街道上没什么人，沿街的店铺生意冷清，一家书店外竖着红底白字的大招牌，上面写着四个大字："书按斤卖"。走到一半，马佳欣望见多辆三轮车停在路边，周边是散落一地的书籍包裹，几个快递员奔波在车跟书店之间。马佳欣吃了一惊：她知道网络对实体书店有冲击，没想到冲击这么大。

苏文追思会所在的书店，门脸不起眼，进去后空间不小，有豁然开朗的感觉。展示堆头上有凯文·凯利的《失控》《科技要什么》，有反乌托邦的《1984》和《美丽新世界》等。堆头旁边放了一张桌子，桌上有苏文笑眯眯的照片，照片旁边有一个盒子，盒子里装满小白花。马佳欣拿了一朵小白花，别在胸口，脚步沉重。一块平时用来做小型活动的空地，四周布置着白色的花束。人们三三两两地站着，气氛没想象中悲伤。野猪、叨叨等前同事看到她，略意外，礼貌地点了点头。马佳欣看到吴建在跟大牙说话，走了过去。

“时代总是属于年轻人的，历史一直如此。厚古薄今是知识分子的通病，礼崩乐坏从孔子喊到现在，我们现在不也好好的。”

吴建这么跟大牙说，马佳欣有点意外，安静地停在了一旁。“从古到今，媒体从来没有属于过大众。”大牙明显情绪不佳，“阿猫阿狗都有了话语权，真不一定是好事。人性天生逐利窥私，好逸恶劳，不加管控……”

吴建看到马佳欣，眼神从她身上掠了过去。马佳欣鼓起勇气，主动打招呼：“吴老师好。”吴建点了点头，见马佳欣没走的意思，跟大牙说了声，带她去了一个没人的角落，冷着脸说：“我不想让你来的。”那种被瞧不上的熟悉感顿时回来了，马佳欣笑了笑，问：“那您让孙老师喊我来，为什么？”

“老苏跟我说过，在你的离职申请书上签字，没提前跟你沟通，他很抱歉……他应该希望你来。”吴建说完，转身走了。

马佳欣半天没动。孙毅蕾走了过来，关切地问：“没事吧？”马佳欣笑了笑，问：“苏老师微博的最后一条，为什么是一碗东坡肉？”

“东坡肉是他的拿手菜……那天吃火锅，他多喝了几杯，说苏东坡的豁达不是想学就学得来的，唉……”孙毅蕾望了望走远的吴建，“他跟你说什么了？”

“说应该送送苏老师……”马佳欣没来得及详说，会场的话筒响了：“苏老师当年常说，传媒改变中国。多年后的今天，却是科技改变了传媒……”

马佳欣转身看到拿着话筒的老吕，吃了一惊。孙毅蕾觉出她的异常，转头望了望老吕，问："你认识讲话的这个人？"

马佳欣困惑地点了点头，孙毅蕾有些意外，两人一起望着老吕。

"我们这个时代正发生巨变，不仅是媒体，生活方式的方方面面都会被互联网改造，有些行业，会面临着剧烈的洗牌……有人说，到了2020年报纸大概会消亡。'十年青春空飞扬，人未老，报先亡，新识旧友，何处诉离殇。'这是朋友填的词，我觉得不好，太悲观了。更有人说新闻将死，留下圣徒无数。我不认同。祖先在石壁上刻下符号的遥远过去，到智能手机普及的将来，人类所思所想的核心，变过吗？每一次技术的更迭，都有人被吓破胆。但技术进步最终是普惠的，媒体并不会在纸质这一棵树上吊死。我更相信，变革之下大浪淘沙，会有一些优质的纸媒留下来。到了数字时代，媒体人更要信守秉持的价值观——平衡、客观和责任感，在悲观中进取。我们尊重这个时代，也尊重每一个人的选择……"

老吕停了下来，没人说话，不知谁哽咽了一声。老吕看到了人群中的马佳欣，朝她点了点头，继续说："……老苏年轻时，把张载的名言挂在嘴上，'为天地立心，为生民立命，为往圣继绝学，为万世开太平'，或许，在我们的传统文化中，才有关于这个时代的答案。"

老吕说完，没有人鼓掌，没有人说话，现场的气氛有些压抑，有些伤感。一个精干的中年人走了过去，接过了话筒。

"如果把报纸当一个产品，这个产品的生命周期有多久？四百多年！门户网站这个产品，诞生了多久呢？不到十五年，以微博为代表的Web2.0诞生了多久呢？不到十年。数字时代，很多产品来不及成熟就过时了。从这个角度来看，报纸够长寿够幸运了。人类进入数字时代，互联网就像水和电一样，是基础设施供应者，它只解构了媒体的形式，并没有改变媒体的本质，内容永远是王道。三年前，易浪网几顾茅庐，请苏老师离开报社，领导原创部，做有态度的优质内容。这三年，苏老师的工作成就斐然……”

“皮特，原创部点击率KPI考核方案，是不是你要求的?”

一个冷峻的声音，打断了皮特陈的发言，如此突兀，众人愕然。马佳欣跟孙毅蕾望过去，看到发难的人，正是吴建。马佳欣意识到，讲话的人是皮特陈，忙回头望过去。那是一个其貌不扬的男人，虽然也戴着眼镜，气质跟苏文完全不一样，少了儒雅，多了份精明。皮特陈望着吴建，面不改色。

“这是管理层集体决定的。”

“当初你们几顾茅庐请苏老师出山，承诺三年不考核点击率，只要口碑，也是你们管理层集体决定的。”

吴建咄咄逼人，抬腿朝皮特陈走去。身边的人伸手去拉，被他甩开。人群有了骚动。皮特陈等吴建站定，开口问：“苏老师做的东坡肉，你吃过吧?”

吴建被问住了，不知道该不该回答。所有人都意外，盯着皮特陈。皮特陈环顾四周，缓缓道：“我吃过，玛瑙一般的色泽，肥而不腻……”

“还是来说苏老师的抑郁症吧。”吴建打断了皮特陈，很不客气，“一个胳膊断了的病人，不给他上药，还扔到高温的天气，伤口肯定恶化。你非要搞点击率KPI，故意增加他的压力。他配合你搞了无数个版本的方案，也没保住原创部。他投入巨大精力的原创部没了，你觉得会不会加重他的抑郁症？你说你跟他的自杀有没有关系？你难道不应该跟苏老师道歉?!”

追思现场安静极了。皮特陈在众目睽睽之下，嘴唇动了动，尴尬地咳嗽了两声。一个优雅知性的中年女人突然出现，拿走了皮特陈的话筒。

“不好意思，作为一名抑郁症患者，我想讲几句话。”

马佳欣跟孙毅蕾诧异对视，被罩住的空气撕开了缝，低语声密了起来。

“除了医生，没有人知道我有抑郁症。我愿意站在这里说话，是不想你们误会苏老师的选择。他早就不关心KPI考核，也不关心纸媒被新媒体替代。他病了，是个病人。他不是一个被时代淘汰的失败者，因为失败才选择离开。朋友们都说，苏老师笑眯眯的，可我知道，对他来说，活着就是一种折磨。抑郁症患者，不是因为失恋，不是因为失业，不是因为遇到过不去的坎，才得了抑郁症。为什么我们不愿意说自己得了这个病，我们知道，你们会觉得我们脆弱，矫情，没事找事。我要是摔断了腿，身边的人会同情我，安慰我。我要是说我有抑郁症，就算听的人嘴上不说，他们的神情会让我有羞耻感，好像得了抑郁症是非常丢脸的事情。”

老吕悄悄走近马佳欣，停在了她旁边。孙毅蕾发现了老吕，两人礼貌地点头示意。孙毅蕾悄悄用手戳了戳马佳欣，马佳欣没明白她的意思，继续望着说话的女人。

“我们不愿意说，我们不想解释生活一切都好，为什么我们还那么悲伤，对什么都没有兴趣。在你们的眼里，抑郁症患者就是作、矫情、是怪胎、是疯子。在我们的传统里，相信人定胜天，不开心这种小事情有什么不可以战胜的呢？我想说，抑郁症不是天花，治好了就再也不会得了。它是心灵的疾病，会伴随我们一生，需要吃药，需要治疗，需要你们的理解。麻烦你们，不要觉得苏老师是没法适应这个时代，工作能力不够，不得不选择了离开；麻烦你们，不要给苏老师的离开贴上失败者的耻辱标签；麻烦你们，给予非主流的小众多一点耐心和理解，不要随意贴标签。谢谢。”

皮特陈带头鼓起了掌，有几个人跟着鼓掌。吴建脸上的肌肉微微颤抖，眼看就要爆发。大牙拉住了他，自己走上前，接过了话筒。

“我跟苏老师认识十六年了，有资格说几句。科技让这个时代变了，不管是否愿意，我们不再是单纯做报道的人，或多或少得有产品思维，要面对传播的问题，面对KPI。这个时代，每个人都能在公众渠道上发声，成为媒体。这看起来很公平，但公平不一定带来正义。谣言说上一千遍会成为真理。现在复制、粘贴和转发太容易，取个耸人听闻的标题，分分钟就点击上万……”

马佳欣突然发现了老吕。老吕笑了笑，问：“出去聊两句？”马佳欣点了点头，跟孙毅蕾说了声，开始往外走，大牙的声音渐渐远去：“……每一次发帖，每一次复制，每一次粘贴，每一次转发的时候，不被情绪带动……”

街上的三轮车更多了。有些图书被随意放在地上，快递员熟练地打着包。马佳欣跟着老吕，经过那些三轮车、那些快递员和那些包裹，停在了一个咖啡馆旁。阳光下，苏文的追思会好远，那些快递员天南地北的口音好近。

“我等会儿在这个咖啡馆跟姜众见面，你要不要一起？”老吕说得随意。马佳欣愣了愣，摇了摇头。老吕迟疑片刻，说：“他很关心你，多个朋友也不是坏事。”

“他不想跟我当朋友……我也不喜欢交朋友。”马佳欣笑了笑，“我以为，你要跟我说追思会的事。”

“我没想到你会来。”

“我也没想到会看见你。”马佳欣望了望追思会的方向，发现有人走了出来，忙跟老吕告辞，“我还有点事，要先过去。”

“去吧。”

马佳欣匆匆离去。老吕望着她的背影，若有所思。马佳欣进了追思会斜对面的书店，透过橱窗，看得清进出的人。没多久，姜众出现了，跟在若城一样的发型、一样的衣服，像从长江边直接走到了这里，幻术一般的不真实。马佳欣望着他走过，猛地转头，紧紧盯着追思会出入口。

许久，皮特陈终于出来了，跟那个说自己有抑郁症的女士一起。马佳欣忙出书店，追了过去，隐约听见他道歉，说自己连累她被误解。马佳欣紧赶几步，拦住了皮特陈，自我介绍道："我是原创部的员工马佳欣，刚离职没多久。"

皮特陈的眉头，明显挑了一下。他跟朋友解释了几句，走到一边，看了看腕表，神情淡漠地说："我还有五分钟。"

"够了。"马佳欣直接问，"我能进原创部，是您帮的忙吗？"

皮特陈略意外，迟疑地点了点头，说："也可以这么说。"

马佳欣苦笑，接着问："那您认识张海燕？"

"张海燕？"皮特陈有些困惑，"叫这个名字的好几个，你到底有什么事？"

"女的，五十多岁，开厂的张海燕。"

"不认识。"

马佳欣大大地松了口气，困惑地看着皮特陈，问："您为什么要帮我呢？"

"你已经离开原创部了，朝前看吧。"皮特陈说完，抬腿就往前走。马佳欣跟了上去，语气坚决地说："他们说我抱您大腿，还有更难听的……我要一个答案。"

皮特陈停了下来，看着马佳欣，最终说："他们要招纸媒出来的资深记者，坚持内容为王。我呢，想证明渠道和运营比内容更重要，坚持要你。"

"所以，我是被选中的试验品……我的点击率越高，越能证明您是对的，是这个意思吧？"

皮特陈点了点头。马佳欣很想大笑，脸上却没有表情。她下意识地往后退，似乎想离真相远一点。一辆电瓶车从后面疾驰而来，眼看着要撞上，皮特陈一把拉过她，马佳欣站立不稳，撞进了皮特陈的怀里。

“瞎了啊，找死！”

电瓶车主大声咒骂了一句。马佳欣站稳，忙离开皮特陈的怀抱，问：“应聘的简历中，我是最差的那一个吗？”

“媒介的变化很大，你可以做得很好。”皮特陈明显是安慰，“事实上，你也做得很好。我还有事，先走了。”

皮特陈转身走了。马佳欣半天没有动。

原来，最糟糕的，果然是自己。

十七　迎着风口成为骗子

火星众筹后台注册用户数到21888的那天，姜众接到电话，说公司核名下来了，火星众筹科技可以用。高响举起双手，兴奋地跟姜众击掌。

“是最想要的名字，好兆头！”

两人还没坐下，大刘来电，让他们立马出发，见美国总部来的投资人。姜众跟高响兴奋又慌张，看着对方不修边幅的样子，彼此嫌弃拿不出手，花了十分钟捯饬，匆匆出门。最后两个路口，堵车了。姜众算了算时间，果断下车，拉着高响跑了起来。两人气喘吁吁地赶到酒店门口，提前了整整五分钟。

“刚才，有没有一种在希望的田野上奔跑的感觉？”

姜众的声音不大，高响听得清楚，狠狠地点了点头。进出酒店的人，都服饰讲究，一副精英相。两人不由得自惭形秽，有些局促地进了大堂。

两人坐在咖啡厅宽大的沙发上，打量着富丽堂皇的四周，看到不少老外。身穿旗袍的服务员拿着菜单过来了。高响一看价格，心里一惊，装模作样地点了最便宜的咖啡。

“这位先生呢？”

“他先不用。”

服务员拿着菜单走了。姜众不满，问：“两杯都点不起？至于吗？”

“一杯98元。”

姜众不说话了，招了招手，问服务员要了一杯白开水。

“早知道，我也要白开水。”高响为98元一杯的摩卡肉痛。

姜众不语，用心听旁边传来的外语对话，高响听了听，慌了。

“我们不会说英语，那个美国投资人要是不会说汉语，怎么聊?”

“简单的我能应付。”

“你会说英语，骗谁呢?”高响一脸的不信，用手指戳了戳姜众，“那两个老外在聊什么?”

姜众往后靠了靠，听了会儿，说：“他们在聊中国的房地产，说还有投资价值。”

高响竖起耳朵听了听，听不懂，很困惑：“你的学历，不是比我还低?”

“法拉第小学都没毕业。”

“法拉第是谁?”高响困惑。

“交流电之父，世界上第一个发电机就是他造的。”姜众觉得扯远了，“赶紧想你为什么要创业。”

“为了梦想，为了改变世界，都这么说。”高响脱口而出，有点心虚，低声补了句：“这么说才拿得到钱。”

姜众站了起来，高响扭头一看，西装革履的大刘走了过来，赶紧也站了起来。大刘大咧咧地在他俩对面坐下，招手喊来服务员，要了普洱茶。姜众和高响没敢坐，讪讪地看着大刘。

“坐啊，别傻站着了。”

姜众跟高响有些尴尬地坐下。大刘不急不缓地说：“总部投资人这次来得匆忙，我本想在他的行程中，挤出一点时间，安排你们见面。你们要早到十五分钟，就能见上了。”

两人对视一眼，懊悔捯饬的那十分钟。姜众不安地问：“人已经走了，那投资有没有戏?”

服务员送来了普洱茶，大刘熟练地侍弄着茶水，一杯下肚，他看着忐忑的两个年轻人，笑了，那笑容像绷得太久，有些灿烂。“你们的项目有戏。”大刘很得意，“项目要投委会讨论，投委会里面的利益关系复杂得很，我跟几个关键人沟通过，他们不看好，说文化差异大，国内落地不乐观。美国总部的人刚好来出差，我拿着你们的项目单独介绍，说是Kickstarter的中国版，他很有兴趣。他一句话，投委会的人都得听。”

姜众喜出望外，高响激动得站起来表决心：“大刘总，我们会好好努力的！”

大刘抬了抬手，示意高响坐下，十分认真地说：“Mark，就是美国总部的投资人，说项目要在赛道上抢先机，起点得高，第一笔投资金额不会低于500万美元……先别激动，他呢，不知道你们是两个人的小作坊。想要拿到这500万美元，你们得准备一份资产评估报告，够得上500万美元投资的那种。”

姜众跟高响的狂喜瞬间凝固了，对视一眼后，姜众恭敬地问：“资产评估报告不大懂，也不知道要求，得您帮忙介绍一家。”

高响听到姜众说“您”，略意外。大刘沉思片刻，喝了口茶，说：“你们还是自己去研究吧，我不能跟你们走太近，这违规；外面的投资骗局也很多，资产评估报告水太深，你们自己实在搞不定，再来找我。我还有个局，先撤了。”

大刘说完，站起来走了。姜众跟高响忙站了起来，望着大刘出了酒店大门，才坐了下来。

“我是不是在做梦？”高响狠狠掐了一下自己，“500万美元，就是3000多万人民币，我这一辈子都没想过这么多钱。”

姜众已经开始搜资产评估报告，看完网上的介绍，心凉了一半，自己跟高响，没资产可言，完全不符合要求。高响发现姜众的异常，忙问：“怎么呢？”姜众把手机递了过去，高响匆匆看完介绍，笑容僵在了脸上。

两人沉默地坐着，直到服务员来收费。大刘点的普洱要298元，高响无比肉痛地交了钱。

“298，又不是29.8，都不自己结一下账?”高响起身，边走边嘀咕，“3000多万啊，298算什么？嗯，298，还是太贵了。”

出了酒店大门，迎面的风吹得两人都缩了一缩。

“你说，我们要造假吗?”姜众问。高响摇了摇头，又点了点头。姜众沉默半晌，苦笑：“钱让人卑躬屈膝，我还以为我不会。”

“你都喊大刘‘您’了!”高响摸着自己的心脏，“我呢，差不多快跪下了……真要有500万美元，我愿意跪!”

“造假还是算了，没意思。”

姜众似乎在说服自己。高响欲言又止，跟着姜众往地铁走去。夜色中，CBD建筑群璀璨高大，他们俩的身影，模糊得像两只蚂蚁。

第二天，姜众跟高响联系了一些资产评估公司。有些公司听到团队就两个人、一个App后，直接说做不了评估。还有几个公司，说可以做，收费是投资额的千分之二，公司基本情况什么的，都不关心。一圈电话打下来，两人沮丧又焦虑。姜众厚着脸皮，约了老吕请教。

老吕约的是海淀图书城，姜众没多想，按时赶了过去，坐到了老吕面前，详细说了大刘要求的资产评估。

“要是这500万美元是真的，公司资产评估，你要不要作假?”老吕那张脸似笑非笑。姜众有些不爽，反问：“大刘到底是不是骗子?”

“千分之二的评估费，500万美元，就算3000万人民币，评估费也就6万。”老吕收起脸上的笑，一本正经地盯着姜众，“大刘是骗子，赔了也就6万元；万一不是，你能拿到500万美元。用6万赌500万美元，你干不干？”

姜众吞了吞口水，半晌没作声。老吕也不催他，悠哉地喝着咖啡，望着窗外。当马佳欣出现在视线里，老吕忙冲着她招手，同时用脚踹了踹姜众。

姜众转头看见马佳欣，嘴角牵了牵，还没笑出来，猛地趴下，把脸埋进手臂里。老吕见状，更用力地挥着手。马佳欣目不斜视地走了过去。老吕大失所望，踢了踢姜众。

“我高估了你的魅力。”老吕看着姜众的脑袋，“人都走了……你这张脸不行啊，抬头抬头！”

姜众直起身，望着马佳欣的背影消失在路口，努力隐藏自己的窘迫和失落。

“你这段感情可以翻篇了。”老吕同情地看着他，“她上次主动问我你是个什么样的人，我把知道的都说了，还夸你来着……你俩都不想再见，可以翻篇了。”

姜众诧异地盯着老吕，半晌，自嘲地说：“不想见才是对的……真想帮我，就介绍几家靠谱的资产评估公司。”

“你要作假吗？”

老吕问得认真。姜众心里发慌，明白出资产评估报告，意味着必须作假，他忍不住再次问：“大刘是骗子吗？”

“没有人告诉你答案，创业就是一堆人等着你要答案。”

老吕笑得那么恶心，姜众很想打人。

姜众进门，嘴唇紧抿，少见的严肃样。高响的一颗心立马悬了起来，不安地问：“大刘是骗子？”姜众摇了摇头。高响的心落了下来，正要长出一口气，姜众说：“也可能是。”高响一口气憋在半途，顿时焦躁了。手机响，是商业计划书做好了，让交尾款拿资料。

“尾款交不交？”高响有些纠结。

“交。”姜众没迟疑，“反正用得着，不浪费。”

两人出门。一路上，姜众都没怎么说话，高响忐忑不安。到了那家公司，交了尾款，拿到两本华丽的纸质商业计划书和一份装在U盘里的电子稿，听着热情洋溢祝融资成功的话，两人多了点信心，没那么紧绷了。

回到家，高响认认真真翻看印刷精良的商业计划书，盯着不认识的英文版面，问姜众：“我们真的值500万美元?”

“值啊，必须值!”姜众说得斩钉截铁。

“真值这么多，我是不是可以回二环的故乡了?”高响努力兴奋。

“能，绝对能!”姜众的语气过于夸张。片刻，他似乎泄了气，看着高响说：“你回故乡之前，绕道去大刘的公司，问一问火星众筹的评估情况。”

“大刘在他们公司的情况，不是核实过了?”高响有些不解，“有这号人啊，跟他自己说的都对得上。”

“再问一下项目评估的情况，要是对得上……先问了再说吧。”

姜众看上去有点烦躁。高响懂他的反常：大刘不是骗子，他俩就要当骗子了。

高响找关系核实了火星众筹在公司的情况，跟大刘说的基本一致，本土的投资人都不看好，老外有点兴趣。姜众黑了大刘的QQ号，发现他的确在对接一些项目，有的项目已经拿到了投资。俩人彻底打消了疑虑。

姜众联系老吕提供的资产评估公司，没一家愿意接单。高响急了，抢过电话问为什么不接单。对方说他们没资产可评估，直接挂断了。高响很沮丧，姜众很想去质问老吕，想了想，拨了大刘的号码，如实说了资产评估公司的联系情况。

“你们也太没经验了，科技公司的资产评估跟传统行业能一样?”

大刘把姜众跟高响数落了一番，发了几家公司的链接过来。姜众跟高响分头联系，果然都能提供资产评估服务，收费从融资额的千分之一到千分之三不等。

“美国人看得懂这个模式，这500万美元的投资肯定是真的。”高响说得斩钉截铁，“舍不得孩子套不到狼，评估就评估。”

姜众跟高响去资产评估公司，在第一家就被镇住了。接待人员翻完他们精美的商业计划书，直接摇头，说评估了也拿不到投资，没必要浪费钱。姜众和高响对视一眼，明白彼此都暗喜：骗子不会拒绝上门的生意，这家公司不会是骗子！

“我们已经拿到投资了，就需要走个流程，你不懂别瞎说，晦气。”

“不可能！”那人一脸的不可思议，“你们团队就两个人，怎么可能有机构投资你们？还有，你们两个人的履历也拿不出手，学历不行，也没有大公司的工作经历。”

姜众跟高响的心一沉。团队的问题，做商业计划书的公司的确提过，还承诺等他们团队人员确定，免费帮忙修改一次。大刘也提过，说团队就两个人不够。他们俩知道不够，本想着有了钱再招兵买马，没想到团队就两个人，会拿不到钱。

“只要点子够好，就有人投资。”高响不服气。

“那是天使投资，不需要这么专业的商业计划书和资产评估报告。”那人把精美的商业计划书还给他们，“建议你们还是先去找人，找拿得出手的牛人。”

两人出了公司，站在大街上，高响愁眉苦脸，说不知道去哪里找牛人。

“大刘不是骗子，你有没有觉得？”姜众心情不错。

“他本来就不是骗子啊。”姜众还纠结这个，让高响有些不满，

“我们这项目在美国有对标，美国人看得懂。现在的问题是找人。”

姜众想了想，拿出手机拨了大刘的电话，说了刚才在资产评估公司遇到的情况。大刘说美国人那边的理念，两个核心的人就够了；但在中国，要顺利过投委会，团队齐全一点最好。具体怎么操作，他们自己看着办。就是要快，万一出现了竞品，他们这项目的价值会大打折扣。姜众挂了手机，高响看他神色凝重，心提到了嗓子眼，声音都尖了。

“怎么说?”

“找人，找牛人。”姜众有点恍惚。

“牛人……”高响愁云满面。

姜众跟高响厚着脸皮，寻遍了各自的人脉圈，两天的工夫，凑齐了能力范围内的“高大上”团队。10月15日，周一上午10点，姜众跟高响盯着整理完的这份团队名单：姜众是创始人兼CEO、高响是联合创始人。CTO、CPO、COO、CFO在照片中穿着西服，打着领带，一副精英的样子，工作过的大公司名字被黑体字标了出来；姜众和高响就大头照，工作经历空白着，很不和谐。盯了一分钟，两人不约而同地转头，对视一眼，心虚地转了回去。

“够高大上了，对不对?”高响问。

“没有我跟你，估计就可以了。”姜众回答得一本正经。高响给他一个白眼：“求爷爷告奶奶找来的大咖，愿意帮忙的都供上面了。”

姜众关了团队介绍文档，发给了大刘。高响突然问：“融资成功后，要是这些大咖真加入我们，给他们开多少钱的工资合适?”

姜众回头，意外高响的认真样，乐了，说：“一个月5万。”

“5万太多了。”高响很严肃，“创业阶段，钱要省着花，不能像团购网站那样撒钱，一撒，钱就没了。”

“对，你说得非常对。”姜众笑了，“那给你开10万怎么样?”

“10万!”高响的眼睛亮了，又暗了，“自己的钱发给自己，我也肉疼。”

“会有不肉疼的那天。”姜众打气，高响很配合地做了个加油的动作。中午12点，大刘还没有回复，姜众不安，拨通了他的手机，问团队怎么样。大刘直接说这团队阵容，一个月前没什么问题，现在肯定不行。姜众问为什么。

“确切消息，IPO暂停了。”

“IPO暂停……跟团队有什么关系呢?”

“IPO是资本投资退出获利的渠道，不让IPO了，资本投下去的钱，没办法拿出来，投资的意愿就会下降，对投资标的的要求会提高，对创业团队的要求会提高，懂了吗?”

姜众跟高响懂了，十分沮丧。他们在网上搜不到IPO暂停的新闻，心存疑虑，约大刘面聊，大刘给了半个小时的时间。高响发现地址是上次的酒店，又喜又忧。

“298块一壶的茶，太他妈贵了。”

两人干活心不在焉，干脆提前出发，坐地铁赶到了位于东三环CBD的酒店大堂。第二次来，两人从容了不少。快到约定的时间，高响主动点了普洱茶，加了两个杯子。

“加两个杯子，比再单点划算。”高响解释。

“你就是想讨好大刘，不用扯别的。”姜众笑。

“讨好是要讨好……我也尝一尝什么味道嘛。”高响一脸的惋惜，“上次他没喝多少就走了，多浪费。”

大刘从电梯那边走过来，姜众跟高响不由自主地站了起来，等大刘坐下后才跟着一起坐下。高响殷勤地倒茶，大刘似乎习惯了这种殷勤，抬手露出腕表，说：“半小时后我有个很重要的会，你们抓紧时间。”

“我在网上没看到IPO暂停的新闻，是有什么内部消息吗？IPO什么时候会重启呢?”姜众直接问。大刘放下茶杯，问：“你们俩炒股吗?”

“不炒。”

“那我跟你们普及一下，今天的上证指数是2098点，从开年跌到现在，很可能还会跌，2000点都守不住。新任证监会主席上台搞改革，四天一个新政，查老鼠仓，挤上市公司的水分，搞规范。整个8月和9月，IPO就没动静。10月IPO重启，两家送审的公司，重庆燃气集团暂缓表决，深圳的崇达电路直接枪毙，等同于宣告IPO停了。”大刘喝了口茶，“不会有正式的文件说IPO暂停，那样不符合规范。有些事只能做，不能说。”

姜众大概懂了，有点慌，问：“刘总，事实上，团队暂时就两个人，这个情况您知道。这两天我们到处找人，认识的牛人、还愿意被写在这上面的，就这些了。而且，就算融到钱了，他们也不一定愿意加入。”

大刘笑了，饶有兴趣地看着姜众，说：“CEO的任务就两个，一个找人、一个找钱，你都不怎么样。”

姜众羞愧。高响的茶杯一晃，茶水差点泼出来。俩人对视一眼，不知所措。大刘看在眼里，说：“这样吧，回头我发你两个联系方式。”大刘站了起来，转身招来服务员，主动结了账，留下困惑的姜众跟高响。

五分钟后，姜众收到了大刘发来的电子名片，是两家风险投资财务顾问公司，随后还有一条信息“报我的名字”。姜众跟高响面面相觑，不懂大刘的意图，决定去名片上的公司看看。

俩人到了第一家公司，没人理他俩。当姜众报了大刘的名字，接待人员立马热情了。看完项目计划书，说在硅谷有对标的成功产品，这个亮点就够了。姜众跟高响喜出望外，有些忐忑地问，团队行不行？接待人员笑了，说那些站台的大家都懂，好说，重点是创始人的履历。高响赶紧推了推姜众，姜众罕见地往后缩，退到了高响身后。高响没法，简述了自己的大专学历和一连串的小公司从业经历，十分不自信。

“明白了，你是个连续创业者。”对接人赞赏地说。

高响想解释自己一直是打工的，跟连续创业者不沾边，话到嘴边，最终咽了回去。姜众见那人盯着自己，犹豫片刻，说：“我学历比他还低，没什么值得说的。我觉得，我们应该重点突出产品。”

“你上过大学没有？”对接人问。姜众低下头，眼神黯淡了。高响抢着说：“他的智商不比清华北大的学生差，在网上自学了计算机的本科课程。有一次……”

“就是没上过大学，是不是？”对接人脸色变了。姜众豁了出去，说：“是，没上过。”

“太好了！”对接人喜笑颜开，“这是很大的亮点。”

姜众跟高响惊得对视一眼，困惑不解。姜众问：“为什么？”

“因为有故事可以讲。”对接人一副过来人的样子，“程序写得牛的，本科、研究生、博士，不稀奇；能做产品的、没上过大学、90后，稀奇。没学历没资历，搁以前，是缺点；搁现在，是优点。那些投资人，就喜欢不走寻常路的。像比尔·盖茨、乔布斯、马克·扎克伯格这些，书都没念完。”

“这些投资人有病吧。”高响非常不理解，“没上大学的人一抓一大把。”

“没上大学是条件之一，关键是技术得厉害，项目得靠谱。”对接人热情洋溢地看着姜众，“具体说说你的经历，这个故事，咱们必须讲精彩了。”

“是不是越离奇越有用？”姜众神情有点古怪。

“可以这么说。不过呢，最好不要编得太离谱，信誉是最重要的。”对接人说得诚恳，充满期盼地看着姜众。姜众避开了他的目光，似乎在考虑。高响有点急，用手指戳了戳他。姜众抬头说：

"就是成绩不好，高考失败。"

对接人有些失望，不甘心地问："那你为什么自学计算机？有没有什么波折？"

"工作需要，网上学不花钱，没什么波折。"

姜众明显不配合，对接人转头看着高响，问："你们为什么要做火星众筹？"

姜众的回复，高响很无语，干脆添油加醋地大说特说姜众创建个人网站和火星众筹的经过，怎么传奇就怎么说。

"这是我听到的故事中，最好的一个。"对接人兴奋了，"这个故事里，有时间沉淀、有兴趣驱动、有梦想和使命，是投资人最爱的那种。"

俩人出来，天黑了，路灯都亮了。姜众站在灯光璀璨的街头，感觉有些不真实。这家公司主动提供写创始人故事的免费服务，说觉得满意再谈接下来的服务。高响突然展开双臂，头后仰，像在船头迎风站立，惊得迎面而来的路人纷纷避让。

"有风……我知道有风是什么感觉了……我现在也想跑，一直跑、一直跑……"高响的声音越来越大，越来越夸张。姜众也兴奋起来，正要起跑，被高响一把拉住。姜众转头，发现他皱眉盯着自己，说："我才发现，我对你的过去一无所知。"

姜众无语。

"快汇报一下你的经历，从小到大的。"

"无聊。"

高响有种不被信任的失落，觉得委屈，嚷嚷道："我小学尿床、初中亲女孩子被记过、高中失恋，都跟你说了。你是石头里蹦出来的猴子吗，没爹没娘没过去？"

"你是要我的八字，打算跟我过一辈子？"姜众不耐烦，"我跟你就合个伙，你觉得我这个人不靠谱，不跟我合伙不就行了？"

高响被噎得翻白眼，十分委屈地说："我就是觉得你不信任我。"

"不信任你跟你合伙？钱重要还是我小时候的破事重要？好好挣钱，回你二环的故乡不好？"

姜众说完，跑了起来。高响望着他的背影，十分无奈，把心里的疙瘩使劲塞了回去，跟着跑了起来。高响越跑心情越好，大声喊道："啊——起风了！"

几天后，姜众和高响收到了风险投资财务顾问公司发来的创始人"故事"。两人看完，不敢相信故事里因兴趣而聚焦、为梦想而努力的草根英雄叫姜众；屡战屡败、屡败屡战的坚忍连续创业者叫高响。他们看着对方，不由自主地眼神躲闪，羞愧难当。

"写的是我们？"

"是吧，名字是姜众跟高响。"

"我都不知道我是天才，你也这么厉害。"姜众语调夸张，自嘲的笑挂在脸上，"挂羊头卖狗肉……你说，你作为狗肉，是不是感觉其实不大好？"

高响白了一眼姜众："你才是狗肉。"

"我就是啊……而且感觉不大好，觉得要烂了。"姜众整个人不自在。高响也心虚，昨天新增注册用户为零，今天一上午，新增仍为零。他愁眉苦脸地盯着屏幕上的数据，问："他们这么能夸，新增为零是不是也能夸？"

"要不，试试？"姜众提议道。高响一惊，忙摇头："哪能真说呢？这不拆自己的台？"

姜众不顾高响的阻拦，拨了电话，说了新增为零的情况。高响无奈又沮丧地看着他，觉得项目完了。片刻，姜众放下手机，有点恍惚地说："项目早期，新增为零正常，赛道比数据重要。还说同行接了个类似的项目，就一个商业计划书，连App都没有，就是创始人从硅谷回来，斯坦福毕业的。”

高响的笑没来得及绽放就枯萎了，低声问：“斯坦福毕业的？”

“是的。说我们的优势是学历够低，有故事，之前有积累。”姜众不可思议地笑了笑，“说团队分量不够，他们可以帮我们找符合资本要求的人进来站台。”

“站台？”

“就是业内有知名度的人进来，不一定真的进来，主要是为了融资。”

“站台不会白站的吧？”

“说这个合约里面谈。”姜众盯着高响，“还说要快，要快一些对接资本，除了大刘那边，还可以接触别的资本，说窗口期的时间宝贵。”

“赶紧谈合约吧。”

高响嚷道。姜众皱着眉头，不表态。高响知道他介意的点，想了想，说：“包装是有些夸张，也不都是假的啊。那些明星明明一米七，就敢说一米八，瞎子都看得出来整容了，就敢说没整。我们这点夸张，也是包装，一个意思。”

姜众没反应，高响有点急了，说：“那个斯坦福毕业的拿到钱，就没我们什么事了，得快啊！大刘那边的500万美元，万一拿得到呢？”

姜众犹豫着，看着高响迫切的眼神，最终站了起来，深吸一口气，说：“走。”

两人赶到那家公司，顺利签了合约。对方诚恳、热情、专业且看好火星众筹，他俩有种飘飘然、晕乎乎的感觉。合约中约定，商业计划书修改和资产评估报告，一起打包7.8万元；站台人员联络费根据落实情况确定；同时提供排他性的融资辅导服务，除了大刘那边，若从他们介绍的资方拿到投资，他们要收取5%的服务费，同时享受10%份额的优先投资权。

下雨了。发黄的树叶飘落，躺在路边，被车辆溅起的脏水泼了一次又一次，黯淡污浊。姜众跟高响从地铁里出来，裹着水雾的冷风瞬间穿透了衣服，直抵皮肤，姜众突然觉得项目顺利得不真实。一种不踏实的感觉袭来，又说不清问题在哪里。

“这点雨，不是事，走!”

高响依然兴奋，冲进了雨水中，愉悦地哼唱着歌曲：“mountain top，就跟着一起来，没有什么阻挡着未来；day and night，你我要发财，没有什么阻挡着未来……”

姜众跟在高响后面，被他的热情感染了，跟着哼了起来。

“没有什么阻挡着未来……”

十八 “十万加”的悲喜剧

吴兰芳在相亲。

相亲这事，吴兰芳有心理准备。大龄未婚女青年，在若城这种小地方，几乎等同于怪物。亲呢，肯定是不得不相的；嫁呢，是肯定不会嫁的。

中秋国庆长假前两天，王和珍要求相亲，态度坚决。吴兰芳想起母亲误会自己跟项宇的关系，当时她眼里的失望和皱纹里的忧虑，答应了。她万万没想到，母亲张罗了近二十个相亲对象。她耐着性子一一见完，直接让对方说没看中自己，理由随他们自己编。

长假结束，吴兰芳写出了《跟我在县城相亲的那些男青年》，心情格外好，正哼着小曲休息，王和珍来了，一脸的愁容，干瘪的嘴唇上挂着讨好的笑。闲扯了几句后，她从口袋里掏出一张叠成小块的广告，递了过来。

“你看看。”

吴兰芳接了过来，打开，居然是一个双峰挺立的妙龄女子——这是一张丰胸广告！吴兰芳哭笑不得，望着母亲，心里涌起无边的苦涩。王和珍比女儿尴尬多了，搓着双手，目光都不知道往哪里放，小声解释：“有两个伢说，怕生不了……这个手术不难，蛮简单的，不痛，你要不要考虑一下？”

“不考虑。”吴兰芳拒得直接干脆。王和珍猛地抬头看着她，嘴唇动了动，像要哭出来。吴兰芳无奈，宽慰她说缘分不能强求，强扭的瓜不甜。她特意解释了自己跟项宇的关系，再三保证绝不会跟那个小流氓好。王和珍安心不少，只好离去。吴兰芳拿起那张丰胸广告，让母亲带走。

“又不占地方，以后说不定还用得着。”

王和珍的眼神在女儿平坦的胸部扫了扫，转身走了。吴兰芳拿着广告的手，尴尬地停在了空中。“我妈让我去隆胸”这七个字，在脑海中疯狂刷屏。她受不了，拨通了马佳欣的手机，对着话筒哈哈大笑，说王和珍拿着隆胸广告，那窘迫和尴尬样，像手里拿了个烫手山芋，那山芋还是偷的，然后还被发现了。听着吴兰芳绘声绘色的描述，想到她瞒着父母的乳腺手术；想到不管多难，吴兰芳都笑得出来，马佳欣难过极了。

“在你面前，我的不高兴……痛苦什么的，都矫情得很。”

“其实，你也不容易啊。”

听着吴兰芳沉默后的这句话，马佳欣觉得羞愧。这些天，她努力不去想苏文的追思会，还是失眠了。平安大道上，汽车摩擦马路的声音清晰无比。她干脆起床看《生活大爆炸》，平常能逗乐她的谢耳朵，成了没有意义的一帧帧图像。

《跟我在县城相亲的那些男青年》爆了，不到两天就10万加了。老吕说，吴兰芳不仅写出了那些无法在大城市立足的大龄男女青年的窘迫现状，还写出了县城和乡镇的变化：小县城也在搞开发区，乡亲们为了儿子好讨媳妇，为了孙子有更好的教育资源，纷纷来县城买房。七大姑八大姨住得远了，不方便关心对方的八卦，熟人社会的人情味淡了。老吕说十分怀念那个熟人社会。马佳欣看着他，有些意外。

马佳欣恭喜吴兰芳。吴兰芳苦笑，说爆的都是她不想爆的。刚才父母喊她回家吃饭，很可能有熟人看到评论，知道相亲失败是她在背后主导，八卦给了父母。这下好了，又要鸡飞狗跳了。马佳欣宽慰着吴兰芳，挂了手机，觉得自己说的那些，苍白无比。

吴兰芳忐忑不安地回了父母家，诧异地看着丰盛的鸿门宴：排骨炖藕、鱼糕圆子，甚至还有金包银——那是婚宴上才有的硬菜，费时又费力。这桌菜，她知道是吴宝鸿做的，母亲拿不下。重要的节日，吴宝鸿才会下厨，手艺远超天天做饭的王和珍。吴兰芳主动打了招呼，吴宝鸿没事人一样答应了，好像那激烈的争吵没发生过，好像那些债主没有找她讨债。吴兰芳更不安了，不知道这阵势背后藏着怎样的狂风暴雨。

吴宝鸿照例喝酒，王和珍默默吃菜。吴兰芳主动聊起七大姑八大姨，问起那些堂兄弟和表姐妹，记忆中还是孩子的他们，大部分都结了婚，有了孩子。气氛越聊越尴尬，吴兰芳觉得父亲或母亲绷不住了，下一秒就要发作。

“么遇到喜欢的，一个人过也阔以。”

吴宝鸿突然说话，声音闷闷的，每个字都清清楚楚。吴兰芳跟王和珍都大吃一惊，不可思议地看着微醺的他。

“嫁个么出息的，那还是一个人过的好。”

吴宝鸿端起酒盅，又喝了一杯。王和珍急了，骂道：“又喝多了，胡说八道。”她忙转头看着女儿：“关键是人要好，对你好，穷一点也冇的事，有男人帮把手，日子好过。”

吴兰芳想哭，她没奢望过父亲的理解。她突然想起儿时骑在他脖子上，在大街上玩耍，快乐得像个公主。

吃完饭，王和珍坚持要送，吴兰芳知道她有话说。没有路灯的土路上，母女俩的身影被天上的圆月拉得老长。没有丝毫的意外，王和珍说女人就应该结婚生孩子，甚至问女儿隆胸考虑得怎样了，吴兰芳不耐烦地撑了回去。王和珍嘴唇抖动着，半天说不出话，眼眶慢慢红了。吴兰芳心里一酸，递了几张纸巾过去。

“不用担心我，几天工夫，我就10万加了，能养好自己。有钱了，能照顾好你……”

吴兰芳犹豫了一下，“和爸爸”这三个字终究没能说出口。王和珍猛地抬头，不敢相信地看着女儿，怯怯地问：“10万？”

“对，10万加。”吴兰芳有些意外，母亲居然对10万加感兴趣。王和珍擦了擦眼泪，少了几分怨气。

“钱再多也不如有孩子。”王和珍拉着女儿的手，“你想想，我要是没有你，日子就没法过了。”

母亲的手，粗糙得硌人。吴兰芳知道多说无益，假意答应了下来。母亲回去的脚步轻快了些，她松了口气。母亲都懂10万加了，公众号这发展速度太可以了。吴兰芳望着圆月，觉得有些不真实。

回到家，吴兰芳一眼看到了那张刺眼的丰胸广告。这几天，那广告在茶几上，她不想碰。此刻，她坐了下来，拿起这张广告，沿着母亲留下的叠痕，叠了起来，叠得认认真真，叠得整整齐齐。

北京的秋，蔚蓝的天空高远，没有一片浮云。马佳欣去了京郊有龙泉寺的凤凰岭。窗外，偶有一树红叶闪过，树后有农田和果林，散养在果林的鸡，扑腾着翅膀，小黄狗在林外闲逛。两个小时，繁华首都是另一个世界了。

马佳欣在网上看到贤二小和尚的动漫，知道了龙泉寺，知道有不少北大清华的高才生在这里出家。龙泉寺掩映在山脚下，山门不大，人出乎意料地多。马佳欣犹豫片刻，进去了，想看看创作贤二的动漫中心。找到门口，动漫中心却闭门谢客。

“这些北大清华的高才生，舍弃名利，又创造出这么个形象，入世弘法。他们要是不出家，进公司，做出改变世界的产品，普惠世人，哪种更有意义？”

有两个程序员模样的年轻男人站在门口，讨论着人生选择。马佳欣听了片刻，生出一种无力感，转身离开。凤凰岭有裸露的巨大花岗石，远望十分壮观。马佳欣选择了北线，一路沉默地攀爬着。泉水、怪石、野猫和没了踪迹的石寨，爬到山顶，看到飞来石塔，她出了一身汗。山顶有风，马佳欣望着远处的北京城，如同盆景中的积木一般。

“北枕居庸，西峙太行，东连山海，南俯中原。山川形胜，控四夷，制天下，帝王万世之都。”

身旁的大叔几乎是在大喊，看上去意气风发。马佳欣躲开他，望着石顶上那个小小的佛塔。吴兰芳打来电话，说莫言得了诺贝尔文学奖。

“哦。”马佳欣仍望着那小小的石塔。

“你怎么就这反应？”

“要什么反应？”

“高兴啊！这是为国争光的事！”

“哦，对，高兴。”

没有发自内心的高兴，马佳欣有些愧疚。吴兰芳听出马佳欣的不正常，问：“你还好吧？”

“不大好。”马佳欣实话实说。

“那个叫姜众的黑道找你了？”吴兰芳明显紧张。马佳欣愣了愣，意识到好几天没想起这个人了，说：“没有，这个人已经是过去式了。”

“那就好。”吴兰芳松了口气，“那怎么不好了？”

马佳欣说了苏文的自杀，说见到了皮特陈，说被他挑中的原因：在一堆简历中，自己是最差的那个。她越差，越能证明渠道、算法和运营比原创内容的质量重要。所以皮特陈的确是她的后台，的确是他动用渠道力量，让自己的流量第一。

“这大半年我拧紧了螺丝，像你说的那样积极向上……以前我觉得自己坏掉了，说不定有几颗螺丝松了，总跟不上趟……这大半年，好像努力是错的，我不知道该不该怪自己，不知道到底哪里出了问题……我真是个废物……”

“废物就废物吧，就算你是个废物，也是个不害人、还想着帮人的好废物。”

吴兰芳说话难得如此温柔。马佳欣很想哭。

母亲离婚了。

吴兰芳盯着王和珍手上那个紫红色的小册子，百感交集。她从小就盼望父母离婚，觉得那是他们彼此的解脱。她最恨的一句话，就是母亲挂在嘴边的“要不是为了你，我老早就离婚了”。母亲头发已稀疏花白，鱼尾纹此刻舒展着，有解脱的轻松、有小心翼翼的讨好、有漫长岁月烙下的哀怨。吴兰芳奇怪自己并不开心，她默默拎起母亲破旧的行李箱，进了次卧，说下午就把床买好。

离婚证上只有母亲一个人的照片，她嘴唇抿得很紧，眼睛里却有神采。吴兰芳不知道是灯光的原因，还是多年心愿达成后的欣喜。王和珍站在客厅中间，有些尴尬地搓着手，问：“中午你想吃么事？”

吴兰芳意识到，精心挑选的锅碗瓢盆，不再属于自己了。一种无法逃离过去的颓败感袭来，火气突然就上来了。

“怎么就离了呢？离之前，都不跟我说一声？你们把我当么事了？”

吴兰芳的声音越来越大。王和珍的眼眶红了，泪水泉涌般，掉在地板上啪嗒啪嗒的。吴兰芳看母亲这样，说不清难过跟烦躁哪个更多，她克制着情绪，问到底为什么。

王和珍说吴宝鸿说她哥就配抽5块钱的烟，受不了，吼了句。

“离婚！”

“离就离！”

王和珍说吴宝鸿毫不示弱，第二天还催她去民政局，她就跟着去了。吴兰芳哭笑不得，这样的争吵她从小听到大，能因为这个离婚，他们早离了。

“对了，你几天赚10万的事情，我没跟他说。你千万别跟他说，他知道了又要滥赌……”

“轰”的一声，吴兰芳的脑子被炸开一条大道，清清楚楚地指向母亲离婚的原因：她把10万加当成了10万元，以为女儿几天能赚10元！她后半辈子有了踏实的依靠！

吴兰芳欲哭无泪，在沙发上坐下，不想说一个字。王和珍知道女儿不开心，看了看冰箱，说要买菜，出了门。房子安静了下来，吴兰芳脑子里一片空白。稚嫩的哭声传来，越来越近：一个小女孩惊恐地哭泣着，一个年轻的女人坐在地上，眼泪鼻涕混在一起，悲痛欲绝。那因号哭而张大的嘴，让整张脸扭曲变形。一圈大人围着、劝说着，把哭泣的小女孩往女人身边推。小女孩害怕极了，哭得撕心裂肺。女人紧紧抱住小女孩，痛苦有了共振，悲伤让哭泣凄厉了。

这个场景，吴兰芳偶尔会梦见。整个场景，她只听得到自己的哭声。多年后，她才明白，那是母亲知道父亲某次出轨后的一幕。吴兰芳觉得，这一幕无法忘怀，预示着终有一天，自己将和母亲相依为命。她去了最近的家居店，买了床和衣柜回来。

王和珍拎了一堆菜回来。绿叶菜明显又买多了，不用问，买多的唯一理由是图便宜。就算母亲以为女儿几天赚10万元，刻进骨子里的节俭也改不了。吴兰芳由着母亲在厨房里忙活，仔细检查了自己的卧室和书房，把有关药和疾病的痕迹，清理得一干二净，虽然母亲不识字。

桌上摆着热腾腾的饭菜，都是自己喜欢吃的。看着母亲有些讨好的眼神，吴兰芳很难过。她夹了一筷子菜到母亲碗里，让母亲不要进书房，说那是她工作的地方，连打扫都不行，会弄坏。王和珍咧开嘴笑了，忙点头。女儿这么说，就是同意她一起住了。她有些兴奋，有些不好意思，开始唠叨亲戚的八卦：二舅家的表哥表嫂吵架、三姑家的老三生了个女儿……吴兰芳嗯啊地应和着，专心吃饭。王和珍察觉女儿对亲戚的近况没兴趣，住了嘴。片刻的沉默，她不安地问："你那个工作……合法吧？"

吴兰芳转头，诧异地看着母亲脸上的忧虑和小心翼翼，深呼吸一口，无奈地说："合法。"

"合法的事，能赚那么多？"

吴兰芳想笑，更想哭。她想了想，给了个理由："明星拍戏，一天都不止100万。你不懂就别问。"

王和珍恍然大悟又困惑，看女儿的神情，多了分敬意。吴兰芳觉得悲哀，又夹了一筷子菜给母亲，得到一句生疏的"谢谢"。

吃完饭，王和珍收拾碗筷，吴兰芳要帮忙，被她拦了出去。听着水龙头的声音，吴兰芳觉得这个家不属于自己了。掌握了厨房的那个人，才是这个家的灵魂。王和珍忙完，去了次卧午休。没多久，王和珍打起了呼噜，节奏清晰明快。恍惚间，吴兰芳觉得安心，甚至幸福。

吴兰芳进了厨房，虽然有心理准备，她的火还是腾地上来了：用来擦台面的抹布挂在水龙头上，明显洗过碗了；洗碗的海绵擦是干的，被扔在了一边；灶台墙壁上有一些溅起的油点，像永平街那样没有被清理；几个装菜的塑料袋被塞在了煤气管道跟墙壁的缝隙里，半腐的菜叶子沾在袋子上，看上去很恶心。吴兰芳深呼吸几口，拿起水龙头上的抹布，擦掉了墙壁上的油点，扯出缝隙里的塑料袋，一起扔进了垃圾桶。

吴兰芳回到书房，打开电脑看公众号平台，看着增加的粉丝数，心情好了一点。虽然没有几天10万元的收入，这份工作养活自己跟母亲，问题不大。她研究了莫言得诺贝尔文学奖的热点文章，给项宇发了消息，想找他聊一下若城这种小县城对这事的反应。项宇居然不回消息，她打他的手机，也无人接听。吴兰芳觉得奇怪，也没多想。

王和珍喊吃晚饭时，天已经黑了。吴兰芳出了书房，关上门，犹豫片刻，还是走进了厨房。被她扔进垃圾桶的塑料袋和抹布，回到了原来的位置。塑料袋里半腐的菜叶子太刺眼，怒气瞬间冲到了头顶，吴兰芳拼命抑制着，猛地转身，走了出去，狠狠地摔上了大门。

"饭熟了，你去哪里?"

母亲的声音困惑且不安。吴兰芳只想逃。她一出电梯，就拨了父亲吴宝鸿的手机号码，怒斥他们离婚，都不跟她这个女儿说一声；说从小到大，他们就没考虑过她的感受，他们不配当父母。

"是你妈非要离。她动不动就要离婚，哪个受得了……"

吴兰芳失望极了，父母离了婚也是相互指责，只会推卸责任，从不反思和认错。她挂了手机，难过又憋屈，眼泪夺眶而出。柴泊湖对面广场的音乐传来，嘈杂俗气。吴兰芳突然怀念北京，怀念那里的陌生和漂泊，怀念那里文艺的一切。她很想跟人吐槽，拨了马佳欣的号码。

"我妈把10万加当成了10万块，我几天能赚10万块?！她怎么不把我当中国首富，想赚一个亿就能赚一个亿？我觉得我要气爆了，你快安慰一下我。"

"羡慕你，真的。"

马佳欣说得认真。吴兰芳心情糟糕，很不满。"羡慕我？你开什么玩笑!"

"没开玩笑。"马佳欣顿了顿，"你说过，满足父母会有幸福感。

你妈妈依赖你，烦归烦，心是踏实的。”

吴兰芳苦笑，说母亲有了这个误会，没跟自己打招呼，跟父亲领了离婚证。

“你不是一直希望他们离婚？”

“是，我是希望，所以我收留了我妈。”吴兰芳很难过，“可我还是烦啊，真的烦。我妈现在掌控了厨房，搞得乱七八糟的，我快疯了！”

“有妈妈给你做饭吃，多好啊。”

吴兰芳想起马佳欣说，她小时候最羡慕被妈妈喊回家吃饭的小朋友，问：“你妈妈不给你做饭吗？”

马佳欣说大人很忙，她放学回家，家里通常没有人在，灶台是冷的，回家只能啃冷的水果，吃没有温度的饼干。“我习惯吃生冷的东西，不是有钱吃西餐惯的，是小时候只有生冷的东西吃，习惯了。”

“这样啊。”

想起曾讥讽马佳欣喜欢吃生冷的，有个花钱的西餐胃，吴兰芳心里难受。马佳欣接着说上小学时，家里的钥匙挂她脖子上。有一次她把钥匙丢了，放学进不了屋，又不敢给大人打电话，怕挨打。大冬天的，她在门口坐到夜里10点。邻居发现她后，给大人打电话，父母赶回来，把快冻僵的她拎进屋。女王没有打她，异常和气地让她泡澡睡觉。半夜她突然醒了，听到父母压低嗓音在争吵。他们吵架向来很大声，这么小心翼翼很罕见。她一时好奇，跑到门后偷听，听到他们在埋怨对方没照顾好她这个女儿。

“我那天才认定自己是他们亲生的，不是从外面捡的。”马佳欣说得平静，“对了，我觉得离婚是你爸妈自己的事。他们对你，不管好坏，都热乎乎的。”

马佳欣几乎不聊父母，吴兰芳没想到她突然敞开了心扉。她的确被她安慰到了，也更好奇了，忍不住问："你爸妈现在也忙得没空理你，不可能吧？"

"不说他们了。"马佳欣语调轻松，明显是装出来的，"你妈妈那些卫生习惯，你慢慢教，让她改，不是什么大事。"

"小事也会逼疯人。"吴兰芳苦笑。

俩人又闲聊了几句，挂了手机。吴兰芳转身回小区，出了电梯，看到母亲在门口张望，一脸的忧虑。她心头一热，紧走几步，挽住了母亲的胳膊。王和珍心安不少，回屋后忙用微波炉热了凉掉的饭菜。吴兰芳主动问起了亲戚们的近况，想缓和气氛，王和珍说着说着，又开始倾吐她多年来的委屈，控诉吴宝鸿的不是……泪流满面。

吴兰芳静静地听着，很多事她已经听了无数次。多年前的那个稚嫩哭声又响起，她看着年幼的自己，抱住了坐在地上的妈妈，抱住了妈妈的悲痛欲绝和自己的惊恐无助。

十九　人人都是小丑

网上爆出了举报皮特陈的帖子，说他欺上瞒下、管理无能，最擅长的是做PPT、跟上层报喜不报忧，为了业绩可以随意更改数据，员工支持率不超过30%；任人唯亲、制造内部混乱、为了竞争移动事业部老大的位置，手段卑劣；诬告竞争对手在创业公司持股；安排情人马佳欣入职原创部，动用渠道力量扶持，逼死了原创部负责人苏文等。

吴兰芳看完，倒吸了一口冷气，忙联系马佳欣。不想她没事人一样，说自己就是个炮灰，文章冲着皮特陈去的，他自己会处理。

“不明真相的围观群众，他们才不管冲谁去的。”吴兰芳急了，“女下属跟男上司的破事，本来就是他们的兴奋点。再扯上点宫斗，还死了人，这是他们最爱的八卦……”

“网络上天大的事也就热闹几天，不是什么事。”马佳欣不急不躁。

“人言可畏。”吴兰芳心情复杂，马佳欣这么淡定，她更担心，“我刚看到这篇东西的时候，阅读量就几百，现在已经两千多了。网络传播是指数级的，明天过万；三天后，说不定就10万加了。到时候，假的都是真的，你跳进黄河也洗不清了。”

“你会因为这篇东西改变对我的认知？”马佳欣问。

“我肯定不会。”

“那就行了，我在乎的人不会因为这个误解我。”马佳欣轻笑了下，“那些不明真相的围观群众我也不认识，没必要在乎他们的想法。”

马佳欣挂了手机，想了想，给吴兰芳和老吕发了消息，说自己要断网一周，躲个清净。吴兰芳立马拨她的号码，已经关机了。马佳欣可以不管，吴兰芳做不到，时刻关注着爆料帖的舆论状况。第二天，爆料帖被删了，马佳欣的微博冒出一堆评论，似乎删帖是原罪，网友所有的不满都冲着马佳欣这个“不要脸的小三”去了。吴兰芳盯着电脑屏幕，越看越生气，站了起来，出了书房。

客厅的灯又被关掉了，吴兰芳心里的火腾地就起来了。卫生间传来哗哗的水声，妈妈又在手洗衣服。吴兰芳深呼吸几口，努力稳定了情绪后，走到卫生间门口。

“妈，洗衣机买都买了，你不用就是浪费。洗衣机比水贵。”

“就这几件衣服，我搓一下不费事。”王和珍没觉察到女儿的不高兴，头也没回。吴兰芳看着溅得到处都是的肥皂沫，看着未开封的洗衣液，再次深呼吸。

“客厅的灯跟你说过了，不要关，这个电费我出得起。”

“钱再多也不能浪费。你不在客厅，灯亮着又冇的用。”

吴兰芳站了会儿，猛地转身，回到书房，狠狠地摔上了房门，憋屈极了。片刻，门外传来妈妈忧虑的声音：“你没么事吧？”

“妈，我没事，风大。”吴兰芳克制着自己，语调平和，“你洗完了早点睡。”

“有么事你要跟我说。”

“我晓得。”

母亲离开的脚步声有些重，吴兰芳情绪糟糕。很小的时候，她就有一个小小的愿望：天黑的时候，家里每个房间的灯都亮着，屋子里亮堂堂的。记事起，天一黑，家里永远只亮一盏灯，瓦数还比别家的小，昏暗幽深。随手关灯刻在了妈妈的基因里，家里没有人的地方亮着灯，就是罪过。一次节日，她一个人在家，打开了家里所有的灯，走来走去，享受着敞亮。太兴奋，睡得太快，忘了关灯。走亲戚的妈妈回来后，暴跳如雷，把她狠狠揍了一顿，打到她哭着喊“下次不敢了”，才被放过。自己租房后，吴兰芳习惯亮着客厅的灯。儿时落在身上的巴掌太痛，亮着家里所有灯的幼稚心愿，种得太深，无法遗忘。她知道这样不环保，有些浪费，她就是愿意这样。

吴兰芳盯着电脑屏幕，想起马佳欣被迫养成吃生冷食物的习惯，想起她羡慕自己父母的热乎乎，难过了起来。她一次又一次地拨马佳欣的手机，始终关机状态。

三天后，马佳欣的微博评论中有人爆料，说马佳欣是个学渣，凭关系上了重点高中，成绩垫底，却莫名其妙评上了市里的三好学生，高考加了20分，就这样，也只考上了一个三本学校。神奇的是，三本的大一刚读完，她从三本转去了一本的高校。这条爆料跟帖众多，绝大部分骂马佳欣是走后门的惯犯，愤怒不公平；少数几条提出质疑：背景这么强，给老男人当三没道理。

吴兰芳盯着微博页面，突然明白马佳欣为什么执意当一个躺平的好人，心里五味杂陈。王和珍喊吃饭，连着喊了好几声，不见回应，去敲门，听到吴兰芳一声极其不耐烦的“知道了”。王和珍眼眶红了，开始收拾各个角落的塑料袋，她知道女儿嫌弃自己这样。

吴兰芳难过。每次忍不住对母亲态度不好，她都难过。梅子打来了电话，说：“没想到马佳欣后台这么硬！要是没爆料，打死我，我都想不到大学还能转学！还三本转到一本！老娘我寒窗十二载，对不起那些起早摸黑。”梅子的控诉中有莫名的兴奋。“当初你为了帮她拿到offer，在领导面前铆足了劲，屌丝为二代操碎了心，太他妈讽刺了。她进易浪网原创部我就怀疑过，就她那水平……”

“够了！”吴兰芳忍住火气，打断了梅子，“她过什么样子的日子你不知道？她愿意走后门，为什么要跟我们混？不了解的人胡说八道就算了，你这么说太过分了！”

“我爸是李刚，呵呵，我就想起了这个。”梅子的语气冷淡极了，“体验生活呗，荤的吃多了吃点素，换换口味。”

吴兰芳苦笑，问：“所以出身就是原罪，对吗？”

“话不是这么说的。”梅子没有犹豫，“爆料要是真的，就算跟皮特陈的事冤枉了她，她现在遭的罪，都是她过去所作所为的报应。算了，不说了。”

梅子直接挂了手机，吴兰芳觉得自己被打了一闷棍，充血般地痛，呼吸都难受。她出了书房，关好门，快步到阳台上。近霜降，上弦月悬在空中，寒气透过衣服的间隙，钻进了毛孔，吴兰芳似乎听见鸡皮疙瘩隆起的声音，忍不住打了个寒战。她没有回房间拿衣服，她需要这份冷，需要镇静纷乱的思绪。

王和珍把饭菜端到饭桌上，喊了声：“吃饭了。”吴兰芳站在阳台上没动，她也不敢多喊。饭菜凉掉了，她默默拿去了厨房，重新开火热。吴兰芳听到动静，过意不去，回了客厅。当王和珍端出最后一盘菜，是昨天吃剩的黑木耳炒青菜。吴兰芳没绷住，一下子就吼了。

“跟你说了不要吃剩菜，吃不完就倒了。炒的时候少炒一些，说了就是不听。”

吴兰芳突如其来的火气，王和珍十分委屈，脾气也上来了：“剩菜我从小吃到大，也没得癌症，有么事吃不得的。你不吃我吃。”

看着妈妈把一盘子剩菜都倒进了碗里，端着去了茶几那边。吴兰芳呆坐在椅子上，忍住泛红的眼眶，悲凉袭来，无边无际。

吴兰芳失眠了，心里充满了疑团。她甚至想了想，如果自己的父母像马佳欣父母那样有能量，自己会怎样？她扪心自问，觉得会高兴，甚至为这样的父母骄傲和自豪。马佳欣为什么跟家庭决裂，过着自我放逐的生活？就为了所谓的“做个好人”？

第二天醒来，近9点。吴兰芳第一次没先看公众号后台数据，看的是马佳欣的微博。那条曝隐私的跟帖不仅在，爆料者还贴出了一个署名为“灰粒”的黑客恐吓信，扬言自己不怕，因为自己的龌龊事，跟有权有势的垃圾比起来，太干净了。马佳欣更多的不堪被爆了出来：她专业课基本第一，倒数的；英语四级没考过，毕业的时候只有学历证，没学位证；她在大三谈了一个农村出身的男朋友，很快就被甩了，男友受不了她的控制欲，说可怕到变态。下面的评论更是不堪入目，比如：烂泥扶不上墙的人，活该；出生再好，也是垃圾……

吴兰芳突然慌了，她手忙脚乱地翻通讯录，找各种有可能的关系，想注销马佳欣的微博账号。当她打到第十个电话，对方说马佳欣的微博账号已经注销了，她刷新一看，果然注销了。堵在胸口的一口气吐了出来，吴兰芳累极了，躺回床上。她盯着天花板，一个念头突然闪现：马佳欣看到了所有的留言，自己注销了账户。恐惧骤然袭来，吴兰芳忙抓起手机，拨了出去。

“对不起，您拨打的电话已关机，请您稍后再拨……”

吴兰芳第一次觉得这冷冰冰的声音，如此悦耳。她慢慢躺了下来，觉得有人在帮忙就好，就算是马佳欣拒绝的家人。她自嘲地笑了笑，原来，自己也有对“特权”不愤怒的那一天。

10月23日是重阳节，这个节日对若城人来说，远不如端午和冬至重要，王和珍还是准备了丰盛的饭菜。饭桌上，王和珍突然开始数落吴宝鸿的不是，那些说了无数次的委屈，每一次说，她还是会哭。吴兰芳吃着饭，听着母亲的哭诉，沉默不语。母亲的眼泪掉到了桌上，吴兰芳突然觉得，这颗泪珠是在提醒自己：重阳节，自己该去探望父亲。

“我中午回去一趟，你有没有东西要拿？”

王和珍摇头，收声不哭了。吴兰芳冒出一个念头：还惦记着，就复婚吧！搬回去住好了，把我的房子还给我。

若城是平原，周边是长江和湖泊，无山可登高。一路的街道，没什么节日的气氛。吴兰芳拎着水果，走到宿舍楼的那个小院门口，聚在那里的邻居们七嘴八舌，说王和珍有了女儿这个靠山，敢跟吴宝鸿叫板。吴宝鸿前几天还嘚瑟，这几天都蔫了。吴兰芳很意外，邻居们以为父母只是吵架，不知道他们离婚了。两个人都没对外讲，她有一丝庆幸。

推开那扇斑驳的红色掉漆大门，吴兰芳发现房子成了垃圾场：饭桌上积着灰，脏衣服扔在沙发上，厨房的水槽里堆满了碗。吴宝鸿蔫蔫的，意外女儿的到来，慌乱地收着脏衣服。父亲不是一个邋遢的人，过得如此颓废，说明离婚并没有让他开心。吴兰芳心底有隐隐的喜悦，提议去外面吃饭。吴宝鸿拒绝了，说约了老朋友一起聚。

“你哪个朋友都比妈妈重要。”吴兰芳忍不住讥讽道，“你对她上一点心，你们都不会搞成这样。”

“是她要离婚的！”

吴宝鸿一声怒吼，吓了吴兰芳一跳。她觉得疲惫，这么多年，父母间的伤痕，分不出是非对错。随他们闹吧，离也好，复婚也好，想怎么折腾就怎么折腾。她在桌上留了1000元钱，离开了。

吴兰芳去了江边，那个父母争吵后，她一直去的江边。雨后的天空湛蓝高远，废弃的轮渡口，江水浑浊奔涌。吴兰芳站了起来，捡起一块小石头，奋力扔了出去，看着那串涟漪瞬间湮灭，她想起了马佳欣，拿出手机，给她发了消息。

“你来若城吧，我们一起租房子住。”

“好啊。”

马佳欣秒回，吴兰芳吓了一跳，立马拨了过去。马佳欣的声音听上去有点哑，却透着愉悦。她说刚开机，看完了她的吐槽，正要联系，她的消息又来了。她说北京空气太差，自己真的要离开了。吴兰芳耐着性子听她说完，若无其事地问：“你的微博账号被注销了，你知道吗？”

“知道。”马佳欣的声音里有片刻的犹豫。吴兰芳的心一沉，忙问：“你自己注销的？”

“不是我。其实注销没必要，骂我的那些话，你知道的，我不在乎。”马佳欣说得如此淡定，吴兰芳彻底放了心：她一定没看到那些关于她过往的爆料。

“就是，完全没必要在乎。”吴兰芳加重了语气。

“看不见等于没发生，咱们必须有革命的乐观主义精神。”马佳欣说着都笑了。吴兰芳没法接着装，小心翼翼地问：“革命会流血，要把旧伤口撕裂了给大众看，会很痛，你受得了？”

吴兰芳问得太认真，马佳欣有些茫然，说：“流血牺牲、浴火重生，必须痛。不痛，就不是革命嘛。”

“痛得厉害，记得还有我。”

这声音太温柔，不像熟悉的吴兰芳。马佳欣不安，沉默片刻，问：“微博上有让我痛的东西？”

“没有。”吴兰芳忙否认，“要是一堆陌生人不分青红皂白地骂我，我大概率被气死。你真的无所谓？”

“不爽肯定有，痛呢，说不上。更像被蚂蟥咬了，恶心更多。”马佳欣提起的心放下了，安慰好友道，“你不用担心我，微博注销了，蚂蟥们没处下嘴，全跑了。”

马佳欣的情绪如此稳定，吴兰芳安心又难过。江面上，一艘货轮驶过，货物很多，吃水很深。几声鸣笛，悠长单调，滩涂处的白鹭被惊，飞起又落下。吴兰芳的目光跟着那白鹭，心绪如同那滩涂，浑浊黏稠。她知道网上散播的隐私，是马佳欣最想逃避的过去；她知道她认识的马佳欣，绝不是一个革命者。

马佳欣翻着吴兰芳这段时间发来的消息，看着她吐槽跟母亲一起住的各种不适：随手关灯、用水节省、剩菜从来舍不得倒、贪便宜又容易买多、舍不得丢旧物、买菜的塑料袋也要收集，她心疼她节俭到骨子里，她厌恶她的固执和不肯改变。当看到那句“我可怜我自己呢”，马佳欣的心被揪了一下，说不清是同情还是羡慕。

“抱歉，我注销了你的微博账号。微博内容已截图，上传到了百度云里面。账号是Majiaxin0816，密码是MJX0816!!”

看到这条信息，马佳欣愣住了。谁注销了微博，她并不关心。看着0816这个数字，她突然想起遇到姜众那天，就是8月16日。片刻，她登录了那个百度云账号，里面有一个文件夹，除了微博截图，还有《乌合之众》的PDF电子文档，一股暖意突然从心底升起，在每个毛细血管中散开来，通透轻盈。

关机这段时间，马佳欣看完了《正信的佛教》，奥古斯丁、卢梭和托尔斯泰三人的《忏悔录》，重温了《乌合之众》。《乌合之众》分析的是法国大革命期间的群体行为：“单独一个人必须要为他的行为承担责任——法律上和道德上的。但群体则不然，群体不需要承担任何责任，群体就是法律，群体就是道德，群体的行为天然就是合理的。”一百多年前，作者就得出了这样的结论。他还预言随着大众传媒的出现，“我们就要进入的时代，千真万确将是一个群体的时代”。他还说“群体的道德水平十分低劣”，因为人都有野蛮和破坏性的本能，如果加入不负责任的群体，清楚不会受惩罚，便会彻底放纵这种本能。他们“冲动、易变和急躁；易受暗示和轻信；夸张与单纯；偏执、专横和保守”。看到作者描述巴黎市民攻占巴士底监狱的名场面：里面没有想象中的政治犯和残暴的看守，一共就关了八个人，监狱长在帮一个精神病擦口水。尽管如此，半路加入的厨子被推举出来执行“正义”，稀里糊涂杀了监狱长。历史的这种黑色幽默，让马佳欣觉得，网上那些键盘侠，自己能躲多远就躲多远，回应一句就是傻瓜。

《乌合之众》的PDF文档字迹清晰，马佳欣看了一页，拿起手机，给那个号码回了一条消息：“《乌合之众》我看完了，不过，还是谢谢你发我电子文档。”

“你还好吗?”对方秒回。

“我没事，很好的。”马佳欣想都没想，回了过去。

“你真的还好吗?”

马佳欣感觉有点怪，想了想，很认真地回复：“我已经看完了《乌合之众》，所以，什么事都没有。”片刻，新的消息来了，居然是：“见一面?”

马佳欣没有回复。

这个人是姜众，她知道。

天黑了，姜众知道马佳欣不会回复他了。看到马佳欣的不堪过去，姜众脑子里一片空白。很久，那个长江边的正午走了过来。

“其实，我想当一个小丑，被人笑也没关系，说什么也没人生气。”

姜众难过极了，原来，“小丑”有所指。那个“再也不见”的正午越来越清晰：长江上，一艘货船驶近，浑厚、高昂的鸣笛声惊得一对觅食的白鹤展翅飞起，盘旋在江面。良久，它们停在了废弃轮渡的石礅上。姜众觉得，自己那天走得那样坚决，傻透了。

姜众闷闷不乐，高响不敢招惹。第一次看到网上举报皮特陈的帖子，高响十分诧异。他望着脸色巨难看的姜众，大着胆子建议他联系马佳欣。姜众沉默片刻，冷冷地问："你真希望我跟她联系?"

高响挠了挠头，嬉皮笑脸地说："一心一意创业最好。这不情况危急，她在遭难呢。联系一下呗。"

姜众古怪地笑了笑，转了过去。高响看着他的侧影，故意说："我跟你打赌，世界末日前，你们就会见面。我赌5000，不，1万！要是你们没在2012年12月21日前见面，我输你1万。"

姜众没有动，像个雕像。当爆料帖被删，网友围攻马佳欣的微博，有人爆出她过去的不堪，高响愕然，八卦给姜众听，他仍像个雕像。当灰粒威胁删帖的邮件贴出，高响兴奋极了，姜众还是个雕像。高响诧异又不满，质问："灰粒可是黑了大厂的服务器，大佬500万年薪请他，他都懒得去的大神！当年他发现了一个网络传销案，搜集好资料交给警察，抓了一帮罪犯；他还救了一个想自杀的姑娘，及时破获IP地址通知人去救……光辉的事迹太多了！我就这么跟你说吧，在网络世界，灰粒就是一个超越了门派的侠客，来去自由，行侠仗义。你怎么会不知道灰粒呢?"

姜众居然皱起了眉头，问："这些事都是这个灰粒做的？真的假的，你有证据?"高响被噎住了，特不高兴地说："大家都知道……我说你能不能尊重一下我的感情?"

"造个神你就信。"

姜众摇头。高响从他嘴角的弧度看出了不屑，气不打一处来，嘲讽道："我跟你说，你……咱们给灰粒提鞋都不配！"

"行！提鞋你一个人就够了，我就不去了。"姜众说完，重新成为一个雕像。

高响突然意识到一个更重要的问题，就是灰粒为什么要帮

“富有且劣迹”的马佳欣？他越琢磨越困惑，忍不住问姜众：“灰粒向来劫富济贫，站在正义的那边。马佳欣不是穷人，也不能说正义……”

“你的意思是，网上那些爆料都是真的？”姜众沉了脸，明显不高兴。高响无语又尴尬，忙说：“我没有说是真的……我马上打电话，直接问她。”

高响真的拨了手机号，他其实更想从马佳欣那里听到灰粒的消息。听到关机的提示声，他无奈地耸了耸肩，遗憾道：“居然关机了。”姜众面无表情地盯着电脑屏幕，说：“干活吧。”高响“哦”了声。这样的姜众，他有点陌生。

当马佳欣的微博账号被注销，高响松了口气。他故意没跟姜众说，好奇他会不会主动跟自己八卦。姜众一句话都没有，高响觉得马佳欣这姑娘是真翻篇了。

姜众的闷闷不乐，如果不是因为马佳欣，那就只能是项目进展不顺。当高响琢磨出这一点，顿时就慌了。他耐着性子没有问，一心一意等着资产评估报告和商业计划书的修改版。等拿到这两个文件，他要跟姜众好好聊：创业为了啥？创出这种低气压的工作环境，有钱了也没命花，姜众还这样颓，他可要撂挑子了。

“我们值100亿！100亿！”

收到资产评估报告和商业计划书修改版，高响看到“100亿”这个数字，血脉偾张，心跳到了嗓子眼，喊出的声音缥缈遥远，如在梦中。

姜众的血液流速也加快了，看着激动到恍惚的高响，他的声音也在抖：“不是我们值100亿，是我们将来有可能值100亿。”

“一个意思。”高响高兴坏了，“傻人有傻福，说的就是我吧？”

俩人兴奋地看完资产评估，接着看商业计划书。一个新闻中出现过的面孔赫然列在高管团队中，高响惊呼：“大人物！这资历牛×！我做梦也没想到，这样的大佬在我的团队里……付款、付款！三个工作日内要支付第二笔款。”

“5万块。”姜众觉得有些不对头，“你觉得5万块，请得到这样大的大佬？”

“大佬看好我们的项目啊！”高响没有任何疑虑，“今天就把钱打过去，早点启动，不要浪费时间。”

姜众最终还是点了头。高响启用了公司账户，认认真真地研究了半天，转出公司成立后的第一笔支出：5万元整。

看着转账成功的记录，姜众莫名不安，问高响：“因兴趣而聚焦、为梦想而努力的草根英雄，屡战屡败、屡败屡战的坚忍连续创业者……搞投资的智商应该不低，他们看不出这些是编的？不怀疑？”

“那些站台的，都是有名有姓的人物，他们不担心，你担心什么？”高响此刻对融资充满了信心，好像钱已经在口袋了一样。到了饭点，高响要点大餐，说庆祝人生巅峰即将开启。等外卖送来，是两碗兰州拉面和六串烤羊肉，高响讪笑着解释，说钱没到账，还是节省一点比较好。

姜众没日没夜地工作，迫切希望众筹的项目能出个爆款，似乎兑现了包装文章中吹的牛，能把他这个“骗子”洗白。让姜众啼笑皆非的是，一个他很想合作的机器人项目，对方同意的原因，就是那个“因兴趣而聚焦、为梦想而努力的草根英雄”的包装故事。姜众觉得荒诞，很想把这事讲给马佳欣听，看着她没有回复的信息，他最终放下了手机。

大刘那边迟迟没有进展。收到资产评估报告跟商业计划书，大刘就回了“收到”两个字，高响心里不踏实，也不敢催，给大刘发了几个八卦短信，都不见回复，他的信心开始坍塌。

又是重度雾霾的一天，能见度不足200米，街上的车，有些开了雾灯。高响望着灰蒙蒙、脏兮兮的窗外，拨了大刘的手机号码。

“您好，您拨叫的用户已关机，请稍后再拨……”

高响的大脑一片空白，巨大的恐惧猛击过来。他麻木地转过头，看着姜众，冰冷地命令道：“你打一下大刘的手机。”

姜众从未见过这样的高响，心一沉，立马拨了大刘的手机号。他听着提示音，瞬间懂了高响的异样，笑着说：“关个机怎么了？你不会觉得大刘跑路了吧？”

姜众如此淡定，高响的恐惧仍在，问：“为什么要关机？他怎么能关机？”

“你不知道有些会议是要求关机的？证券公司上班时间手机都不能拿。”

“我傻了，怎么没想到？！”

高响夸张地笑了笑，姜众跟着笑了笑，两人都明白对方的心虚。房间里安静下来，只听得到主机的嗡嗡声。姜众打开了商业计划书，翻到了那些有知名度的“团队成员”，再一次搜索他们在网上的信息，没发现什么异常。他点开了天涯论坛，下意识地输入这些“团队成员”的名字，居然搜到一个爆料帖，说老板在一个创业项目的商业计划书上，看到部门领导是高管成员之一，以为他拿着自己的工资偷偷摸摸地创业，直接开除处理。部门领导想不开，去找老板沟通，得知原因后，拿了一堆商业计划书给老板看，说他就是挂个名，赚一点站台费。他从没想过要辞职创业，站台的这些项目没一个能融到资。然而，老板还是开除了这个部门领导。爆料者讲得欢乐，姜众看得震惊。

姜众去了卧室，开了那台专用的电脑，黑了那个被爆料的部门领导资料。当他看到“火星众筹”这四个字，心一下凉透了。原来，从头到尾，自己跟高响只是“傻鸟提款机”的角色。愤怒冲到了颅顶，旋即坠落。从未有过的羞耻袭来，欲望编织的眼罩突然消失，骗局如此简单和清晰。原来，自己是个小丑。

姜众半天没动静。高响不安，喊了两声，见没反应，站了起来，去敲房门。

“你在里面干吗？下蛋吗？”

房门开了，姜众一脸的阴沉。高响慌了，直觉大刘那边否了项目，融资失败。姜众看着高响那惨白的脸，突然就笑了，还越笑越大声，无法停下来。高响莫名其妙，又惊又喜又不敢信，狠狠抓住姜众的肩膀。

“是成、成了？”

姜众的笑戛然而止，郑重其事地点了点头，说：“就剩下走流程了。”

高响脸上的肌肉抖动，似笑又似哭，他猛地转身，在电脑里调出儿时大杂院的照片，双手合一，如同礼佛，恭恭敬敬。

“老天终于开了眼，眷顾我们这样的好人。”高响转过身，有种中大奖后的恍惚，“大刘是我们的贵人，我要谢谢他。”

“大刘让你别跟他联系，说不想多头联系。”

高响想到大刘不回自己的消息，忙放下手机，郑重表态道：“不联系，你联系就好了……草包，我要打给草包！”

“不行，现在不能跟任何人说。”

“为什么？”

“大公司不同项目部之间竞争也激烈，现在是上面的老外点了头，内部的流程还在走。”姜众理了理思路，接着编，“大公司，流程长。这么大一笔钱，法务、财务部门要审核，还得层层签字，得合规。他说了，这个阶段没有黑纸白字的东西，不能冒失，免得被竞争对手抓住什么把柄；也不要催大刘，催也没用，该走的流程必须走。”

姜众如此淡定，高响真心佩服。巨大的喜悦还在，他突然一把抱起了姜众，开心地转着圈。姜众措手不及，旋转着，大梦初醒的荒诞感无比强烈。

深夜，姜众盯着电脑上的空白文档，像个雕像。高响欢快的歌声突然响起，是Beyond乐队的《海阔天空》：今天我 寒夜里看雪飘过／怀着冷却了的心窝漂远方／风雨里追赶 雾里分不清影踪／天空海阔你与我／可会变（谁没在变）／多少次 迎着冷眼与嘲笑／从没有放弃过心中的理想……

姜众静静地听高响唱完，在文档上敲下了第一行字。

“原来，我也是个小丑。我这个小丑，想把自己说给你听。”

电脑屏幕发着幽蓝的光，电流的声音吱吱响，姜众端坐着，敲下了一行又一行的字，直至天色将明。他打开百度云盘，输入账号和密码，上传了文档，给马佳欣发了一条短信。

“上传了一份新文档，请查收。”

姜众和衣躺在床上，握着手机，睁眼望着天花板，对自己失望极了。

马佳欣看到姜众的短信，登录了百度云账号，下载并打开了那个文档。看到那句“原来，我也是个小丑。我这个小丑，想把自己说给你听”，她有些意外。

“最开始，我以为你势利眼，很烦你，不过我没想装富二代，是高响那家伙胡诌的。”

“去若城删照片这事，我是故意的。我知道项宇跟吴兰芳很熟，你迟早会知道我干的事。你要是知道了我最不堪的一面，还会理我吗？我就是这样想的。嗯，我算不上好人的。”

“我知道你不会理我了，又老想看手机，干脆换了号码，以为这样就可以专心做事了。”

"你问过我，为什么做那个网站。我知道你把我当富二代，关注机器人、火星、空间站，有钱有闲敢做梦，以为我想证明自己什么的。我做那个网站，是因为我爸爸，很长一段时间，我都坚信，我爸在保密单位研究外星人。这是机密，我不能对任何人说。嗯，我爸在我很小的时候就去世了。"

……

马佳欣看完，心情久久不能平静。这份自述，加上老吕说的，大概就是一个完整的姜众吧，一个她刚刚认识的姜众。

"拿了一手烂牌的他，为什么还能这样乐观和积极?"

马佳欣问自己，问了好几次。她拿起手机，翻出那个发来消息的号码，新建了联系人，存了姜众的名字。坐了许久，她终究没有回复消息。

姜众想要的爱情，她给不起。

马佳欣意料之中地没有回复，姜众还是失望且难过的。每次想拨通那个号码，他都跟自己说，这样糟糕的自己，正常人就是会敬而远之。

"客户第一的心情，我算是彻底明白了。"高响工作热情高涨，在线同时回答几个网友的提问，疲惫且兴奋，他转头看着姜众，问："大刘那边的流程走得怎么样？钱什么时候能到账?"

高响眼里有光。姜众内疚，迟疑片刻，很认真地问："能拿到这么多钱，你真的信?"

高响的脸唰地变了，嘴唇哆嗦着，说不出话。姜众心里不是滋味，忙解释："你别急，我不是说没钱拿，是问你为什么能拿这么多钱?"

"项目好啊!"高响很想揍姜众，"这还用得着问?!"

"那你有没有想过，一击就中的好项目，是不是应该比一下价格，万一有条件更好的?”

高响盯着姜众，一脸的不可思议，警告道：“知足！你给我知足，别折腾了，这笔巨款能顺利进账，就是祖宗烧了高香，我得谢天谢地。”

“那万一真有机构给更好的条件呢?”姜众坚持。高响狐疑地盯着姜众，片刻，态度坚决地摇了摇头：“别折腾，别多事！”

“行，知道了。”姜众笑了，“我就是打个比方，大刘帮我们这么多，我不可能对不起他的。”

“对，不能对不起大刘。”高响狠狠盯了一眼姜众，有些莫名其妙。

“干活吧。”姜众表态，“我一定会对得起大刘的。”

高响放下心来，转头继续忙了。姜众看着高响的背影，心里默默说了句“对不起”。他刚想清楚惩罚大刘的方案，这个方案需要高响的“助攻”，现在不能告诉他真相。

10月30日11点55分，高响跟姜众端坐在电脑前，严阵以待。小米手机2首轮发售的五万台，将在五分钟后开抢。根据预测，几分钟内将抢光。姜众刷着粉丝们的评论，真切感受着移动互联网吹来的风，自己上当受骗的屈辱此刻变得无法容忍，他拿起手机，给马佳欣发了消息。

“这次，我真的要当个骗子了。”

高响再次检查小米官网账号中的收货地址，记事本上的手机号、姓名和邮件等资料，抢购时直接复制这些信息，可以节约时间。确认无误后，他不停刷新页面，等待“购买”出现。近12点，高响注意力高度集中，点击“购买”、填写信息、支付款项，整个流程操作完，他觉得自己像个冲锋的战士，血脉偾张。当看到“待出库”，他兴奋得跳了起来。因为融资成功，高响所有的感知都被放大了，像被加满了油的车，轻轻一踩，就飙了出去。

“抢到了!”

高响转头，发现姜众在低头玩手机，忙凑了过去。当他瞟到电脑页面停在抢购之前，大吃一惊。他来不及问，忙刷新页面，点击购买，发现已售罄。高响看了眼时间：12:03。

“五万台，三分钟内抢光!”高响十分感叹，“兄弟，风口到了，我们的时代!”

姜众面带微笑，盯着手机，没有反应。高响发现他的异常，拍了拍他的肩，困惑地问：“你手速比我快多了，怎么不抢啊?”

姜众藏起手机屏幕，看了看电脑页面，想了想，说：“昨天的华为荣耀2才1888元，小米2要1999元，作为将来的有钱人，我肯定要买苹果啊。”

“就是啊，咱们是有钱人了!”高响兴奋，几秒后，又觉得不对头，“可是十分钟前，你还说一定要抢到。”

“任性!”姜众站了起来，明显心情很好，“有钱人可以任性，你得慢慢习惯。”

“就是!”高响开心，“对了，我想跟我爸妈说，让他们高兴高兴，他们就没见我这么出息过……”

“钱没到公司账，这件事绝对不能跟任何人说。”姜众变了脸色，异常严肃，“见不得别人发财的小人太多了，还有潜在的那些竞争对手……退一万步，亲戚找你借钱，你现在有钱借吗?”

“借钱……”高响笑得有些不好意思，“懂了，我绝对不说。”

高响回到自己的位置，认认真真干活。姜众忙拿起手机，迫不及待地翻出了马佳欣的短信。

“为什么?”

这三个字和一个问号如此美妙。距离12点差三分时，姜众看到了这条回复，完全没心思抢手机了。“为什么?”他又默念了一次，打字回复道：“因为我被骗了，投资是假的。你说我这么聪明绝顶的，怎么也会上当受骗？”

“骗子被骗的感觉都这样？”

马佳欣秒回。看着她的调侃，姜众笑了，愧疚又开心，回复道：“这个解释起来有点复杂，要不，见面说？”

手机没了动静，时间停滞了。姜众像在刑场等待处决的犯人，身边那些被忽视的细节清晰了起来。他看到了角落的蜘蛛网，看到了窗帘上圆珠笔画的小花，看到窗外一个屋顶是蓝色的，在浓郁的雾霾中，有着朦胧的美。

“明天？”

马佳欣的回复简洁明了。姜众快乐极了，立马回复：“就明天！我很开心。”

姜众拿着手机，半天没动，怕刚才是梦，动了会醒。电脑黑屏了，映出一个蓬头垢面的脸庞。姜众认真打量，发现自己原来长这样，有点奇妙。

马佳欣跟自己说，答应见面，是不想姜众真的当骗子，顺便问问他拿了一手烂牌，为什么还这样乐观？窗外，雾霾严重，美好的秋天结束了。马佳欣心想，这次见面，是真的告别了。

10月的最后一天，雾霾依然严重。这段时间没有风，没下雨，那些浮在空中的颗粒迟迟不散。马佳欣围了一条宝蓝色的围巾，裹上了长款羽绒服，黑色基本款，永不出挑、永不过时的那种。出了楼道，寒气扑面。北方的冬天，就是来得早。

亮着的路灯，在雾霾的夜里，像雨前的月亮，裹着光晕。过了东四十条桥，马佳欣突然发现，有路人装扮成了吸血鬼，脸刷得雪白、嘴里伸出长长的獠牙。她才意识到，今天是西方的万圣节。走近三里屯，一些门店果然有南瓜灯，有些还在墙壁上挂了蜘蛛网和鬼怪道具。广场上，明亮的灯光穿透雾霾，落在肆意装扮的时尚男女身上：死神、吸血鬼、哈利·波特、钟馗，甚至有盛装的京剧花旦，马佳欣觉得误入了一个时空混乱的电影场景，不真实，甚是奇妙。再走几分钟，就到约定的咖啡馆门口了。这个咖啡馆，是姜众挑的，她懒得反对。

咖啡馆门口，一个打扮成小丑的男生安静地站着。马佳欣有些意外，这一路遇见好几个小丑，都是《蝙蝠侠：黑暗骑士》那种，乖张而诡异；这个小丑是卓别林式的，有种自嘲的落魄和心酸，不由得多看了两眼。小丑似乎感受到了她的目光，望向了她，两人的距离越来越近，小丑突然横跨一大步，挡在了面前，马佳欣大吃一惊。

“你好，我是马佳欣。”

小丑捏着嗓子说完，做了个夸张的鬼脸，伸出了手。马佳欣这才意识到小丑是姜众。是的，她说过希望自己是一个小丑，被人笑、笑别人都无所谓。刹那间，一股温情涌起，她忘了动弹。

“不是说你是小丑……主要是……我是个小丑。”姜众见马佳欣不说话，缩回了手，有点窘迫，“你看上去真的还好。”姜众呼出的白气在路灯下，有些不真实。他眼里的欣喜，那么明显。

“我一直都很好啊。”

马佳欣笑了笑，说得平淡。姜众看着她，那张近乎素颜的脸上，似乎真的一切还好。姜众确认她没看到网上那些爆料，做了个夸张的鬼脸。

两人进了咖啡馆，靠窗的位置，桌上有小吃和喝了一半的咖啡，椅子上放着姜众的外套和鼓鼓囊囊的包。姜众殷勤地帮马佳欣点了单，服务员走后，四目相对，他有些紧张。马佳欣不想让他误会，主动开口道：“我看了你写的，还蛮意外的。”

姜众不好意思地看着她，说：“我没想骗你的。”

“我信。”马佳欣说得认真，“现在为什么要做个骗子呢？被骗子骗了就要报复，成为一个骗子吗？”

姜众突然意识到，她来见他，只是为了阻止他行骗，顿时有些失落。姜众不说话，马佳欣斟酌片刻，还是说了出来：“被坏人伤害了，就一定要变得比坏人更坏，这样你会更累的。”

“冤冤相报何时了，我懂的。”姜众看着严肃且正经的马佳欣，突然不想说自己被骗的经历，不想说骗大刘的计划了，“我不是一个像你那样的好人，也绝不是坏人。”

气氛沉默且尴尬起来，马佳欣喝了口咖啡，缓和了语气，说：“我还蛮佩服你的……就是很乐观。”

“你想说我拿了一手烂牌，为什么还这么乐观，对吧？”姜众说得随意。自己想问的，居然被他一字不差地说了出来，意外之余，马佳欣有种说不出的触动。姜众见她不说话，觉得自作多情了，换了话题，问：“你拿了一手好牌，为什么要打得稀……要躺平呢？”

“有躺平的资本啊。”马佳欣回过神，“嗯，你拿了一手烂牌，为什么能这么乐观？”

“因为悲观、抱怨不划算。”

姜众笑了，笑得如此开朗。马佳欣有些羡慕，问了另一个想问的问题：“你相信你爸爸在保密单位研究外星人，从什么时候开始的？”

“五岁左右？其实我不大确定。”姜众回忆着，“我搞不清楚是我妈妈说的，还是我爷爷说的，最大的可能性是我在电视机里看了《E.T.外星人》，自己就这么想了。”

“你自学黑客，跟这个也有关吗？”

“我不大确定。”姜众犹豫了下，“也可能电脑是我妈妈买给我的，我就老玩……平时她不跟我住一起。”

马佳欣心里咯噔了一下，问：“你这么聪明，为什么没有上大学呢？”

"高中的时候，我反感学校取消体育课、延长晚自习时间，黑了学校的官网，被处分，不服气，就不去了。"姜众苦笑，"当时觉得自己特别酷，其实挺傻的……我后来自考了专科的学历，本来还想自考本科的，又觉得没什么意思。"

"这么厉害!"马佳欣由衷赞叹，羡慕他曾经的反叛。姜众意外她的赞美，有些不好意思，转移了话题，问："《乌合之众》你什么时候看的？什么感受?"

"就关机这段时间。作者勒庞太厉害了，1895年就预言大众传媒出现后，我们要进入群体的时代，还说群体的道德水平低劣，轻信又暴躁。"马佳欣顿了顿，"我最意外的是，被攻占的巴士底狱当时只关了八个人，没一个政治犯，那个凑热闹的厨子莫名其妙杀了照顾精神病患者的监狱长，特别黑色幽默，不，应该叫荒诞。"

"就是很荒诞。"姜众看着她，"有没有觉得互联网上跟热点，大家容易愤怒，也容易遗忘，跟这本书说的集体非理性狂热很像?"

"还好网线不能飞刀片，否则要冤死好多人。"

"你看啊，技术一直在进步，人其实没什么变化。就算真成了别人眼里的小丑，他们顶多讨论几天，然后就忘了，又去追另一个热点，另一个小丑……"

马佳欣知道姜众的意思，让自己不要介意网络上的那些攻击。可他似乎太认真了，认真到让她奇怪：跟皮特陈的那些谣言，她本来就不介意，为什么他认定自己会很介意呢?

"我已经是别人眼里的小丑，我不介意的。再说了，跟键盘侠较劲，除了傻还是傻。"马佳欣不想太严肃，"你为什么会看呢?"

"老吕推荐给我的。"姜众犹豫片刻，"有段时间浑浑噩噩，就看了很多书，各种各样的，想找个答案。"

"找到了吗?"马佳欣忍不住问。关于人生的答案她正在找，她迫切希望他找到了。

“我不确定。”姜众说得小心，“至少我知道了关于这个世界的不同想法，人跟人不一样，适合的想法也不一样。”

马佳欣略失望，想了想，问：“佛教说缘起性空，一切有因果，六道轮回，善恶终有报，你信吗？”

姜众诧异她在看佛教的书，有点莫名的紧张，斟酌片刻，才说：“部分信吧。轮回我很难信，因果是信的。苦、集、灭、道四圣谛，整个说法很完整，就是觉得有情众生苦是苦，把一切看空了，活着又有什么意思呢？”

“四圣谛你都记得，厉害的。”

马佳欣夸得认真。姜众更不安，问：“你就一直看书，没做点别的？”

“看书挺好的啊。”

“嗯，你还有别的爱好吗？”

“画画。”马佳欣脱口而出，自己都诧异了，甚至有些后悔，“那是我小时候的爱好，早就不画了。”

“为什么不画了呢？”

“我妈不让。”马佳欣笑了笑，“她是为我好。我学习成绩差，再花大把时间画画，考不上高中的。”

马佳欣说得平淡。姜众意外她提到家人，试探性地问：“在你妈妈面前，你压力大吗？”

“还好吧。”马佳欣不想再说，忙问，“你一定要报复那个骗子吗？”

“嗯，目前是的。”姜众知道马佳欣会失望，他看着她，说得诚恳，“我不会跟你说假话了，善意的也不会。”

这话有些暧昧，马佳欣无言以对。气氛沉默起来，尴尬那么明显，姜众问：“你接下来有什么打算？”

"房租到期就离开北京，去哪里还没想好。"

姜众有点意外，不知道说什么好。马佳欣在看时间，他豁了出去，问："你说，要是有一天，自己最不想让人知道的丑事被所有人知道了，会怎样？"

马佳欣以为姜众在说他被骗的事，安慰道："跟你无关的人，骂得再难听，又有什么关系？关心你的人，会更理解你，不是坏事啊。"

姜众笑了笑，从鼓鼓囊囊的包里拿出了小丑帽子和小丑面具，问："今天是万圣节，敢不敢跟我一起当小丑？"

马佳欣下意识地摇了摇头。姜众料到了，说："你说过想当一个小丑的，你刚才还说你已经是别人眼里的小丑了，为什么不试试呢？"

马佳欣明显在犹豫。姜众接着劝道："刚才在外面等你，有人笑我，有人主动跟我合影，我好像不是我了，醒着做梦一样。佛经说人活着如梦幻泡影，如露亦如电，都是无常。已经是无常了，为什么不尝一尝呢？"

姜众说得俏皮，马佳欣点了点头，接过帽子和面具，穿戴好，转身对着镜子一般的玻璃窗，盯着小丑的红鼻头，有些恍惚。

外面好冷。马佳欣跟着姜众，走进人群，下意识地避开亮光。姜众扭头发现了，停在她对面，做了个大大的鬼脸。

"小丑，你要知道你是个小丑，小丑不会怕丢脸的！"姜众说完，学起了卓别林走路，"来，就这样走，丑就丑到底！"

姜众倒退着，姿势夸张。马佳欣终于笑了起来，尝试着摆起了手，抬高了腿，笨拙地走着。姜众高兴得一蹦老高，小跑过来，突然，他一个踉跄，直接摔倒在地。路面有个小坑，他刚好踩了进去。马佳欣一惊，紧走几步，正犹豫要不要伸手去拉，姜众爬了起来，模仿卓别林电影中的经典片段，对着小坑进行夸张的观察和试探。马佳欣没忍住，笑得弯下了腰。姜众来劲了，继续模仿卓别林在《淘金记》《摩登时代》中的片段，毫不在意旁人的目光。

有路人跑过来要求合影，姜众一下子跳到马佳欣身后，路人开心地举起相机，自拍了一张，马佳欣还没反应过来，就被拍进了照片里。路人把照片给姜众看，姜众超开心，主动加了他的微信，要来了照片。

“你加一下我微信，我把照片发你。”

姜众说得如此自然，马佳欣犹豫了下，扫了他的二维码，发送了好友申请，立马被通过。看着姜众发的照片，她回了个笑脸。

“哪一天，你觉得自己是个小丑，别忘了，还有一个小丑跟你在一起。”

马佳欣突然觉得，一整晚，姜众就为了说这一句话。温暖跟不安同时袭来，她不知如何作答，沉默片刻，哼起了那首三亚雨夜的曲子。清亮的口哨声响了起来，配合着马佳欣的速度。一曲吹完，暧昧横生，马佳欣问：“这首曲子是什么名字？”

“没名字，是电影《潜行者》的主旋律，导演是苏联人塔可夫斯基。”姜众想了想，补充道，“那个导演是个大神，我不一定看懂了，就是喜欢。”

“会觉得伤感，还有点慈悲。”马佳欣摘下小丑的帽子和面具，递给姜众，很认真地说，“今天谢谢你。”

“不嫌弃的话，你留着吧。”

马佳欣犹豫了下，收回手，说：“那谢啦。”

“我有塔可夫斯基的电影全集，明天拷在U盘里，送给你好不好？”姜众说得迫切。要的话，意味着明天还要见面，马佳欣想了想，说：“我想看的时候再找你吧。”

“也行。”姜众觉出了莽撞，有些不好意思。

俩人在光怪陆离的广场上挥手作别。

马佳欣走到东四十条桥，想起了吴兰芳，想起她对着二环路高喊：“我要留下来，我必须留下来！”马佳欣戴上了小丑帽子和面具，上了桥，像姜众那样大摇大摆。

二十　塔可夫斯基的诗意

姜众站在门口，给马佳欣发了条消息：“我到家了，今天很高兴。”

“谢谢你。”

马佳欣居然秒回。姜众很意外，进门后不由得握紧拳头，做了一个加油的动作。高响转头，刚好看到这一幕，顿时兴奋了。

“大刘那边的流程走完了？”

“差不多，快了。”

姜众有些心虚，快步进了卧室。合影中，戴着面具的马佳欣，看上去诧异又拘谨，姜众傻笑着，从电脑里找出《潜行者》主旋律MP3，上传到百度云账号里。

“那首曲子我上传了。”姜众犹豫片刻，发了个“晚安”。

这是他第一次跟她说晚安。她没有回。

十分钟后，姜众启动了报复大刘的计划，发了第一条消息：“融资的事，能不能缓一缓？”他无比确定，大刘一定会回复，并追着问情况。三分钟后，大刘回了消息，问：“怎么回事？”

“是这样的，我合作多年的一个大哥，说中东的土豪王子还是酋长什么，找到他合作，要成立基金，需要项目，让我把这个项目留给他。你说搞笑吧？”

“你要留给他？”大刘秒回。

“当然不，我这个项目肯定是您的。那个大哥说中东土豪觉得移动互联网有大机会，财大气粗，在中国到处招人。我就在想，这事要是真的，你拿着项目过去当基金经理，不是更好？”

大刘没有回。如他所料。

姜众放下手机，开始整理包裹。他刚拿出小丑面具，房门开了。高响看着那面具，瞪圆了眼睛，一口老血差点喷出来。创业的关键节点，姜众居然跑出去过洋节！他傻站着，红了眼圈，吸溜了一下鼻涕。姜众十分愧疚，硬着头皮假装无辜。

“你怎么了？”

“我怎么了？”高响被这句话激怒了，“你他妈有脸问我怎么了？我就是个大傻×，创个屁的业啊……你太过分了！”

高响如此激动，姜众有些意外。他突然想逗他，特诚恳地问：“你为什么要骂自己呢，我没觉得你是大傻×啊，以前有人说你是大傻×？”

高响愤怒地瞪着姜众，气得嘴唇哆嗦，骂道：“我没日没夜的，当事业在拼。我知道你没用全力……咱们是个team，有劲一起使，有事一起担……过洋节……我就是傻×……”

高响越愤怒，姜众越难过。

“那不是100块、1万块，是500万美元，3000万人民币，你觉得，我会跟3000万过不去？”

高响狐疑地盯着姜众，愤怒逐渐平息了。姜众拉了张椅子，让高响坐好，问得认真：“咱俩谁更重视火星众筹？是我，对不对？”

高响挑不出这话的毛病，认真提醒道：“你30万，我10万，亏了你亏更多。”

“所以，我肯定比你上心的。”

高响盯着姜众，似乎想看出点破绽。片刻，他转身出去了，还带上了门。姜众在心里说了声“对不起”，轻轻扇了自己一耳光。

空灵中有一些忧伤，好像神俯视大地，怜悯与希望并存。马佳欣静静听着《潜行者》的主旋律，似乎懂了姜众为什么向往太空。她点开他的朋友圈，除了推广火星众筹，就是科技新闻和科普文章，更新频率并不高。上网搜《潜行者》，居然没有资源；接着搜塔可夫斯基的电影，找到了《伊万的童年》和《乡愁》，马佳欣连夜看完，大为震撼：每一帧美且有深意。她看懂了《伊万的童年》，却更喜欢看不懂的《乡愁》，那里面有一种情绪，让她心有戚戚焉。

第二天醒来已近中午，手机里有姜众发来的消息："塔可夫斯基的电影全集我已经拷在U盘里了，想看了跟我说一声，给你送过去。"

马佳欣望了望窗外，灰蒙蒙的。天气预报说后天有大雨，大后天要下雪。印象中，北京的雪没这么早。她想了想，回了个"大后天"。塔可夫斯基的电影，她的确好奇。那么早的雪，她也期待。

姜众大喜过望，每个细胞都洋溢着快乐。高响跟着开心起来，觉得项目进展肯定顺利。两个人埋头准备着即将上线的十个项目，天猫"双十一"的促销活动如火如荼，这种流量能蹭就蹭。大雨下了一整天，姜众忧虑明天的出行。天快黑时，他望见路灯下的雪花，突然开了窗。

"神经病啊，关窗，快关窗！"

高响被寒风吹得打了个哆嗦，忙呼喊。姜众关上窗，充满期待地问高响："明天路面会硬，会白，到处都是雪花，对不对？"

"不会。"高响摇头，"下了雨，雪存不住。再说了，才11月初，不会这么早下大雪的。对了，大刘那边的流程走得怎么样了？"

"这个项目是美国那边的高层支持的，要到美国那边走流程，没那么快的。"姜众说得理所当然，高响想想也是，把不安塞回了自己的肚子里。

晚上，姜众执行了报复大刘的第二个动作：依次登录了几个微信账号，一个转发了中东主权基金跟软银孙正义的文章，一个说中东的土豪亲自进军中国了。姜众无比确定，群里的大刘会看到这些消息。

气温罕见骤降，供暖提前到了11月4日。马佳欣起床，拉开窗帘，惊喜地发现雪花乱舞，天地茫茫一片。不远处的屋顶已有薄雪，楼下的树枝挂上了雪花，无人无车的马路牙子像一条长长的白毛巾，崭新的那种。她推开窗户，伸手去接雪花，数十朵落在手心，晶莹剔透。

低矮平房的黑瓦灰墙、苍劲的老树、时不时呱呱两声的神鸟乌鸦，有了大雪为背景，一夜穿越回了老北平。马佳欣在胡同中穿行，对自己挑的时间和地点很满意。走进咖啡馆，她一眼看见姜众冲自己招手，笑得灿烂。

“这么早。”

马佳欣故意说得平淡。

“怕堵车什么的，就早点出来了。你喝什么？”姜众有点不好意思。

“我自己点。”马佳欣放下包，去了前台。店里的单品咖啡标明了出产国、产地海拔、品种和处理方式，看上去很专业，马佳欣挑了海拔最高的卢旺达。回到座位，一个精致的U盘已在桌上。

“《乡愁》我没怎么看懂，就是喜欢。”马佳欣拿起了U盘，“你是喜欢塔可夫斯基，才喜欢那首曲子？”

“是喜欢那首曲子，才开始看他的电影。”姜众目光温柔，“我对《潜行者》没什么感觉，最喜欢他的《镜子》，诗一样。”

“那我要好好看。”马佳欣把U盘放进了随身的包里，“谢了啊。”

“客气什么。”姜众笑得开心。

U盘交接完成，一时之间，俩人都不知道说什么好。研磨咖啡豆的声音突然响起，香味弥散了整个空间。

“你在论坛上发帖找我，我看到了。”姜众找了新话题，“那些回帖脑洞太大了。”

“路痴外星人姜众被困在西直门的立交桥上了。”马佳欣笑了。

“就是啊，你是迷糊的外星人，要带路痴外星人回母星。我真是服了那些家伙。”

气氛轻松了些，姜众主动八卦论坛网友们的奇葩窘事：有一个爱好无线电的，玩环绕地球信号接力，差点被当成间谍给抓了。还有一个网友，说社交网络刚出来时，会显示谁看了你的资料，他写了一个机器人，自动访问其他人的资料。被访问的大部分人会回访，好奇是谁访问了自己，他那个机器人主页流量就上来了，靠着主页上的广告，他每天都能赚点广告费。赚的钱够生活时，他炒了老板的鱿鱼。第二天，这个显示谁看了你资料的功能被取消了，他立马没了收入。姜众讲得眉飞色舞，看上去那么开心。

“你不是被骗了，还这么开心？”

“是骗局，我就不用为了那笔融资当骗子，轻松太多了！”

姜众说了跟大刘结识的过程，怎么在巨额融资的诱惑下，一步步开始“造假”：假的包装故事，假的高管团队，假的资产评估。

“我一般不骗人的。”

姜众这么说，马佳欣笑了笑，不置可否。姜众想起自己“骗”过她，尴尬了，喝了口咖啡，解释道：“刚辍学那会儿，觉得所有人都自私自利，很恶心，炸了地球的心都有过。自己呢，是最特别的，绝对不能同流合污，绝对不能长成自己讨厌的样子，是不肯说假话的。后来见得多了，看到一些更黑暗的，也看到一些有原则的人，没那么偏激了……就是张嘴就来、胡说八道什么的，也不排斥，不过都没有坏心思的。”

“你不是真的要骗人了，那也不是坏心思？”

“对，不是坏心思，是替天行道。”姜众说得理直气壮，“大刘这种人，就应该得到惩罚。”

马佳欣沉默了，觉得劝阻有点太圣母。姜众看着她，问：“嗯，你焦虑吗？”

马佳欣愣了愣，望了望窗外的漫天大雪，说：“雪花不会焦虑，冬天不会焦虑，春天也不会焦虑，为什么非要焦虑呢？”

“我以为你要说躺得够平，就不会焦虑。”姜众笑了，“雪花不会焦虑……有点塔可夫斯基。”

马佳欣尴尬了，看了看时间。

“今天……”

“我还有东西要送给你。”姜众知道她想走，说得迫切，“已经买好了，也拿过来了。”他站了起来，走过去拎起靠墙放着的一个大袋子，献宝一样放在了桌上。马佳欣看着这个大袋子，很诧异，有点好奇。

“是画架。”姜众小心解释，“你说你喜欢画画。”

马佳欣怔住了，心跳突然停了一拍，什么也说不出来。姜众怕她拒绝，忙说：“你现在不用考试了，你妈妈没理由反对，你可以接着画的。”

“你太自以为是了。”马佳欣站了起来，没来由的恼怒让她心烦意乱。她穿好外套，背起包，顿了顿，说：“U盘……谢谢了。”

马佳欣直接出了咖啡馆。姜众傻了，忙穿好衣服，拎起装着画架的大袋子，追了出去。

大雪纷飞。地是白的，树是白的，胡同是白的，天空是灰的。清冽的寒气从脖颈处钻入，姜众赶上了疾步的马佳欣。

“你为什么不试试呢？”姜众嘴里冒着白气，“你现在又没工作，也没事干啊？”

马佳欣极其无语，加快了脚步。姜众知道说错话了，懊恼不已，沉默地跟在她身后，不远不近。马佳欣听烦了他的脚步声，无奈地转身，问：“多少钱？”

“不要钱！”

马佳欣继续走。姜众小跑了几步，瞧见她一脸的冷漠，忙报了一个价：“不贵，就200。”

马佳欣站定，掏出钱包，找到两张100元，递了过去。雪花飞舞，红色的钞票上很快有了一层薄雪。姜众苦笑，接过钱，塞进了口袋，说：“这画架太重了，我送到你楼下吧。”

马佳欣变了脸色。姜众忙解释：“不是为了知道你地址……真的很重，要不你试试？”姜众说着，把大袋子放在了地上。马佳欣拎着试了试，蹲了下来，费力背起，一言不发地往前走。

大雪里，马佳欣的背影如此倔强。姜众没有追上去，静静地望着那个身影越来越小，消失在胡同的白茫茫中。

马佳欣到家放下大袋子，肩膀已勒红，生疼。房间有暖气，温暖如春，袋上未拍净的雪瞬间化成了水。她打开袋子，发现有一层防水的塑料薄膜，精心包裹着里面的物件，除了画架、画板、一沓画纸、一盒素描的铅笔、一盒彩铅、一个铅笔刀，还有一本素描入门的教材。许久，她站了起来，开了电脑，插入U盘，复制塔可夫斯基的影片。

雪越来越大，铺天盖地。马佳欣看着说明书开始组装，不到半小时，画架立在了客厅，她擦拭干净，把铅笔、画纸等放进了架上的抽屉，拍了一张照片。姜众发来沿路雪景，看着那句“我到家了”，她最终放弃了回复。削了铅笔，放上画纸，马佳欣沉思许久，寥寥几笔，一个小丑出现了。

吴兰芳来电，说朋友圈被北京的大雪刷屏了，感叹道：“这么早、这么大的雪，太罕见了。”马佳欣走到阳台，发现这个城市一片纯白。近傍晚，雪大得出奇。新闻里说延庆那边的积雪有10厘米厚，中心城区有些树枝被积雪生生压断，甚至有整棵树被压倒、砸在了路边的轿车上，雪花四溅，如同巨浪。

马佳欣开始看《潜行者》。三个男人在一片荒野中，投石问路。缓慢的长镜头，长又长，她窝在沙发上，困意袭来，努力支撑的眼皮，慢慢合上了。当熟悉的主题音乐响起，马佳欣惊醒，屏幕上是潜行者那张特写的脸，他身旁的物件、水底的东西，一一仔细呈现，长长的镜头长又长。马佳欣有些失望，她对这首曲子的想象，跟屏幕里的景象差距甚大。她很想跟姜众聊聊自己的感受，最终，她放弃了联系，登录了百度云的账号。姜众刚上传的新文件，是那个“因兴趣而聚焦、为梦想而努力的草根英雄”故事，马佳欣一口气看完这个豪情万丈、通篇都是溢美之词的文章，想起姜众真实的经历，觉得荒诞，甚至伤感。她再次点开了《潜行者》，努力睁大眼睛，没多久，再次睡着了。

第二天，雪还在下。马佳欣出门走了一圈，这个变得纯洁的城市，处处看着陌生。公共交通受阻，不少急着赶路的人，被迫第一次用了叫车的App，通过网络联系接活的私家车。她随意走了很久，像在做最后的巡视。回到家，开始看《镜子》，为避免睡着，她放弃了沙发，端端正正地坐在椅子上。

开场处，一个男孩开了电视机，里面在放一个结巴的技校男生接受口吃治疗，女医生像个神婆，用的都是心理暗示。马佳欣觉得无趣，万幸片名及时出现，音乐很不错，字幕结束后，画面突变：一个中年女子坐在木栅栏上抽烟，远处是淡粉的天空和绿色的田野，像一幅油画，古典且美妙。当问路的中年男子离开，有风吹来，田野像波浪一样起伏……马佳欣被深深吸引了，聚精会神地看了下去。看完后，她忍不住又看了一次。她说不清楚故事讲了什么，沉浸在一种情绪中，久久不能释怀。窗外的白雪皑皑，往事纷至沓来。马佳欣拿起手机，给姜众发了消息。

“《镜子》我没看懂，就是很喜欢。”

“诗不需懂啊，被触动就对了。”姜众秒回，“我最喜欢的就是《镜子》，会想起小时候。”

马佳欣突然意识到自己主动联系了姜众，懊恼之余，有些轻松。

“我有一天醒来，发现爷爷跟奶奶都不在，以为自己被他们扔了，那种恐惧的感觉现在都记得。”

“嗯，我也想起了小时候。奶奶会坐在村口一棵巨大的香樟树下纳鞋垫，春天的时候起风，红色的香樟叶子落在她身上。”

“像妈妈坐在栏杆上抽烟，风吹过田野，像一幅油画。”

“嗯，还有老房子、牛奶，那个望着树上小鸟的小男孩，母亲和父亲，成年后那个自己的愧疚，你说得对，就是一种触动，很奇妙。”

“塔可夫斯基能把自己的记忆拍出来，多幸福。对了，你可以把你奶奶坐在香樟树下的场景画出来。”

马佳欣转头看着画架，久久未动。晚上，她做了一个美梦：整个世界是浓烈的黄色，没有天，没有地；花朵是大红色的，朵朵飘在空中，肆意绽放。马佳欣一身绿，穿梭其中，每一朵她想抓住的花，都消失不见。她越走越快，最后飞了起来，仍两手空空。每一朵大红花，那么近、那么远。

“一箩麦，二箩麦，三箩过大麦，四箩打噼啪，噼噼啪，噼噼啪，噼——啪——！”

奶奶的声音温柔又松弛，像秋日午间的暖阳，梦里的马佳欣不慌了，像在棉花堆里打滚，知道怎么折腾都不会受伤。

醒来后，马佳欣觉得窗外的声音跟自己无关，这个房子跟自己无关，这个世界跟自己无关。此刻的自己，轻盈得像一颗尘埃，可以飞向太空，无边无际地漫游。

起床拉开窗帘，雪停了。马佳欣看着无比通透的天、天上无比浓郁的蓝，喜悦顿时盈满心头。她特意出了门，去了不远的护国寺小吃店，喝着小米粥，吃着炸糕，透过红绿相间的老式窗棂，望着蓝蓝的天。没有风，雪花停在树叶上，呼应着屋顶的白。整个城市，此刻特别纯洁。

姜众发来消息，说要用U盘，是不是方便找她来拿。马佳欣知道这是见面的借口，犹豫着，没有回复。姜众又发来消息，说这么好的天气，一起去逛景山公园？马佳欣答应了，这样的天气，不应该辜负。

回家取了U盘，马佳欣溜达到了南锣鼓巷，除了那条主巷，人并不多。从东棉花胡同穿到雨儿胡同，名人故居已是寻常人家。沿着玉河古道，走到什刹海，人不少，都是来赏雪景的。白雪覆盖的湖心岛，不似人间。

“好美，真像西湖啊！”

“西湖？膀大腰圆款的还差不多。”

马佳欣听到路人的话，被逗乐了。她打量着眼前的一切，离别的心情下，每一棵树都有了诗意。她提前五分钟到景山公园西门，一眼看见了等在那里的姜众：黑色的帽子、黑色的短款羽绒服、一条蓝色的围巾有些显眼。姜众用力挥手，笑得灿烂。马佳欣走过去，掏出了U盘。

“谢谢啊。”

姜众接过U盘，随手放进口袋，尴尬地解释：“这么急找你要，不好意思啊。”

“没事。”马佳欣笑了笑，朝公园大门走去，姜众忙跟上。景山不高，人不少。姜众说他挑了个地方，想请她帮忙拍一张照片。马佳欣略诧异，跟着他到了一个小山坡。姜众停在一棵树前，说了大概的构图需求，马佳欣依言拍好。姜众对照片很满意，举到马佳欣面前，问她看出点什么没。马佳欣盯着照片，突然悟了。

“《镜子》?”

姜众笑了，特别开心的那种，说这个构图是塔可夫斯基在致敬尼德兰画家彼得·勃鲁盖尔的《雪中猎人》，塔可夫斯基应该特别喜欢这个画家，在《飞向太空》中也用了他的画。

“你知道这么多。”马佳欣赞道，“我都不知道这个画家是谁。”

“我昨天才知道，网上搜的。”姜众有些羞涩，“《镜子》里的诗是塔可夫斯基父亲写的，我背了一小段，我背给你听啊。”姜众不等马佳欣点头，自顾自地背了起来。

我不相信前兆，也不惧怕凶兆。

我不逃避毁谤和毒害。

没有死亡。

我们不朽。所有人都不朽。

不惧怕死于十七岁，也不惧怕死于七十岁。

世上没有黑暗，没有死亡，只有真实和光亮。

我们已抵达海滩。当不朽成批而至，我也是收网的一人。

我有一所房子，房子不会崩溃。

我随意召唤一个世纪，进入其中，建造我的房屋。

由此，你的妻儿共享我的饭桌，这饭桌侍奉祖先也侍奉子孙。

我们的未来在今天定下。

若我举起手，将有五道光线在你身上停驻。

我的骨头像梁柱，支撑起每一天。

我用尺子测量时间。我穿越时间如同穿越山脉。

我依据我的身高选定一个世纪。

……

姜众顿了顿，说后面不记得了。马佳欣觉得他那神情，像一个等待表扬的孩子，她情绪复杂，认真夸了句："记忆力真好！"

"不好，都没背完。"姜众那样兴奋。马佳欣突然想起了他的父亲，问："你爸爸在研究外星人，你小时候一点都没怀疑吗？"

"没有啊，我那时候觉得我爸是世界上最聪明的人。"姜众说爸爸手工很厉害，有一些小发明，还拿到了专利；说爸爸认识很多星座，常指着天上的星星给他讲故事；还会把小小的他顶在头顶，向前狂跑，玩发射火箭的游戏。"我爸在保密单位研究外星人，说不定是我做的一个梦，醒了后，当了真。"

姜众笑得忧伤，马佳欣突然难过。俩人不再说话，一口气走到了山顶的万春亭。站在北京中轴线的最高处，绕亭一圈，望得见故宫、白塔、央视大楼和北京奥林匹克塔。故宫黄色的琉璃瓦被大雪覆盖，只剩屋脊在外面，次第排列着，似无穷尽，向天际衍生过去；朱红的墙壁一长条又一长条，实实在在地拽着地面。人越来越多，一排长枪短炮架了起来，等着拍雪中故宫的黄昏。俩人朝东门的方向下山，出门后沿着故宫的红墙溜达。

"我爸要是看到咱们的天宫一号跟神舟九号在太空交会对接，肯定特别高兴。"姜众突然说。

"说不定他看到了，在某个星球，跟外星人一起看的。"

姜众笑了，很开心。他开始讲中国航天的"三步骤"战略，说2022年中国空间站会建成；讲核动力驱动的"好奇号"火星车，美国宇航局发射的"先驱者"系列、"旅行者一号"、"旅行者二号"和2006年才发射的"新视野号"太空探测器，这些名词，马佳欣在他的网站上看到过，模模糊糊有印象。姜众说去年旅行者一号穿过了日球层，进入了星际空间。她问：“是飞出了太阳系吗？”

“其实没有。”姜众解释说，飞出奥尔特云才算飞出太阳系，但奥尔特云实在是太遥远了，旅行者一号按照现在的速度，还得三万年。NASA把太阳风控制的范围定义成日球层，位置在柯伊伯带和奥尔特云之间，飞出日球层，最少实现了一个小目标，给人类一点信心。

“还要三万年啊。”马佳欣很意外，“整个人类还不到一万年……真是孤独又绝望的旅行。”

“旅行者飞船携带了镀金的铜质磁盘唱片和一个金刚石留声机针，据说，就算过了十亿年，这个留声机和唱片的音质都不会改变。想象它一路听着歌，是不是觉得好一点，没那么孤独了？”

红墙白雪中，姜众看上去那么纯净。马佳欣问：“唱片里都有些什么呢？”

“有55种人类语言录制的问候语，风、雨、雷、海浪、鲸鱼、马、鸟等各种大自然的声音，不同国家的音乐，巴赫、贝多芬，中国入选的是古琴曲《流水》，对了，里面还有当时的美国总统写给外星人的信。”

“他写了什么？”

“具体记不得了，大概是说这是来自地球的善意礼物，希望通过努力，能够跟银河文明世界建立联系。”姜众顿了顿，“旅行者一号是上世纪七十年代发射的，2006年发射的新视野号上，没有携带这些信息。有人说，这是人类善意的退步。”

“新视野号本身就是人类的信息。”马佳欣安慰姜众，“大概是为了节能，方便跑得更远一点？”

“对，就是为了跑得更远一点。”

姜众笑着，眼睛里有星星。马佳欣突然觉得，在几百年的故宫红墙边，聊三万年才能飞出太阳系的旅行者一号，挺浪漫。

姜众说饿了，想吃饭。马佳欣犹豫片刻，点了点头。姜众在前面带路，马佳欣觉得，他随时都可能跳起来，一蹦老高的那种。

饭店在胡同里。两扇上年头的木门，射灯照亮了左右墙壁上石刻的“福”和“寿”，门楣上有雕花、红绿蓝三配色，是老北京风味的标配。店不大，还算清静。马佳欣点了自己想吃的鲜切羊肉、白菜、麻豆腐和芝麻烧饼，一点不客气。服务员端来了铜炉子，炉膛的木炭火红火红的，暖意瞬间升起。四目相对，马佳欣有点不自在，转头望向窗外，院内的雪被灯光染成了暖黄色，有些不真实。

“你画画了吗？”

姜众问得小心。马佳欣头也没回，平静地回复：“画了啊。”

“你画了什么？”

“小丑。”

姜众心一沉，正要说话，服务员上菜了。鲜切羊肉、高钙羊肉、雪花肥牛、毛肚、蒿子秆、平菇、麻豆腐、烧饼、糖蒜等，摆了一大桌。马佳欣看着用韭菜花和腐乳点缀成笑脸的麻酱，说：“太多了。”

“吃得完，我吃得多。”姜众笑了笑，试探着问，“这些年为什么没有画画呢？”

“懒。”马佳欣明显不想聊这个话题。姜众不放弃，接着问：“因为听妈妈的话？”

马佳欣看着不肯移开目光的姜众，自嘲地笑了笑，说：“还有愧疚吧，没能成为她期待的人。”

水花一朵挤一朵，在滚烫的铜锅壁上跳跃。马佳欣开始涮菜，专心致志。姜众主动说起报复大刘的进展，马佳欣安静地听着，不发一言。水蒸气袅袅向上，室内暖意如春。当最后一个糖蒜被姜众吃掉，马佳欣十分满意。

“一点都没有浪费，非常好。”

“你真的还好。”姜众说得由衷，“真好！”

马佳欣觉得这个感叹怪怪的，懒得多想，笑了笑。结账时，她坚持要买单，说谢谢他的U盘和画架，姜众坚决不让，最终AA。出门，寒气袭来，马佳欣冷得哆嗦了一下。姜众看在眼里，忙把自己的围巾解了下来，递了过去。

“我围着围巾的。”马佳欣笑了。姜众尴尬地重新围上，吹起了《潜行者》的曲子。两个人的胡同，在这雪夜，辽阔而感伤。快到地铁站，刮起了雪，大朵的雪花打在脸上，生疼。姜众护着马佳欣，小跑到了地铁口。分别在即，姜众提议过几天去怀柔太阳观测站，说出城这一路，还可以看山看水。

“不了，谢谢你。”

马佳欣主动伸出了手。姜众握了握，冰凉，突然觉得她这是在道别。

11月7日是立冬，新闻里报道着美国总统大选的结果，奥巴马率先超过了270张选举人票，击败对手罗姆尼，成功连任，成为第57届总统。马佳欣听着新闻，望着窗外。昨夜的暴雪，抹平了一个屋顶和另一个屋顶的差别，整个世界，裹在白色中，看起来都一样。

手机里，有姜众发来的晚安和早。这是她第一次收到他的“早”，她知道这意味着什么，没有回复。片刻，姜众又发来消息，长长的一条。

“这是来自一个遥远的小型世界的礼物。它是我们的声音、我们的科学、我们的意志、我们的音乐、我们的思考和我们的情感的象征。我们正努力延续时光，以期能与你们的时光共融。我们希望有朝一日在解决了所面临的困难之后，能置身于银河文明世界的共同体中。这份信息将把我们的希望、我们的决心、我们的亲善传遍广袤而又令人敬畏的宇宙。——这是旅行者号携带的金唱片里，美国总统卡特于1977年6月16日写给外星人的信，我在网上找到的。”

马佳欣小声读完写给外星人的信，想了想，回复了姜众。

“在太空面前，人类是可怜到会抱团取暖的小刺猬呢。”

“是。”姜众秒回。片刻，他又发来消息：“我梦见你了。”

马佳欣愣住了，许久，她放下手机，开了电脑，开始看塔可夫斯基的《飞向太空》。一片黄色的枯叶在水面滑过，水底茂密的水草，随着流水拂动，不休不息。她果然看到了彼得·勃鲁盖尔的《雪中猎人》，整个片子却没怎么懂。那个可以从意念中再生的妻子，美得不可方物。她有种跟姜众讨论的冲动，拿起手机，看到了他的新消息：“北京郊区有适合看星星的地方，门头沟的灵山、司马台长城那边，一起去看怎么样?”

“不了，谢谢。”

马佳欣心想，不能再见姜众了。

二十一　舌尖上的家乡

马佳欣没想好，要不要去若城帮吴兰芳。吴兰芳说，她迫切需要一个合伙人，跟她一起卖家乡的土特产。离京在即，马佳欣没想过去若城，认真考虑的是云南，那里的云朵，近得可以用手抓住。

吴兰芳第一次让马佳欣来若城帮她卖货，是在开玩笑。中秋国庆密集相亲，她没时间写稿，受爆红的美食纪录片《舌尖上的中国》启发，她准备了几篇介绍若城美食的文章，免得公众号开天窗。老吕对更新的频率有要求，吴兰芳自己也知道，停更不一定掉粉，但竞争对手会占据更多的份额。有一篇是介绍豆糕的，这是一种用晚稻米、糯米、绿豆或者豌豆做的吃食，把原材料按照一定的比例混在一起，磨成糨糊，摊成饼，切成丝再晾晒干，从外形上看，像卷起来的面条。春节时，若城家家户户都会做，算是家乡的记忆。她没想到，有粉丝请她帮忙买豆糕，说离家多年，想小时候的味道。吴兰芳答应了。她把这事讲给马佳欣听，顺嘴说："你来帮我一下吧，我没精力再卖东西了。"

"我卖货肯定算错账。"马佳欣脱口而出。

"错一次没事啊，第二次就不会错了。"吴兰芳开玩笑，"要是卖货行得通，比你上班工资高多了，不对，你跟我一起合伙，不是拿工资。"

"我会一直错。"

"我要码字，还要去找货源，还要发货，真的需要你嘛。"吴兰芳有点撒娇的意思，马佳欣没忍住，笑出了声："好好好，我知道了，你先去忙吧。"

吴兰芳知道马佳欣想去云南，没指望她来若城。挂了电话，她打听到口味纯正的豆糕，自己贴了快递费，买了两斤寄给粉丝，没有多想。不想粉丝吃了后，在评论中写了长长的感受，浓浓的思乡情让人动容。当天就有上十个粉丝请她代买，吴兰芳嫌麻烦，建了个小群，把卖家的联系方式发到群里，请粉丝们自行联系。

10月底，《褚橙进京》这篇报道横空出世，说褚时健七十五岁时二度创业，八十五岁把云南的橙子卖到了北京。众多社会名流转发了这篇报道，王石的评论"衡量一个人的成功标志，不是看他登到顶峰的高度，而是看他跌到低谷的反弹力"引来众多转发，"励志橙"顿时一斤难求，想买都需要排队预约。吴兰芳看到了新农业嫁接电商的潜力，心里有了涟漪。

粉丝又找了过来，说自己联系卖家买的豆糕味道不对，想请吴兰芳再次代购，他可以支付辛苦费。吴兰芳刚好看到项宇的留言，说真正好吃的豆糕若城一般人买不到。她突然意识到，项宇这段时间好像消失了。她拨了他的手机号，还是没人接。

吴兰芳去了项宇工作的饭店。临街的店面，近100平方米，装修简单，跟若城大部分饭馆一样，门口有大大的霓虹灯。项宇正跟同事们一桌吃饭，看到吴兰芳进来，他脸色大变，端起饭碗转头就跑，一溜烟地不见了人影。一桌吃饭的师傅们，哄堂大笑。吴兰芳莫名其妙。

"你爸放话了，他看你一眼，就挨揍一次。"

"你爸是个狠人，只打脸！上次把他打成猪头，这几天才消下去。"

"姑娘，跟黄毛搞在一起，想不开啊。"

师傅们七嘴八舌，笑得暧昧。吴兰芳尴尬无比，忙出了饭店。

路边的树叶黄了，有风吹来，吴兰芳突然心酸。父亲揍了项宇，一个字都没跟她说。从小到大，父亲跟她的沟通，只会就事论事，没有一句亲密的话。哪怕一句普通的问候“累不累?”，他说不出来，她也说不出来。好像表达关心，是一件可耻的事。

项宇终于接了电话，吴兰芳诚恳道歉，说她愿意赔医药费。项宇委屈了，说吴宝鸿下手太重，他差点毁容。听着项宇的絮叨，吴兰芳又好气又好笑。

“你可以解释啊，说你跟我没谈朋友，把实际情况跟他讲清楚。”

“他本来没打我的。”项宇带着哭腔，“我就是说了实际情况，说没谈朋友，是你跟我一起卷进了涉及几百亿的案子里，他突然就动手了。”

吴兰芳哭笑不得，这家伙居然还活在自编自导的剧情中，在有黑道的世界里当主角。项宇压低声音，说了自己最近观察到的异象，问她发现黑道的踪迹没。吴兰芳被荒诞感击中，觉得心酸，一五一十说了姜众的情况。几分钟后，项宇轻轻“哦”了一声。吴兰芳听出他不信，这家伙入戏太深，大概又给自己加了一大段剧情。

“见面聊吧，我保证我爸不打你。另外，还有生意请你帮忙，一起赚点小钱。”

“不、不、不，还是电话里说吧。”

项宇显然被吴宝鸿打怕了，不敢见面。吴兰芳挂了手机，把他关于豆糕的留言截了图，发了过去，语音问：“我要最好的豆糕，你找得到不?”

片刻，项宇回复：“找得到。”

“赚了钱，我们五五开?”

“不用，不用，我这就是顺手的事。”

“五五开，就这样。你得帮我找到最好吃的豆糕。”

项宇不敢不帮吴兰芳找到最好吃的豆糕，完全没想着赚钱。吴兰芳说姜众不是黑道，项宇最初不信，那些盯梢他的人，那个他重点防范的黑道，明明还在。吴兰芳的话他又忘不了，像一个很痒的蚊子包，忍不住就要去挠一挠。一天，他壮着胆子多暴露几分钟，那个一直盯着他的黑道居然没什么反应。他终于走了过去，主动说了话。万万没想到，那家伙居然是个傻子，只要你盯他，他就会盯着你……项宇哭笑不得，没脸跟吴兰芳说。

没了黑道，日子变得无聊至极。项宇卖力找最好吃的豆糕，好洗刷自己在吴兰芳眼里的蠢。他挑了几款豆糕，自费买回来煮了吃，挑出最好的，帮着吴兰芳快递给粉丝。当吴兰芳跟他要账号，转了1000元过来，他彻夜失眠了：这钱，也太好挣了！项宇第一次动了依靠吴兰芳、开淘宝店卖若城特产的念头。

项宇冒着被吴宝鸿揍的风险，找吴兰芳面聊，十分激动地说了开淘宝店的构想。吴兰芳给他泼了一整瓢凉水，说开淘宝店也需要经验和本钱，不比实体店容易，他没钱没经验，不行。项宇不甘心，开始在网上研究开淘宝店的窍门，有了心得就跟吴兰芳分享，希望被她认可。

吴兰芳看着项宇转发的开店制胜法宝，成功逆袭案例，哭笑不得。回若城前，她认真考虑过开淘宝店这个生计，研究下来，发现自己的身体状况根本不允许，时时在线回复当客服，她做不到，她再也不会拿命换钱了。《褚橙进京》爆红后，代购豆糕是一次动心后的实验，钱是赚了点，可就像她之前担心的那样，沟通占据的时间太多了，她吃不消，已觉得疲惫。

“你来帮帮我吧，我真的需要你！”

这是吴兰芳第二次让马佳欣来若城帮她卖货，不是开玩笑。不过，她也就是说说，根本就没指望。换位思考，她也会选择去云南，无视平平无奇的若城。

吴兰芳不仅撒娇，还越来越嗲，她以前从不这样。马佳欣感觉有点怪，还有点甜。去若城？她很认真地想了想，有些茫然。

北京11月初就下大雪，若城气温也比往年低。市场上卖鱼糕的多了起来。鱼糕是用鱼肉、面粉和少许鸡蛋制作的食品，是若城酒席上的第一道菜，大厨口碑好坏就靠这一碗。过年时，若城家家户户自制鱼糕，鱼糕就是年味。

项宇说，若城东部的道观河水库，那里面野生的鱼，是做鱼糕最好的原材料。他认识旁边一家作坊的老板，希望吴兰芳一起去看看。吴兰芳想了想，答应了。

深蓝色的湖水在大别山余脉的群峰中，清澈到纯洁。红叶、黄叶点缀在大片的绿色树丛中，浓郁到深情。那白云懒散地停着，把影子给了山顶，把美貌给了蓝天。吴兰芳十分愉悦，从不同的角度拍着照片。她小时候来过这里，记忆已模糊，不想多年后重游，美丽如此。项宇坐在地上，拿着随手摘的茅草，无聊地拨弄着。他瞟了眼吴兰芳，心里觉得好笑，这农村胡乱生长的树，哪有大城市里精致的公园好看。

山路蜿蜒。项宇开着借来的面包车，说道观河水库是上世纪五十年代人工挖的，当时没有机械，全靠十里八乡的劳力手挖肩扛。他爷爷当年干了四个月，计工分，没钱拿，天天起早摸黑，争着当先进。吴兰芳听着项宇的八卦，拍着沿途的景致。半个多世纪过去了，水库已无人工的痕迹，仿佛天地诞生之初，它就在这群山之中。绕湖近二十分钟，车驶进一条土路，颠簸片刻，吴兰芳望见了藏在山里的村庄。路边有几栋新修的三层楼房，格外显眼。进了村子，看得见一些青砖修的老房子，大石条做成的门楣上刻着“劳动光荣”，斑驳的木门要不落了锁，要不敞开着。偶有鸡鸣和狗吠，整个村里十分静谧。

“怎么没人?”

“做得动的都出去打工了，细伢去山外头的学校读书，周末才接回来，就一些老人还在。哦，还有几个懒汉。”

一栋坍塌了大半的房子进入视线，吴兰芳忍不住探头回望。那木头横梁仍扛着一些黑瓦片，杂草在瓦片中迎风飘摇。

“这房子都塌成这样了，怎么没重修?”

“有本事的都在外头买商品房，钱不够的到镇上买地皮盖新房，山里头，冇得人愿意住，重修就是浪费。”

吴兰芳懂项宇的心情，这太过熟悉的景象，对他而言，只剩下逃离的渴望。没多久，车停在了一栋八成新的三层楼房前。房前的空地上，晾着一些做好的鱼糕，直径20厘米、厚5厘米左右的圆形被均分成了四等份，放在簸箕上。这鱼糕第一眼看上去像厚厚的老豆腐，细看会发现质地更黏稠，颜色略暗沉，散发着鱼肉的鲜味。吴兰芳拿起相机，拍了几张照片。

项宇喊出了熟人老孙，一个五十岁左右的朴实大叔，慈眉善目，挺着个小肚子。项宇吹嘘着网店的美好前景，老孙听得连连点头，吴兰芳知道项宇也在说服她，尴尬地打着哈哈，不明确表态。老孙很高兴，带着他俩一起去看了刚买回来的活鱼、制作鱼糕的设备，吴兰芳觉得新鲜，都拍了下来。

回去的路上，项宇再次提起合伙开淘宝店的事，他说得头头是道，真的用了心。吴兰芳不置可否，说鱼糕让粉丝满意了再说。路过水库，她发照片给马佳欣，说没想到家乡这样美。马佳欣回语音，说自己的老家早铺上了水泥路，变成了工厂。吴兰芳打着哈欠说水库是人工挖的。马佳欣问她怎么了。吴兰芳说最近对接购物的粉丝，晚上都要回消息，没怎么睡好。

“我来对接好了啊，反正都是网上沟通，哪里都一样。”

吴兰芳二话不说，直接把马佳欣拉进了粉丝群，宣布代购的事以后都找这位新加群的马老师，然后跟马佳欣发语音：“安排好了，你没法后悔了。”

马佳欣哭笑不得，不得不开始了对接。工作量其实还好，就是粉丝们发消息没个准点，时不时冒出来一个，半夜也有人提问。吴兰芳码字需要全神贯注，的确会受到干扰。马佳欣觉得自己有时间，这个忙必须帮，用心解答着粉丝的问题。

鱼糕的文章发出后，美景和美食交相呼应，刺激了粉丝们的味蕾，求购的不少。马佳欣忙得不可开交。豆糕是干货，她介入时求购的粉丝大部分是二次购买，问题不多。鱼糕需要保鲜，存储条件苛刻。她跟项宇、快递公司、粉丝三方沟通，解决现实问题，比如快递费很贵；解决莫名其妙的突发情况，比如粉丝写错了地址需要重寄、货又已发出等，忙得都没空看塔可夫斯基了。

最后一单鱼糕发了货，马佳欣很认真地问吴兰芳：“你是真的需要我去若城帮你，对吧？”

吴兰芳不知道如何回答。之前喊马佳欣来若城，她都可以撒娇，觉得是为她好。现在有了现实的考量，她说不出口。

二十二　中东王子的魔力

姜众后悔说了那句“我梦见你了”。

那个梦没有情节，零星的片段中，有雪白的胡同，有满天繁星，有他吻她。马佳欣三天不回消息了，姜众厚着脸皮发有的没的，跟她说“早”、说“晚安”。

姜众又看着窗外发呆，高响忧心忡忡。他很想直接跟大刘联系，问问项目的进度。每次拿起手机，调出大刘的号码，他就对自己说：“10万块是很多钱，30万是更多的钱！小不忍则乱大谋！”姜众异常的情绪起伏，高响觉得自己应该去体谅，毕竟，姜众承受的压力，比自己的大多了。

“11月初下这样大的雪，太罕见了。”高响望着窗外，有意宽慰姜众，“这是瑞雪，是吉兆……我有种预感，大刘明天会见你。”

“我谢谢你吉言。”姜众无语又愧疚。

第二天的上午，大刘打来电话，约下午见面，还是在东三环CBD的那个五星级酒店。高响非常得意，说自己的直觉第一次这么准，是极好的兆头。姜众出门前，高响隆重地抱了抱他，好像这一抱，姜众今天就能从大刘那边拿到钱。

迎面扑来的空气寒冷清冽，整个世界是白的。计划经济时代的居民楼，此刻有着精神性的简洁美。姜众一路想着大刘有可能的反应，自己的应对策略，多少有些忐忑。走进酒店大堂，看到大刘坐在咖啡吧，还点好了茶，姜众乐开了花，这是他最期待的状况。

“您怎么先到了，这多不好意思。”姜众故意这么说。

“上个事刚聊完。”大刘一副高高在上的甲方样，习惯性地看了看名牌腕表，喊来服务员，加了一个茶杯。姜众忙坐下，自嘲道：“就是嘛，您哪有空等我。”

大刘不以为意地笑了笑，说火星众筹这个项目公司还在走流程，通过的概率很大。姜众表示感谢，大谈特谈在推的机器人众筹项目，故意一个字都不提中东王子和基金的事。尬聊了近二十分钟，大刘主动提了。

“你上次说什么王子还是酋长的，我跟你说，你那个大哥八成是个骗子，拿着你的项目到处忽悠，反正他不多花一分钱。”

姜众面有难色，看上去十分诚恳：“刘总，您这边要是有准信，那个大哥我肯定不理的。这不万一您这边审核过不了……是吧？”

“你们还在聊？”大刘身体微微前倾。

“我那个大哥说有进展。”姜众看上去有点为难，纠结片刻，决意和盘托出，“什么王子酋长的，我也不大信；我那个大哥进投资这行不到一年，肯定没您专业，他最大的本事就是会忽悠。他跟我说这事，我第一反应就是拉上您。火星众筹这个项目一路都是您在指导，我不能见利忘义。就是我跟您说了后，您没反应，我大哥那边又一直催，我就觉得，让他试试也没关系。”

“你那个大哥叫什么？”大刘缩回了身子。

“老吕，吕响林，以前是干媒体的，今年初刚成立了一个风险投资基金。”

“你怎么认识他的？”

“我以前接他的活，网络业务合作。”

“你没找他投资？”

“我找了，那会儿他说他的基金是个空壳，等他找到金主再说。”姜众看着大刘，十分诚恳地请教，“我在网上搜了，那个什么中东酋长还是王子，新闻里都特别有钱，养狮子、老虎这些猛兽当宠物，超跑多得跟玩具一样。你说，老吕不会真的走了狗屎运，遇到了钱多人傻的吧？”

“不可能。”大刘否得坚决，“你记住，这世道，钱越多越精明，没人是傻子。”他喝了口茶，又晃了晃他的名牌腕表，“你的项目已经在走流程，反馈还不错，你要是不合作，也没事。我们公司不缺项目。”

“合作，当然要合作。”姜众忙表忠心，“您看，有什么情况我都第一时间跟您说，没偷偷摸摸的，你们是大公司，不，主要是因为您，我更看中跟您的合作。”

大刘笑了笑，不置可否，说等会儿还约了人。姜众明白他的意思，赶紧告辞。出了五星级酒店的大堂，姜众抓起一把雪，用力扔了出去。大刘果然上钩了，贪婪真是个好东西。姜众拿起手机，拨了老吕的号码。

“老吕，你得帮我整一个骗子。”

姜众说了自己上当受骗的过程和报复计划，需要老吕配合说的话，老吕不客气地打断了他，说：“不用啰唆了，你把那家伙的名片发我，我知道怎么做。”

姜众不解，问：“那你要我怎么配合？”

“配合?！不需要，你跟我说得很详细，够了。”老吕信心十足，“我保证这个大刘跟在你屁股后面转，你指哪他打哪。跟你说了，这法子就不灵了。”

老吕的话，姜众将信将疑。被雪覆盖的垃圾，路人故意踢了出来，硬邦邦地戳着。姜众有些不安，抬头望，被大雪覆盖的CBD，看上去那么纯净。

姜众落实着火星众筹上线项目的营销，“双十一”在即，事情又多又杂。高响看着姜众的劲头，踏实又开心。姜众见完大刘，说合同还在走流程。高响觉得，这个流程最少走了大半，姜众才有动力这样没日没夜地干活。当大刘来电，问中东王子基金的事情，高响如遭雷轰，情绪激动。

“不可能！刘总，这事绝对不可能，我跟您打包票。要是真的，姜众不可能不跟我商量。这种背信弃义的事，他绝对干不出来。”

高响站得笔直，脸瞬间通红。姜众看着他，十分愧疚。当高响放下手机，茫然地望了过来，姜众主动开了口。

“中东王子基金这事是真的，我没跟你说，是这事还没完全搞定。”

高响瞪圆了眼睛，不可思议地盯着姜众，他狠狠摇了摇头，梦游一般地问：“你认识中东的王子？不可能啊！”

“老吕那边搭的线。”

高响脸上的肌肉突然抖了抖，愤怒如同暴风雨，灌注了全身。他想问为什么，被愤怒噎住了；他想骂人，被愤怒堵住了。他觉得自己是一头光溜溜的猪，飘在空中，脖子上套着一根绳子，被姜众牵着，肆意玩弄。

“你他妈的还是个人?!”

憋出这句话，高响拿上外套，摔门出去了。门框里的灰被巨大的冲击力震了出来，四散乱舞。姜众盯着那些灰尘，长叹了一口气。

当大刘终于出现，高响的愤怒、焦灼和恐惧落了地，被撕扯成碎片的心慌里慌张地拼起来，凑出了一脸讨好的笑，拼得太匆忙，这笑显得极不自然。

“刘总，我绝对不会对不起您的。”

高响申明他完全不知道中东王子的事；申明人最重要的是仁义

和信用；申明火星众筹这个项目是属于刘总的，没有刘总，就没有火星众筹的今天。高响絮絮叨叨地追忆着那些指导，大刘皱起了眉头，打断了他，冷冷地问："姜众怎么跟你说的？"

为了证明忠诚，高响说自己怒斥了姜众的见利忘义。大刘面无表情，高响更慌，更夸张地骂姜众。

"价格翻十倍，跳单很正常。"

高响诧异地盯着似笑非笑的大刘，困惑又茫然。

"创业的，我见过天才，见过奥数金牌选手，见过富二代，见过官二代，本事比你们大，名头比你们响的太多了。刚起步，他们也得四处求人。创业是什么，是当孙子！为了融资、为了解决问题，到处当孙子！一百个投资人，有九十九个把你当孙子，有一个把你当人看，就是你的机会。"

大刘的话充满了感情。高响频频点头，忙表忠心："刘总，您把我、把我们当人看，我知道的。您放心，项目是我跟姜众两个人的，我绝对不会背叛您，我也有把握说服姜众，您千万千万要接着给我们机会。"

"我说了，要是价格翻十倍，跳单很正常，他做得没错。"

大刘说得云淡风轻，甚至面有喜色。他抬手看了看表，说自己该开会了，转身朝电梯走去。高响傻坐着，不明白大刘的意思。他越琢磨越慌，越慌越烦躁难安。

高响去了南二环的故乡，长大的那条胡同已经拆了，成了友谊医院的病房。他围着友谊医院，从北纬路走到西经路、拐到永安路后，走到了天桥。这一路，只有角落里的积雪是儿时的样子。高响难过极了，自责没本事，这辈子回不了故乡。远眺一如往昔的天坛公园，他仔细回忆跟姜众的点滴，愤怒和怨气，逐渐成了困惑。

姜众发消息、打电话，高响都没有回。天黑了，白板上"创业回故乡"五个大字如此醒目，想起高响写下时的豪情壮志，姜众觉得心酸。他望着空荡荡的椅子，再一次拨高响的手机，还是没人接，姜众拨了大刘的号码。

“刘总，高响今天去找过您吗?”

“小姜啊，人可以贪婪，但吃独食、不顾团队，最后是不可能吃到肉的。我对你非常失望。”

大刘语重心长，一副长者的诚恳。姜众心里有了谱，说本打算今天跟高响解释的，因为中东王子那边基本靠谱了。之前没跟他讲，一是觉得八字还没一撇；二呢，是高响仁义，怕他良心不安。姜众替高响的冒失道歉，说自己会解释清楚。大刘明显有问题想问，姜众不给他说话的机会，匆匆挂了手机。

近9点，高响回来了，脚步踉跄，除了寒风，还带着一身的酒气。姜众想扶，他避开，扶住了椅背。

“今天我冲动了，我不应该单独去找大刘，我跟你才他妈的是一个团队。”高响狠狠地摇了摇头，试图清醒。他的脸跟脖子红红的，像蒸熟的螃蟹：“你他妈的把我当一个团队了吗？你说……你把我当兄弟了吗?”

“你绝对是我兄弟!”

姜众夸张地表态，突然发现高响眼眶有泪。他自责极了，转身盯着白板上的“创业回故乡”，说：“有些事我没跟你说，肯定是为了你好，为了团队好。”

“是吗?!”高响厉声质问，“我一直听说创业的兄弟伙，能一起吃苦，不能一起发财，发了财就不是兄弟。以前我不信，我不信的!”

高响被大口吸入的空气呛着了，剧烈咳嗽。姜众心酸又好笑，等他咳嗽停下来，无奈地说：“咱们还没发财，还是兄弟。好好做事，发财后的破事发了财再说。”

姜众说完，在电脑前忙开了。高响愣愣地望着他，半晌，问：

“中东王子的事，不是真的？”

“大刘说是真的就是真的。不管谁投钱，该干的活都必须干。”

高响盯着姜众，心里十分茫然。想起大刘说姜众没错，他怒气又起，愤愤地说：“老子今天不想干活！”

火星众筹试水上线了三个项目，反响平平，距离达成众筹还有不小的距离，说不定没一个能成功。高响慌了，众筹的商业模式他本来就缺乏信心，强烈的危机感袭来：火星众筹运营时间越久，越拿不到投资。当他看到姜众搜索塔可夫斯基这个久远的苏联电影导演，火气突然就上来了。

“就这水平，还中东王子看上了，也不怕闪了舌头。你现在就跟大刘说，只认他，今天就可以签合约！”

高响突如其来的爆发，姜众心里愧疚，觉得再给他虚妄的希望，过于残忍。“大刘那边的合约不一定签得了，他们决策流程长，说不定有变化。”姜众放平语气，尽量降低刺激程度。他看着高响的愤怒瞬间凝固，看着他像个雕塑一样不动，看着他突然醒悟般幽怨的神情，看着他转身拿起外套出了门，看着门猛烈地撞上门框，“啪”的一声巨响传来，姜众觉得那是扇在自己脸上的耳光。

姜众没有追出去，他知道高响去找大刘了。他确信，大刘咬钩只会越来越深。两个小时后，高响回来了，满脸笑意。姜众吃了一惊，按照他的推测，高响应该更愤怒才对，说不定会进厨房拿刀，满屋子追着自己砍。此刻，高响的笑说不出的诡异：上扬的嘴角微微抖动、充满情绪，两只眼睛闪烁着光、含情脉脉。姜众下意识地摸了摸自己的脸，严重怀疑高响中了邪、把他当成了影视明星。高响一步又一步，直愣愣地朝着姜众走来。姜众倒退几步，突然转身，一溜烟地去了卫生间，对着镜子拍了拍自己的脸，瞪大眼睛，再三确认镜中的那个人形是姜众，不是什么女明星。当镜子中出现高响诡异的笑脸，姜众吓得立马转身，举起了手，拦住他。

“站住，你别过来！”

高响听话地停了下来，笑吟吟的，充满了情意。姜众突然起了一身的鸡皮疙瘩，极度不适。

“你……你上午冲出去干吗了？没、没有去找大刘？”

“找了，都聊完了。”

高响的声音温柔极了。姜众彻底糊涂了，问：“大刘跟你说什么了？”

高响咧嘴一笑，又迈了一步，慌得姜众忙重申：“别过来，有什么话，直接说！”

“你骗得我好苦。”

姜众困惑又慌乱，退无可退，贴在淋浴房的玻璃门上，动弹不得。高响一步又一步，姜众闻到他鼻息的那刻，忍无可忍，一拳挥了过去。高响如同神功附体，挡住了拳头，直视着姜众的眼睛。

“灰粒，你居然是大神灰粒！”

高响的这句话，充满了情感。姜众电光石火般地懂了高响的异常，立马冷静下来。高响离得这么近，太恶心了，他干脆探过头，作势要亲。高响大惊失色，吓得赶紧后退，逃出了洗手间。姜众看他这样，松了一大口气。

“还好，你没爱上灰粒。”

高响笑得幸福，说：“爱是爱的，不是那种爱，是那种……那种对偶像的爱。”

姜众出了洗手间，高响跟在他身后，像看稀奇一样盯着他打量。姜众理了理思绪，问：“这事，大刘跟你说的？”

“对啊。”高响沉浸在喜悦中，“上次灰粒帮马佳欣，我就想不通。当时我还想，像我这种屌丝创业，除非走了狗屎运，跟对了老大，成了什么十八罗汉、七剑客、五虎将啥的。你要是灰粒那样的大神，我这辈子就跟定你了，可惜你不是。你居然是！你居然是大神灰粒！”

高响兴奋地唠叨着，他像第一次跟一个女孩表白，紧张又羞涩。姜众的思绪去了别处，老吕是怎么让大刘认定他是灰粒？姜众此刻微皱的眉头，高响觉得充满了智慧。兴奋中，他感到一股力量在升腾，好像看到了五彩斑斓中冉冉升起的朝阳。

下午两点，大刘来电话，说当面聊一聊，姜众说好。眼前是一扇朴实无华的木门，没有任何招牌。姜众确认了胡同名称和门牌号，摁了门铃。片刻，门开了，两个着装精致的姑娘笑容可掬，躬身欢迎。姜众意外这过于隆重的礼仪，好奇地跟在后面。一面镶嵌着“福”字的照壁古朴敦厚，不大的四合院，中西结合，朴素中透着雅致和价格不菲。姜众努力装出波澜不惊的样子，心里乐坏了：大刘彻底信了中东王子基金这件事，见面地点才会从CBD五星级酒店的大堂改到这么一个私密的地方。

大刘等在包间，亲手泡着功夫茶。茶台很大，由整块树根制成，跟包间中间古香古色的餐桌相得益彰。姜众觉得自己不“狂”一点，会对不起大刘的这番盛情。他由着礼仪小姐帮他脱下羽绒服，挂在架子上，有些烦躁地坐在了大刘对面。大刘脸上的笑顿了顿，继续努力绽放。

“你小子奇奇怪怪，我一直觉得你很不一样。”

大刘说着，递了一杯刚泡好的茶过来。姜众接过，闻了闻，小抿一口，让茶水在舌尖停留，体会里面的醇厚绵长。这喝茶的姿势，姜众跟老吕学的。此刻，他装模作样，打定主意多听少说。

大刘尴尬又欢喜，他知道姜众认真喝茶、爱搭不理是故意的，是一种摆谱。“灰粒……”大刘决定开门见山，“大隐隐于市，连高响你都瞒着。你早点跟我说，融资老早就搞定了。”

姜众一口喝完茶，看着大刘：“我早跟您说，您会信？”

“信，当然信！”大刘大喜，姜众这么说，就是承认自己是灰粒了。他斟好茶，开始细说姜众与众不同处。从他们相遇、到项目备案、到准备材料，姜众的诸多反应，都异于常人。听着大刘诚恳的反思，姜众觉得荒诞至极，他绷得太难受，借口要去洗手间。他躲在单间里，压低声音，肆意笑了一通后，收拾好表情，才回了包间。

景泰蓝的铜火锅已经上了炭火，摆盘讲究的海鲜和牛羊肉一看就价格不菲。大刘邀姜众入席，自顾自地开了两瓶酒，一瓶茅台和一瓶法国波多尔产区的葡萄酒，说难得高兴。姜众秉持少喝、少说和多吃的原则，埋头猛吃。大刘掏心掏肺地痛说革命家史：1998年门户网站红火那会儿，大家自由竞争，他怎么样错失了发家致富的机会；2005年Web2.0那波，他本来有机会成为哪几个公司的创始人，这几个公司现在都大名鼎鼎。在大刘的嘴里，功成名就的互联网大佬们，都是他兄弟，都共过苦。他翻出手机里的老照片，那是他跟一些大佬的合影。大刘边翻边感叹，说照片中那些青涩的大佬，当初啥都不是的时候，跟普通人没啥两样，完全看不出天赋异禀。大刘好像动了真感情，说自己屡战屡败、混成了连续创业者后，最终承认失败，接受自己缺乏领导能力，是一个很痛苦的过程。姜众有些触动，主动敬了杯酒。大刘一饮而尽，说转行到风投行业，投资经理听上去很风光，其实苦逼得很，就是个跑腿的，没什么决策权。

“我要是说了算，钱早就打到你公司的账户上去了。”大刘红着眼，盯着姜众，无比诚恳，“这么多项目，我就看中你的了，咱们兄弟有缘，有缘啊！”

大刘突然伸过手，搭在了姜众的肩膀上。姜众顿时起了一身的鸡皮疙瘩，强忍着。

“你跟我说说，拒绝大佬500万年薪的事，你怎么想的？”

姜众笑了笑，问：“你们公司要是知道我是灰粒，流程会不会走得快一点?”

大刘缩回手，叹了口气，自干一杯，摇头道：“兄弟，实话跟你说，可能更难。这公司大了，钩心斗角就多，我有一个死对头，最近刚升职……”

姜众认真盯着大刘，想知道他装出的痛苦能多真实。他非常知道，大刘现在最希望听到的话，是自己让他带着项目一起去中东王子基金那里，他就不说。姜众无比确定，大刘这么无耻，一定会主动提出自己的需求。大刘被姜众盯得发窘，闲扯了几句，说了正题。

“对了，那个中东王子基金的事，怎么样了?”

“老吕说很顺利。”

大刘一脸惋惜地看着姜众，似乎有难言之隐。姜众屏住笑场的冲动，无辜地问：“是有什么情况吗?”

“我知道你跟老吕很熟……”大刘一副极其为难的样子，“我在一个投资的会上碰到老吕了，聊了聊，他人不错，人脉也不错，就……真是个外行。”

姜众早猜到是老吕下的套，说他是灰粒，并且让大刘深信不疑。“他是没什么投资经验，我知道的。”

“一个项目的成败，因素很多，最关键的，是人。”大刘掏心掏肺，“忽悠只能管一时，项目运作是个长期的过程，会出现各种突发状况，没经验玩不转的。”

姜众很认真地点头，就是不说大刘想听的那句话。大刘举了一些由于投资人不专业导致的项目失败，各种暗示、明示姜众不能把这个项目交给老吕。

“对，您说得对。”

大刘知道姜众装傻，懒得浪费时间了，直接说：“你之前提议，让我带着你的这个项目，去中东王子基金试一试，还记得不?”

“记得。”

大刘充满期待地望着姜众，用所有的肢体语言鼓励他说下一句。姜众继续吃肉，不发一言。尴尬的沉默中，大刘“呵呵”笑了几声，一副自我牺牲的神情。

“我打算带着你的这个项目去试一试，主要是看重你，不想你这么好的项目被浪费了。你觉得怎么样？”

姜众在心里问候了大刘的祖宗十八代，挖墙脚抢项目这样缺德的事情，在无耻之人的嘴里，就是可以这么无私和冠冕堂皇。

“我本来就是希望一直跟着你的……”姜众看上去很为难，“当初你没答应，我以为没戏，现在老吕那边花了不少时间了……”

“项目成了最重要，你说是不是？”

姜众盯着大刘那张因通红而显得狰狞的脸，缓缓点了点头，说：“我得好好想一想，这个事怎么操作。”

“第一步，你把我介绍给中东王子基金的人。”

姜众迟疑片刻，说：“直接介绍不大好吧，他们会不会觉得我这个人吃里爬外、不仗义？”

大刘跟没听懂嘲讽一样，积极建议：“不用特别正式的那种介绍，可以是偶然碰到熟人，换个联系方式什么的。”

“这样啊，那没问题。”

大刘松了口气，把酒杯满上，站了起来，充满感情地说：“你信得过我，这就是我们的缘分，干了！”

大刘一饮而尽，杯口朝下，一滴未落，诚意满满。姜众一口干了，很认真地盯着大刘，问：“那要吃苦了，你准备好了？”

大刘以为要吃创业的苦，豪气冲天：“吃得苦中苦，方为人上人。”

姜众笑了，很开心的那种。

离开大刘，姜众直接去找了老吕。他实在是好奇，大刘这种骗子，老吕怎么把他忽悠得死死的。近10点，办公室亮着灯，还有员工在加班。姜众讲得再一惊一乍，老吕都一副见怪不怪的样子。

“没什么套路，我就跟他说了一句，你是灰粒。”老吕的神情，有种果然如此的不屑，“我就知道，他自己会脑补整出大戏。”

姜众盯着老吕，显然不信。

“哦，对，还说了几句文凭无用的话。”老吕搜索着回忆，“单位招聘要看文凭，文凭就是说完成了标准化的平庸训练，进公司后会听话，这样的人，创造力就剩个零头。”

姜众想起“因兴趣而聚焦、为梦想而努力的草根英雄”的故事，觉得大刘最终被骗的关键环节，很可能就像老吕说的这样简单，荒诞感袭来，有些哭笑不得。

“就这么简单?!”

“贪婪，就这么简单。”老吕笑，“中东王子钱够多，有魔力。”

姜众自嘲地笑了笑，想起了自己的受骗过程。犹豫片刻，他问了最想问的：“你怎么能说我是灰粒?”

“你不是吗?”

姜众被老吕的语气逗乐了，叹了一口气，懒得解释什么。

街道上的雪被清理干净，一些背阴的犄角旮旯白晃晃的，提醒着前几天的大雪纷飞。一种大戏落幕的荒诞感罩住了姜众，眼前的高楼大厦，都有些变形了。

二十三　自恋型人格障碍

姜众以为，马佳欣这辈子都不会知道她过往的不堪被爆在了网上。姜众没想到，高响对“灰粒”的爱是“双刃剑”，能砍大刘，也伤了马佳欣。

见完大刘的那天，姜众回家，高响候在门口，嘴角含笑，像个等偶像召见的粉丝，脸上都是幸福，甚至要帮他拿刚脱下的羽绒服。

“你能不能正常点？”姜众别扭极了，侧身躲开了他的手。

“你才不正常！”高响收回手，亢奋且困惑，“马佳欣居然不知道你是灰粒，你是不是傻？你告诉她，不老早追到了？”

姜众的脑子里轰的一声，手里的羽绒服直接掉地上了。高响忙弯腰去捡，起身发现姜众脸色煞白，整个人明显不对头，有点莫名，有点慌，问：“你怎么了？”

“你怎么跟她说的？”姜众的声音有点飘。

“就打电话说你是灰粒，问她什么时候知道的，知道那会儿，有没有中了500万彩票的感觉。”高响说得兴奋，“她居然问我灰粒是谁？她完全不知道你在帮她，我把截图发她了，证明你真的在帮她……”

高响后来说了什么，姜众听不见了。他回了房间，锁上了房门。他怕自己控制不住，大骂高响。他不怪高响多嘴，只怪自己蠢，没想到这家伙会跟马佳欣分享“幸福”，提前阻止这事的发生。

姜众把自己摔在床上，瞪着天花板。这事他若主动问，马佳欣连假装不知道的可能都没了。姜众第一次觉得，自责如此难受，如此苍白。

旅行者一号金唱片上镌刻的“地球之音”跟悦耳无关，姜众听了一次又一次，挑了贝多芬的第五交响乐第一乐章，上传到了百度云账号。

这个乐章，叫“命运”。

马佳欣看到高响发来截图，瞬间明白了姜众跟吴兰芳的异常。明白了吴兰芳一反常态的发嗲和撒娇；明白了姜众反复问的“你真的还好吗”是什么意思；明白了他为什么穿成小丑，还有他大声喊的那句话：“哪一天，你觉得自己是个小丑，别忘了，还有一个小丑跟你在一起。”

马佳欣盯着姜众送她的小丑面具，只想大醉一场。她下楼买了啤酒，喝到天黑，意识仍清醒。马佳欣真心觉得讽刺，自己遗传女王最好的，居然是酒量。她再次下楼，买了白酒上来。

姜众没发来消息，百度云上面有他新上传的MP3文档：“地球之音：贝多芬第五交响乐第一乐章”。她下载后打开，听到那熟悉的激昂旋律，明白姜众知道她知道了。

“谢谢。”

马佳欣给姜众发了两个字，开始喝白酒，就着那气势磅礴、撕心裂肺的交响曲。意识模糊之际，她拿起手机，看到姜众发来了长长的消息。

“有一个叫理查的机场地勤人员，负责搬行李什么的，多年工作认真，很尽职，朋友和同事都觉得他人很好。有天，没开过飞机的他偷了一架飞机，飞走了。跟塔台的沟通中，他说他要开飞机去探望一头虎鲸妈妈，她的宝宝出生不久就死了，她很伤心，背着孩子的尸体，悲鸣着游了17天，他想去看看她；他说他身体里大概有几颗螺丝坏掉了；他说他不想伤害任何人。飞机没油时，他挑了个无人的海岛，坠毁了。你说，他看到了那个虎鲸妈妈没？”

马佳欣直接拨了姜众的号码，愤怒地申辩：“你是不是想说我妈不爱我?！跟那个理查一样，渴望妈妈的爱……偷飞机，你想让我去偷飞机吗?！你不要自以为是好不好？我妈妈特别厉害，她做公司是为了追求真善美……真善美你懂不懂？她对我非常好，非常好非常好！是天底下最爱我的妈妈！我不争气，她为了我到处求人，她那么一个要面子的人……我爱我妈妈，特别特别爱……”

马佳欣泪水满面，喝了一大口酒，说着说着直接躺地上了，如愿以偿地失去了意识。

第二天中午，马佳欣醒来时，头疼欲裂。手机已没电关机，她挣扎着起来，给手机充上电，刚开机，吴兰芳的电话就来了。

“谢天谢地，祖宗你还知道接电话!”吴兰芳长舒了一口气，“昨天你不回群里的消息，打你电话也不接……我火车票都买了，已经在去火车站的路上了，我跟你说……20%的退票费你必须得给我。”

马佳欣红了眼眶，用力咳嗽了几声，清了清嗓子，说：“退票费当面给，我去你那里，明天就到。”

“我是那么小气的人吗?”吴兰芳以为马佳欣在开玩笑，“你没事就好，以后别玩消失了啊，就算要关机，也得提前说一声。”

“没跟你开玩笑，我明天真去你那里。”

手机那头沉默了片刻，爆发出快乐的声音：“赶紧来，我是真缺人手，我要把你当男人使，你要有心理准备!”

“不当畜生使就行。”眼眶里盘旋的泪落了下来，马佳欣控制着语调。

“你没遇到什么事吧?”吴兰芳问得小心翼翼。

“没事！”马佳欣故意说得大声，“明天你会看到一个特别好的我。”

马佳欣挂了手机，看着一地的狼藉，呆坐许久，突然想起自己好像跟姜众打过电话，她忙查看通话记录，通话时长居然有一小时四十分钟。自己跟他说了什么呢？她努力回忆，隐约记得自己的愤怒，具体的一点都想不起来。看着偷飞机去看虎鲸妈妈的故事，看着姜众发的“晚安”和“早”，莫名的惶恐袭来，她迫不及待地想逃离。

高响坐在电脑前，心神不宁，知道跟马佳欣八卦惹了祸。姜众终于从房间里出来了，黑着眼圈冷着脸。高响等他洗漱完毕，若无其事地问：“你为什么要应聘三个月就倒闭的小公司？”

姜众诧异高响问这个，愣了一秒。高响自己回答了：“原因只有一个，为了跟我成为同事！”

被盲目崇拜的感觉，原来并不好。姜众看着高响一脸讨好的笑，懒得说什么。高响尴尬了，沉默片刻，说：“我想逗你开心点……我是不是闯祸了，跟马佳欣说了什么不该说的。”

“她不知道她那些事被曝光的。”姜众决定说清楚，“她一直以为网上就皮特陈那些事，她无所谓的。”

高响很意外，问：“可是搜就搜得到啊。”

“不是每个人都会一页页翻搜索结果的。”姜众无奈地盯了眼高响，“我见过她，确定她不知道。”

“你见过她？”高响愣了愣，努力兴奋着，“世界末日前，你跟马佳欣见面的话，你输我1万块。你不能耍赖啊，1万块，你得给我！”

姜众极其无语。高响只想调节气氛，眼见气场不对，大着胆子建议：“她走后门的事她自己本来就知道……我有点不明白，你为什么不跟她说你是灰粒？以前你是穷小子她是富二代，你不敢追，我理解；以灰粒的江湖地位，配得上她这个富二代的，你干吗不说，干吗不大胆追？我建议你赶紧表白，反正她知道你是灰粒了……”

“配得上？爱情是等价交易？”姜众苦笑，打断了高响，“我跟你说，大刘想跳槽到中东王子基金，让我带着项目跟他走。”

高响瞪大了眼睛，好像在努力理解这句话的内涵与外延。姜众知道这个消息冲击有点大，接着解释：“大刘在公司也就是个跑腿的，项目决策他说了不算，公司流程又长。他要是带着项目去了中东王子基金，对他是个机会，项目融资额还能增加。”

高响愣了半天，问：“老吕那边呢？”

“你不是说，这个项目属于大刘？”

“哦。”

高响愣愣的，不再言语，甚至不再看姜众。姜众很愧疚，觉得对大刘必须下狠手，否则对不住高响受的委屈。

晚上10点，看着手机里那个查理和鲸鱼妈妈的故事，姜众觉得，自己现在能做的，是给马佳欣安静。他上传了旅行者一号金唱片上的中国古琴曲《流水》，微信说了晚安。

11月10日是个晴天，空气被洗刷过，干净通透。晚上下了雨，前几天的那场大雪没了踪迹，像不曾落下一样。马佳欣取下画着小丑的纸，把素描教程、笔、削笔刀和橡皮擦等捡好，拆了画架，重新包了起来，放进了那个大袋子。

快递取走要寄的行李后，马佳欣背起双肩包，拖起蓝色的行李箱，拎上一个手提袋，出了门。

北京南站的人不少。马佳欣挤在人群中，过了安检。候车厅里，她把行李放一起，拍了张照片，发给了吴兰芳。

“跟三年前比，就多了一个手提袋。”

“还多了我啊！你赚大了！”吴兰芳秒回。

“哈，是。”

马佳欣笑了。任何时候，吴兰芳总这么乐观，她喜欢这样的她。放好行李，坐下不久，车开动了。城市的建筑被抛在了后头，广袤的华北平原萧瑟辽阔，放眼望去，已是冬的隐忍。

耳机里是姜众昨晚上传的古琴曲《流水》，琴声朴拙，意趣高远。马佳欣静静地听着，想起塔可夫斯基《飞向太空》开场的镜头：水草随着流水拂动。手机屏幕上，是姜众的“晚安”和“早”，马佳欣庆幸，他只发这三个字。

旅行者一号在浩瀚的宇宙中孤独前行，金唱片上的《流水》终会被外星文明听到吧。离开北京，跟离开三亚一样，没有跟姜众打招呼，马佳欣觉得，她和他，终究再也不见了。

武汉火车站，马佳欣一人一行李箱一背包一手提袋，刚走到检票口，就看到用力招手的吴兰芳。马佳欣想起三年前在北京南站接自己的她，无所畏惧，笑得灿烂。此刻的她头发短了，神情却柔和起来，有不再抗争的淡然。马佳欣似乎听到了梦想破灭的扑哧声，又体会到肥皂泡化成水、融入泥土的踏实。检完票，吴兰芳像三年前一样，一把接过行李箱，还想要接过背包，马佳欣不让，她也不坚持。

“三年半，这行李箱跟包一点皱纹都没长啊。”吴兰芳有意轻松，“我绝对想不到，我拐了你一次不算，还要拐第二次。”

“第一次你拐的是个陌生人，这次拐的是个熟人，你是越来越厉害了。”

“这样的马屁，以后每天来点。”吴兰芳笑了，主动挽住了马佳欣的胳膊，跟着人流朝出口走去。

副驾上，马佳欣看着窗外发呆。吴兰芳不安，她知道她突然来若城，肯定发生了什么。她只希望，有一天，马佳欣能主动跟自己说，像说别人八卦那样。

晚上10点，姜众准时上传了金唱片中的音乐：巴赫的《F大调第二勃兰登堡协奏曲第一乐章》，曲子愉悦昂扬，他知道她会听。他照例发了“晚安”，知道她不会回。自己想说的话，都在上传的音乐中，他知道她听得懂。

回到客厅，高响沉默地工作着。这两天，姜众说什么，高响就做什么，不再说自己的意见，像变了个人。姜众很抱歉，知道大刘要带着项目跳槽去中东王子基金，再次打击了他。零点到，“双十一”促销活动开始了，仅过10分钟，淘宝天猫交易额就达到2.5亿，37分钟破10亿，2小时17分钟33.7亿，超过去年“双十一”全天交易额。姜众故意开心地跟高响分享这个消息，说这意味着移动互联网的巨大前景，他想让那个打了鸡血的高响回来。遗憾的是，高响只是转过头，很认真地说：“我能理解你跟大刘一起去投靠那个中东王子，真的，能理解……我觉得哪里不对，又说不上来，就是要缓缓，我会好好跟你干的，你可是大神，我要抱大腿的。”姜众哭笑不得，更加愧疚。

“双十一”当天，火星众筹流量蹭得不错，有好几个用户主动发起了众筹项目。项目质量良莠不齐，有一个居然是直接借钱的，众筹10000元，没有标的，约定一个月后还款，利息高达10%。姜众跟高响讨论后，觉得是恶作剧，也不会有人出借，留着凑项目数了。他俩万万没想到，当天就有人出借了100元。

“发起人自己找的朋友吧？”姜众很困惑。

“这不行吧？”高响不安，“万一不是朋友，发起人要赖不还，出借的人会不会找我们要钱？”

“有这个风险。”姜众想了想，“不过这事好玩……先放着，反正100元赔得起。”

高响“哦”了一声，点开了出借人的账号信息，研究了一会儿，嘀咕："这人八成有病。"

晚上10点，姜众上传了金唱片上的美国爵士乐"忧郁蓝调"，给马佳欣发了晚安，进了小镇二姐的粉丝群。这个粉丝群建立不久，姜众就加入了。马佳欣在里面说的话，他都看得到。他还加了那个购物的粉丝群，知道马佳欣在帮着小镇二姐卖货。

姜众盯着购物群的群聊记录，整个人怅然若失：马佳欣没打招呼，离开北京，去了若城。呆坐片刻，他拿起手机，给马佳欣发了一条微信。

"知道你去了若城，知道你要跟二姐一起开淘宝店，为了表示庆祝，我要送你100万。"

十分钟零十秒后，姜众收到了回复："谢谢你的好意，真有100万的话，你自己留着用啊。对了，音乐很好听。"

"一百万我明天就寄给你。"姜众秒回。

"行吧，我先谢了。"

姜众知道马佳欣不信。他很认真地想了想，发了这些天他一直想发的消息："你知道NPD，也就是自恋型人格障碍吗？"

"什么？"

"你可以上网搜一下，我觉得你妈妈就是。"姜众犹豫片刻，把"我觉得你妈妈就是"删掉，发了出去。

姜众又上传了一首旅行者一号金唱音乐，莫扎特《魔笛》中的《夜后的咏叹调》。这个夜晚，马佳欣会过得艰难。花腔女高音强悍的复仇和胁迫，她听着会哭得痛快些吧。

"那你就别想再回来见我　我不认你　别想再回来见我啊——你就别想再回来见我啊——那你就别想再回来见我　我把你永远抛弃　我和你永远分离　我同你断绝关系　我们不再是母女　要抛弃　要分离　断绝关系……"

天猫和淘宝“双十一”的交易总额高达191亿元，这个惊人的数字让吴兰芳彻底动了心。晚上10点，吴兰芳按时上了床。马佳欣说要大采购，留在了书房。吴兰芳没睡着，过了零点看到191亿这个数字，从床上爬了起来，到书房找马佳欣，想认真聊聊开店的事。不想马佳欣不肯开门，说有重要的事在处理，让她先睡。吴兰芳不安地回了卧室。第二天醒来，房间不见人，她冲到书房，发现马佳欣一夜未睡，双眼红肿，布满了红色的血丝，神情却亢奋，脸上有异样的光彩。

“你说，我是不是不是一无是处？”

“当然，你很好！你怎么可能一无是处呢？”吴兰芳心里堵得慌，电脑屏幕上是乔布斯私生女的访谈，她瞬间懂了她的痛苦。吴兰芳没有多问，带马佳欣去了长江边，那个父母争吵后她独自待的地方。

天蒙蒙亮，江水是黑的，风吹在身上，有些寒意。马佳欣异样地亢奋，突然对着驶来的货船大声喊了起来，像姜众做过的那样。

“嗨——嗨——你们好啊——长江好——宇宙好——嗨——嗨——”

吴兰芳被吓了一跳，她静静地看着她扯开喉咙大喊，看着她眼眶突然盈满了泪水，看着泪水滑过她的面颊，如串珠般坠落。听着她努力抑制的哽咽声，在江水拍岸的自在节奏中那样仓皇。

“想哭就哭出来吧。”吴兰芳难过起来，“我以前常在这儿哭。”

马佳欣哽咽着，肩膀不受控地微微抖动着。货船鸣起了汽笛，呜呜的，低沉绵长。马佳欣哇的一声哭了出来，哭声越来越大，越来越肆无忌惮。吴兰芳觉得，这哭声像是从陈年的橡木桶泄了出来，有着发酵后的浓烈气息。

长江尽头的天青色染上了红，朝阳喷薄欲出。马佳欣望着刹那变幻的梦幻色彩，小声哽咽着，问吴兰芳是否知道NPD。

“我知道NPD。以前我觉得我爸跟我妈不正常，我跟他们之间也不大正常，查了好多资料。”吴兰芳看着马佳欣，“自恋型、偏执型、回避型、依赖型、表演型、反社会什么的，十几种……我妈有点依赖和边缘，我爸有点自恋，我呢，大概有点回避。”

“女王是NPD，我确定。”马佳欣望着江水，“就是有一种豁然开朗的感觉，很多想不明白的事情，都有了答案。”

短短几分钟，太阳爬了上来，枕在江水上，江水红彤彤的，云彩铺满了天空。马佳欣接着说：“很长一段时间，我以为野心家或者叫有大梦想的人，会遇到很多挑战，会见识很多黑暗，要经历很多痛苦。他们太痛苦，所以要让身边的人痛苦，这样不至于痛苦得太孤独……我找了各种理由，让自己去相信，女王是爱我这个女儿的，只是表达方式跟普通的妈妈不一样。更多的时候，我相信自己就像她说的那样：烂泥扶不上墙、蠢、傻，不配得到她的……关心。”马佳欣转身看着吴兰芳，努力维持着笑意：“乔布斯对她的女儿丽莎说，她闻起来就像厕所……丽莎的感受，我特别懂。”

吴兰芳没绷住，泪水落了下来。马佳欣擦了擦她的泪水，说：“你哭什么呢，你应该为我感到高兴！我不是个垃圾啊，不是我的错，是她没有爱我的能力，不是我不配她的爱……她那么成功……她那样没有同理心的人才容易成功，对吧？没有感情，没有底线，只有算计和利益，理性得像个机器，没一点人味……”

“你辛苦了。”吴兰芳难过极了，哽咽着。马佳欣用力抱了抱吴兰芳，笑着说：“你不用担心我，我从来没这样好过。”

马佳欣拉着吴兰芳坐了下来，望着褪去朝霞的江水，说不出地平静。白鹭不知何时飞了过来，停在滩涂处。

“有一个叫理查的机场地勤人员，平时就搬搬行李铲铲冰，没机会开飞机。有一天，他偷了一架飞机，说要去看大海里的一头虎鲸。”

吴兰芳意外马佳欣讲起了故事，心疼地看着她。

“这头虎鲸，是个妈妈，她的宝宝夭折了。她很伤心，把夭折的宝宝背在背上，一边悲鸣一边游，游了17天，1000多公里。理查跟塔台说，他想知道那头虎鲸的位置，想去看看它。他还说，他不知道该怎么降落，他没打算降落。”

“啊，这样……”吴兰芳吃了一惊。

“嗯。”马佳欣看了眼吴兰芳，“理查还道歉，说让大家失望了，说他是一个已经坏掉的人，可能哪里有几颗螺丝松了，他最近才意识到。”

“那理查安全了吗?”

“没有，他选了个无人的海岛……不回来了。”马佳欣顿了顿，“理查为什么要去看那头舍不得夭折孩子的虎鲸?他偷了飞机，不会降落，他知道他会死。”

吴兰芳没说话，知道她其实不需要答案。

“我也有几颗螺丝松了，在很关键的时候，你帮我拧了拧。”马佳欣转头看着吴兰芳，很认真地说，“谢谢你。”

吴兰芳十分自责：“那我跟你道歉，我不该那样说你的。”

“过去的都过去了。”马佳欣精神很好，“还有个人帮我拧了螺丝，我也想跟他说声谢谢。”

“老吕吗?”

“不是。”马佳欣知道吴兰芳很好奇，“理查的故事，是他讲给我听的。”

马佳欣不再说话。吴兰芳发现她此刻的笑，温柔又伤感。

二十四　青砖大屋

“我从来没想过，自己有一天会开网店做生意。”

马佳欣站在项宇租的大堂屋里，看着吴兰芳，笑吟吟的。吴兰芳不安，忙说：“你不喜欢就不要做，不要想多了，我在若城雇个人简单得很。”

“我想做。”马佳欣说得认真，“这个世界上，知道自己喜欢什么、做得好、还能以此为生的人，都是长了翅膀、可以飞的那种。大部分人没有翅膀，连喜欢什么都不知道，再怎么努力，也飞不起来。所以呢，把能做的事情做好，就很不错了。”

项宇不是太懂马佳欣这一大段话的意思，他知道开淘宝店这事，铁板钉钉，成了！他兴奋地插话道：“芳姐说大记者要跟我们一起干，我一直以为她吹牛呢。北京的大记者，怎么可能看得上我们这种小地方……”

“黄毛你给我闭嘴！”吴兰芳忙打断项宇。

“有什么说什么，没事啊。”马佳欣明白吴兰芳在照顾她的情绪，“你不要觉得我投奔你很丢脸，麻烦你像以前一样不爽就火冒三丈，各种挤对和嘲讽。”

吴兰芳努力想笑，笑不出来，憋了会儿，说：“你变了。”

“你也变了。”

马佳欣说得俏皮，吴兰芳突然觉得，她知道那些不堪的往事被曝光了。俩人相视而笑。项宇茫然地跟着笑，愉快极了。他有一肚子的话想说，憋着一股劲开始搬堂屋的东西。项宇租的这套房除他的卧室、厨房跟卫生间不动，别的空间将改建成工作区、摄影区、仓库区和发货区。三个人忙活起来，项宇不时看两眼马佳欣，想着怎么拉近关系。

“姐，我跟你说，我第一次看到你，吓得撒腿就跑。”

“我记得，你跑得可真快。”马佳欣笑，“我还知道，你以为自己卷进了几百亿的大案子，被黑道盯上了。”

“主要是那个姜众不是好人，太像黑道了。”项宇窘迫地解释。

马佳欣下意识地辩解：“你误会了，他不是坏人。”

吴兰芳诧异地转头，马佳欣反应过来，朝她笑了笑，还耸了耸肩。吴兰芳隐隐担心，忙转移了话题，问项宇：“霸王，你血拼了多少?”

“没到500。”项宇不好意思，旋即打起了鸡血，“一天191亿，半天100亿，太吓人了！100亿啊，我想都不敢想，数钱都要数好几年！我们的店开起来后，半天100块，一天200块，一个月也有6000块……”

“我还知道有三个品牌的旗舰店交易额超过了一个亿。”吴兰芳停了手上的活，看着项宇跟马佳欣，“现在的网店背面都有大资金运作，个人小店的红利期过去了，你们心里得有准备，这事不一定做得起来。”

“做了再说。”马佳欣眼里有光，“我有个想法啊，我们应该拍视频，像《舌尖上的中国》那样，把我们的原材料、生产过程什么的都拍下来。”

“这个主意好!”项宇兴奋了，“得拍好看了，看了就想买那种。”

“好是好。”吴兰芳显然考虑过，“问题是就拍几个的话，用处不大。视频还是有门槛的，一直拍呢，耗时耗力，就比较难。”

“先做一个再说啊，边做边摸索。”马佳欣斗志昂扬，“我们明天去那个水库吧，你发的那些图很好看，拍视频肯定美。”

“明天不行!”项宇不顾吴兰芳的阻止，“明天有事。”

“你要去相亲?”吴兰芳不满地调侃。

“明天我追的电视剧大结局。”

“你上网看啊，谁还守着电视机看电视剧?”吴兰芳无语，“装了宽带，流量管够，不用你多花钱。”

吴兰芳说得不容置疑，项宇只好服从。马佳欣过于积极，他都看出了异常，找机会小声问吴兰芳，马佳欣遇到什么事了?

“我遇到大事了……就是我想开飞机试试，看能飞多久、飞多远。”

项宇转头看到马佳欣，尴尬又困惑，问：“开什么飞机?哪里有飞机?”

“行了，行了，不说了。”吴兰芳拦住了项宇，“明天去孙家湾，你跟餐馆请好假，我8点来接你。”

三人把要用的空间大致清理出来了，商议了要添置的货架、摄影灯、纸箱，要设计的店铺logo、快递标签等，出门的时候，天都黑了。马佳欣规划着淘宝店的运营，打了鸡血般亢奋。她说什么吴兰芳都说好，添油加醋地一起构建那个灿烂的未来。昏暗的灯光下，她看着她仍红肿的双眼，忧心忡忡。

桌子上摆好了莲藕炖排骨、清蒸鱼糕、藜蒿炒腊肉跟红菜薹。马佳欣吃了一碗莲藕排骨、六块鱼糕，还把藜蒿跟红菜薹清盘了。王和珍高兴得合不拢嘴，拉着吴兰芳偷偷问，马佳欣是不是遇到什么好事了，整个人都变了，变得有劲了。吴兰芳解释不清楚，简单说是，叮嘱母亲不要问长问短。

马佳欣喜欢王和珍，喜欢她的热情，喜欢她的烟火气，甚至喜欢那些吴兰芳无法容忍的缺点：舍不得丢的塑料袋被洗净叠得整齐，觉得她这样活着，实实在在。

书房里，吴兰芳跟马佳欣吐槽，说母亲又手洗了衣服，不仅洗了自己的，还把她俩的都洗了，洗衣粉肯定没清干净，水没几个钱，她就是舍不得用。

“多好啊，妈妈亲手洗的衣服。”马佳欣羡慕地看着吴兰芳，“我就想要这样热乎乎的妈。”

“那换好了。”吴兰芳在气头上，“我愿意换一个什么都能帮我搞定的妈。”

吴兰芳说完，立马意识到不对，马佳欣的脸色果然变了。她自责，忙找补：“人就是这样的，没有的就是好的……对不起。”

马佳欣笑了笑，没说什么。她把吴兰芳藏在抽屉里的药拿了出来，提醒她吃。吴兰芳默默吃完了药，马佳欣把瓶子放了回去，看着吴兰芳，很认真地说：“以后再忙，你都不准熬夜啊。”

“放心，我不会再傻到拿命换钱的。”

俩人笑了笑，心照不宣地不去捅破那层窗户纸，开始了各自的忙碌。近10点，吴兰芳离开书房去了卧室睡觉。10点5分，马佳欣登录了百度云账号，看到了两首曲子，一个是莫扎特《魔笛》中的《夜后的咏叹调》，一个是*The sounds of Earth*。她先听了第一个，被华丽的女高音吓了一跳，她搜了歌词，盯着屏幕上的“我们不再是母女　要抛弃　要分离　断绝关系”，半天没动。第二首曲子开场是刺耳的电流噪音，像飞行器在宇宙中航行。雷鸣突然袭来，紧接着，是水冒泡的声音、雨声中的电闪雷鸣、海浪的声音、鸟鸣蛙叫、动物的嘶吼声、女人的尖叫声、狂风、脚步声、劈柴声、牛羊叫声、自行车铃声、锯木头的声音、汽车行驶的声音、发电报的嘀嗒声、轮船的汽笛声、马车的驾驶、火车的呼啸、车辆启动、赛车飙车、飞机腾空、火箭发射倒计时、火箭升空、婴儿的哭泣、妈妈哄睡孩子的声音，持续了十二分二十五秒。马佳欣坐了许久，拿出手机，给姜众发了一条消息。

“给外星人听的地球之音，压轴的是妈妈哄睡孩子的声音呢。”

“你还好吧？”姜众秒回。

“我这个小丑很好啊，嗯，谢谢你。”马佳欣看着敲下的字，犹豫了会儿，发了出去。

“人人都是小丑啊。我跟你说，我这几天当骗子当得很开心，那个大刘在朋友圈打造人设，假装自己有爱心。”

“嗯，我困了，要睡了。”

“你睡吧，晚安。”

“晚安。”

这是马佳欣第一次回复姜众的晚安。

从若城出发，一个半小时的车程，就能看到连绵的山。吴兰芳说，这是大别山南麓的末端，距离革命老区红安和麻城很近。当年，刘邓大军还穿过了这里的山脊。马佳欣顺着吴兰芳手指的方向，看到了连绵的山峰。有一座山笔直得如同刀削，坡度近九十，十分醒目。当车拐了一个弯，她猛然发现，连绵的山峰勾勒出一个少女的曲线，那刀削般的地方，恰是少女的下颌线。

“你看，那些山峰是不是像一个女孩子躺着看星星？”

马佳欣的声音充满了惊喜。吴兰芳看着她脸上的愉悦，正要说话，项宇开口解释了：“睡美人，我们都喊她睡美人。那个好陡的地方是大崎山，两边是将军山和接天山。我们湾里的老人说，这些山都是秦始皇拿神鞭赶出来的。我们这里以前是北海，北海龙王……”

“这是神话好不好，你还当真？”吴兰芳打断了项宇，看着马佳欣，“睡美人躺着看星星，我第一次听人这么说。”

“她在等外星人？”马佳欣笑了，拿起了相机，对着睡美人拍了起来。临近水库，山上的色彩丰富起来：浓烈的红、黄、棕，铺展在大片的绿意中，一小块一小块的，炫耀着、跳跃着、呼应着。迎面的风微凉，马佳欣心旷神怡。看到道观河水库的那一刻，她像吴兰芳一样，下了车，站在岸边眺望，落在群山中的这一泓水，宝石般的湛蓝，阳光落在上面，迷人地闪耀着。

从环湖的柏油路驶入一条沙石山路，山路蜿蜒，有些颠簸。第一次腾空离开座椅，马佳欣吓了一跳，慌乱中抓住了项宇的胳膊。项宇有点不好意思，忙说："明年就要铺水泥路了，村村通，国家出钱。"

"铺了水泥路就没意思了，这样原生态蛮好的。"

"原生态……这破路遇到下雨天，都是泥巴；太阳一大，到处是灰，沿路村里的人都盼着铺水泥路。城里人觉得农村越穷越美，不是蠢就是坏……"项宇吐槽。吴兰芳忙打断他，说："旅游的人都这么想，庙里的菩萨，你不是也觉得越旧越好？"

项宇哑口无言。马佳欣笑了。窗外出现了一棵挂满红柿的树，就在山间的田埂上。又一棵柿子树出现了，柿子又大又红，像年关时喜庆的小灯笼。又开了半个小时，车进了村。一栋崭新的楼房出现在正前方，漂亮的欧式栏杆，深蓝的玻璃窗，金色的雕花大铁门，马佳欣惊讶得"咦"了一声。

"外面光，里面就刷了个白，顶都吊不起。"项宇明显不屑，"外面买不起房，非要在村里争脸面，盖三层楼。在外头打工又住不了，空起来养蚊子。"

项宇说起这家人分散在武汉、广州和浙江的打工情况，马佳欣听得唏嘘。村子依山而建，依照地形分布，东一栋、西一栋，次第错落、各种朝向的都有。看到刻着的"劳动光荣"的大石条门楣，马佳欣下了车。这栋房子已坍塌了大半，裸露的木头横梁，摇摇欲坠的黑瓦片，曾经的堂屋已长满杂草，她拿起相机，认认真真拍了照片和视频。

到老孙家，已是午饭时间，他特意煮了一大盆新鲜的鱼糕、鱼圆子，还有一桌子菜，说感谢从他这里拿货，让他赚到了钱。马佳欣尝了一口鱼糕，鲜嫩爽口，滑而不腻，独特的鱼香味，诱人食欲，不由得吃了好几块。吃完饭，老孙开始展示制作鱼糕的过程，从挑鱼、剥鱼皮、剔鱼刺、剁成鱼酱、加面粉等原材料搅成糊状、放进蒸笼成形到柴火蒸熟，整个流程下来，本来要一整天的时间，好在吴兰芳提前打了招呼，搅成糊状之前的流程用一条鱼进行展示。吴兰芳拍摄完整个过程，马佳欣特意给了老孙几个特写，说他的笑有种满足的治愈感。

近傍晚，项宇带路，在村里溜达。马佳欣看见一棵大槐树，树干粗壮得两个成年人都抱不住。树枝上挂着一些布条，有鲜红的，有褪得发白的，随风飘动着。徒步时，马佳欣看到过不少这样的树，树下往往还建有小小的土地庙。只有这棵大槐树，跟老家村头的一模一样。童年的自己，在起风的时候，会觉得那些红布条在热情地跟自己打招呼。奶奶站在树下，冲着自己招手，比那些红布条还热情。老家已消失，成了水泥地的厂房，那棵树再也看不见。马佳欣从吴兰芳手里接过DV，从不同角度拍着。

一栋黑瓦灰墙的老房子前，有七八个老人，坐在椅子上边干活边聊天。项宇用方言熟络地打着招呼，语速很快，马佳欣听不懂。老人们好奇地望着她，脸上带着慈祥的笑。当她看到一个老人在纳鞋垫，脚顿时被焊住了。那鞋垫配色鲜艳、图案朴实，是记忆中的那样。小时候，奶奶有纳不完的鞋底，那些花花绿绿色彩浓烈的图案，伸手就是。吴兰芳发现了马佳欣的异常，主动找老人要了两双完工的鞋垫，递给她。

“你喜欢这个？”

马佳欣点了点头，接过鞋垫，用手触摸，柔软且厚实。恍惚间，时光回转，属于童年的一些气息，在这个山村复苏了。她硬塞了20元钱，买下了这两双鞋垫。老人笑得合不拢嘴，说没想到能换钱。马佳欣心里发酸，征得同意后，拿起DV，拍下了他们腼腆的笑。

在村里转悠着，马佳欣看不见一个小孩，有些困惑，问项宇：“怎么只有老人，小孩呢？”

“农村撤并村小，细伢都要在外面的中心小学读书，太远了，周末放假才回来。”项宇解释道。

“那平时呢？怎么住？谁照顾？”

“几户人家合租学校附近的房子，每家出一个大人，排班轮流照顾。”项宇忍不住吐槽，“所以说，在山里盖几层楼房显摆的人是不是有病？”

回若城的路上，马佳欣拉着吴兰芳跟项宇一起讨论“励志橙”的营销方式，研究鱼糕、手工鞋垫、红柿这些农产品有什么故事可以讲。项宇被迫回忆村里的各种往事，最传奇的算村里一个老人曾救了红军的一个大官，这个大官后来成了湖北省的省长。那是一个雨夜，老人把受伤的红军藏在家里，国民党上门搜人，他给红军戴了一个雨笠，骂他懒，让他赶紧去看田里的水……红军大官就这样在敌人的鼻子底下逃走了。还有一个有名的道士，一年四季几乎赤裸，冬天也睡山洞，常主动帮人种田，会在山头奔跑，对着远方练“狮子吼”，一身腱子肉异于常人。马佳欣听得津津有味，冥思苦想如何关联农产品。吴兰芳开着车，时不时从后视镜看两眼马佳欣，她如此积极进取，她很不安。

俩人到家，王和珍开始热饭，说收到了两个快递。马佳欣看到了一个纸箱和一个快递包裹。纸箱装的是画架，她自己寄的；包裹有学生练习本那么厚，寄件人是路痴外星人，马佳欣想起姜众说要送她100万，吓了一跳。她忐忑不安地拆开，看到一沓A4白纸，没忍住，笑了。吴兰芳凑了过来，问是啥。

“100万！”马佳欣更乐了。

“什么100万？”吴兰芳好奇地拿起一张A4纸，看到上面有一行英文单词，她想读懂什么意思，仔细一看，发现这12个单词，没主谓宾，不符合语法规则，就不是一句话。她拿起第二张、第三张，发现都如此。“这都是些啥，100万在哪里？”

“在梦里。”马佳欣不知道姜众寄这沓A4纸什么意思，“别管了，洗手吃饭。”

吴兰芳拿起快递袋，看到寄件人是路痴外星人，跟着去了洗手间，什么都没问。王和珍隐约听到了100万，以为是吴兰芳的存款，心花怒放，喜滋滋地把热好的饭菜端上了饭桌。吃饭时，马佳欣跟吴兰芳商量抢励志橙，还必须抢168元的十斤大果。王和珍听着，忍了又忍，开口提醒道：“钱再多也不能浪费，十斤168元，比猪肉还贵！”

“阿姨，我们买是为了学习，不是为了吃。”马佳欣还在兴头上，“我们打算包装若城的特产，看怎么讲故事。”

“讲故事？讲么事故事？”王和珍不明白这个逻辑，“学习啊，学习那行。”

吴兰芳笑了，给妈妈夹了一筷子菜，故意调侃道：“我一个月10万加呢，10斤168元的橙子，吃得起。”

“那不行！”王和珍急了，“钱用起来快得很，这个月有10万，下个月有没有10万还不晓得，大手大脚的习惯要不得。”

吴兰芳朝马佳欣使了个眼色，两人相视一笑。马佳欣忙安慰王和珍：“阿姨，我们就买一次，试个味道。”

姜众寄来的30张A4纸，每张都是无意义的12个单词。马佳欣确认完，装回快递袋，放在了书架上。吴兰芳刚好拿出了画架，看着从书房出来的马佳欣，一脸不可思议地问："你什么时候开始画画了？你会画画？"

"画着玩。"马佳欣有点尴尬，"可以从现在开始学啊。"

吴兰芳忙鼓励道："不错不错，支持你，淘宝店可以省了UI的钱。装起来？"

"你去导今天拍摄的素材好了，我装过一次，有经验。"

吴兰芳依言去了书房导视频素材。马佳欣用了不到十五分钟，就组装好了画架，放在了阳台上。夜色中，老城区的灯火星星点点。马佳欣远眺着，想起孙家湾村头那棵系着红布条的大槐树，想起已消失的故乡，突然有把故乡画出来的冲动。她拿出了纸张和铅笔，寥寥几笔，就勾勒出了大槐树的形态。她认真画着，前所未有地专注。吴兰芳出书房，走近后，大吃一惊，静静地看着。许久，马佳欣才发现了吴兰芳，不好意思地笑了笑。

"画得很不错啊，你居然有隐藏技能！"吴兰芳真心赞道，"牛的、牛的！"

"是吧？我还是可以的，没那么糟糕。"马佳欣眼里有光。

吴兰芳觉得难过，忙说："你一直都很可以啊！"

马佳欣笑了，从未有过地舒展。吴兰芳回书房写公众号了，马佳欣又画了许久，放下铅笔，拿起手机，她看到姜众发来的微信："100万看到了吗？"

马佳欣把A4纸的照片发了过去，调侃了一句："这100万太珍贵了，都是打印的，你也不签个名？"

"你怎么知道我没有签名？"

"我每一张都看了，都是12个打印的英语单词。"

"方便接电话吗？"

马佳欣犹豫了下，回复了一个"好"字。姜众立马拨了过来，一声有点尴尬的"喂"后，说："这些单词是助记词，12个助记词就是一个私钥，一个私钥里我放了十个比特币。这个比特币，有可能将来一个值1万。"

"什么？"马佳欣完全不懂，"一个值1万，你给了我300个，那是300万？"

"也可能一文不值。"姜众有点不好意思，开始科普比特币的历史，从中本聪的白皮书讲起。听着分布式、去中心、互信、挖矿这些陌生的名词，马佳欣越来越迷糊，耐心等姜众说完，随口问："那最贵的时候值多少钱啊？"

"几块钱吧。我也没太关注。"姜众不敢说最高时，一个比特币值180元，怕她不要，"其实钱这个东西一直在变，从贝壳、黄金、铜钱到纸钞，将来是比特币这样的网络字符串，也很有可能，所以呢，真可能一个值1万。"

钱都是国家发行的，怎么可能在网络上挖出来呢？马佳欣认定这就是个网络游戏，问："你哪来的？"

姜众说去年帮人干活，合作方当酬劳给他的，不是自己花钱买的。

"所以这100万，你可以放心收下。"

"行，我要了。"

"我知道你不信，你千万不要丢了，一定要保管好。"

马佳欣压根不信这些A4纸上的单词能兑成钱，姜众说得这么认真，她乐了，问："我没钱买保险箱，可以放抽屉里吗？"

"可以的，就是真的真的不要扔了。"姜众加了句，"这不仅仅是钱的事。"

马佳欣听出姜众的慎重，承诺道："放心，不会扔，我会保管好。"两人一时无话，有点尴尬。姜众主动问起他们今天去孙家湾的情况。马佳欣知道他在粉丝群，看得到自己的动态，说起了大槐树和手工鞋垫，说起了奶奶和消失的故乡，感叹住在孙家湾也不错。

“那就在孙家湾找个房子，住一段时间好了。”

“不行啊，没网络，没法工作。”马佳欣说想学习爆红网络的“励志橙”，通过淘宝店卖若城的土特产，要是行得通，大人们就用不着外出打工了，村子里就不会只有老人和小孩了。

“你是因为这个，才去了若城？”姜众问。

“也不全是。刚好这个事情能做，也需要我做。”马佳欣顿了顿，“我很想做好。”

“你可以做好的！肯定可以！”姜众的鼓励太夸张，自己都有点不好意思了，“你可以找找你以前在原创部的同事，有人包装不一样的。现在大家抢褚橙，抢的就不是橙子，是他那个励志故事。”

“吴建……他还真去了个生鲜电商平台，他会理我吗？”

“试试？”姜众心里没底。

“嗯，我想过联系之前的同事，明天就试试看。”马佳欣自我激励，“我能行的，对吧？”

“嗯，你行的。”

“谢谢你，真的。”马佳欣说得认真。

10点3分，马佳欣登录百度云，听完姜众上传的今日份旅行者一号金唱片曲目：美国的摇滚乐*Johnny B.Goode*，里面反复吟唱着“Go Johnny Go Go”，她知道这是姜众在鼓励自己，说不出的温暖。

回卧室，马佳欣动作轻柔，不想吵醒吴兰芳。当她钻进被窝，吴兰芳悠悠地问：“给你寄100万的，是另一个帮你拧螺丝的人，对吧？”

“嗯，是。”

“猜到了，睡觉吧。”吴兰芳不再说话。马佳欣睡不着，犹豫着要不要说说姜众，轻轻地辗转反侧。

“想说什么你就说吧。”片刻，吴兰芳开口。马佳欣说了姜众普及的比特币知识，吴兰芳听得云里雾里，不安地提醒：“我怎么觉得这人是个骗子，你自己要小心。”

“放心好了，是骗子也骗不了我什么。”

马佳欣说得愉悦，吴兰芳最终“嗯”了一声。马佳欣失眠了，想着明天怎么联系原创部的同事，想着该另找一个住处，自己跟吴兰芳挤在一个房间，虽说房间和床都很大，还是太影响她的睡眠质量了。

孙毅蕾说，吴建在生鲜电商里正风生水起，“励志橙”的爆红让媒体化电商得到空前的青睐；大牙不信邪，跟几个朋友一起创办了一份生活方式杂志，纸质的；叨叨去了一家大型服装公司做公关；俞瑶去了影视公司做宣传；野猪最神，真的开始云游四方，开了个公众号记录自己的游历。

“你呢?”马佳欣忍不住问。

“我去了一家文化基金会，节奏没那么快，除了钱少点，什么都好。”孙毅蕾笑了，问马佳欣近况。马佳欣说自己在若城，想把这里的土特产推销出去。孙毅蕾大吃一惊，奇怪她的选择。马佳欣说了吴兰芳的公众号，说了她去孙家湾的感受，说之所以联系，是想寻求吴建的帮助，不知道是否可行。

孙毅蕾问需要推广的若城特产，马佳欣介绍了大概，挂电话后，发了手上的影像资料过去。孙毅蕾很快回复，说吴建很忙，让她整理出一份项目资料，合作成功的概率大一些。马佳欣深以为然，对她的指点表达感谢。

“你跟以前不一样了。”孙毅蕾有些感叹，“有劲多了，真好。”

马佳欣挂了手机，跟吴兰芳说了联系的情况。吴兰芳感叹易浪网原创部真解散了，说两年前，原创部还是新媒体，如日中天；说自己被迫选择的自媒体生计，误打误撞做得还行。

“风口上的猪，感叹时代的眼泪是不是特矫情?”吴兰芳觉出自己的窃喜，有点不好意思。

“没有，没有，正常得很。”马佳欣笑，“能赶上风口的猪，都是勤快的猪啊。”

吴兰芳笑了，说她也要联系一圈之前的媒体资源，看看有什么合作的机会。马佳欣开始准备给吴建的资料，两人分头忙碌着。

马佳欣剪辑着道观河水库和孙家湾的视频，特别是那棵系着红布条的大槐树和纳鞋垫的老人，儿时的记忆鲜活起来。她突然很想写下那些跟奶奶相关的记忆，也真的写了下来，花了不到半天的时间。吴兰芳看完，强烈要求发在公众号上，马佳欣犹豫了下，同意了，精心挑选了照片，配在了文章里。最后一句，她是这样写的：“如果可以，我要住在这里，住回消失的故乡。”

文章发表后，反响意外地热烈，粉丝们盛赞这是“世外桃源”，特别是被雾霾包裹的北方人，不仅建议住在村里，还建议开民宿维持生计，说他们会过来度假和消费。更积极的粉丝贴出了孙家湾安装网络的电话、为马佳欣顾虑的各种问题找了解决方案。吴兰芳跟马佳欣还应要求，组建了一个单独的民宿粉丝群。群里面卧虎藏龙，有建筑设计师、室内设计师等各种人才，在他们的鼓动下，马佳欣彻底动了心，吴兰芳不置可否。

马佳欣兴冲冲地找来项宇，说了想找房子做民宿的想法。项宇听得一愣一愣的，不明白农村有什么好的，紧张地问：“淘宝店呢?”

“淘宝店在注册了，不矛盾，民宿还能帮着淘宝店引流和带货。”

“那行啊。”

项宇放了心，能帮着淘宝店引流的事，他都支持。项宇当天打了一圈电话，还真找到了一个可能合适的房子。

房子在山里，当地人喊青砖大屋。主人是曾经富甲一方的地主，后来败落了。改革开放后，地主家的子女都很出息，去了大城市生活，房子空着没人住。青砖大屋的年租金便宜到吴兰芳跟马佳欣不敢信。房主说，老房子一直没人住，担心会坏掉，她们愿意改建和打理，就是在帮忙。

深蓝色的湖面像一颗宝石，在阳光下闪耀着光，在斑斓的山林中眨着眼睛。中巴车不断爬坡，颠簸了一路，马佳欣望见一棵粗壮的银杏，枝繁叶茂，金黄灿烂，秋意浓浓。项宇说，青砖大屋就在银杏树边。这户人家祖上出过举人，房屋依山而建，本来有三进，两个大院子，这银杏树原在院子里，有两棵；后来院子被拆了，树砍了一棵，房子只剩下一进。

车停在门口，项宇去村里找人拿大门钥匙。吴兰芳跟马佳欣惊喜地发现房子背山面水，甚至能远眺水库。眼前的青砖大屋比村里的老房子要高一些，屋顶的飞檐高高的，像一只展翅的鸟，看得出曾经的气派。屋侧有几棵枫树，正红得热烈，像回应山坡上那些灯笼般的红柿。吴兰芳望着远处的道观河水库，山风袭来，心旷神怡，说这是民宿自己都愿意来住。

项宇拿着大门钥匙回来了。三人走近大门，抬头发现长石条的门楣上刻着“耕读传家”。开门进去，陈年的灰尘扬起，她们没防备，被呛得咳嗽。透过蜘蛛网，看得出梁柱上的雕刻甚是讲究。项宇东张西望，说小时候进来过，记得地主家的屋又大又气派，现在觉得小了好多。出了后门，项宇指着山坡不远处的一堆石头，说那里曾是第二进的主楼，可惜拆没了。吴兰芳有些好奇，问这户人家为什么不收拾一下，清明的时候回来祭个祖？

“跟村里关系不好。”项宇望着那堆石头，“当年拆他们家房子，家家都出了力。他家的砖，估计每家每户的墙里都有，回来看着闹心吧。”

马佳欣和吴兰芳没想到是这样的故事，一时不知道说什么好。

“这家人读书又都出去了，听说混得不错，都在大城市买了房子。”项宇再次感叹，“龙生龙，凤生凤，就是不一样。”

“不是龙生龙，凤生凤。是人家耕读传家，重视教育。”吴兰芳不爽，“我命由我不由天，你不老说？这会儿怎么就㞞了，要当老鼠打洞啊？”

“没有没有，我肯定会逆天改命的！”项宇急了，“我没说我，我说的是他们那一家人。”

“好啦，好啦，量一下尺寸吧。”马佳欣打着圆场，“有了尺寸好出设计方案。”

“这改建，钱少不了。”吴兰芳有点担心。

“现在泥水匠师傅不便宜，大工小工都涨价了。”项宇帮腔。

“总有少花钱的法子，先把尺寸给量了。”马佳欣兴致勃勃，转身回车里拿了带来的工具箱，开始量了起来。三人忙活了两个小时，丈量了能量的所有尺寸。吴兰芳拍了不少照片，各个角度的，还爬上后面的山头，来了个全景。

离开青砖大屋，三人去了孙家湾，找到了纳鞋垫的老奶奶。马佳欣说，她想把她纳的鞋垫拿到网上去卖，想拍一些放在网上当样品。老奶奶高兴坏了，不仅把自己的拿了出来，还喊来了纳鞋垫的老伙伴们，花花绿绿、各式各样的手工鞋垫放满了一簸箕。

“做梦都没想到，可以坐在屋里挣钱。”

老奶奶无意识的感叹，马佳欣听得心酸。每种花色，她挑了一双出来。吴兰芳用簸箕当背景，一一拍下。

临走前，马佳欣面对着热情相送的老奶奶们，坦言在网上售卖现在只是个设想，但她会努力把这个事情干成。

启程回去，已夕阳西下。村庄隐在山间，炊烟袅袅，一幅世外桃源的景象。马佳欣看得入了迷，项宇顺着她的视线看了看，无奈地耸了耸肩。

“天天都这个样，你们看几天就不稀罕了……要我说，大城市晚上的那些灯才好看。”

“群里那些大城市的人哭着喊着要我们搞民宿啊。”马佳欣反驳。

“说到底，人就是贱兮兮。不珍惜此刻拥有的，老觉得虚无缥缈的远方会更好。”

听着吴兰芳的调侃，两人都闭了嘴。车在山路上颠簸，路边的狗尾巴草一簇簇的，叶子已枯黄，白色的穗子在夕阳下，闪耀着光。

马佳欣把今天拍的照片发给姜众，说了见闻，说了把青砖大屋改建成民宿的决定。姜众秒回，大大地鼓励，说她没事还可以爬个山、徒个步，多好。看着对话框，马佳欣惊觉，自己什么事都想着跟姜众说一说。她转头望着连绵的群山，温暖和惆怅同时袭来。

吴兰芳把实拍的青砖大屋照片、测量尺寸、周边环境发到民宿粉丝群里，引发了热烈的讨论。激动的网友们纷纷出主意，有人说这地势让他想起了范仲淹家族的祖宅，建在苏州天平山上，也是依山望水，那里的秋天，红枫尽染，改造成那样最好。吴兰芳忍不住跟马佳欣吐槽：“这人是在做梦吗？以为咱们是隐居的土豪，钱多到没地方花？”

“你有10万加，我有100万，可以了。”

马佳欣这样开玩笑自嘲，吴兰芳愣了愣，欣慰地笑了。

专业建筑设计师上线了，他看了照片，激动了，说会提供改造方案，免费的，以后他去住打折就行了。马佳欣跟吴兰芳不约而同地提醒造价，说财力有限。对方哈哈大笑，说知道了。群里的粉丝继续发参考图片，一看就很费钱。马佳欣不得不提醒大家，在考虑预算的前提下提供改建方案。没人听她的，大家的畅想越来越美好，也越来越费钱，吴兰芳无奈，调侃说粉丝们已经在世外桃源了，钱都不是事，要多少有多少。

“众筹！可以把民宿改建计划挂到众筹的App上啊！”

吴兰芳诧异地看着一脸激动的马佳欣，问：“姜众的那个火星众筹?”马佳欣愣了愣，突然就红了脸。吴兰芳万万没想到她这反应，笑了，暧昧的那种。马佳欣自知失态，忙找补：“也可以在粉丝群里众筹啊，他们本来就想参与。”吴兰芳懒得拆穿她，直接在粉丝群里问有没有人愿意众筹。

事关真金白银，粉丝们理智多了，开始问各种现实的问题，热心地帮着一起设计众筹方案，一天下来，都是要考虑考虑，没一个确定的众筹意向。马佳欣被打击了，正沮丧。老吕给吴兰芳打来电话，说要投资她的民宿。

“老吕要投资我们的民宿。”吴兰芳挂了手机，一脸不可思议地看着马佳欣，“他说发在群里的那些照片，让他想起了童年，民宿改建好后，要给他留一个房间，他想住的时候就要住。”

马佳欣非常意外，想了几分钟，说：“让他投啊，权利和义务说清楚就好。”

吴兰芳提着的一颗心放下了，她看着她，很想说点什么，最终什么也没说。

几天时间，青砖大屋的十五年租约、老吕那边的民宿投资合同都落实了。

公众号的运营、若城特产的项目资料准备、青砖大屋的改造、淘宝店的筹备，这些事加在一起，吴兰芳、马佳欣跟项宇忙得不可开交。项宇租住的民房已经大变样，他那台二手电脑，已经搬到客厅，放在一个大大的写字台上。客厅的二分之一布置成了摄影工作室的样子，有大幕布、摄影灯、三脚架；靠墙放着一排三层的置物架，为将来的货物存放做准备。淘宝店申请通过了审核，等店铺“装修”完，商品一上架，就可以营业了。鱼糕、豆糕、鱼面、油面、手工鞋垫等若城特产的项目资料已整理好，马佳欣发给了孙毅蕾，拜托她跟吴建沟通。

“要是能通过吴建的生鲜平台销售就太好了！”马佳欣充满了希望，“有机会的，对不对？”

“有！大大地有！”吴兰芳瘫坐在椅子上，“命比钱重要！命比钱重要！命比钱重要！重要的事情说三遍……这些天情况特殊，以后不能再这么忙了。我要是忘了，你们俩得提醒我。”

“芳姐，我晓得你10点钟就要睡觉。”项宇摇了摇一头的黄发，“年轻人，其实没必要睡那么多的，这个时候不拼一下……”

“好了，霸王，不要说了！”马佳欣打断了项宇。

吴兰芳轻笑，说：“你愿意拿命换钱，24小时不睡觉，我没意见。反正我10点钟要睡觉。”

马佳欣知道吴兰芳有压力。公众号被越来越多的人注意到，影响力扩大的同时，竞争也激烈了。她看着疲惫的她，有些愧疚地说：“你专心码字好了，别的事你不用管。”

“对对对！芳姐你就负责公众号，你那儿流量上去了，淘宝店才有生意。”项宇忙表态。

“我总结了一下，想要流量高。”吴兰芳坐直了身体，“蹭热点永远是第一；第二，贩卖焦虑；第三就是得俗，别端着，走群众路线。”

“群众路线？”项宇不懂。

“群众路线就是最大的路线。”吴兰芳解释，“为群众服务，不给群众布道，群众喜欢什么就写什么……当然，得有辨识度。”

“舌尖上的味道，一口回故乡！”项宇突然冒出了这一句。

吴兰芳跟马佳欣颇感意外，吴兰芳赞道：“霸王你可以啊，出口成章了！”

“我想的广告语。”项宇羞涩地笑了，“那个橙子的‘人生总有起落，精神终可传承’很红，网上说包装很重要，我想了好几天。”

“人生总有一个远方，家乡都是一个味道。”马佳欣脱口而出，“我刚想的。”

吴兰芳伸出了大拇指，笑道：“UI的活，马上干起来！”

“大记者就是不一样。”项宇兴奋，“把我们的店好好包装一下。”

马佳欣举起右手，做了个加油的动作。

接下来的几天，马佳欣边自学边设计着淘宝小店的UI，项宇一边联系和落实青砖大屋改建的施工队，一边在吴兰芳的指导下，学习给商品拍照、修图。他十分用心，精挑背景，尝试不同的布光方案，那些农产品简直就是艺术品的待遇。

青砖大屋改建方案确定的那天，孙毅蕾打来电话，说吴建觉得豆糕跟鱼面可以试试，正在公司内部审核。她这边有一个扶持乡村传统工艺的公益基金项目，想帮手工鞋垫申请一下，不一定能申请下来，需要她提供更多的资料。马佳欣大喜过望，十分感激。

“原创部的那些同事……以前是我太消极。”马佳欣看着吴兰芳，非常感慨，“怎么说呢，他们知道这个世界千疮百孔，他们爱着这个破烂的人世间，骂骂咧咧的，想让她变得更好。”

晚上，马佳欣听着姜众准时上传的金唱片音乐，居然是欢快的*The Fairie Round*，心情十分美好。

二十五　人人都是灰粒

姜众拿着手机傻笑。从马佳欣第一次跟他说“晚安”，他就时不时傻笑。每次马佳欣跟他分享在若城的琐事，他都觉得幸福。马佳欣最近太积极，他又隐隐不安，担心这是一种应激反应，不能长久。

大刘上钩后的蠢，姜众非常想吐槽。他没跟马佳欣分享，知道她不认同“以恶制恶”。他也不能跟高响说，还得在他面前“演戏”，憋得有点辛苦。

大刘在认认真真打造朋友圈的人设。为了体现专业性，他每天发TMT行业相关的一些研报和活动，火星、空间站等太空前沿资讯，硅谷的创新项目等。得知中东王子基金的倪淳，这个他要结识的人热心公益和慈善后，他犯了难，硬着头皮拍了拿着火腿肠喂流浪猫的图片，伪造了去福利院当义工、照顾孤寡老人的现场，转发了为贫困山区儿童捐款的链接。姜众说这些都是公益基础款，人家根本就记不住，发来了“冰桶挑战”的链接，说是为“渐冻症”（肌萎缩侧索硬化症/ALS）患者募集资金的活动，在上层圈子特别受追捧，王子家族里都有人参加。大刘大喜，说如果兜头浇一桶冰水，能换来中东王子基金的职位，再浇十桶都行啊。

11月13日，北京气温降到了零摄氏度以下，行人裹上了羽绒服。在一个小广场，姜众拿着DV，对着大刘拍摄。镜头里，大刘脱下外套，咧开嘴、努力挤压面部的纹路，凑出无畏的样子，却忍不住打了个冷战。他忙伸胳膊踢腿，好掩饰刚才的抖动。酝酿片刻，大刘搓了搓手，拿起面前那桶冰水，举过头顶，顿了顿，双手一使劲，冰水倾头而下。当头皮被第一滴冰水击中，大刘不由自主地闭上了眼睛，好像这样，被整桶冰水淋湿的痛苦，可以轻那么一点。

“哎呀，你闭眼了！”

彻骨的寒意中，大刘脸上的笑没来得及堆，就冻住了。姜众拿着DV走了过来，无比遗憾地看着他，惋惜道：“说了一定要挺住，千万不能闭眼睛。眼睛一闭，白淋了。”

大刘抱住胳膊，缩成一团，抖动的嘴唇都紫了，发出了颤音：“看、看看。”

姜众忙掉转DV的可视屏幕，视频中，大刘在冰水淋到头上之前，就痛苦得闭上了眼睛，看上去很怯弱。拍摄之前，姜众再三强调，冰水往下浇的时候，千万不能闭眼睛。这样的“冰桶挑战”万一被王子看到，会被认为意志力薄弱，直接就出局了。

大刘白浇了一桶，欲哭无泪。姜众安慰他说没经验，第一次这样正常。等大刘换好衣服吹干头发，两人对着失败的视频分析每一个动作。

“水浇下去的时候，眼睛往上看，盯着要倒下来的水，就大无畏；看别的地方，感觉就不大对，要是闭上就完了，你说是不是？”

大刘点头，硬着头皮准备第二次冰桶挑战。千不该、万不该，他又不争气地闭上了眼睛。大刘看着视频中的自己，真想把眼珠子挖出来、然后粘外面，这样肯定闭不上。

“今天都浇两次了，要不明天再试？”姜众看着大刘乌青的嘴唇，“这条朋友圈，发得越早效果越好……我就是担心，你今天再浇一次，说不定会重感冒。”

“就就就、就今天！”

大刘抱着双肩的手微微发抖，倔强地转身。姜众望着他蜷缩的背影，报复的快感里，混进了一点点怜悯。

当大刘再次吹干头发，再次举起装满冰水的桶，脸上再次堆满了挤出的笑，姜众在镜头中，盯着他努力睁开的眼皮、已经被纸张擦红的鼻头，放弃了让DV电池出故障的计划。这一次，大刘成功了。被冰水淋得透湿的他，眼睛睁得大大的，兴奋得打了个大大的喷嚏。

姜众伸出了大拇指，笑得灿烂。回家后，他把大刘自浇冰水的视频给高响看，夸大刘为了获得中东王子基金团队的青睐，打造朋友圈人设努力得让他佩服。高响看着姜众由内而外散发出的愉悦，小心翼翼地问："你真的是灰粒吗？"

"你说是就是，你说不是就不是。"姜众故意这么说。

高响白了他一眼，转身默默干活。高响一直认定偶像灰粒是行侠仗义的英雄，干不出背信弃义、见利忘义、弄虚作假的事。姜众跟大刘联手背叛老东家，他想了所有的合理性，说服着自己。晚上，姜众跟大刘电话。大刘剧烈咳嗽着，嗓音嘶哑，自责高烧近40℃，会耽误宝贵的时间。姜众安慰他没事，十分欣慰地结束了通话。高响瞥见姜众在笑，不敢相信地揉了揉眼睛，怀疑自己出现了幻觉。

火星众筹的流量突然大涨。姜众跟高响莫名其妙，进粉丝群问，大家也都意外。半小时后，才发现有人拿众筹项目中两个丑丑的机器人打趣，做了个关于屌丝舔狗的文案，在网上传开了。

"你个屌丝！"

"你正能量。"

"你好丑！还穷！"

"你有一点萌。"

"你是废物。"

“你都是对的。”

“你是不是傻?”

“世界末日了，开心一下。”

网上很快有人跟风做了丧丧的新文案。

“一切的矫情都是真性情。”

“你并不是一无所有，你还有矫情和神经病。”

“没有人能让你放弃梦想，你自己试试就放弃了。”

“你说对生活绝望，完全失去了热情和动力，这种情况说到底，就是你比较懒。”

“有勇气懒的人，就是烦恼最怕的人。”

……

莫名其妙的流量，带来一堆新注册的众筹项目，五花八门，靠谱和不靠谱的都有。大刘兴奋又焦虑，觉得被中东王子看中的概率大大提高，又担心项目被抢，催着姜众赶紧介绍倪淳，好正式沟通。姜众信誓旦旦项目跟大刘绑定了，再好的条件他也不会考虑，让大刘安心养病，不急这一两天。大刘知道有竞争者来抢项目，更焦虑了。

高响发现那个纯借钱的众筹项目多了六个众筹人，吓得赶紧喊姜众，担心参加的人越来越多，众筹发起人跑路，自己跟姜众会赔惨。姜众也意外，找到发起人的注册信息，直接拨了手机。片刻，姜众放下手机，困惑地看着高响，说:“这人不缺钱，发起众筹纯为了好玩，说自己也没想到有人参加。”

“就是有病!”高响无语。

“不是有病。”姜众若有所思，“他问我看过《穷人的银行家》这本书没有，知不知道孟加拉国的什么尤努斯的乡村银行，你听说过吗?”

高响摇头。姜众上网搜，第一次知道了经济学家穆罕默德·尤努斯。孟加拉国七十年代闹饥荒，大学教授尤努斯在教室里讲课，眼睁睁看着穷人在教室门外饿死后，他痛恨自己的经济理论无用，只为富人服务。“我们大学里的教授们都智力过人，但对我们周围的贫穷一无所知。”他走进乡村和穷人，第一次借了27美元给42位穷人，开始了他为穷人服务的金融理念。随后，他去找一些银行家，试图说服他们向这些穷人提供无需抵押的贷款。银行家们讥讽他，说这些穷人的信用不可靠。尤努斯反驳道：“如果你们没有尝试过，你们怎么知道他们不值得信任呢？也许是这些银行家对于人民来说才不可靠吧。”后来，尤努斯成功创建了孟加拉乡村银行，为社会底层提供服务。2006年，因为他“从社会底层推动经济与社会发展”，诺贝尔委员会授予他和平奖。

姜众看完尤努斯的介绍，心潮澎湃，忍不住念出了介绍中的一段话：“人们说我疯了，但一个人没有梦想的话就必然不能有所成就。当你在建造一栋房子的时候，你不可能就是把砖块和石灰堆砌在一起，你首先得有一个想法，要怎样才能把房子给搭建起来。如果一个人要去征服贫穷，那你就不能按常规出牌。你必须具备革命精神，并且要敢于去想别人所不敢想象的东西。”

“不按常规出牌，要敢于去想别人所不敢想象的东西。”姜众兴奋地看着高响，“咱们做的，就是这样的！”

高响想说为穷人服务比为太空服务靠谱太多，他憋了回去，提了另一个问题：“尤努斯是个大善人，这个人是找人借钱，不是借钱给穷人啊？”

“这个人有想法，不会是骗子，项目留着。”姜众兴致高昂，又拨通了发起人的电话，咨询了些问题，建议他更改项目的介绍信息，把尤努斯乡村银行的理念写上去。几分钟后，项目信息更改完成。姜众特意把这个项目调到了首页。

几天后，大刘从高烧中缓了过来，急着找姜众沟通进展。姜众故意透漏，说老吕最近像个无头苍蝇，到处找跟女明星慧慧一起吃饭的机会。老吕没追星的习惯，这个举动很诡异。大刘立马警觉了，说影视产业最近很热，好几家头部影视公司都上市了，王子基金很可能想布局。

“那你能抢在老吕之前，搞定跟慧慧一起吃饭的事吗？”

“问题不大吧。”大刘剧烈地咳嗽了几声，心里其实没谱。

两个小时后，姜众拨通了大刘的电话，兴高采烈地说，倪淳下周有时间，可以跟慧慧和大刘一起吃饭。大刘急了，忙说喊不来慧慧。

“你不是说问题不大？”姜众委屈了，“我就试着提了一下，那边反应特别热情，说王子都要出席。”

“王子！”大刘腾地站了起来，顿时天旋地转、站立不稳。

“你说，有没有可能跟慧慧吃饭这事，根本就不是因为传媒产业，而是王子的个人想法？”姜众很自责，“跟他们沟通之前，我应该先跟你确认的。我要是现在说你搞不定，王子会怎么想？”

“搞得定！”大刘嘶哑的声音充满力量，像变了一个人，“你等我消息。”

手机被挂断了。姜众摇头苦笑，大刘的每一个反应，跟他的预期一模一样。在贪婪面前，人如此单纯。

“愚蠢的人啊！”

“啥？”

高响听到了姜众的低语。姜众急中生智，说男人在女人面前就是蠢，大刘在想方设法搞定女明星慧慧，让她跟中东王子一起吃饭。高响瞪圆了眼睛，愣了片刻，露出了久违的猥琐表情，问：“能不能带我一起去啊？”

“要是他搞得定，一起上桌大概不行，旁边站着应该没问题。”

“站着也行啊！”

高响笑得贱兮兮。姜众没忍住，哈哈大笑了起来。

大刘亢奋异常，一个巨大的机会降临，努把力，就能翻身逆袭的前景，他听见了自己的心跳声，“怦怦怦”，特别悦耳。慧慧这种顶级艺人，他从没想过有一天能一桌吃饭。中东王子这种传说中富得流油的人物，他做梦都没想过能沾上边。他这个无名之辈，跟她和他本该是永远的平行线。现在，王子要见慧慧，他能借力打力，横插一杠，在他和她交集的养分中，开出属于自己的灿烂之花。

华贸的SKP商场，每一个不言不语的logo，自带“我很贵”的傲慢。大刘拎着手提袋，手心都是汗。他望着前面那个曼妙的背影，心里充满了怨恨。一个真正的舔狗，掏心掏肺掏光口袋，心甘情愿，获得了精神的满足；他这只被迫的舔狗，心不甘情不愿地掏钱肉很痛。此刻他走的每一步，都鲜血淋漓。大刘强忍着痛苦，逼着自己走出不差钱的步伐。毕竟，自己是中东王子的朋友，在慧慧经纪人助理面前，没脸是个穷人。

大刘焦头烂额地找了不少关系，才搭上了慧慧经纪人助理圆圆。王子给的时间太短，他很急。他还不能跟那些关系说中东王子这事，怕被人截和。加完圆圆的微信，看着满屏的慧慧动态，他欣喜若狂。他说中东王子想跟慧慧吃个饭，本以为圆圆会对他毕恭毕敬，万万没想到，对方就“哦”了一下，说当面聊，约在了华贸。万万没想到，见面后，圆圆对待自己的态度，就像对待追求她的舔狗一模一样，直接提溜着逛商场。大刘没见过这架势，为了达到目的，滴血刷了好几单。

圆圆走进LV门店的那刻，大刘差点站立不稳。磨磨蹭蹭挪到门口，他的两条腿，再也提不起来。他知道圆圆在瞟自己，他拿出了手机，假模假样地“嗯嗯啊啊”，故意扭过头，不敢跟圆圆有视线的交集。路过的人都光鲜靓丽，大刘在“嗯啊”中琢磨这“离谱”的遭遇，突然悟到一个解释，那就是：圆圆是慧慧派过来，故意用这种行为来“考查”他！现在的顶级艺人不缺钱，自己就是“豪门”，像港星那样嫁商人的时代过去了。大刘顿时出了一身冷汗！想到要刷卡，他的心顿时刺痛了一下。极度的纠结中，他回头望圆圆，只见她拿着手机在讲话，四目相对的那刻，他明明白白地被鄙夷了。热血冲向头顶，大刘快走几步，觉得自己跨进了一道光。

三天过去了，SKP商场的收据，被大刘摸卷了边。此刻，他红着眼，盯着转账金额，想着该怎样追回这几张小票上的钱。手机响了，圆圆说，慧慧要先见他，了解一些跟王子吃饭的细节。大刘满口答应，挂了手机，他把卷了边的收据捧在手心，无比虔诚地画了十字，拜了菩萨，感恩安拉的庇护。

大刘把这个好消息立马告诉了姜众，要求见王子那边的人，确定跟慧慧吃饭的细节。姜众笑喷了，说让王子那边出见面方案太离谱，他应该跟慧慧见面，了解她的需求，王子这边会考虑的。大刘觉得姜众说得对，继续巴结着圆圆，很快有了机会。圆圆说慧慧有个盛大的新剧新闻发布会，可以抽时间沟通。大刘找娱记打听，得到证实后，心花怒放。

梦想还是要有的，大刘看着镜子中精致的自己，说得无比真诚。

再豪华的洗手间也是洗手间，大刘盯着门上那个女洗手间的logo，咽了咽口水，硬着头皮走了进去。这是生为男性的大刘第一次进女洗手间，忐忑、紧张之余，有点好奇。一张造型时尚的椅子，整面墙的梳妆镜，大刘有些恍惚，觉得自己进了艺人的化妆间。一股好闻的味道飘来，他不由得用力嗅了嗅，几秒后，想起了刚修剪过的青草地、弥漫四周的那种清香。大刘心里暗叹，慧慧用的洗手间，就是不一样。

马桶冲水的声音，刺耳的尖叫，“变态”“流氓”“恶心”“神经病”的骂声，蜂拥而至的保安，大刘西服的纽扣飞了出去、左脸挨了一巴掌、双臂被反扣着。最初的震惊、慌乱和屈辱过后，大刘无比确定，是自己走错了楼层，或者记错了楼层，他现在最需要做的，是赶紧跟安保的负责人解释清楚，不要耽误了自己跟慧慧的约见。

“是慧慧约我在洗手间见面的！事情特别机密，不能被人听见。”

大刘义正词严地解释完，整个房间的人哄堂大笑。当那些没见过世面的乡下保安都像看傻子一样看着自己时，大刘愤怒了。

“金融圈商量机密的时候，也会约洗手间。你们不懂，别他妈的傻笑！”

又是哄堂大笑。大刘急了，冲到了保安队长的面前，正要吼，想起来应该找圆圆。圆圆的一句话，顶自己的一万句。他生生憋回了愤怒，紧捏着手机，拨了圆圆的号码。

电话接通了，大刘迫不及待地说：“圆圆，你快跟保安说一下，在洗手间跟慧慧见面，是我们提前商量好的。”他摁了免提，鄙夷地盯着面前的蠢货们。

“你谁啊？病得不轻！你敢造谣，我们工作室会采取法律手段起诉！”

圆圆的声音那么冰凉，手机挂断后的“嘟——嘟——”，像拳头在心脏捶出大洞，鲜血喷涌，一卡一顿的声音。

“是中东王子想跟慧慧吃饭……”

大刘解释得越努力，围观他的众人越欢乐。大刘看了眼腕表，跟慧慧约好的时间快到了，他突然满头大汗，疯了一样往外冲，结果被死死地摁在了地上。当脸颊摩擦着地板，那种痛锥心刺骨，绝望排山倒海地袭来，大刘哭了。

新剧的新闻发布会结束，慧慧离开了酒店。被困在保安室的大刘猛然醒悟，慧慧跟中东王子见面这回事，子虚乌有，自己被骗了！

姜众突然出现，带大刘离开了保安室。站在酒店的门口，姜众盯着始终沉默的大刘，说："我说你是慧慧的铁杆粉丝，脑子有问题，刚从精神病院出来不久。不这么说，你会被送到警察局。"

大刘听得懂姜众话里的讥讽，无数个片段电光石火般闪现，他明白自己中了姜众的圈套。希望破灭，狂热消退，理智一点点回来了。此刻，他觉得，自己继续愤怒，就彻底输了。

"不错。"大刘整了整被保安撕扯皱巴的衣服，"是个人才，我没看错。"

"这样还他妈的是人才！"姜众没忍住，爆了粗口。

"你利用了我的贪婪，很不错。"大刘理了理头发，"搞清楚人性本恶，能利用人性本恶，创业成了一半。"

姜众不可思议地看着大刘，愣了几秒钟，讥讽道："刘总，人性本恶这个事，你理解透彻，体会深刻，昧良心的事看来干得真不少。你还能上升到理论的高度，干坏事干得理直气壮，不以为耻，还觉得光荣，刘总真是不要脸界的天才。"

"谢谢！"大刘笑了，好像姜众的话，真的夸奖他。

姜众用左手紧紧握住右手，他怕自己控制不住，一拳头挥过去，砸在那张无耻的脸上，脏了自己的手。

姜众说了大刘被保安按在地上摩擦，说了他最后不要脸的倔强，老吕哈哈大笑，开心地拿出一箱橙子。箱子上贴着橙叶形状的logo："传橙·传承：人生总有起落，精神终可传承。"

"褚时健的励志橙？"

"对，你应该送大刘一箱，他的不要脸太励志了，哈哈哈。"老吕还在乐，"褚老七十五岁还可以再创业，他还有三十五年的机会见到中东王子。”

“送给他，我有病！”

姜众拿出一个橙子，切开后，递给老吕一块，自己尝了尝，爆汁甘甜中有一丝丝酸，味道的确胜过市面上的橙子，他一口气吃了好几块。

“七十五岁的时候，能从零开始，花十年时间种水果，这种魄力和勇气不是一般人有的。”老吕很是感叹，“现在的风投圈，缺的就是这份耐性，这种价值投资的理念。”

“我的火星众筹很有价值啊，你要不要投？”姜众笑嘻嘻。

“不投。”老吕毫不犹豫，“你现在有什么打算？”

“不找投资了，还是图个乐。”姜众耸了耸肩，“我想明白了一个道理，天上不会掉馅饼，真拿了钱，会被摁着头挣更多的钱，火星众筹不一定挣得来。”

“就这么算了？”老吕有点意外。

“不是算了，接着做，就是不融资了。”姜众顿了顿，“哪天想清楚了挣钱的门道，再去找钱好了。”

老吕饶有趣味地看着姜众。姜众被看得莫名其妙，浑身不自在，干脆瞪了回去。

“说个认真的。”老吕走了过来，把手机横在了姜众面前，屏幕上是火星众筹上那个借钱的项目，“这个点子不错，你干脆开发一个App，专门做这个。”

姜众有点意外，想了几秒钟，说：“这事个人不能做吧，是银行的业务。”

“银行不做这个业务，没有征信的穷人借不到钱。”老吕很认真，“尤努斯的乡村银行理念跟移动互联网结合起来，是不是能更好地为穷人服务？”

姜众还在犹豫。老吕想了想，说：“这样吧，我委托你做这个

App也行，要多少钱？”

姜众诧异了，问：“委托？”

“对，预付50%都行。”

姜众盯着老吕，确定他不是开玩笑，说：“我要跟高响商量一下。”

“行，最晚后天给我一个回复。”老吕挺认真，“你们不做的话，我会找别的团队做，时间耗不起。”

“知道了。”姜众觉得荒诞，“突然有种融资也不是很难的感觉。”

老吕笑了。一时气氛有点尴尬，两人默默吃了一个橙子。

“马佳欣去了若城，跟小镇二姐一起开淘宝店，还要搞民宿，你知道吗？”老吕若无其事地问。姜众知道老吕关注着马佳欣的动态，没想好怎么说自己跟她的现状，有些含糊地回应：“知道一些。”

“看来有进展嘛。”老吕一眼看穿了姜众，悠悠地问，“要是12月21日真是世界末日，还剩下不到一个月的时间，你想跟谁一起过？”

姜众突然有种紧迫感。万一，世界末日是真的呢？

高响听到要开发移动互联网版的乡村银行，瞪圆了眼睛，不敢相信。当姜众说老吕愿意给钱，提前付50%都行，他立马点头。

“有钱就行，需求给清楚。”

“这事能做吗？”姜众有点困惑，“银行是国家的，银行的事个人能做？”

“就是一个App开发的活，想那么多干吗？”高响不以为意。姜众想想也是，给老吕回了个消息，说可以开发他说的App。老吕不意外，给了个公司的联系人，让姜众跟这人对接开发需求和合同金额。姜众把联系方式给了高响，高响立马开始了沟通。

高响发现姜众特别开心，试探着问是不是中东王子那边敲定了，姜众回答得模棱两可。高响认定就是成了，只是姜众成熟了，知道话不说满。他故意看故乡南二环周围的小区房价，问哪个小区好。姜众知道他的小心思，哭笑不得，更加内疚。

11月的最后一天，高响收到短信通知，公司的账户里进了一笔钱。他登录账号查了查，居然是真的。他又喜又困惑，忙喊来姜众。姜众看了一眼，说："这钱是大刘退回来的。"

高响努力理解这句话的意思，问："感谢你把中东王子介绍给他？"

"没有什么中东王子，没有什么投资。"姜众控制着自己的表情，尽力说得平淡，"大刘是个骗子，这是他还回来的钱。"

高响直愣愣地盯着姜众，好像听懂了，又好像没听懂，眼神逐渐失去了焦点。姜众非常愧疚，一五一十地说了怎么发现大刘的投资是个骗局，自己怎么设局，把大刘给骗了。说到大刘被保安扑在地上摩擦，还想着要见慧慧，他忍不住大笑起来。高响不发一言，冷冷地看着他。姜众被看得不自在，笑声越来越尴尬，匆忙收场。

"我不想瞒你的。"姜众此刻很真诚，"主要是你太耿直，演戏会穿帮。"

高响还是不说话，眉头渐渐皱起。沉默变得难以忍受，姜众站了起来，正要走过去。高响举起了手，示意他站住。姜众硬生生收回脚步，像个等待宣判的罪人。

"灰粒……你是灰粒吗？也是假的？"高响的声音像在梦游。姜众松了口气，轻轻地问："要是这个世界上，本来就没有灰粒这个人呢？"

高响的嘴半张，嘴角的每一条细纹都凝固了，好像不知道该收缩还是伸展，只好停着。姜众觉出高响的巨大失落，叹了口气，说："灰粒是我，也不是我。"

姜众说灰粒在网上盛传的那些光辉事迹，最开始的几个是他干的，比如无意中救了那个想自杀的姑娘、举报传销团伙、黑了某个售假网站的首页等；有些事不是他做的，比如拒了大佬500万年薪邀约的那个最著名事件。

“网络时代，劫富济贫、行侠仗义的江湖梦还活着，所以，灰粒成了一个群体的ID。我，只是那个最初注册ID的人。”

姜众看上去那么真诚。高响艰难地合上了嘴，像个木头一样站了起来，拿上外套，出了门。门关上的声音很轻，姜众犹豫片刻，没有跟上去。他走到窗户旁，望着高响朝元大都城垣遗址公园的方向走去。高响明显步履滞重，姜众突然觉得，自己是不是错了。

有雾霾，周遭的一切脏脏的，看不分明。高响在公园找了个长椅坐下。一些树光秃秃的，几只宠物狗跑过来嗅了嗅高响，在主人的呵斥声中，依依不舍地跑开。姜众说的每一句话，此刻成了一根线；一句又一句，一根又一根，缠住了他的每一个脑神经，搅得他头昏脑涨，理也理不清。高响坐着不动，像个雕像。起风了，没来得及清扫的落叶翻滚着，有几片飞到了他手里。高响一一举起，等着风，松手，看着叶子飞起又落在地上。

姜众走了过来，在他身边坐下。高响觉得这一切荒诞极了，笑了笑，问：“你把我当傻子，对吧？”

“我也是傻子，跟你一起傻乎乎地相信遇到了伯乐。”姜众顿了顿，“火星众筹我不打算融资了，烧钱熬死竞争对手的路数本来就不适合。”

高响长叹了一口气，什么都不想说。

二十六　木星妈妈

“商业社会除了优胜劣汰，还有充满善意的守望相助。”

马佳欣花了不少时间，走访、收集和整理了乡村手工绣花鞋垫的资料，在孙毅蕾的指导下，完成了项目书。项目书的扉页，她写了这么一句话。孙毅蕾看到后，大加赞赏。吴兰芳看到后，用力抱了抱马佳欣。

“我也做生意了。”马佳欣看着吴兰芳，“生意跟生意不一样，我肯定不会成为她的，对不对？”

“对！你绝对不会成为她那样的人。”吴兰芳知道马佳欣说的是女王。

马佳欣笑了。吴兰芳却觉得酸楚。

淘宝店要上线了。项宇特意查了皇历，选了12月2日这个吉日的吉时8点18分。一大早，吴兰芳跟马佳欣就到了，整理着置物架。吴兰芳看着马佳欣亲自设计的包装袋、吊牌和贴纸，再次赞叹马佳欣的美术功底，问她到底学了多久。

“我要说没专门学过，这些鞋垫就是我的老师，你信吗？”

吴兰芳诧异得停了下来。马佳欣说小时候跟着奶奶长大，奶奶常纳鞋垫，自己先是跟着描那些花花绿绿的图案，接着开始描看到的花草树木，慢慢地有模有样。

“你这么有天赋，为什么不学美术呢？你家里又不缺钱，玩得起艺术啊！”吴兰芳脱口而出。马佳欣脸色变了。吴兰芳知道失言，正尴尬，项宇走了进来。他顶着一头爆炸式黄毛，十分杀马特，扬扬自得。

“正式营业第一天，从头开始。”

吴兰芳伸出了大拇指，夸张地赞美着：“帅！”马佳欣夸不出口，感叹了一句：“太有个性了！”

8点16分，项宇举着自拍杆，提前拍下了三个人同时摁“Enter”键的历史性画面，距离“08:18”倒计时十五秒，项宇一边自拍一边倒数：“15、14……”吴兰芳跟着数起来，马佳欣被感染了，也跟着大声喊：“……3、2、1”，淘宝店里的商品对外可见了。

“大吉大利，开工大吉！”吴兰芳兴奋地伸出了手，马佳欣开心地握了上去。项宇见状，擦了擦自己的右手，重重放了上去，学着电视里看到的那样，喊了声：“大吉大利！加油！”

吴兰芳的手被拍痛了，哭笑不得，狠狠瞪了眼项宇。三人大笑。

项宇急不可耐地点开了粉丝群，盼着自己的“摄影作品”被表扬。万万没想到，群里的第一个反馈是这样的：“一点生活气息都没有，拍得太干净了，假的一样！”

项宇欲哭无泪。吴兰芳跟马佳欣意识到产品定位出问题了，有些沮丧。淘宝旺旺传来一声叮咚，居然成交了一单鱼面。叮咚连着响，又成交了好几单。她们转悲为喜，伸出右手，握在一起，用力地甩了甩，很不整齐地喊了三声“加油”。她们的眼睛亮晶晶的，看着彼此，都看到了希望。

“超5000元了！我们的营业额超5000元了！”

天还没黑，项宇兴奋地喊着，那嗓音因兴奋而尖厉。他跳了起来，从头发丝到脚底板，都洋溢着兴奋和喜悦。马佳欣跟吴兰芳忙跑到电脑前看交易记录，确认营业额真的超5000元，喜出望外。

项宇把袖子往上撸，露出手臂，指着那上面的牙印，说：“已经咬过了，不是做梦，是真的！”

“还不到6点，就5000元了？”吴兰芳有些恍惚，“这是要发财了？”

“就是要发财了！看我手机！”

吴兰芳和马佳欣转头，项宇举着手机，拍下了笑得灿烂的三个人。吴兰芳转头，点开了购买记录。她想知道，财神爷都是些什么人。

“我看过了，财神爷基本都在北京。”项宇十分兴奋，“每一单我都看了，成交一单我看一单。有两个大财主，每个人都买了500多。还有十来个，每个人买了两百多。在首都的人就是……”

项宇发现吴兰芳跟马佳欣的脸色变了，不由得吞下了后面的话。项宇说的两个大财主，她们看出来了，一个是老吕，一个是姜众；那十来个买得多的，是两人之前的同事和群里的粉丝。马佳欣万万没想到，看不起自己的吴建，还特意留了言。

“商业社会除了优胜劣汰，还有充满善意的守望相助，你好样的！”

马佳欣很想哭，突然觉得幸福。吴兰芳的心情沉重了，今天的营业额除了粉丝群的客户做贡献，都是熟人在捧场，新增的客户一个都没有，这种情况是不可持续的。

“我们会做起来的，会越做越好！”马佳欣充满了希望。

“我看不见得。”吴兰芳盯着电脑屏幕，有点沮丧，“开张第一天，朋友们捧个场而已，一个新客户都没有。”

“新客会有的，现在还不到6点。”项宇心情很好，“那两个大财主你们哄哄好，让他们每个月做几次贡献，基本营业额就有了。”

吴兰芳跟马佳欣转头盯着项宇，不约而同地表示了鄙视。两人给捧场的朋友发消息表达谢意。姜众秒回：“100万是虚的，这666必须是实的！”马佳欣不知道说什么好，回了一个笑脸。她万万没想到，吴建收到短信后，主动打来电话，说鱼面和豆糕的合作还在推进，鼓励她再难也要坚持下去，因为这事值得。吴建没有一句为过去道歉的话，马佳欣觉得，吴建在认真地道歉。

淘宝店第二天的营业额断崖式下降，剔除姜众的666元，不到300元。吴兰芳觉得还不错，项宇有点沮丧，马佳欣看着他，破天荒地打起了鸡血："迈出了最难的第一步，还有什么困难不能克服呢？网络这么大，客户总会有的。"

项宇愣了愣，有点不敢相信地看着马佳欣；马佳欣愣了愣，尴尬地看了看吴兰芳；吴兰芳故意一本正经地夸张回应："就是，网络再大，客户也会找到我们的。"

三人彼此看了看，一起傻笑了起来。

青砖大屋改建施工队入场的那天，马佳欣拿着DV爬上了屋后的小山头，负责拍摄全景，记录这个历史性的时刻。镜头中，吴兰芳跟项宇穿着印有小镇二姐公众号和青砖大屋logo的长风衣，喜笑颜开，忙前忙后。庆祝的鞭炮噼里啪啦响起的那刻，烟雾腾空，山间回响不断。施工队的工头带着工人们喊着祝福的话，开始忙活。

一整天，吴兰芳忙得脚不沾地，各种烦琐的事情需要确认和解决；项宇一头黄毛到处串，联系村里一户人家为工人们做饭，配合吴兰芳催促着建筑材料入场，十分卖力；马佳欣记录着，力所能及地帮着忙。天色暗下去、夕阳还剩一丝余晖时，工人们走了。三人坐在"耕读传家"石条门楣下，听着山村傍晚的狗吠鸡鸣，望着远方水墨画般的连绵山脉，静静不语。几声蛙鸣传来，马佳欣有些恍惚。

"农历都十月了，这里的青蛙还没有冬眠呢。"

"你想住这里，我好像有点懂了。"

项宇没头没脑地接了一句。马佳欣转头，发现他脸上有一种平和的喜悦。这对项宇来说，十分罕见。

马佳欣拍摄的青砖大屋改建视频，出人意料地受欢迎。马佳欣干脆在村里找了一户人家住了下来，全程监督的同时，跟踪拍摄。吴兰芳跟项宇大部分时间在若城经营公众号和淘宝店，有事或得空就过来。

随着改建的推进和视频的更新，关注的粉丝越来越多，甚至有人要预约住宿。马佳欣充满了成就感，正斗志昂扬，吴建来电，说公司最终没通过鱼面跟豆糕的入驻合作，平台品控那边担心不是正规厂家生产的。他很抱歉，希望有了正规的生产厂家，再跟她合作。马佳欣谢过吴建，挂了手机，还是觉得失望。她缓了片刻，拨通了孙毅蕾的号码，说了吴建那边的合作情况。孙毅蕾说她知道，她还知道吴建跟品控拍了桌子，说这种地方特产本来就不是工厂生产的，家家户户自己做的才叫特色，品质不放心公司可以二次检测，反正是干货。马佳欣情绪复杂，没想到这辈子有一天，吴建拍桌子骂娘是为了支持她。孙毅蕾歉意地说，公益基金会那边的项目申请也没有通过，评审那边的反馈是特色不够鲜明。她自己很喜欢手工鞋垫，有合适的公益基金，她会继续推荐。孙毅蕾说得再委婉，鼓励的话说得再多，马佳欣还是失落的，十足的冲劲被一盆冷水浇灭的感觉。

马佳欣沮丧地跟吴兰芳通报这两个消息，吴兰芳说早料到这结果了。个体户手工生产的东西进不了生鲜平台，淘宝店上能有销量就很不错了；那手工鞋垫样式，全中国差不多年纪的老奶奶大部分都会，只有马佳欣把这些当宝。

“那我忙得欢的时候，你还鼓励我？”马佳欣委屈。吴兰芳笑，说：“万事皆有可能啊，万一有机会呢？”

“就是！不能放弃希望！”马佳欣振作了些，“一点挫折都没有，顺顺利利的不可能。”

马佳欣说是这么说，挂了电话，自我怀疑排山倒海地袭来。她坐在山头上，望着落日和远山，给姜众发了消息，说了今天的情况。

“我真的可以吗？我怎么觉得我不行呢？”

“这么多人要预订你的民宿，你哪里不行了？”姜众故意说得不正经，“我融资还被骗了呢，需要去你的世外桃源养伤，每天就靠你改建青砖大屋的视频续命呢。”

马佳欣想笑，没笑出来。太阳下了山，晚霞悬在山顶，她觉得疲惫极了。许久，姜众发来了消息：“我惩罚完了大刘，这人没一点幡然悔悟的意思，又觉得挺没意思的。你方便接电话不？我八卦给你听。”

“不方便。”马佳欣犹豫了很久，发消息问，“女王遇到的失败也很多吧？”

“肯定比一般人多得多。”

“她会认定所有的过错都是别人的，她自己没问题。为什么我一遇到问题，就都觉得是自己的错？”

马佳欣敲完这段话，愣了片刻，又一个字一个字地删掉了。回到住处，她看到姜众发的朋友圈，说木星是地球之母，质量大约是地球的318倍，体积约1300倍，庞大的身躯抵挡了来自宇宙的各种小天体，自己伤痕累累，保护着地球安然无恙。没有木星，就不会有地球。

马佳欣觉得姜众是发给她看的。晚上10点3分，姜众上传的金唱片曲目是日本尺八名曲《鹤之巢笼》，悲凉高远。网上的介绍说，这首曲子描述了鹤从筑巢、养育小鸟、看着它们长大离开，直至最终归尘的生命轮回。马佳欣听着，无比烦躁。

吴兰芳的父亲吴宝鸿跟施工队的工头打了起来。马佳欣赶到青砖大屋时，王和珍明显在拉偏架，护着吴宝鸿一起对付工头。马佳欣有点慌，不知道该怎么办，万幸工友们冲了上去，拉开了他们。

“开除，把这个人开除，不要他做了！”王和珍看到了马佳欣，大声嚷着，气势汹汹。马佳欣意外王和珍如此凶悍，震惊不已。一辆小车急停，吴兰芳跟项宇匆忙下车。王和珍看到女儿走近，更加激动地喊：“开除，把这个人开除，他黑你的钱！”

“别乱说了！”吴兰芳大吼，挡在母亲面前，对着工头解释：“我妈大概有什么误会，你不要介意。”

“这活我不干了，你们另外找人！”工头气焰顿时上来了，“十里八乡你去访一访，我是什么人，要不要脸？”

“饭熟了，先去吃饭。辛苦了一上午，吃饭吃饭！”项宇忙打圆场，旁边的工友们喊着肚子饿了，项宇乘机拉走了工头。现场安静了下来，王和珍看着吴兰芳目送工头，委屈极了。

“沙子一车他多要了100块！把你当苕盘！”

王和珍说她听人说了，才拉着她爸过来看，一来就看到有工人磨洋工，吴宝鸿找工头理论，那人先动手推，才打了起来。

“你是不知道，现在人都变了，不看着的话，一天的活，他们要干三天。”王和珍指了指吴宝鸿，“你爸就留这里了，帮你看着。”

“你们都回去，不要多事。”吴兰芳语气坚决。

“我还问了水泥，他们报价就是贵。”吴宝鸿开了口。

“那也是我的事，这里真用不着你们。”吴兰芳不耐烦了。王和珍的火气上来了：“把你当苕，就是把我们一家人当苕。”

“一家人？你们不是离婚了吗？”

四周顿时寂静无声。王和珍愣了愣，大声埋怨吴兰芳没孝心，数落她有了点钱不晓得天高地厚，建酒店这么大的事也不跟家里商量，娘老子连外人都不如。马佳欣想解释什么，吴兰芳一把拉住，示意她不要说话。王和珍看了眼吴兰芳铁青的脸，转头骂起了吴宝鸿。那些怨言，吴兰芳惟妙惟肖地模仿过，马佳欣听着真人版，才懂她模仿时夸张表情背后的窒息。单方面的指责很快演变成了相互指责，吴宝鸿不甘示弱地回嘴，让战火迅速升级。王和珍哭起来的那刻，吴兰芳耸了耸肩，转身离开。马佳欣犹豫片刻，小跑几步，跟上了吴兰芳。

“让你看笑话了。”吴兰芳的声音如此平静。马佳欣很难过，说：“我没想到会是这样的。”

“我没事，早习惯了。”吴兰芳看了眼马佳欣，苦笑了下，“你还羡慕我爸妈对我的热气腾腾不?”

马佳欣一时无语。吴兰芳拍了拍她的肩，努力笑了笑。两人找到工头，吴兰芳主动道歉，说父母不知道沙子跟水泥涨价厉害。工头大手一挥，说建筑材料他拿的肯定是市场最低价，不会对不起东家的信任。吴兰芳说着场面话，让项宇拿了两份饭给父母送过去。离开时，马佳欣夸工人们淳朴又热情。

“他们吃差价是真的，磨洋工也是真的。”吴兰芳笑道，“老话说得好，槽里无粮猪拱猪，分赃不均狗咬狗，他们淳朴热情是真的，狡诈冷漠也是真的。”

马佳欣有些意外，停了下来。吴兰芳转身看着她，说：“这世上没什么世外桃源，有的话，是在每个人自己的心里。”

“心里有也好啊。”马佳欣笑了笑，接着走，“最少，每个人都向往世外桃源。”

“嗯，都向往的。”吴兰芳转头望着远处的山，马佳欣随着她的视线望过去，一阵风吹过，金黄的银杏叶在高大的枝头飘落飞舞，两人顿时看得出神。

回到施工现场，马佳欣发现吴宝鸿跟王和珍在商量着什么，看不到一丝彼此控诉的痕迹。马佳欣诧异地去看吴兰芳，吴兰芳耸了耸肩。王和珍看到她俩，主动走了过来，没事人一样地跟吴兰芳说吴宝鸿什么都会，砌墙、抹灰、木工、油漆、篾匠，让他留下来帮个忙也好。母亲小心翼翼的样子，吴兰芳有点难过。

“行吧，不要到处指手画脚。”

“不会的，不会的！”

王和珍笑了，脸上的皱纹都舒展了些。她转身，喜滋滋地去找吴宝鸿了。望着王和珍跟吴宝鸿有商有量的样子，马佳欣突然觉得温暖。

“你妈对你爸评价很高啊，让他们复婚好了。”

“分分钟会翻脸的。”吴兰芳顿了顿，“他们相处了一辈子，积下的怨恨太多了……一把年纪了，分开舒服就分开过，一张纸没什么意义。哪天他们要复婚，也是他们自己的事。”

吴兰芳说得平静。

“我还是羡慕你的。”马佳欣说得认真，“道德绑架也好，窒息也好，你爸妈爱你的方式可能不对，他们是爱你的。”

吴兰芳愣了愣，试探着问：“那女王是不是也是爱的方式不对？”

马佳欣笑了笑，有说不出的感伤。

老吕突然来了若城，车直接开到了屋前。马佳欣灰头土脸的，一脸诧异。

“你妈妈快破产了。”

老吕没有寒暄，第一句就开门见山。马佳欣顿时像个雕像，半晌，笑了笑，有一种怪异的轻松感。老吕愣了愣，转身朝屋子里走去，说：“带我参观一下啊。”

马佳欣看着老吕的背影，犹豫片刻，跟了上去。老吕边看边问边回忆故乡地主家的样子，说地主家的房子属于公社，有个房间放着一顶接新娘子的花轿，村里的小伙伴们捉迷藏，要是有男生躲进了里面，会被取笑，说想当新娘子，这个花轿就成了男生的禁地。事实呢，村里的每个小男孩都偷偷进去过，包括他自己。老吕停了下来，马佳欣知道自己该捧场问一下他坐进花轿什么感觉，于是问了。

“我也想偷偷的，结果钻进去就喊得所有人都听得见！有一条大蛇在花轿里乘凉，吓得我喊破了胆！”老吕笑了笑，接着说，“我就有了个外号，许仙！小伙伴说白娘子在花轿里等我成亲，哈哈哈。”

老吕回忆了一路，没再提一句女王破产的事情。当两人站在青砖大屋后的山头，远眺群峰，老吕突然说：“子欲养而亲不待，我跟你说过的……坏人也有父母，父母也可能是坏人……要是他们死了，你才发现自己对他们的认识不一定对，没办法道歉的。”

马佳欣不语。老吕看了她一眼，自言自语道：“去年的钢贸信贷危机，传给了苏南模式的企业。你妈妈参与联名担保的一家公司暴雷，公司被动卷入其中，元气大伤。”

马佳欣不语。老吕有些感叹，说之前福建周宁人凭一张身份证，银行就抢着送钱；现在银行跟见着瘟神一样，一律拒贷。700多人被通缉，300多人入狱，上千家企业成被告，上万张信用卡被严重透支。银行也惨，放出去的钱收不回来，影响了所有需要贷款的企业。有些被抽贷的公司，一下子没周转过来，直接倒闭了。一些人扛不住，选择了自杀，惨不忍睹。老吕停了下来，等了半晌，马佳欣仍不语。

“今年煤炭、钢铁这些大宗商品暴跌，传统企业发展失速，生意很难做。”老吕看了眼马佳欣，“你妈妈是个狠角色，她早就出问题了，半点口风都没透。一直说要转型、要成立VC基金投资移动互联网，我都没怀疑过……女王，这个外号可不是白叫的。”

马佳欣笑了笑，还是不语。老吕转过头，看着她说：“你妈妈也不容易，一个女人，不铁腕，治不了手下一帮男的。”

山间的风吹来，山头的一片竹林哗哗响。马佳欣突然拿出手机，拨了一个号码，摁了免提键。手机一接通，马佳欣就说：“听说你快破产了，你要是用得上我，我就回来。”

老吕很意外，马佳欣示意他不要作声。她手还没放下，话筒那边爆出冲天的怒气：“这种谣言你也信?！照谣言说的，我这辈子破产无数次了。你真是一点长进都没有，太让人失望了。这几年你出息了什么，半死不活地混着，还以为……”

马佳欣挂断了，直愣愣地望着远方，努力笑了笑。老吕愣了片刻，长叹了一口气，说小镇二姐的公众号开始有广告收入了。马佳欣犹豫了会儿，转身看着老吕说：“她忽悠了你……虽然我没什么资格，还是想说声对不起。”

老吕笑了，带着一丝苦味，说要去若城跟吴兰芳当面聊聊。马佳欣望着老吕的车从视线中消失，搜了女王的新闻。网上没任何女王破产的报道，最近的一条视频新闻，她还在意气风发地宣扬“真善美”。

“我们做企业的目的，最核心的就是要传播真善美……”

女王的声音坚定有力，充满了感情。马佳欣反复播着这一句，面无表情。

老吕跟吴兰芳聊得很严肃，说公众号竞争加剧，他们得组建团队，提高小镇二姐的更新频率，确保日更。吴兰芳要专注公众号，淘宝店跟青砖大屋的运营由项宇跟马佳欣负责。吴兰芳没有异议。

“马佳欣的妈妈破产了，我知道这对她来说不一定是坏事。”临走之前，老吕突然说，“一代人有一代人的处境跟活法，上一代的为人处世，下一代理解不了，甚至无法接受，又撇不清关系，亲情就是这样麻烦啊。”

吴兰芳很诧异，犹豫片刻，问：“您是因为女王才接近她的吧？”

“本来是。”老吕知道吴兰芳在担心什么，“我是个商人，投资你的公众号跟民宿，是有利可图，跟别的没关系。”

“嗯。”吴兰芳松了口气。

“她积极多了，变了个人一样。”老吕赞赏地看着吴兰芳，“你们在文章中说，这世上的商业，不是尔虞我诈、优胜劣汰，是人和人的互助，我虽然不信，还是希望你们成功。”

吴兰芳想说这只是马佳欣的想法，话还没来得及出口，项宇扛着一个麻袋进屋了，放在地上，献宝一样地展示给老吕看，说里面是最新鲜的红菜薹，最粉的藕，最好吃的豆糕、鱼面和鱼糕。老吕很高兴，拍着项宇的肩膀夸他好样的，让他好好干。项宇第一次跟“大人物”近距离接触，还被认可，激动得都羞涩了。

吴兰芳第二天去了青砖大屋。马佳欣察觉到她的异常，直接问：“女王破产了，你是想跟我聊这个吧？”

12月的山区，气温已降至10摄氏度以下。吴兰芳裹了裹羽绒服，看着神色如常的马佳欣，试探着调侃：“你说过羡慕我……现在你有机会跟我一样养家了。”

“被我这个废物养，对她来说，会是奇耻大辱。”马佳欣轻笑了下，“要是有一天，她愿意让我照顾，我应该是开心的吧。”

马佳欣的笑有自嘲的味道。吴兰芳的心被揪了一下，她抬起胳膊，揽住了马佳欣的肩。

中午，吴兰芳在青砖大屋门前，不小心踩空了一块木板，失去平衡，摔在了地上。一旁的吴宝鸿慌了，忙上前扶起她，待她站稳，他犹豫片刻，缓慢地伸出手，笨拙地抱了抱女儿，还拍了拍她的背，像对待小朋友那样。吴兰芳被定住了，好像遭遇了最不可思议的事情。

这天剩下的时间，吴兰芳是快乐的。天黑了，工人们都走了，吴兰芳拉着困惑的马佳欣坐在门槛上，望着满天的繁星，说：“我爸妈知道我的病了。”

马佳欣吃了一惊，不知如何安慰。吴兰芳望着星星，说：“我高兴，是他们居然会从我的角度考虑问题了，知道我不想让他们知道，他们就假装不知道，有一种被尊重的感觉……还有，我爸今天抱我了。”吴兰芳笑了笑：“小学几年级我忘记了，在学校被欺负了，回家跟我爸说，你抱抱我，他很嫌弃地看着我，说抱一下有什么用……”

吴兰芳的眼角湿润了。马佳欣伸手抱住她，拍了拍她的背，像对待一个小孩一样。

“我妈最近也不抱怨了，什么都顺着我。”吴兰芳犹豫片刻，转头看着马佳欣，“最近我发现，父母的有些爱，被理所当然地忽视了……爱也好，恨也好，他们会先走，是不是？”

“是的。”马佳欣的语气平淡，“我逃婚的对象是她帮我挑的，官二代，长得不错、学历也好，交往了一段时间，我发现这就是个渣，嫖，赌，是否涉毒不知道，我跟她说要退亲，她坚决不同意，说是个男的都那样……她的生意当时就出了问题……”

半月当空，清冷通透。吴兰芳看着马佳欣，久久无法言语。

王和珍发现女儿的病，是吴宝鸿第一次去圆梦城那天。青砖大屋的改建，俩人多了不少话题，他们甚至找到了一丝年轻时相处的感觉，那个时候，她和他，对生活都充满了希望。吴宝鸿新奇地打量着女儿买的房子，想进书房，被王和珍拦住了。

“这个房间不能进。”王和珍挡在书房门前，“这是芳伢做事挣钱的地方，她不准进。”

吴宝鸿伸出手，避开王和珍，不甘心地推了推锁着的门，问：

“她做么事能挣那么多钱？弄那个屋不是小钱。”

“说是网络，我也搞不大清楚。”

四目相对，僵持片刻，王和珍默默去了吴兰芳的卧室，找出了藏着的备用钥匙。打开门，两人好奇地打量着一切。吴宝鸿随手打开了一个抽屉，诧异看到了一些药瓶，顿时动弹不得。王和珍发现异样，忙凑上去看，瞬间有些站立不稳，仓促间伸出手，紧紧拽住了吴宝鸿的胳膊。

吴兰芳看着父母的克制、眼里的忧虑和小心翼翼藏起的恐慌，故意轻描淡写地说了自己的病情，说得像一场重感冒，让父母完全不用担心。她还说了自己事业发展的可能性，把老吕画的大饼说了说。吴宝鸿跟王和珍将信将疑，让她不要太忙了，不需要挣很多钱。没有眼泪鼻涕一大把，没有充满怨念的控诉，吴兰芳如释重负，甚至升起一种希望，一种从小渴望的别人家的那种温馨日常，可以降落在自己身上。

半小时后，吴兰芳就听到了父母的争吵。元旦有表妹要结婚，王和珍想送600元的礼金，吴宝鸿不同意。王和珍愤怒对比两边亲戚的礼金，说她向来一碗水端平。吴宝鸿这次不让她送600元，是没良心。吴兰芳苦笑，大致能猜到接下来的对白。果然，王和珍又说起吴宝鸿给他那边的妹夫买烟，买的是25块钱一包的；自己的哥来做客，买的是6块钱一包的。吴宝鸿不把她的娘家人当人，就是不把她当人。吴兰芳故意走了过去，对母亲说：“你想送600，你就送600啊，你为什么要跟他说，要他同意？”

果然，王和珍的眼泪涌了出来，无比委屈地说：“他不把我当人，我不能跟他一样，我行得正坐得端……”

吴兰芳心里默念着母亲的话，每个字都一样，完全神同步。她有点想笑，忍了下来，故意说：“这个礼我送，送1000元，你们都莫管。”

“那不行!”王和珍急得不哭了，“我们么分家，你不能送，也不能送1000元。”

“是不合适。”吴宝鸿站在了王和珍这边，“送1000元，别的亲戚要有意见。”

看着瞬间结成同盟的父母，吴兰芳觉得，自己真的可以保护他们了。

姜众察觉女王可能出事了，是马佳欣突然让他说说他妈妈。姜众很意外，她之前从没碰过这个话题。

“我妈妈不是一个木星那样的妈妈，她像个彗星，不知道什么时候出现一下，她出现的时候，我会觉得很美好，大人们会觉得扫把星到了，会有不好的事发生。”

“你现在跟她联系多吗?”马佳欣问。

“不多。”姜众回着消息，没注意高响在看他，“她现在的家庭还不错，有一男一女两个小孩，长得跟我一点都不像，全遗传亲爸了。”

“嗯。”

“木星也好，彗星也好，成为自己的星星，比来自哪颗星星重要得多。”姜众犹豫片刻，还是发送了自己敲的这段话，他知道有些鸡汤。不出所料，马佳欣回复了一个笑脸。姜众想了想，还是问了:“发生什么事了，你可以跟我说吗?”

“没事，我要忙了，你做事吧。”

姜众回了一个拥抱的表情，马佳欣愣了愣，放下手机，没有回复。跟姜众说说话，马佳欣觉得压在心里的石头挪开了一条缝，能呼吸了。

这些日子，跟姜众的日常分享越来越多，他若表现得太亲密，她还是抗拒的。走回青砖大屋，马佳欣去了屋旁那棵银杏树下。金黄色的叶子落了一地，她捡起一片，对着阳光盯着叶的脉络，哼起了姜众在雨夜哼的曲子。

姜众知道马佳欣不会回复他的拥抱，他给老吕发了一条消息：“女王是不是出什么事了？”

老吕一般不会秒回。姜众拿着手机发愣。高响见他这样，挪动椅子，一本正经地盯着他，不爽地质问：“火星众筹迭代、乡村银行的活在催，这么多事，你哪来的时间发呆？”

姜众只好放下手机，对着电脑屏幕继续工作，心神不宁。当手机响，看到老吕的回复是“她妈妈破产了”，姜众悬着的一颗心放了下来，莫名有点高兴。

“她不高兴了居然会找你，我是不是小瞧你了？”老吕发来了调侃。姜众有些无语，意识到一个严重的问题，忙发消息问：“女王破产影响你的基金不？青砖大屋的投资会不会有问题？”

“不会，两码事。”老吕继续八卦，“你们到哪一步了？”

“天天被你的人催进度，能到哪一步？”姜众说的是实话。

“那你好好干，赶紧干，干完了来住青砖大屋，免费。”老吕如此回复。姜众哭笑不得，老吕画饼的能力是越来越强了，张口就来。他懒得回复，坐在电脑前，认真工作，超过老吕期待的那种。

姜众在赶进度，他想好了，世界末日那天，他要跟她在一起。

二十七　世界末日

12月10日上午10点左右，上海的天空罕见地出现了“三个太阳”，这“三个太阳”组成的圆弧外，还有一小段倒挂的彩虹。虽然气象专家声称，这是气象上的日晕和幻日现象，2012年12月21日不是世界末日，只是玛雅历法中一个纪年周期的结束。世界末日到了的言论，在网络上更加沸沸扬扬。

这种热点，吴兰芳自然是要蹭的。她早就开始收集各种异象和新闻，比如2012年新年第一天，挪威海岸摊满了超过20吨的死鲱鱼，第二天早上，这些鱼神秘地消失；同一天，美国阿肯色州一个小镇，大约200只燕八哥神秘坠地，集体死亡。法国南部一个叫比加哈什村的地方，被称为“末日避难所”。据说外星人的飞船会降落在这里，对人类进行拯救。近日，蜂拥而来的避难者太多，法国不得不派出大批警察封锁了进入该村的道路。针对恐慌情绪，俄罗斯东正教、犹太教及伊斯兰教三大宗教领袖共同发表声明，称“世界末日”不会发生在2012年。与此同时，精明的商人们，利用“世界末日”做起了生意：众多奶茶店咖啡厅推出了“末日便签”、日本旅行社推出了“末日避难之旅”、浙江义乌商人推出了售价高达几百万的球形密封应急救生舱“诺亚方舟”。很多地方的方便面、罐头食品、蜡烛、肥皂、刀，还有烈性酒和避孕套被抢购一空。墨尔本市筹划了一系列“世界末日”庆祝活动，成千上万的狂欢者聚在酒吧、餐厅、演唱会，对12月21日进行倒计时。

吴兰芳整理这些资料，写了《世界末日那一天》发在公众号上。文章的最后，吴兰芳附上了澳大利亚总理吉拉德在YouTube网站上发布的视频地址，视频中，吉拉德在摆放着两面国旗的演讲台前，神情凝重地说："我亲爱的幸存的澳大利亚同胞们，世界末日就要来啦。这不是千禧年危机，也不是碳税，而是玛雅人的年历，它是真实的……不论对地球的最后一击来自僵尸还是地狱恶魔，你们都将明白一点，我永远为你们战斗到最后一刻。"文章引起热议，下面的评论一堆，除了分享各种异象，点赞最高的评论是：世界末日那天，我想跟妈妈一起，待在出生的那个房间。

吴兰芳有意无意地提起点赞最高的评论，说世界末日想跟妈妈一起，是回到生命的起点，是生和死的连接。她眼神的余光紧张地关注着马佳欣的反应，不想项宇开口了。

"世界末日地球毁灭的那一刻，我要拿着我的iPhone!"

吴兰芳极其无语，嘲讽道："赶紧去卖肾!"

"卖肾太傻了，要残疾的。"项宇摇着杀马特的黄发，"等淘宝店赚的钱够分我6000块，我就去买个64G的iPhone 5S。"

项宇双眼放光，兴奋中有点不安，他从未买过这么贵的东西。吴兰芳没忍住，白了一眼项宇，说："还买最贵的！我看你脑子已经卖了。"

"不偷不抢，拿自己的东西去换，那个卖肾的傻孩子是个实诚人。"马佳欣插话道。项宇猛点头。吴兰芳苦笑，说："网上有句话说得好，这世界上最遥远的距离是：大家一起出门，有人去买苹果五代，有人却买不起五袋苹果。"

"投胎就是个技术活。"项宇很感叹，"以前没网络，身边的人一样穷，还觉得自己过得不错……网上有钱人真多，太潇洒了！不羡慕嫉妒恨是假的。"

"真有世界末日，我想跟奶奶在一起。"马佳欣看着吴兰芳，转移了话题，“我奶奶吃过很多苦，她常说，要做个好人，要诸恶莫作、众善奉行、利益众生。”

“那你奶奶肯定信佛。相信人不止活这一世，做个好人，下辈子才能投个好胎。”吴兰芳笑了笑，“要是真有来世，我想当一块喜马拉雅山顶上的石头，看着人类爬上爬下的，以为自己征服了大自然。”

“根本就没有来世。”项宇没太懂吴兰芳的话，“人就一辈子，死了就是死了。”

“就算只有一世，死跟死不一样。”马佳欣说她在网上看到两个极端人物：一个是重庆的木工王明，知道世界末日后，就不工作了，赶在“末日”前，花光了辛苦存下的11万元。妻子得知后，带着出生不久的女儿离他而去。另一个是南京的蒋姓高级工程师，瞒着家人把自家的房产抵押了，还外借了7万元，凑了200万元，捐了出去。家人报警后才坦白：都世界末日了，她想做些有意义的事，把所有的钱捐给了失学儿童，让孩子们快活几天。

“什么是意义呢?”

片刻的沉默后，吴兰芳问。她说这两个案例她作为资料收藏了，一直没想好文章的角度。“非黑即白是少数，大部分人都灰扑扑的。”

“要我说，这两个人都有病，世界末日又不是真的。”项宇拿起手机，对准了吴兰芳、马佳欣跟自己，“真有世界末日，所有人都玩完，全都一样死翘翘，多公平啊!”

吴兰芳果然翻了个白眼，项宇成功抓拍了下来。他给马佳欣看，哈哈大笑。气氛突然就轻松了。晚饭，项宇特意加菜，说末日前，多吃一口是一口。

12月19日的中午，项宇整理着货架，看到了他梦寐以求的

iPhone 5S，方形的白盒子，如此圣洁。他小心翼翼地拿着，茫然地转身。

“这是店里的手机，以后由你保管。”

吴兰芳说得云淡风轻。项宇望着笑吟吟的吴兰芳和马佳欣，咧着嘴，眼泪突然就下来了，怎么抹也抹不干净。

“哭什么哭，好好干，以后还要买房买车。”吴兰芳的安慰很霸气。项宇笑了，脸上泪水涟涟。

“干什么干，后天就世界末日了。”马佳欣故意调侃。

“天真塌了，我先顶着，让你们先跑。”项宇哭着说。

“天都塌了，还跑什么跑。”吴兰芳笑。

第二天，项宇看到姜众的第一反应，就是跑。那是近傍晚，他刚发完快递，正要去丢垃圾，迎面看见了姜众，吓得扔了垃圾袋，转身撒腿就跑。他跑了几步，想起屋里还有马佳欣，顿时刹住脚，壮着胆子转身，发现姜众居然拎着大包小包的食材，一条活鱼还在袋子里蹦跶。姜众在笑，十分无奈的样子，看上去一点都不凶。项宇困惑，眼睁睁地望着姜众进了屋。

马佳欣正在电脑前忙碌，看到姜众，十分意外，有些不知所措。姜众提起手里的食材，晃了晃，袋子中的鱼突然奋力挣扎，拍打起水滴。姜众完全没防备，被溅了一脸，狼狈中开了口。

“万一明天真的是世界末日，我的好手艺你没尝到，太可惜了。”

马佳欣屏住愉悦，递了张纸巾过去，有些无奈地说：“先把东西放下吧。”姜众忙把食材放在地上，接过纸巾，擦了擦脸，笑得特别开心。“我知道你们有厨房，不知道东西全不全，不全的话，我得去买。”姜众说着，拎起地上的食材，直接去了后面的厨房。马佳欣跟了过去，她看着他在厨房里转了一圈，把鱼放了出来，养在盆子里；她看着他翻调料，拿出了纸和笔，记下需要买的；她看着他兴奋地拎起那个老旧的菜筐，说要去菜市场。当屋子安静下来，马佳欣觉得刚才的一切是个梦，特别不真实。正愣神，项宇犹犹豫豫地走了进来，一脸不敢相信地问。

“他要给你做饭?!”

马佳欣不大好意思，强调道：“是给我们做饭。”

项宇狐疑地走进厨房，看了看盆里的鲫鱼，案板上的排骨、豆腐，袋子里的红菜薹，十分困惑。他无法把“黑道大哥”跟一个厨子联系在一起，愣了半晌，回了客厅，想了又想，开了口。

“就算他不是黑道……怎么说呢，就是要小心。”

马佳欣觉得项宇看自己的眼神，像她已经被骗了一样，充满了同情。

“行，我会小心，肯定不会被他骗。”马佳欣突然有恶作剧的念头，故意紧张地问，“他真来做饭的?”

项宇被问住了，下意识地在屋里转悠，挑挑拣拣，最终拿了一把用来裁标签的小刀在手里。当姜众再次拎着大包小包进来，招呼他进厨房帮忙，项宇尴尬极了，转头看了眼马佳欣，把小刀放回原位，乖乖地跟了进去。马佳欣忍住笑，跟过去要帮忙，被姜众阻止了。

“女士免进，今天的厨房是男人的。”

马佳欣只好退了出来，站在客厅，听着厨房里的动静，确定这不是个梦。吴兰芳回来，进厨房看到姜众系着围裙、正切着小葱，项宇在一旁择菜，大吃一惊，尴尬地打了个招呼，退了出来。她一把拉起马佳欣，去了屋外。

“什么情况?”吴兰芳困惑、好奇且兴奋，“快老实交代，坦白从宽，抗拒从严。”

“我也不知道他今天会来。”马佳欣很尴尬。

“懂了，世界末日他要跟你在一起。”吴兰芳笑得暧昧，“那你要跟他在一起吗?”

“这是两回事啊。”

马佳欣更尴尬了，还有些羞涩。吴兰芳笑了，不再问。

天全黑时，姜众端上了鲫鱼豆腐汤、糖醋排骨、红萝卜炖牛肉、蒸鱼糕和清炒红菜薹。项宇作为一个厨子，被姜众的手艺折服，对他彻底改观，热情夸耀这本地的特色菜蒸鱼糕和清炒红菜薹，姜众做得不输他师傅。马佳欣意外。吴兰芳更意外，不客气地拿起筷子，抢先尝了尝，竖起了大拇指。

“你哪里学的啊？”吴兰芳好奇了。

“自学的。”姜众顿了顿，“因为有想要照顾的人。”

空气突然安静了，吴兰芳和项宇笑得暧昧。马佳欣尴尬了，忙解释：“他要照顾他爷爷。”吴兰芳和项宇笑得更暧昧，马佳欣更尴尬了，忙一本正经地问姜众：

“你爷爷是不是夸你饭做得好？”

“没有。”姜众才意识到无意中的双关，有些不自在，回复得更一本正经，“他味觉退化了，老嫌弃我盐放少了。他有三高，我不能由着他吃太咸。”

“今天的一点都不淡，也不咸，刚刚好，特别好。”项宇忙夸。

“明明有点甜，我觉得好甜。”吴兰芳故意打趣。

“鲫鱼豆腐汤最高的境界就是有点甜。”项宇没明白过来，为姜众的厨艺辩解。姜众听懂了吴兰芳的调侃，干脆拿起勺子，盛了一碗鲫鱼豆腐汤，递给了马佳欣。马佳欣接过来，喝了一口，一本正经地夸道：“是有点甜，真是好手艺。”

一顿饭吃完，收拾妥当。姜众提议外出走走，消消食，项宇忙说好。吴兰芳拉住了他，说有事要商量。看着姜众跟马佳欣走远，项宇急了，让有事赶紧说。吴兰芳极其无语，命令他整理货架，整理到消完食。项宇辩解了几句，才反应过来，不好意思地笑了。

夜晚的街道，行人寥寥。马佳欣半开玩笑半认真地说，姜众用一顿饭，收买了吴兰芳跟项宇。姜众也不谦虚，说那是因为自己的手艺真的不错。

“陪我去江边吧。我想去那里走走。”

姜众眼神热切。马佳欣想起自己在江边说再也不见，姜众离去的那个背影，点了点头。老城区离江很近，两人溜达着，没用半小时，就到了那个废弃的渡口。俩人站定，半轮月亮刚好钻出云层。

“我有一个礼物送给你。”姜众用手指着月亮，笑得灿烂，“看，我送你的礼物，在那里！”

马佳欣望了望月亮，看了看姜众，一头雾水。

“我在月亮上买了一块地，送给你。”姜众说得认真，很兴奋。马佳欣愣了愣，没忍住，笑出了声，十分快乐。“谢谢你啊，这礼物我很喜欢。”

“还有证书呢。”姜众从背包里拿出一张塑封好的证书，双手递了过去。马佳欣郑重其事地接了过来，借着手机的光，诧异地发现这份文件是全英文的，看上去似乎很正式。姜众解释说1967年签订的《外层空间条约》规定：“任何国家不得通过提出主权要求使用、占领或以其他任何方式把外太空据为己有。”但没有提及任何“个体”行为。一个叫丹尼斯·霍普的美国人，利用这条法律漏洞，宣称对月球有拥有权。按照美国法律，允许美国公民提交申请占有任何一片土地，只要这片土地之前没有人申请占有就行。所以，加州政府给他颁发了“月球土地所有权证书”。丹尼斯成立了月球大使馆公司，在酒吧和网上出售月球土地。客户购买土地后，丹尼斯会寄正式的所有权证书。

“真有人买啊？”马佳欣觉得这事有点荒诞。

“有啊，除了我，还有美国前总统里根、卡特、小布什和影星汤姆·汉克斯、汤姆·克鲁斯、妮可·基德曼这些人。”

马佳欣惊讶得说不出话来。姜众笑了，转身望着月亮，说：

“其实呢，丹尼斯售卖的是一种希望……明天真是世界末日，月亮还会在，那上面，有我送给你的一块地。”

马佳欣觉得周围安静极了。她把塑封的月球土地证书抱在胸前，好像抱住了整个宇宙。

姜众想看青砖大屋，马佳欣陪着他一起进山。已入冬，山林萧瑟了不少。路边丛生的杂草苍黄，一晃而过，像古人的写意画。马佳欣沿路介绍着，说水库是人工挖的；说秋天满山遍野的红柿和板栗，以后能在网店上销售；说乡村小学合并了，为了方便上下学，村子的孩子要在镇上租房子住；说年轻人外出打工挣钱，留守的老人们下地干活。姜众开着车，安静地听着。

改建中的青砖大屋，已看得出模样。姜众反客为主，替马佳欣介绍着。那些发在网上的文字、照片和视频，让他对这里了若指掌。看着得意的姜众，马佳欣犹豫片刻，指着客厅一个有窗的角落说，他送她的画架，她打算放在这个位置。姜众欢喜得咧嘴笑，不由得向前几步，靠了过来。马佳欣有点慌，忙转身，说：“走吧，我带你去村里转转。”

纳鞋底的奶奶看到马佳欣和姜众，热情又八卦，羞得马佳欣想离开。不想姜众十分认真地跟她聊天，了解日常劳动和收入情况。

“这辈子都没想到能坐在家里挣钱。”奶奶多次感叹，“以前挣个钱太难了。”

离开奶奶家，马佳欣带姜众去村头看大槐树。没了叶子的树枝，在冬日里粗糙刚劲，或新或旧的红布条悬挂其间，迎风飘摇，有一种远古的安宁。站在树下，马佳欣说自己奶奶纳鞋垫的手艺，远近闻名，那些花花绿绿的鞋垫，曾是自己儿时的玩具；说淘宝店上手工鞋垫销量并不好，她找孙毅蕾帮忙，联系了年轻的艺术家，重新设计了一些样式，希望在传统的基础上创新，促进销量，为这些老人带来收入。姜众很意外，不知道她如此努力。

“现在的人，还会用鞋垫吗？”姜众还是问了出来，“你有没有想过，那些被留在旧时代的东西，努力很可能没结果。”

“至少可以试一试。”马佳欣看了眼姜众，望着群山，“我知道乡村不是世外桃源，待了这么一段时间，更知道不是……这是我选择的生活方式，好与不好我都接受……小时候，奶奶说，晚上不能照镜子、屋里不能打伞、不能吃鱼子、鱼不能翻身、不能剩饭、不能爬桌子、不能喊大人的名字、不能用手指菩萨、不能指月亮、不能数星星……”马佳欣顿了顿，转头看着姜众，“探索火星和太空勇敢又浪漫，在树枝上系红布条不勇敢也浪漫，是不是？”

姜众抬头望着发白的红布条，沉默片刻，说：“不是不勇敢，是对大自然的敬畏。”

马佳欣笑了笑，说：“有敬畏多好啊，人不会想干什么就干什么。”话音刚落，一阵风来，满树的红布条飘了起来，似乎在回应。姜众心中一动，问：“今天要真是世界末日，剩下的时间，你想干什么？”

“去月亮上看看你送我的那块地啊。”马佳欣说得夸张。

“那你得带上我。”姜众脱口而出。

四目相对，尴尬的无言，流淌着暖意。

姜众说要去村支书家，马佳欣很意外，还是带他去了。姜众跟村支书聊得开心，还主动加了微信。出门后，姜众解释，万一她的民宿跟村民之间有什么不愉快，他能找管事的调解。马佳欣笑，有点想哭。

夜色降临，台北101大厦上亮起了“大家平安”的灯光，朋友圈里“我还在”刷了屏。马佳欣和姜众回到若城，跟吴兰芳、项宇会合，一起去江边放烟花。当他们手里的烟火化作一点光，飞了上去，在夜空中开出花来，项宇拿着他的iPhone 5S边自拍边兴奋大喊："我还在！我是项宇，宇宙的宇！"

"我还在！"吴兰芳大喊，"我是吴兰芳，打不死的小强！"

"我还在！"姜众扯着嗓子，"嗨——嗨——长江好——嗨——嗨——宇宙好——"

"我还在！"马佳欣声音轻盈愉悦，"月亮比烟火还美！"说完，她下意识看了眼姜众。四目相对，都是情意。吴兰芳转头看见，心里一动，问姜众："你要不要来当伙计啊？"

"要。"姜众望向吴兰芳，"我现在能应聘吗？"

"你们俩别逗了啊。"马佳欣没转头，"他写程序的，程序员都在大城市。"

"那你们要异地恋啊？"项宇插了句。

"当然不啊！"姜众说得毫不犹豫。马佳欣愣了愣，忙跟了句："没恋啊，不存在异地恋。"

吴兰芳跟项宇摇头，一脸鄙视地笑了。马佳欣尴尬了，第一次觉得心虚。

第二天姜众离开若城，马佳欣没送他去火车站，也没问他什么时候再来。姜众没说将来。两人相视而笑，挥手告别。

回到北京，姜众发现高响又被打了鸡血，心不在焉地问了他两句"末日之行"和马佳欣的情况后，大声读起了融资成功的新闻，比如一个9月9日才上线的打车App滴滴成功融资300万美元。姜众知道火星众筹上那两个丑丑的机器人因网友的二度创作，引来了一波流量，高响动了再找资本融资的念头。

"创业的小火苗复燃了？"姜众问。高响猛点头，一本正经地看着姜众，说："今天很残酷，明天更残酷，后天很美好，但是绝大部分人是死在明天晚上，只有那些真正的英雄才能见到后天的太阳。”

“你肯定是真正的英雄。”姜众有些无语，“再不抓紧点，把进度赶上去，老吕不会让咱们看到后天的太阳。”

老吕的确催得紧，紧得让姜众觉得不对头。老吕坦白，股市动荡，他重仓白酒，结果损失惨重。姜众开玩笑，说他催这么急，不是要给自己借钱吧？老吕不置可否，说穷不穷不是借钱的标准，信用才是。

2013年1月，中国北方的一些城市，雾霾成了标配，没有倒稀罕了。公众号的发展速度超预期，商务价格水涨船高。应老吕公司的要求，吴兰芳来北京出差，商量公众号矩阵的开拓，她特意带上了项宇。俩人下飞机，发现空气污浊得可怕，可见度不到50米。商谈完，站在CBD高楼的落地玻璃窗前，望着笼罩在雾霾中的时尚建筑群，项宇兴奋又困惑。

“老吕让你在这么好的地方办公，你为什么不愿意？”

“三年前，我大概会觉得梦想成真……”

“现在呢？”

“现在啊，我在哪里梦想就在哪里。”

项宇看了眼吴兰芳，捋了捋黄毛，说：“嗯，我现在觉得若城也挺好。”

姜众、高响跟远程团队加班加点，赶在春节前半个月完成了老吕要求的个人借款App开发任务，进入了内部测试环节。老吕心情不错，带他俩去了若城，说一起验收改建后的青砖大屋，顺带休假，体验山里的民宿。

临近春节，县城明显热闹了起来。外出打工的人回了家，置办着年货，拎着礼物走亲访友。当车堵在了乡间马路上，一路兴奋的高响诧异了。

“这农村的年高峰厉害了啊，比北京的晚高峰都堵!”

“这些人不急，都聊上了。”姜众听着堵车的司机们相互问候着今年挣了多少钱，看了看时间，下了车，主动指挥起了交通。

“堵就堵，你急什么呢?”高响知道他急着见马佳欣，故意打趣。老吕望着姜众跑来跑去地指挥司机们挪车，十分卖力，若无其事地问高响：“要是姜众不回北京了，你一个人能不能行?”

高响整个身体瞬间绷紧了，不知道说什么好。姜众最近跟马佳欣联系频繁，高响不是没想过被姜众“抛弃”。老吕等了片刻，转头看着不知所措的高响，问得轻松：“你有没有想过当CEO啊?”高响忙摇头，愣了愣，点了点头，又觉醒般地猛摇头。老吕笑了笑，转头望着指挥交通的姜众，不再说什么。

一路进山，姜众兴奋地介绍着“睡美人”、十里八乡人工挖水库、流传的革命历史和神话故事，老吕奇怪姜众知道这么多。

“马佳欣每天跟他八卦。”高响下意识地脱口而出。

“每天八卦?”老吕转头看了眼姜众，“已经表白了?”

“表白无数次了!”姜众干脆夸张了语气。

高响吃了一惊，问：“那她跟你回北京吗?”姜众打着哈哈：“这什么跟什么啊。”老吕看了眼高响，跟了句：“你问错了，你应该问他，还要不要待在北京?”

“你必须回北京!”高响身体前倾，拍了拍姜众的肩，“你不回去那些活我搞不定。”

“休假不聊工作啊。”老吕望着窗外，“那个东海龙王用鞭子抽出来的是哪个山头?”

姜众从后视镜中看了眼不安的高响，心不在焉地应付了句：“所有的山头啊，都是。”

临近年关，项宇拍了水库里捕鱼、村里挤鱼圆子、蒸鱼糕、打糍粑等年关才有的热闹景象。吴兰芳放在了公众号里，淘宝店的土特产销量翻了倍。项宇干劲十足，对淘宝店的运营尽心尽力。青砖大屋硬件改建完了，计划中的一些软装，商家因春节暂停发货，要年后才能继续了。老吕发来消息，说他、姜众和高响一个小时后到。正在打扫卫生的马佳欣，紧张又欢喜。

首先迎接老吕他们的，是一只竖着耳朵的小黄狗。人刚下车，小黄狗就汪汪地叫了起来。马佳欣闻声出来，小黄狗已经冲着姜众摇尾巴、围着他转圈撒欢了。

“豆豆，豆豆。”

马佳欣两声招呼，弯腰拍腿，小黄狗转头就朝她跑了过去。姜众望着又黑了些、笑得开心的马佳欣，故意学她的样子，弯腰拍腿，喊着豆豆。小黄狗看着马佳欣，等她挥了挥手，才转身朝姜众跑了过去。高响看着这场景，觉得自己有点多余。

“我在水库边捡的，它自己跑到我脚边，我走哪跟哪。”马佳欣望着老吕，“就带了回来，取了个名字，叫豆豆。”

“再来几只猫，照片和视频看上去就更治愈了。”老吕很满意，“晚上我们不走了，就住这屋里，你在村里借得到被子不？”

马佳欣没想到他们要住，说吴兰芳在若城已经安排好了酒店。“不用麻烦了，就住这里，原生态。”老吕说着，径直朝屋内走去，高响忙跟上。姜众走到马佳欣面前，做了个小丑的鬼脸，马佳欣哭笑不得，跟了进去。

青砖大屋改建后的图片，都发在了公众号里。老吕、姜众和高响看着实景，仍兴奋。吴宝鸿跟王和珍在后院平整出几块地，种上了应季的青菜、萝卜、蒜苗和香菜，在夕阳中生机勃勃。老吕十分感叹，说这才是想要的生活。马佳欣等他们心满意足地参观完，有些尴尬地说冬天山里水源不够，新的水井还没打好，晚上他们要住，得赶紧去挑水。

“还真是原生态。”老吕大笑，让姜众和高响负责挑水，自己跟马佳欣去村里借被褥。年关，在外打工的人回了家，安静的山村热闹了起来。放了假的孩子们拿着炮仗和烟花，成群结队地嬉戏。马佳欣领着老吕，去了合作的奶奶家借被褥。奶奶十分热情，不仅拿出晒好的被褥，让回了家的儿子帮忙搬过去，还邀请他们一起吃晚饭。老吕毫不客气，爽快答应了。

姜众跟高响第一次用扁担和水桶挑水，十分新鲜。没挑几趟，高响一身汗，明显体力不支，被姜众调侃一身肉白长了。等挑好了水，马佳欣把住宿和洗漱用品安排得差不多了，一行人去村里吃晚饭。架在柴火上的吊锅里，鸡肉、腊肉、鱼糕、鱼丸、绿豆丸子、豆腐、大白菜等食材混杂在一起，独特的香味溢了出来。众人喝着奶奶酿的老米酒，拉着家常，听她儿子讲外面打工的见闻。

“要是在屋里找得到事，挣得到钱，哪个愿意出去打工。”中年男人红着脸，拿起酒杯，敬给了马佳欣，“你那个生意要搞好，搞好了我给你打工，就可以守着老娘尽孝了。”

马佳欣一口喝干了杯里的米酒，眼角突然有了泪花。姜众大声说起自己老家过年的习俗，吸引了众人的注意力。老吕看在眼里，不经意地叹了口气。

酒足饭饱，一行人回到青砖大屋，豆豆热情地迎了上来。数九时节，山里的夜晚寒气逼人。老吕嚷着要烤火，马佳欣说有，姜众自告奋勇地跟着去搬火盆跟木柴。看着马佳欣麻利架柴，熟练地燃起了温暖的火焰，他满眼都是愉悦。老吕瞧着，等马佳欣终于坐下，对她说：“你今天累了一天，早点去睡觉。”马佳欣有些意外，老吕补了句，说：“还有就是，我们要聊点男人的话题，你在不方便。”

老吕这么直接，马佳欣只好起身，离开了客厅。豆豆转着圈，犹豫片刻，跟着马佳欣走了。姜众不舍地望着她消失，看向老吕，神情平和。老吕仰头，大堂的顶有窗，望得见满天繁星。

“真美啊！”老吕感叹着，“小时候躺在竹床上，也是这么多星星。”

“我小时候躺胡同的屋顶上，也这么多星星。”高响觉出氛围不对，不安地看了看姜众和老吕，“以前北京空气不这样，蓝天白云红墙黄瓦绿琉璃，好着呢。政府已经开始治理了，用不了多久，就会好起来的……再说了，发展要付出代价，你们不能跑过来祸祸完我的家乡就走人……北京暂时空气不好，但机会多啊！”

“要是能在这里生活，你不乐意？”姜众问。高响坚定地摇了摇头，瞟了眼仍望天的老吕，十分认真地问姜众：“没有江山美人会跑，你真的不先打江山？”

姜众没忍住，笑得夸张：“我就一平头老百姓，要屁的江山？”

“所以，你想在这里生活？”老吕没动，“你想过没有，你手上的活怎么办？”

“有网啊，哪都一样。”姜众毫不迟疑。老吕转头盯着姜众，问：“你是不是已经想好了？股份也不要了？”老吕许诺给姜众和高响股份，希望他们能一起好好干。姜众一直没给答复。

“我的股份就不用了。”姜众看向高响，“我是我，你是你啊，你可以要。”

“没有你，我没底。”高响有种要被抛弃的感觉，紧张起来。

“需要的话，技术上该做的我会做。”姜众看向老吕，“穆罕默德·尤努斯的乡村银行是很好，我还是担心政策风险，还有……担心会变了味道，好事成了不好的事。”

“不破不立，富贵险中求。”老吕再次望天，“改革开放都是摸着石头过河，规矩是死的，人是活的嘛。你不想入伙我不勉强你，高响当CEO也绰绰有余。”

高响慌得站了起来，看看老吕，又看看姜众，咽了咽口水，什么话都说不出来。姜众莫名想起他背的那些语录，鼓励道：“每个人都有成功的机会，就看你给不给自己机会。高总，你的机会来了。”

“我真的可以吗？”高响难掩兴奋。

“你当然可以啊。”姜众犹豫着，还是提醒了一句，“最坏的结果想清楚，能承受就好。”

“网络上就一句话，光脚的永远不怕穿鞋的。”高响立马背了一句语录，不好意思地瞟了瞟老吕，看着姜众问，“火星众筹怎么办？”

“非营利性质，我跟论坛的几个大神分好工了，会一直运营下去。”姜众毫不犹豫，显然早已想清楚，且安排好了。

“马佳欣同意让你住这里？”老吕不紧不慢地问。

“村支书已经同意了。”

老吕摇头笑。姜众跟着笑。高响忙跟着笑了起来，他是真开心。

第二天上午，吴兰芳跟项宇带着账本、一麻袋的年货和油盐酱醋茶上山了。当车停下，豆豆率先迎了上去，汪汪叫，十分兴奋。众人一起把食材搬进了土灶厨房，老吕说，他十分想念柴火烧的锅巴粥，香极了。收拾妥当，吴兰芳把账本递给了老吕。昨天得知老吕突然过来，她认真整理了各项费用明细。老吕接了过来，象征性地看了一眼，直接放桌上了，领着众人到了一个窗外景致好的房间。

“这个房间，我来的时候，我住。”老吕看了看马佳欣，“我没来的时候呢，给姜众住。”

马佳欣吃了一惊，不解地看着姜众。姜众笑而不语。吴兰芳也不解，问：“他不用在北京上班？”

“这是我给你们找的网管，负责开发和运营民宿的预订系统，得住这里。”老吕笑吟吟，“以后他就是你们的员工了，你们可以对他指手画脚，不听话，该骂就骂，该打就打。”

吴兰芳忙看马佳欣，只见她一脸意外地看向姜众，困惑的神情中有愉悦。项宇很兴奋，打趣道：“他可是混黑道的，打是不敢打的，挑井水这活不错，以后可以归他。”

“挑水，挑水。”姜众拉着高响，真的去挑水了。

马佳欣望着两人的背影，突然清醒了一般，猛地看向老吕，问：“你们在开玩笑吧？这怎么可能呢？”

“没什么不可能。”老吕有些感叹，“年轻就是好，有能力掏心掏肺，不计前程，赴汤蹈火。”

马佳欣半晌不语。

“这成语用得好像不对吧？”项宇最近在学习，皱着眉头，大着胆子认真提问，“我记得是但行好事，不计前程，不问过往。”

“对，应该是但行好事，不计前程，不问过往。”老吕大笑。

项宇被鼓舞了，笑得有几分羞涩。马佳欣明显不安。吴兰芳走了过去，抱住她的肩，拍了拍。马佳欣下意识地抓紧了吴兰芳的手臂。

姜众跟高响挑好了水，招呼项宇进厨房，收拾食材。马佳欣跟吴兰芳正要进去帮忙，装网线的人来了，两人忙去接待。姜众闻讯，从厨房里跑了出来，说他是网管，这事他负责。马佳欣有些不自在，老吕看在眼里，喊她陪自己去村里溜达。

年关的山村，时不时有鞭炮声响起，烟火气十足。马佳欣跟村民们热络地打着招呼，老吕自来熟，遇到男的就主动递烟，时不时停下来，拉会儿家常。当“嚯哈，嚯嘿”的号子声传来，老吕像被磁铁吸引的磁针，朝着号子传来的方向快步走去。一个半埋在土里的石臼旁，三个成年男子正喊着号子，抡着木棍，卖力打着糍粑。老吕热情上前，要求打糍粑。他接过木棍，没挥几下，就热得脱去了羽绒服，递给了马佳欣。当他喊着号子打完了一臼糍粑，满头大汗，十分愉悦。

在村口挂着红布条的大树下，老吕说皮特陈被抓了，说他这种从大型外企过去的高管，不懂媒体和内容的特殊性，运营失败被追责是大概率的事。马佳欣没想到他说这个，“哦”了一声。

“纸媒的时代真的过去了。”

老吕突发兴致，说起自己早年干纸媒时的热情和盛况，好像刚才出的一身汗，唤醒了那些沉睡的记忆，不吐不快一样。一群孩子跑着嬉戏，围着老吕转了几圈，打断了他的追忆。等孩子们离去，老吕有些感叹，说：“科技进步，像一束前行的光，照亮了未知的自己，也暴露了未知的黑暗。”

“技术再怎么进步怎么变，一些基本的价值不会变。”马佳欣说得淡然。

“真善美吗？女王的口头禅。”老吕笑了。

“嗯，她应该是渴望真善美的，因为她没有。”马佳欣笑了笑，“原创部的同事们，他们可能不干媒体了，有些价值他们一直坚守的。”

“嗯，都是些理想主义……”老吕顿了顿，“过年真的不回家看看？”

“她有强大的现实扭曲力场，破产了也能折腾的。”马佳欣沉默片刻，望向群山，“我唯一羡慕的，是她的韧劲……比野草的生命力还强。”

老吕迟疑片刻，说：“我还是那句话，子欲养而亲不待，是无法弥补的遗憾。”

“嗯，我知道。”马佳欣的情绪低落了。老吕欲言又止，最终换了话题，聊起了姜众在三亚的八卦，说那时候他就知道这小子不对头。

高响在柴火房里，被项宇指挥得一愣一愣的。最初的好奇很快被烟熏火燎灭了一大半，吐槽好好的开放式大厨房不用，非要弄得到处是灰。

“我也不乐意烧柴。”项宇忙着滤米汤，“不过话说回来，这柴火烧出来的味道，煤气灶真比不了。”

高响不以为然，硬着头皮继续配合。项宇拿出学厨的全部本事，做了一桌子若城风味的年饭。等老吕跟马佳欣回来，他才开始炒热菜，蒸能出锅巴的米饭。老吕闻着香味进了厨房，眼巴巴地等着锅巴粥煮好。马佳欣去找吴兰芳，刚好看到姜众解决了问题，接通了网络，安装师傅佩服地竖起了大拇指。姜众开心又得意地看着马佳欣，像个要表扬的孩子。

饭菜上桌，高响连喝了三碗锅巴米汤粥，比老吕还多一碗，要不是想尝别的，他还想再喝。众人热热闹闹地吃了顿年饭，彼此说着祝福的话。当项宇一本正经地祝姜众跟马佳欣早生贵子，饭桌顿时安静了。

“那我也祝你早生贵子。还有高总你，也要早生贵子。”姜众知道马佳欣尴尬，举杯敬项宇跟高响。饭桌恢复了活力，吴兰芳觉得，马佳欣是真的开心。

当众人乘车离开，青砖大屋只剩下马佳欣跟姜众时，两人都有些不自在。姜众主动找活干，越干越有劲。马佳欣看着快活的他，有很多想问，又觉得什么都不用问。

“我送你的比特币呢？”姜众突然问，“就是那沓打印着英文单词的A4纸？”

马佳欣不明白姜众什么意思，找出那沓纸，递给姜众。姜众看着崭新的这沓纸，笑了，说：“我就知道你发现不了。”

“发现什么？”

姜众翻过那沓纸，最后一张的反面打印着大大的数字83706。马佳欣愣了，那是她的生日。姜众指了指A4纸右下方的页面，找出这五个数字对应的纸张，依次摆在了桌子上。

“你看看。”姜众的温柔中有一丝羞涩。

马佳欣看了又看，猛然发现了姜众的小心思。这五张纸上的第一个单词，连起来，是一句话。

“me will be with you.”

暖意瞬间溢满了全身，她抬头望着他，万般柔情起。原来，那个时候，他就想好了此刻。姜众看出马佳欣眼里的情意，壮起胆，想牵她的手。马佳欣听见了自己的心跳声，慌乱中，她还是假装无意，抬手躲了过去。

“你不能来这里当网管。”马佳欣说得坚决，“你不应该在这里当网管。”

“要是我不仅仅当网管，还能为村里创造就业机会，让他们不出远门，在家门口就有收入呢？”姜众似乎料到了马佳欣的反应，胸有成竹地反问。

“帮乡亲在家门口就业当然好啊，孩子们有妈妈陪着长大……”马佳欣期待又困惑，“可是能想的我都想过了……你没有必要为了我……”

姜众掏出了一份合约，递到了马佳欣眼前。马佳欣困惑地接了过来，一眼看到了村支书孙万和的名字，忙细看合同内容。

“人工智能训练师，也叫数据标注师，就是帮AI认识数据，在电脑上对数据贴标签、做记号、标颜色，教人工智能像人一样看得懂数据。”姜众解释着，“这个听着复杂，很高科技，其实初中毕业，认得字，培训完了就能做。村支书特别支持，让我放心大胆地做。”

马佳欣抬头看着姜众，欣喜不已，似懂非懂。姜众打开手机，调出一个程序，演示起来。马佳欣看着姜众把几张图片上的马路圈起来，标注为“马路”，不可思议地问：“就这样？”

“对，就这样简单。”

笑意逐渐盛开，马佳欣大喜过望，接过姜众的手机，试着标注了几个“中华田园犬”后，自言自语道：“这事要是做好了，村里就不会只有老人跟小孩了……”她猛地抬头，快乐地看着姜众说：“你来吧！老吕那间房就是你的，我给他另外找住的地方。”

姜众看着马佳欣的愉悦，笑得幸福，笑得马佳欣都不好意思了。

“这个项目哪来的？怎么会想到这个？”

“人工智能训练师这个事我一直知道，前年就有国外的活找我。”姜众的神色小心起来，“我知道你想干什么，就是……我直接点，你不要不高兴啊。”

“快说！”

“嗯，就是鞋垫也好、民宿也好，还有那些土特产，我其实不看好，不觉得能改变乡村的现状。就算都做得不错，能解决多少就业呢？”

马佳欣听得认真，没有不高兴。姜众放心了点，接着说：“有天跟人聊比特币，提到了AI，我就想起来人工智能训练师这个事，联系了一下之前找我的人。他说需求越来越大，我如果愿意，单子多得很。我就跟村支书商量，他不懂，但是特别支持。大概就这样。”

“你说过，那些被留在时代的东西，努力很可能没结果。”马佳欣神情平和，说孙毅蕾为手工鞋垫申请的乡村扶持基金项目，还是没有被通过，原因还是特色不够鲜明；跟年轻艺术家合作改良后的手工鞋垫，在网上的销量也一般。“我已经不觉得挫败了，其实手工鞋垫拿不到扶持基金是好事，说明没有因为少而珍贵到需要保护起来，曾经的流行而普通，那才意味着生命力。只要有人买，垫上鞋垫的人觉得温暖，我做这些就是有意义的。”

姜众看着马佳欣坦然的样子，笑得十分慈祥。

“你不要笑得这么傻好不好？”马佳欣嗔怪道，也笑了，“你这个人工智能训练师很好，没有困在过去，是面向未来……谢谢你！”

“过去不一定不好啊，大槐树上的红布条，有敬畏之心，不勇敢也浪漫嘛。”姜众说得认真，“AI听着高大上，人工智能训练师给了一些工作机会，等我们亲手教会机器像人一样思考，说不定会让大部分人失业呢。”

“挺好啊！失业了回农村种地，乡村又活了。”

姜众诧异马佳欣的乐观，笑着问：“哈，轮回吗？”

“说不定就是啊！这个地球不知道轮回了多少次。”马佳欣转头望着窗外，夜空中繁星点点，“你说，旅行者一号在听哪一首曲子？”

吴兰芳跟项宇听到AI、人工智能训练师、数据标注师、大数据模型这些词，跟马佳欣的反应一样，觉得这么高大上的东西跟乡村完全不是一个维度，跟没什么文化的村民更是八竿子打不着。当姜众运来一批电脑，放在废弃的村小教室里，手把手教会了村里不少人标注后，他们才接受了这回事，非常兴奋。

“这个AI训练好了，能不能帮我码字啊？”吴兰芳大胆想象着，“最好是我说个点子，它就帮我写好了。”

“人工智能……要是机器什么都会干了，人就不用干活了啊，天天玩。”项宇非常兴奋，“赶紧标注，赶紧训练好。十年行不行？二十……不，五十年都行，那时候我老了，啥都不用愁了。”

“天天玩……也可能是失业啊，很多工作被AI取代了，人成了AI的奴隶。”马佳欣故意这么说。

“不可能！”吴兰芳反驳，“人是人，机器是机器，人跟机器的区别，就像人跟动物的区别一样，机器跟动物都不会有灵魂的。”

“你们太高深了。工资多少啊？”

项宇一句话把众人拉回了现实，他们开始商量项目落地的诸多细节。“若城圆梦科技有限公司”这个公司名字全票通过。小年那天，若城圆梦科技有限公司的匾额挂在了村小的大门口，村支书孙万和带头放鞭炮，马佳欣、姜众、吴兰芳、项宇和众多村民，喜笑颜开。

高响得知姜众要做的事，半天没合上嘴。不过他太忙了，互联网金融的“钱”途激励着他没日没夜，没精力去琢磨AI，直觉跟火星众筹一样不靠谱。他跟老吕八卦，老吕说，他们一起去若城前，姜众就跟他说了。高响隐隐觉得哪里不对，盯着名片上首席执行官五个字，他认真地摸了摸。

除夕夜，马佳欣、姜众和吴兰芳一家人吃了顿温馨的年夜饭，看了会儿春晚。近10点，马佳欣跟姜众离开，回山里的青砖大屋。马佳欣坚持要开车，姜众只好坐副驾。没多久，姜众发现路线不对，忙提醒马佳欣。

“我是故意走老公路的，因为有很大很大的礼物要送给你。”马佳欣看了眼姜众，打开了存在手机里的音乐，是旅行者一号金唱片上的曲目。姜众听着自己精挑细选的音乐，望着时不时闪现的村庄灯火，觉得幸福。

当贝多芬激昂的《命运交响曲》结束，姜众说喝米酒那天，他看到她哭了。马佳欣知道他的意思，说中午给女王发了拜年短信，收到了她礼貌的回复。马佳欣转头看了眼姜众，四目相对的那刻，姜众觉得，马佳欣身上松掉的螺丝，已经拧上了。

近12点，塔可夫斯基电影《潜行者》的主旋律响起，辽阔、悠长、忧伤。姜众突然发现，公路两旁的天空，烟花在怒放：红的、绿的、黄的、金的，各种色彩，一大朵接一大朵，车行一米，前方即开一朵，或左或右，或如菊千丝万缕，或如星雨吹落，一朵湮灭，几朵又起。

“这个很大很大的礼物，我超喜欢。”姜众愉悦极了，一时冲动，握住了马佳欣放在方向盘上的手。马佳欣愣了愣，没有挪开。她望着漫天的烟花，问：“有没有觉得，自己被这个世界盛大而隆重地欢迎着?”

“有!”姜众突然有表白的冲动，“其实，只要你欢迎我就够了。”

马佳欣转头看了看姜众，岔开了话题，问：“你有没有觉得，你属于未来，我属于过去?”

姜众用力握了握马佳欣的手，说：“我们一起有现在。”

马佳欣望着被车灯照亮的小段路面，半晌不语。

“谢谢你，帮我拧螺丝。”